守友恒探偵小説選

論創ミステリ叢書

51

論創社

守友恒探偵小説選　目次

創作篇

青い服の男……2
死線の花……29
第三の眼……43
最後の烙印……56
燻製シラノ……80
孤島綺談……94
蜘蛛……107
幻想殺人事件……122
プロローグ……122
真夏の惨劇……128
怪人西へ行く……176

完全犯罪……221
灰色の犯罪……257
誰も知らない……308

随筆篇

たわごと（1）……332
たわごと（2）……333
暦、新らたなれど……335
乙女は羞らう山吹の花……336
アンケート……338

【解題】横井　司……340

凡　例

一、「仮名づかい」は、「現代仮名遣い」（昭和六一年七月一日内閣告示第一号）にあらためた。
一、漢字の表記については、原則として「常用漢字表」に従って底本の表記をあらため、表外漢字は、底本の表記を尊重した。ただし人名漢字については適宜慣例に従った。
一、難読漢字については、現代仮名遣いでルビを付した。
一、極端な当て字と思われるもの及び指示語、副詞、接続詞等は適宜仮名に改めた。
一、あきらかな誤植は訂正した。
一、今日の人権意識に照らして不当・不適切と思われる語句や表現がみられる箇所もあるが、時代的背景と作品の価値に鑑み、修正・削除はおこなわなかった。
一、作品標題は、底本の仮名づかいを尊重した。漢字については、常用漢字表にある漢字は同表に従って字体をあらためたが、それ以外の漢字は底本の字体のままとした。

創作篇

青い服の男

雷雨の伴奏

何のことはない跳ね蛙みたいに、黄木《おぎ》と僕とは、目に付いたフルーツ・パーラーへ飛び込んだ。夕暮から、ひどく危なそうな空模様だったが、ポツソポツリと来たかと思うと、ザ、ザアーッというもの凄い驟雨だ。

「直ぐに止むだろう」

二階の、テラスの窓際の卓子《テーブル》に陣取ると、黄木は雨脚のキラキラ輝く夜の鋪道を、さも美しいもののように眺めていたが、御座《おざ》なりに注文した冷いコーヒーがきた頃には、その雨は、止むどころか、それこそ車軸を流すような豪雨になった。

「ちょっとは止むまいよ」と僕はしたり顔で、「この二三日颱風襲来の危険あり、と新聞には出ていたからね」

「颱風とは、大きく出たね」

犯罪研究家黄木陽平《ようへい》はいかにも暢気そうに頬杖をついて、皮肉の種を探すように視線を動かしていたが、それが僕の肩越しにピタリと留った。

その視線を追いながら振り返って見ると、ズーッと斜めになっている柱の蔭の卓子に、ドーラン化粧の、ちょっと見られる洋装の女が、形のいい姿態《ポーズ》を見せて、細い煙草を燻らしている。

「なるほどね、あんな型《タイプ》がお好みかな？」

「まあね」至極気のない返事だ。「なあに、あんまり似ているからさ――」

「誰とだね？　艶聞《ロマンス》？」

「うん、犯罪物語《クリミナル・ロマンス》だ。三谷千鶴子《みたにちづこ》って名だったが、その女《ひと》が難解な殺人事件の女主人公《ヒロイン》だったのさ」

「黄木君、鰻の匂いだけなら真平だよ。傾聴してるんだ」

「御希望なら話すが、しかし、この事件は犯罪の素顔が繊細《デリケート》だから後で変な顔をしないように、そのつもりで一言一句注意して聞いてくれ給え。

僕がこの事件に関係したのは、第二の変死体が出て、事件がちょっと紛糾してから、例に依って、朝沼検事の補助者《セカンド》として呼び出されてからだが――順序通り、惨殺死体発見から話した方が判り易いだろう。

あの日は十一月のある日曜日だった。文字通りの秋晴で、碧く澄んだ深い空の色と女主人公の印象の一致とを妙にハッキリと憶えているよ」

颯爽たる諧謔家《ユーモリスト》も感慨無量らしく、乙な顔色を示してから、ちょっと言葉を改めて語り出した。――

惨劇の現場は、貿易商土井晋策の住居《すまい》の、書斎兼寝室になっている奥の洋間なんだが、あすこは築地明石町で、聖路加国際病院の黄いろっぽいギグザグな屋根が、直ぐ向うに見えていた。

第一の被害者は毛塚暁助《ぎょうすけ》といって、邸宅は目黒にあり、相当の資産家で、何でも話に依ると、この事件の一二年前まで、三谷東吉という人物と共同出資で、相当大きな雑貨店と旅館とを上海《シャンハイ》で経営していたそうだが、その毛塚が二目と見られないほど残酷な殺され方をしていたんだ。

屍体の発見者は、角田八十吉《つのだやそきち》という、西洋流《あちら》で云えば土井家の家僕《バトラー》だった。六十がらみの朴訥な男だが、この男の陳述は、事件の外形《アウトライン》の要を尽している。

第二の電話の謎

土井晋策の住居は和洋折衷風のかなりに間数の有る瀟洒な建物だが、家人といえば、四十を過ぎて未だ独身の主人《あるじ》晋策と、家僕の角田八十吉、それから、日を決めて通って来る家政婦だけという無人さであった。

角田の陳述に依ると、事件の前夜、妙なことがあった。その晩、角田は私用の外出から十時過ぎに戻って来ると、玄関に土井が待ち草臥《くたび》れたように立っていて、

「遅いじゃないか」と、いきなり叱り付けて、「直ぐに、薬局へ往って、この紙に書いてあるものを買って来なさい」

普段は、ひどく落ち付いている主人だけに、角田は変に思いながら、その足で大通りの薬局へ飛んで行き、ガーゼだの繃帯だの酒精《アルコール》だの、つまり怪我の手当に要する品物を多量に買って来たそうだ。しかし、土井の様子が妙に厳しいので使い途を訊く訳にもいかず、そのまま自分の部屋に入って寝てしまったが――。

翌朝、つまり事件のあった日、未だ七時にはなるまいと思う頃、老人は既に外出姿をしている土井晋策に叩き起された。

「私は二時間以内に帰るが、その間勝手に奥の部屋へ行ってはいけない。判ったね。それと、万一、誰が訪ねて来ても、誰も居ないと云いなさい」

そう云い残して、土井は直ぐに外出したが、ちょうど七時半頃、その土井から自働電話がかかって来た。

「事務所に廻る用が出来たから、予定よりも遅れると思う――実は、毛塚さんが私の部屋に寝ているが、ちょっと様子を見て来てくれ。このまま電話を切らずに待ってるから」

前夜のことと思い合せて、角田は首をひねりながら、奥の部屋へ往って見ると、それこそ身動きも出来ないほど大怪我をした毛塚暁助の繃帯姿が、寝台の中でウンウン唸っていた。

毛塚暁助と土井晋策とは、相当に古い知り合いだから、勿論角田は毛塚をよく知っている。毛塚は老人を見ると、

「土井を呼べッ、土井を連れて来いッ」

と、激しく呶鳴りだしたので、角田は喫驚《びっくり》しながら、

「旦那さまは、唯今事務所ですから――」

と云い棄てて逃げるように電話室へ戻り、その通りに土井に返事しておいた。

それから二三十分経って、また土井から自働電話が掛って来た。ちょっと怒ったような声で、

「角田だね。直ぐに毛塚の家へ行って、書類の入ってる旅行鞄を貰って来なさい」

そういう電話だった。角田は、土井が出がけに、厳重に留守居を云い付けた口振りと思い比べて妙な気がしたが、止むなく裏口と玄関の戸閉りをして家をとびだした。

角田の話では、毛塚の留守宅でも相当に不審に思っていたらしいが、土井の厳しい顔付きを思い出して、角田が毛塚の怪我を黙っていたので、毛塚の妻も、

「また、インチキ鉱山でしょう」

と、苦笑いをしながら、旅行鞄を渡してくれた。

角田は往復とも自動車だったから、帰って来たのは恰度九時頃だった。玄関の鍵を開けて中へ入ると、未だ土井が帰った様子がないので、鞄は自分の部屋に置き、やりかけのままになっていた掃除をつづけようと裏口へ出て見ると、驚いたことには、裏口の開き扉《ど》が硝子《ガラス》を壊されて開放《あけはな》しになっている。角田はハッとして、何か急に胸騒ぎがしながら、奥の部屋の洋扉《ドア》を怖る怖る開けて見

ると、その途端、黒い外套を着た男が窓からポーンと裏庭へ飛び降りた。角田が窓際に追いすがった時には、もう裏庭の低い垣根を飛び越えて転がるように逃げ去っていた。

が、次の瞬間後を振り向いた角田は、思わずアッと立ち竦んでしまった。


ピカリと硝子に碧い亀裂を描いて、稲妻が光った。轟くような雷鳴が頭の上を渦巻きわたると、黄木はパチパチと瞬いた。フト、柱の方を見ると、書物から目を離したドーラン化粧の横顔《プロフィル》も、脅えたように暗い空を眺めている。

「まったく、よく似ている」

煙草《バット》に口火を移しながら、黄木はコクリと頷いた。

「だが、あれから五年経ってるんだからな。あんな若々しいはずはない。三谷千鶴子って女《ひと》は、上海で大きくなったそうだが、事件当時には、土井晋策の名儀上の秘書をやっていた。何でも、亡くなった父親と土井とが旧知の間柄だった縁からだそうだが、しかし、あの悲痛《パセチック》に見開いた嘆くような眼眸《ひとみ》は、瞼の裏に焼き付けられているね」

「おいおい、本筋は、置き去りかね？」

「女主人公の印象だよ。云わば、本筋じゃないか！」

途端に、キラリとまた凄愴な稲妻が閃いて、電燈がパッと消えた。が、やがて闇の中にポツンポツンと灯が浮んで、給仕が各卓子へ蠟燭を配り歩いた。黄木は語を継いだ。


ところで、角田の陳述の実否を確かめるために、あとで薬局と毛塚の屋敷へ問い合せてみると、その通りだという事が判った。しかも薬局では、角田の言葉を証明した上に、調べに行った巡査に意外なことを注意してくれた。

というのは、角田が店を立去った直後、青い上衣を着た若い男が、

「今、買ってったのは、怪我を手当てする材料ですね」

と訊きただしていったそうだ。ひどく顔の綺麗な青年で、そのために、右頰にある蒼い黒子《ほくろ》が特に目に付いたと、特徴まで話してくれたが――。

さて、毛塚の死体を発見すると、角田は直ちにT警察署に電話で通知した。尤も、その前に、麴町区内幸町三陽ビル内にある事務所の方に、主人に当てて電話をかけ

たが、留守なのか、電話はいたずらにギーギーと鳴るだけだったという。T署が電話を受けたのを九時十分位とみて、本庁から捜査課長、鑑識課長の一行が急行して現場へ到着したのは、九時半だと思えばまず間違いないところだ。

写真器《カメラ》の謎

検屍は、渋い顔をしている割にユーモラスな加能検屍医だった。

僕は、発見当時の状態の屍体は見なかったが、屍体写真で見ると、被害者は五十過ぎという年配にも拘らず、精力的な肉体の持主で、それが上半身は赤黒く血の滲んだ繃帯だらけで、苦悶の象徴のように両眼を鉛色に剝き出して、グラン・ギニョールの舞台じゃないが、血だらけの人形《マリオネット》が白い敷布の寝台からのけ反り落ちているという、まるで惨劇の活人画だった。

しかし繃帯の下のこれらの重傷は、加能検屍医の説明通り、例えばベランダとか、階段の上とか、とにかく高い所から転落した際に蒙ったもので、創傷反応も相当の経過時間を示しているし、また応急手当ても素人放れのしている点から見ても、生命そのものには直接の関係はないと断言してもよかった。

致命傷は一箇所、左側顳顬部《さそくせつじゅぶ》にほぼ水平に与えられた強度の鈍体損傷だった。幅二糎《センチ》、長サ約七糎、前額部に近い部分が余計挫滅していて、僅かながら挫滅創縁から滲み出た出血が、下顎に向って「!型」に凝固している。

下顎に向って「!型」に凝固していたということは面白い。勿論、皮下出血は多量にあって凝固している。そして創面は帯青赤色《たいせいせきしょく》だが、周囲は暗紫色に腫脹している。

大体、鈍体損傷が皮膚に垂直にきた場合には、兇器作用面の印象が割合にハッキリ残るものだが、その点から、加能検屍医はこの致命傷を、鉈《なた》の峰のようなもので強打されたものだと鑑定した。

「ね、ちょっと面白い矛盾じゃないか⁉　被害者は寝台から頭を下にのけ反り落ちているのに、下顎部に向って『!型』の凝血がある。また、前夜の重傷は一列に右側にあるのだから、致命傷のある左側部を上にして寝ているはずはないし、といって、被害者が床の上に起き上っている時に演ぜられた兇行だとすれば、直位顔面に対して水平かつ垂直の強打などちょっと想像できないからね」

さて検屍の結果は、角田の陳述と照し合せて、土井が何らかの理由で重傷した毛塚を監禁したということは証明してくれた。そして、この監禁行為は、二つのことを説明してくれる。つまり、土井にすれば、そういう非常手段を取ってまでも、毛塚に何かをしなければならないことがあったということと、毛塚にすれば、そういう非常手段を取られても、後になっては苦情がいえない何か弱みがある、ということだ。実際、毛塚の身のまわりのものは全部、靴までが、現場の部屋の隅にある開き戸棚の中に隠されてあった。この点、土井晋策は最大の容疑者としての位置を獲得している。

午前十時――。

朝沼検事が、例の底光りのする眼を燻し銀のように光らせて現場へ到着したが、それまでに、テキパキした帆《ほ》足《たり》捜査課長の指揮の下に、捜査はグイグイ進められていた。

捜査の主点は、勿論、兇器の探索だが――捜査課長の考えでは、相当の重さと長さと推定される兇器を、白昼逃亡する犯人が携帯して行くはずがない、必ず近くに遺棄してあるはずだという目星で、多数の部下を手分けして探索させているのだが、一向それらしい品が出て来なかった。

惨劇の現場は、八坪ばかりの立派な部屋で、左手は唐草模様《アラベスク》の付いた大きな書棚、それに並んで古風な読書机と栗色の深い安楽椅子《ソファ》、惨劇の寝台は右側の壁に接して、翠帳《すいちょう》のようなカーテンで仕切られていた。

入口から見て正面に、上下開きになる硝子窓が二面、その中、開け放された左側の窓から、推定加害者が逃亡したのは角田の陳述通りとして、侵入路は裏口なのだ。裏口の開扉《ひらきど》が、鍥《かきがね》の部分の硝子が壊されて内側へ開け放しになっている。侵入者が手を突っ込む時に切ったと見えて、硝子の破砕縁には血糊と、外側の把手には血に染った指紋が付いている。

現場遺留品としては、たった一つ、妙なものがリノリウム張りの床の上に落ちていた。外套のポケットに入る位の、黒い皮製のケースで、手に取って見ていた帆足捜査課長にも、勿論直ぐに写真器のケースだということは判ったが、写真器のケースだと判ると、捜査課長は一層小首を傾げた。――まったく、写真器と惨劇ではちょっと取合せが悪い。しかしとにかく、写真器はものを撮す器具だという点は明瞭だ。それと、物体としては相当に

重味があり、しかも、側面は長方形ではないか⁉

「加能君」と、捜査課長はやや得意の微笑を浮べながら、

「兇器の推定には、相当の長さが絶対の条件になるのかね？」

検屍医はちょっと揶揄するように笑った。

「その点、断言出来ませんが、帆足さん、小型写真器などはこの致命傷の謎を解いてくれませんよ」

「そうかなあ――」

いかにも残念そうだ。が、捜査課長は、指紋を残さぬようにケースをくるくる見ていたが、と、片隅に小さく羅馬字《ローマ》で A. Konno と刻まれた名前がある。

「ほほう、こりゃ素晴らしいぞ。フローラといえば高級品だから、片端から調べれば持ち主が判るかも知れん。コンノ・ア……だな」

勿論、帆足捜査課長としては、東京中の高級写真店と、同好者の倶楽部《クラブ》などを片端から調べさせるつもりだった。ところが、指紋技師が現場指紋を採集鑑定した結果は、意外にも面倒なことになった。というのは、侵入路と考えられる裏口の開き扉の把手にあった指紋と、ケースに模様のように印記されている指紋とは、全然別人のだった。

写真器と惨劇とを結び付けるのには、僕も相当に頭を悩ました。しかし結び付かないとすりゃ、並行線だ。強いて結び付ける必要はないはずだと僕はその時考えたが、妙なことに、この写真器が迷宮に入ろうとした事件を解決してくれた第一の殊勲者なんだ。

さて、前夜薬局へ現れた青い上衣の青年と、コンノという人物とが、同一人なりや否やという点は未だ判らないとしても、土井晋策の奇怪な行動は充分に容疑者としての条件を持っている。で、角田の陳述を聞き終った朝沼検事は、直ちに三陽ビルの土井の事務所に電話をかけさした。勿論、土井が居れば直ぐに召喚するし、居ないとすれば、より嫌疑濃厚として直ちにその手配をするつもりだったが、驚くべし、電話をかけに廊下へ出て行った書記が、間もなく喫驚したような顔付きで戻って来て、

「土井は自殺してるそうですよ」

と、実に意外なことを報じた。

「今、M署の係りの人が臨検して、検屍が済んだばかりの所だそうです」

それを聞いた瞬間、朝沼検事の鋭い頭にピーンと来たものは、加害者としての土井晋策の自決だった。しかし、

自殺のために事務所を利用したとはいかにも奇妙だ。検屍が不備だったとすれば、あるいは他殺？　そう思うと、朝沼検事は直ちに帆足課長、加能検屍医と一緒に、内幸町の三陽ビルへ自動車を飛ばした。

車で大体十分足らずの距離だが、二つの事件が無関係に起ったと考えられない以上、この十分足らずの距離のことは充分頭に置いていいことだ。

さて、土井晋策の変死現場を一瞥した瞬間、容易ならぬ事件の紛糾を予想したので、直ぐに来いと、僕に電話をかけて寄越したのだ。

指紋のない拳銃《ピストル》

これは後から聞いた話だが、土井晋策という人物は、端倪すべからざる所のある一種の傑物だそうだが、事件当時は、東部アフリカ方面に向って積極的な貿易を企図して、その資金に悩んでいたらしい。で、その土井貿易商会は、三陽ビル階上の五号室と六号室だが、土井が変死していたのは六号室の方で、設備の調った十坪ばかりの事務室だった。

部屋のほぼ中央に、大きな事務机がある。その事務机の左側の廻転椅子に、渋い背広姿の土井が、左肘を机に預けて、心持ち上体を前屈みに、何か考えているような姿態《ポーズ》をして死んでいる。ダラリと下った右手の先には、消音装置の付いた精巧な拳銃が今にも落ちそうにキラキラ光っていた。前額部の中程に、ひどい火傷裂傷を伴った銃創孔が焦げたように抉り付けられていたが、顔は殆んど無表情で、眼瞼《まぶた》は軽く閉じていた。

僕が着いた時は、加能検屍医の再検屍が恰度澄んだところだった。現場は一糸乱れず整然とされていて、机の上には遺書を書いたらしい形跡がある——つまり、屍体の直ぐ前に赤線罫紙が古風な青銅製の文鎮で押えられてあった。加能検屍医は僕に向って笑いかけた。

「黄木さん、もし、他に条件がなかったならば、この変屍体は当然、自殺と見るべきでしょう。

まず、屍体の姿態《ポーズ》は極めて自然だし、顔面表情も眠るがように穏やかです。それと、致命傷である貫通銃創が、額部中央に接着して発射されている点です。

接着発射による銃創の場合は、火薬が皮膚内に入って破裂しますから、周囲に火傷を伴うことは勿論、この銃創孔を御覧になれば判るように、ひどい裂傷も伴うものです。

そこで、かように無抵抗状態で接着発射した自然体位の屍体を、万一他殺ではないかという色眼鏡で見るとすれば、当然催眠剤の利用を連想しなければならない順序になるのです。しかも、この点は単なる常識上の推理ではなくて、この屍体の眼瞼が閉じている点からも、漠然と疑える訳なのです。

つまり、屍体の眼瞼は半眼になってるのが普通ですが、最前の毛塚の惨殺体のように見開いているのは、恨を呑んで死んだとか、苦悶のままに死んだとかいう場合で、眼瞼の閉じているのは、よほどの覚悟の自殺か、でなければ、睡眠状態から死に移行したことを証明しているのです」

「では、屍体解剖が先決だ」

例に依って、朝沼検事の先決主義だが、

「しかし」と、帆足捜査課長は、敏腕な実際家らしく、凝《じ》っと拳銃を瞶《みつ》めている。「他殺だという概念が成立すれば、拳銃の指紋鑑定が第一ですよ」

「勿論ですとも」加能検屍医の微笑には、ちょっと揶揄するような影が見えた。「勿論ですが、これが他殺だったならば、これだけの用意周到な謀殺をやる狡智な犯人が、自分の指紋を残さないのは勿論、引金の部分に被害者の指紋を押し付けることを、まさか忘れはしないでしょう」

その点、その時は、僕も同じ考えだったが、至急に呼び寄せた指紋技師の慎重な鑑識の結果は、意外にも捜査課長の勝利に帰した。つまり、拳銃には指紋が一つも付いていないのだ。土井晋策はいうまでもなく素手だった。これこそ、立派な他殺の暗示じゃないか⁉

勿論、土井の死は他殺だった。——それから二時間と経たない中に、N大で急遽屍体解剖をした結果、胃の内容物から催眠剤ヂアールの検出に成功したが、土井が他殺と決定すると、二つの殺人が、極端に対蹠的な相貌を示している点から、事件は俄然渾沌としてしまった。


突然、夢から醒めたようにパッと明るくなった。いつの間にか眼に慣れていた古風な広間が忽然と純白な現実に甦ると、窓の硝子に太い雨脚が矢のように映り出した。黄木は眩しいように肩越しの視線を細めながら、フッと蠟燭を吹き消した。

さて、いよいよ女主人公《ヒロイン》の登場となる。

前にも云ったように、その日は日曜日で、それに早朝だったから、三陽ビルの中は死んだようにガランとしていた。ビルの小使をしている小島という男の話では、玄関の鎧扉《よろいど》は八時を過ぎてから開けたと云うのだから、被害者も加害者も裏口の通用門から出入りしたんだろうが、三陽ビルの裏通りは、俗に云うビル街の谷間というやつで、人通りが極く少い。それに、日曜の早朝だから、目撃者のあろうはずもない。

で、九時半頃、小使が廊下でも掃除しようと表階段から階上へ昇って行って廊下を突き当り、右の方を何気なく見ると、六号室の洋扉《ドア》が開け放しになっている。はてな、休みのはずなのにと、変に思いながら、そこまで行って覗いて見ると、入口の壁に、白蠟のように蒼褪めた秘書の三谷千鶴子が、放心して靠《もた》れかかっていて、小島に気が付くと、

「アッ」

と、夢から醒めたように叫んだ。小島も、土井の屍体に喫驚して立ち竦んでいると、千鶴子が気の立った声で、

「早く、警察へ電話をかけ下さい」

と叫んだそうだ。

僕はこの小使の審問には加わらず、明石町の現場へ毛塚の屍体を検べに行っていた。屍体を調べてから、角田を少し訊問してみた。僕には、どうも角田が、薬局へ現れた青い上衣の男を知ってるような気がしたが、角田は「全然知りません」と断言している。

それから、拳銃に就いては、角田の話に依ると、五六年前に土井晋策がアメリカへ旅行をした時に拳銃を求めたことは知っているが、その拳銃が普段どこに置いてあるのかは全然心当りがないという話。

「では、どこに置いてあったか、君の考えを云ってみたまえ」

と、重ねて詰問すると、角田は妙な顔をしていたが、

「やっぱり、旦那さまのお部屋じゃないでしょうか」

「不思議だね。その拳銃を持ち出せる者は、土井でなければ、君だけじゃないか」

この一言で、角田は正直者だけに真青になって、今にも食いつきそうな表情をした。

例に依って、僕の悪い癖だが、どうも僕は犯罪捜査に当ると、直ぐに最短コースを撰びたがるのだ。その時も、無意識の中に、角田と青い上衣の男を結び付けようとしていたに違いない。

で、そんな考えで現場を調べていると、自然に外部と

内部との連絡に主点を置いてしまう。例えば、窓の螺旋錠なんかが馬鹿に気にかかる。螺旋錠と云えば、土井の重厚性を示しているのか、居間の窓のやつなんか特別に長くて、七度位クルクル廻さなけりゃ外れなかった。

その螺旋錠をいじくっていた時には別に深くは気に留めなかったが、住居の裏手のひどく静かな所へ出て見ると、何か頭へピーンと来た。要するに暗示《ヒント》というやつだが、ぼんやりと写真器の謎が判りかけてきた所へ、朝沼検事からも電話がかかってきて、

「大体、事件の解決点へ達したから、直ぐに来るように」

という話なので、とにかく僕は、直ぐ三陽ビルへ引き返した。しかし、事件解決の暗示をぼんやり摑んでいただけに、土井商会の応接間になってる五号室で、かなりに緊張した様子の朝沼検事に取り調べられている三谷千鶴子の様子を見ると、僕は思わずハッとした。

白蠟の顔

今にも失神しそうな、血の気の消え失せた顔だった。パステルで描いたような紅い唇をギュッと噛んで、長い睫毛が紫色に見える切れ長の瞼を堅く閉じて、風に揺らぐ葦のように肘かけ椅子の中でユラリユラリとしている。ひどく異国情緒《エキゾチック》的な感じのする和服で、襟足の綺麗な情緒的な断髪だった。

何年経っても、その時の印象が変に残っていた。率直に云えば、その瞬間、僕の理性も歪みかかっていたのだ。それと思い比べて、紺野晃《こんのあきら》の――例のコンノ・ア――心情も無理はなかったとも思える。

M署の警察医の話では、最初の検屍が終るまで、千鶴子は大きな事務机のまわりを傷心したようによろよろと往ったり来たりしていたが、警察医が自殺だと断定すると、ホッとしたように部屋を出て行ったそうだ。

彼女の住んでいるアパートは、三陽ビルからは近い。で、二度目の検屍で土井の死が他殺だと推定されると、朝沼検事は直ぐに電話で、また彼女を呼びだした。

僕と殆んど一足違い位に、千鶴子は急いで来たそうだが、鋭くなった現場の空気に触れると、ハッとしたように、

「やっぱり、他殺だったんでしょうか?」

と、朝沼検事に訊いたという。そう云いながらも、他

殺だと判ると、ふらふらと屍体の側へ行って、崩れるように足下に蹲《うずくま》った。そういう劇的動作《ゼスチュア》が、変に朝沼検事の心証を悪くしたらしいのだ。

「今朝、貴女は、土井晋策に逢ったはずですね？」

朝沼検事の訊問の調子は、冒頭《のっけ》から、辛辣を極めていたが、千鶴子の態度には悪びれた所はなかった。

「はい、逢いました。八時少し前頃、アパートの妾《わたし》の部屋へ見えました」

「どういう用件で？」

「土井さんは、『事務所までちょっと来たから』と仰有ってましたが、恰度妾のところに友達がいましたので、そのまま直ぐに事務所の方へお出でのようでした」

「では、日曜日にも拘らず、土井が事務所へ来た。その用件は何です？」

「妾には、全然判りません」

「一体、貴女は被害者の何です？」

「何と云ったらいいのでしょう。やっぱり、秘書です。土井さんは亡くなった父の知人で、妾には東京に知合いがないのでいろいろとお世話になっているのです」

「被害者との内縁関係は？」

「仰有る意味が判りません」

「要するに、単なる秘書か？　という意味です」

「それならば、判ります。現在は単なる知人ですが、もし土井さんが求婚《プロポーズ》したならば、妾は結婚したかも判りません」

「すると、土井が事務所へ来た用件は判らんが、とにかく、貴女はその後を追って事務所《ここ》へ来たんですね？」

「いいえ、妾がここへ来た時には、土井さんはもう死んでいたのです」

「では、貴女は何のために事務所へ来たのです？」

「……………」

「何のためにです？」

「偶然にです。お友達と外出するので、土井さんがまだいらっしゃるかと思って——」

「すると、屍体発見は偶然だった、と云うのですか？」

「そうです」

「その友達も一緒でしたね？」

「そうです」

「その友達は、どうしました？」

「お帰りになりました。いいえ、妾が帰って戴きました。その方は土井さんの死んだこととは、絶対に関係はありません。その方はズーッと妾と一緒に居たのです」

「青い上衣の男ですね?」

虚を衝いた質問だった。千鶴子はさっと唇まで白くしたが、ふと気が付いたようにブルンと頭を振った。

「いいえ、違います。紺野さんは黒い外套を着ていました」

「紺野?」

朝沼検事の眼の前に、写真器のケースがサッと浮んだに違いない。

「紺野晃という人です。神田の宇田川外科病院へ勤めているお医者さんです。その方が今朝アパートへ妾の写真を撮りに来たのです。前から、芸術写真サロンへ出品する肖像《ポート》のモデルになってくれって頼まれていましたので、今朝その約束を果したのです」

すらすらと、何事でもない事のように三谷千鶴子は陳述したが、そういう重大なことを、何でもない事のように陳述されただけに、朝沼検事の心は逆に混乱を来したらしい。

勿論、検事としては、この美貌の秘書を既に容疑者としていた。第一に、その態度だ。第二に、土井が殺害された前後の時間に、現場附近に居たらしい点だ。第三に、もし土井が催眠剤を服《の》まされたとすれば、それを巧みに盛った者は、常識的に見ても彼女が一番嫌疑濃厚だ。ところが、その三谷千鶴子が、毛塚を惨殺後窓から逃亡したと推定される加害者が、土井謀殺の現場に恰度その頃居合せたというような、捜査上の重大要点を平気に陳述するのだから、検事が解釈に苦しんだのは当然だったろう。

やがて、容疑者三谷の心理状態を測定しかねるように、暫らくの間口を噤めていた朝沼検事が、不意に、

「では、毛塚の加害者は誰だね?」

と、鋭く詰問した。つまり、心理反応の鑑定をやった。虚を衝かれて核心を詰問されると、犯罪者心理としての反応を簡単に示すものなのだが、千鶴子の場合は、その程度があまりに激し過ぎた。瞬間、その詰問の意味が判らぬかのように、あの嘆くような優雅《エレガント》な顔をグイと真直ぐにしたが、

「アーアッ」

と、悲鳴のような叫び声を上げると、いきなりその顔を両手で蔽ってしまった。

それっきり、朝沼検事の巧みな誘導訊問に対しても、沼のような沈黙に陥ってしまったそうだ。

黄木は最後の煙草を丁寧にほぐしながら、窓の硝子に顔を押し付けた。僕の知ってる限りでは近年にない豪雨だが、さすがに雨脚も疲れたらしく、いつの間にか雷鳴も遠くなっていた。気が付いて見ると、周囲の卓子は一人二人と人数が減っていたが、柱の蔭の女は、同じような姿態で、相変らず静かに小説を読み耽っていた。

薔薇の棘

さすがの朝沼検事も、執拗に沈黙をつづけてる美貌の秘書には大分手を焼いたらしいが、改めて重要な容疑者として一時応接間に抑留することにした。だが、僕にはどうしても三谷の態度が腑に落ちない。

独逸《ドイツ》風な重厚なセットに飾られた応接間の一隅には、接待用の紅茶を入れる設備がしてあった。催眠剤を入れた飲物は、当然そこで作られたと考えられるが、その側に備え付けられた大理石《タイル》張りの洗面台で手を洗いながら、何気なく眼の前の化粧鏡を覗いて見ると、卓子に向ったままの千鶴子の姿が斜めに映っていたが、ぼんやり前方を瞶めているその眼眸《まなざし》から、水銀のような涙がポタポタと落ちていた。僕には、それが誰かを庇っているからだと思えたが、それならば、一体誰を庇っているのだろうか⁉

それから間もなく、僕達は三陽ビルに近い食堂《レストラン》で遅い昼食を取りながら、宇田川病院へ飛んで行った刑事の報告を待っていたが、朝沼検事は三谷の陳述には半信半疑の様子だった。

「黄木君、僕には判らんな。何故、三谷千鶴子は紺野のことを簡単に陳述したんだろう？」

「問題はそこだ。しかし、僕の解釈としては、紺野がこの事件に関係してないからだと思うね。それに、紺野という男は、この事件の真相を知りたがっている。それでなければ、屍体を撮影しようとする訳はないからな」

「では、何故、彼は毛塚惨殺の現場に居たんだろうか？」

「医者と重傷者とですよ」

僕はあっさりとは云ったが、未だその時は、ハッキリした自信があった訳じゃない。しかし、僕を買いかぶっている検事は、云ってる僕よりもピーンと来たらしい。

「ああそうだったのか？　では、今朝早く土井が出かけた用件は、監禁した毛塚の重傷を処置する外科医を頼むためだったのだ」

その宇田川外科へ飛んで行った刑事が、紺野は休みだと聞いて、さらに本郷区東片町の、未だ独身の紺野が寄寓している義兄の家へ急行すると、恰度その時、紺野晃は押入れを改造した暗室で現像の最中だった。そして、そのまま仮審問所に宛てられた三陽ビルへ引致されて来た。

朝沼検事は、土井の屍体のあった位置に腰かけた。事務机の向うの紺野は、何か大罪でも犯したかのように、端然と覚悟の色を見せていたが、勿論、隣室に千鶴子が悄然と項垂《うなだ》れていることは知らなかったろう。

紺野晃の陳述は、大体こうだった。――

その朝、未だ暗い中に、紺野は展覧会出品の「黎明の外濠」を撮すつもりで、愛器を持って家を出た。

ところが、その留守中に、立派な紳士が紺野を訪ねて来て、留守だと知ると、いかにも残念そうに、名刺の裏に万年筆を走らせたのを置いてったが、――勿論これは土井晋策だ。名刺の裏には、是非お願いしたいことがあるので左記の所へお出で下さい。八時半までお待ちしている。と三谷千鶴子の名前と、アパートの略図が書いてあった。

殆んど入れ違い位に帰って来た紺野は、直ぐ外出姿に換えて、千鶴子のアパートへ行ったのだが、紺野の話に依ると、土井の用件は全然判らなかったそうだ。

一月ばかり前に、ちょっとした手術で一週間ばかり通った外来患者として、紺野は土井を知っているだけで、それが事件の二三日前に、偶然東京劇場で出逢った。その時、土井と一緒に居た千鶴子をはじめて紹介されたのだが、つまり、その印象が紺野の瞼に焼き付いていたのだ。

だから、紺野としては、肖像を撮る機会を得ることがその目的だったが、訪ねて来た紺野を見ると、千鶴子は「何の用で来たか？」としきりに訊くので、

「僕にも見当が付かないのですが、僕としては、ただ貴女の肖像を撮らしてもらいたいんです」

と率直に云うと、千鶴子は何かしきりに頷いていたそうだ。

間もなく、土井も来たが、紺野を見るとひどく喜んで、直ぐに三陽ビルの事務所へ一緒に行き、非常に生真面目な態度で毛塚の重傷処置を頼んだそうだ。

「貴君もお気付きのように、これは一種の監禁行為で

すが、今日一日はどうしてもその必要があるのです」

紺野は、土井の決意を知ると、では怪我人だけは診《み》ますが、秘密は保てぬかも知れないときっぱり答えた。土井はそれでも満足して、直ぐに謝礼契約書を書いた。つまりこれは、土井が几帳面な性格だったのと、途中で紺野に中止される懸念から書いたんだろうが――

契約書は紺野が持っていたが、貴殿の要求通り謝礼するという文句を、赤線罫紙に書いて署名してあった。現場に遺書を書いた形跡が残っていたのは、実はその契約書を書いた跡だった。

そこへ、後から千鶴子がやって来て、紅茶を入れて出したそうだが、紺野が手洗所《トイレット》から帰って見ると、直ぐにも出かける気配だった土井が、重苦しい顔色をして受話器を堅く摑んでいた。

「出かけませんか」

と、紺野が云ったが、土井はちょっと頭を振るようにしたそうだ。

おそらくは、土井が衝撃《ショック》を受けるような電話を聞いたんだろうが、紺野は変に思いながら廊下へ出ると、洋扉の前に立っていた千鶴子がひどく元気のない声で、

「土井さんは直ぐにはお出かけになりませんわ。その間に、写真を撮って戴けません?」

土井の依頼を承知したのも、千鶴子との機会を失いたくなかったからなので、勿論紺野は喜んだ。さっそく二人で三谷のアパートへ帰った。

アパートの千鶴子の部屋には三十分ほど居たそうだ。千鶴子はどことなく落ち付かない様子だったが、望み通りの姿態をしてくれるので、肖像や横顔を幾枚も撮っている中、フト時計に気が付くと八時半を過ぎている。

「土井さんは、どうしたでしょうか?」

と、紺野が訊くと、千鶴子は喫驚したように時計を見上げて、

「行って見ましょう」

と、自分から先に部屋を出た。三陽ビルの裏階段を昇って行くと、建物の中がガランと静まり返っているので、もう帰ったのかなと、紺野は不思議に思いながら洋扉を開けて見た。すると、土井が睡ったように死んでいたのだ。

千鶴子は二三歩遅れて来たが、愕然としている紺野に、

「土井さんは、静かに眠るのが好きですのよ」

と云いながら、覗くようにして部屋の中を見た。がその瞬間、絹を引裂くような声を上げて、気を失ってしまま

ったそうだ。

やがて気が付いた千鶴子が、何か深く決心したように、

「後のことは妾が始末しますから、貴君はこのまま帰って下さい」

としきりに云張るので、紺野はその通りにしなければならぬような気がして、不安の心のまま往来へ出たが、何か夢を見ているような気持だった。

だが、考えてみると、土井の家には監禁された重傷者がいるはずだ。依頼した土井は死んではしまったが、そこへ行って見ずにはいられない医師的良心が、紺野の心に勃然と起ってきた。で、直ぐに自動車を飛ばした。が、土井の家は玄関にピタリと錠が降りている。呼鈴を押しても返事はない。紺野は妙に不安を感じながら、建物の横の細い通路を通って、裏口へ廻ってみた。

するとその時、裏口の開き扉を開けて、青い上衣を着た男が、後の方をひどく気にしながら逃げるように出て来たが、紺野に気付くと、愕然としたように立ち竦んで、

「あッ、僕じゃない。僕じゃありませんッ」

と、何か喚くようにガタガタと顎を慄わしていたが、突然、紺野を突き飛ばして、転がるように逃げ去ってしまった。

紺野はちょっと茫然としていたが、何というか、突然衝撃《ショック》のような予感に襲われた。土井の奇怪な変死——美貌の秘書が描き出す不可解な雰囲気——重傷者が監禁されてる家から血相変えて飛び出した男——クルクルと、そんな事が眼の前に渦巻きながら、紺野は殆んど無意識に裏口から飛び込んだ。廊下が左へ折れている。と見ると、直ぐの部屋の洋扉がゆるく開いている。紺野はフラフラと中へ入った。

ある頂点に達した恐怖は、感覚の外へ出るもんだそうだが、紺野の話では、息詰るような惨殺死体を見た瞬間も、妙に恐怖の感じはなかったという。それよりも、土井の屍体を見た刹那、崩れるように失神した三谷千鶴子の脅えきった美しい顔が、まるで夢魔のように部屋一杯にひろがってきた。

暫くは喪心したように佇んでいた紺野の手が、ふと、外套のポケットの写真器に触れた。土井の屍体を発見した時も、前後の事情からあまりに不思議な死に方だと思ったので、単なる好奇心ではなしに、屍体を写真器に収めておいた。その時の紺野としては、後で調べるつもりだったろうが、今度は殆んど無意識に、焦点を合せはじめたのだ。そこへ突然、足音がした。角田が帰って来た

のだ。

後は角田の陳述通りだ。紺野はその時何故逃げ出したのか自分でも判らない、と云ってはいたそうだが、ともかく、一応はその気持も無理はない。

青い上衣の男

さて、期待していた紺野の陳述は、結局、事件の核心を素通りしてしまった。といって、見るからに生真面目らしい紺野晃が、まるで懺悔でもするように秩序正しく陳述した内容は、検事としても、そのまま頷くより仕方がなかったろう。

「どちらにしても、君の取った態度は、あまり香しい事とは云えない――」朝沼検事は催眠剤《ヂアール》のことを念頭にしながら、穏かに云った。「もし、土井の変死を君が直ぐに報じてくれたらば、あるいは一方の惨劇は防げたかも判らない」

それこそ、後悔と不安とを混ぜながら、紺野は深く項垂れていた。が、朝沼検事が、

「一体、土井の変死を何だと思っていますか?」

と訊くと、紺野は喫驚したように顔を上げた。

「やっぱり、他殺だったのですか?」

「すると、貴君は疑惑を抱いていただけですか?」朝沼検事は凝ッと紺野を瞶めたまま、「しかし、ヂアールという劇薬は医師専用のものですね?」

催眠剤の名を聞くと、紺野はハッと身体を伸した。

「では、やはり、あの女《ひと》も共犯なのですか」

苦痛に充ちた眼の色だった。「あの女の現場不在証明《アリバイ》はあるのです。僕の言葉では、何にもならないでしょうか⁉ しかしあの女は、僕にこういうことを訊いたのです。土井さんがアパートへ見えられる少し前、突然、僕の言葉を遮って、『近頃、不眠で困っている。一番早く効く催眠剤は何ですか』と、僕に訊いたのです。僕は何気なく、ヂアールだが素人には売りませんよ、と云っておきましたが――土井さんがそれを服んでいたとでも云うんでしょうか?」

朝沼検事は直ちに、三陽ビルの周囲にある薬局を、一軒一軒調べさせた。ヂアールの出所を決定するためだったが、間もなくアパートに近い薬局で、その点は判明した。その薬局の主人の話に依ると、朝早く、青い上衣を着た若い男が、拇印を押した紺野医学士の名刺を持って、

「今、遠くから往診に見えた先生が忘れて来たので、至急三服呉れ。僕はそのアパートの者だ」と云うので、そのまま信じて売ったという。

　そこで、問題は名刺の拇印だ。直ぐに指紋技師を呼んで鑑定させると、それまでに採集分類してあった事件関係の指紋と照し合せた結果は、あの裏口の開き扉の把手《ハンドル》に付いていた、血染めの指紋と同一だということが判った。この点が判明してみれば、とにかく、紺野晃は事件そのものには局外者となる訳だ。

　しかし、朝沼検事から一応の帰宅を許されても、紺野の様子はそれを喜ぶというよりも、その場を立ち去り渋ってるように見えた。

「紺野さん」と、僕は出きるだけ親しく紺野の肩を叩き、

「まあ、事件が解決するまで、あの女の人間性《パーソナリティ》を信じてる方が楽ですよ。それから頼みがあるんですが、貴君が撮った屍体写真を見せてくれませんか？」

　紺野もその意味が判らないと見えて、妙な顔をしていたが、

「直ぐに陽画《ポジ》にしてお届けします。何なら引き伸しましょうか？」

「面倒でも、そうお願いしますよ」

　心を残すように、紺野は仮審問室を出て往った。

　さて、青い上衣の男という幽霊みたいな容疑者が、事件の渦中に浮き彫りになっては来たが、その正体は、三谷千鶴子の唇を通さなければ、皆目判らんという始末だ。問題はいかにして、この執拗な沈黙者を喋らせたものだろうか？　という点だ。

　勿論、隣室に居るんだから、紺野が取り調べられたことは感付いてはいたろうが、千鶴子は殆んど同じような姿勢で卓子に向っていた。

「三谷さん」僕は無造作に呼んでみた。「甚だ恐縮ですが、検事と僕に紅茶を御馳走してくれませんか？」

　いや、実際に飲みたかったのだ。勿論、千鶴子は素直に頷いて、直ぐに立上った。そういう聡明な人柄なんだ。朝沼検事と僕とは椅子に並んで、スラリとした人形のような感じのする後姿を見やっていたが、やがて卓子の上に、紅茶が並べられた。甘味《スウィート》なほのかな匂いが卓上に漂った。検事は例の渋い顔付きで、紅茶を啜りはじめた。

「三谷さん」自然と、僕の気持が打ち融けてきて、

「紺野君の話の様子では、貴女の兄さんは、とにかく毛塚に逢ったらしいですよ」

千鶴子は疑うような眼眸《まなざし》を、チラリと僕に向けた。

「青い上衣を着た人は、貴女の兄さんですね?」

千鶴子は軽く眼を閉じた。まず、これで緒《いとぐち》を摑んだ訳だが、

「貴女は、兄さんに頼まれてギアールを盛ったんでしょう? 勿論、貴女達には殺意はなかった。しかし、土井さんが催眠から覚醒した時に、何と云ってお詫びするつもりだったのです? 土井晋策にしても、重傷に乗じて監禁する位だから、毛塚に対しては、相当の用件があったはずでしょう。貴女は、土井が毛塚を監禁した理由を知らないようですね?」

千鶴子は僅かに頷いたようだが、勿論、僕だって知らんのだから、実に危い話であった。

「我々の方では、今までの取調べや、捜査の経過で何もかも判っているが、まず、貴女に忠告しておきたいのは、結局貴女の沈黙は何にもならない、という事ですよ。

まず、青い上衣の男の行動を話してみましょうか?

昨夜、青い上衣の男は毛塚暁助を尾行していた。すると毛塚が土井の家へ入ったので、遅くまで表で見張っていた。毛塚はなかなか出て来ない。その中に、土井の家の中で、ただならぬ気配がしたばかりでなく、用事から帰って来た下僕がその足で薬局へ飛んで行って、怪我の手当をする繃帯材料を買ってきたので、この分では毛塚は今晩帰らぬと見て、貴女の所へ引き上げた」

まるで、往来の八卦屋さん式だが、僕としては真剣だった。この緒を無にしたらば、事件の背景《バック》である動機を知る機会を、ズーッと遅らせてしまうかも知れない。

「その人は貴女の部屋へ泊ったでしょう? 貴女は土井晋策とは親しいが、その人は土井をよく知らないので、どうしたらいいだろうかと、貴女に相談したはずですね?

貴女の兄さんが毛塚を尾行し、土井に催眠剤を服ますような非常手段に訴えるまで、毛塚と直談判をしようとした重大用件は別問題としても、見るからに凶悪残忍な人相体貌をしている毛塚暁助には、青い上衣の男では、ちょっと歯が立たないはずですな――それだけに、今朝は絶好の機会《チャンス》でしたね?

今朝早く、紺野医学士が貴女の部屋へやって来た。その紺野は、土井の用件は全然判らない、と率直に云ったけれども、しかし、貴女たちには推察することは出来たはずですね。

毛塚は外科医に見せねばならんほど重傷している。し

かも殆んど無人な土井の家で、貴女の兄さんはその目的のために、非常に苦労を払っていただけに、この絶好な機会は逃せられなかった。ただ数時間、土井をこの事務所に抑留すれば、無抵抗な毛塚暁助とどんな談判でも出来るから、この際手段は撰べないというので、催眠剤で眠らせることを思い付いたんでしょう。

勿論、貴女は一応は拒絶したでしょう。にも拘らず、到頭貴女が催眠剤を服ませることを決心したのは、つまり、貴女たちの目的と、土井が毛塚を監禁した理由とが、ピッタリ同じだったからです」

確信を見せて、僕はそう云い切ったが、何というのか、こういう推理的展開をしたのも一つの勢いであった訳だ。そして、相手の眼をジッと瞶めながら、

「一体、それは誰の所有品《もの》です?」

と、自分でも漠然としたことを、間髪の気合で、エイッと詰問すると、千鶴子はハッとしたように顔を上げた。

「父のものです」そう云ってから、僕の顔を疑うように見守った。「では、土井さんもそれを狙っていたのですか」

花一たび開けば、風その匂いを奪うというやつだ。さしずめ僕は東風か南風という訳だが、それはとにかく、一旦唇を開いた千鶴子は、既に心を決めてしまったと見えて、事件の背後に横っているものをすらすらと陳述し出した。——それはこんな風だった。

何でも、三谷兄妹の父というのは、上海で相当大きな雑貨店を経営していたが、何か他の事業の失敗から、その経営権を毛塚に譲渡してしまったらしい——尤も、共同出資の形は多少残して、息子の文彦に自分の代理をさせておいたが——

恰度、事件から二年ほど前に、その父親が南京《ナンキン》のある旅館で、突然死んでしまった。不慮の災難らしい話だが、その臨終に、やっと間にあった文彦に、兄妹の父親は何か暗号を書いた紙片を手渡して、

「地下室の秘密金庫だ。その宝石は自分のものだが、異議を云い出す者が一人居るはずだ。その男とは妥協しろ。ただ毛塚には注意しなさい」

辛うじてそれだけの事を云うと、そのまま息を引き取ったそうだが、毛塚に注意しろ、と云った父の言葉は、直ぐ眼の前に裏書きされた。

というのは、父と一緒に旅行してたはずの毛塚が、文彦が南京へ着いたのと入れ違い位に、急遽上海へ帰ってしまったからだ。それを知ると、文彦は心を焦立たせな

がら、やっと父の亡骸を始末して上海へ帰ったが、秘密金庫を開けて見ると、そんな物は影も形もなかった。

勿論、文彦としては毛塚を疑って、再三交渉したが、毛塚は、悪党張りの哄笑をするだけで、

「それが、貴君のお父さんの悪い病気さ。若い時から妄想的な所があってな。飛んだ罪なことを、死に際に云ったもんだ」

毛塚が盗んだという証拠もないし、第一、そんな宝石があったという証拠もないから、毛塚にいくら嘯《うそぶ》かれても、文彦としては私立探偵を頼んでみる位が関の山だった。そうこうしている中に、毛塚は雑貨店を建物ごと第三者に譲ってしまった。文彦との間の清算はいい加減に押し付け、間もなく内地へ引き上げてしまった。

ところがその後、文彦が妹とアパート住いをするつもりで、家を売り払った際、偶然、父の古い日記を見付け出して、その日記の記事から、その宝石の実在を確めてしまったのだ。この宝石は、事件が解決した後になっても、到頭その所在は判明しなかったが、日記に依れば、ブリリアント型に琢磨された素晴らしい緑色ダイヤであった。二十年ばかり前に、文彦の父が安南《アンナン》から印度《インド》へかけて探検旅行をした折に手に入れたというのだが、何か後暗いところがあるのか、その時一緒にいた青年との共有の名にして、そのまま秘密に所持していたらしい。

この事実を知った文彦は、直ぐに毛塚の後を追って東京へやって来たが、毛塚暁助は、

「何を馬鹿げたこと云うのか」

とばかり、てんで相手にしないばかりか、果ては面会謝絶の一点張りだ。どうも話の様子では胸の病気らしいが、その後間もなく、文彦は半年近く病院生活をやった。鎌倉のK療養所だが、そういう病気のせいか、謎の宝石を欲しがる気持が、かえって病的に昂進してきた。

妹の千鶴子が、兄の病気を心配して東京へ来たのは、その年の春だったが、文彦の病が次第によくなると、持ち前の性質から、漠然と遊んでいるのが嫌で土井貿易商会のタイピストになった。土井とは色々と話してみると、亡父とは旧知の間柄であるばかりか、宝石のことをどうやら知っているらしい口吻《くちぶ》りだった。

千鶴子の陳述は、大体そんな風だった。そして、青い上衣の男の無罪を堅く信じて、

「ですから、宝石こそ欲しかったのですが、毛塚さんに対して殺意があったはずはありません。土井さんには、尚更のことです。それに、あの拳銃が土井さんのものだ

と仰有るならば、どうして兄が手に入れたのでしょうか？　兄が療養所《サナトリウム》を出たのは、たった昨日のことなのですのに」

そうは云いながらも、催眠剤を盛ったことが、土井の変死を導いたことを思うと、居堪《いたたま》らないように暗澹として項垂れてしまった。


澄んだ空気がスーッと流れ込んだ。と見ると、あちらこちらで女店員が窓を開けている。

「やっと、止んだな」黄木は逞しい両手をググッと伸しながら、削いだような空を眺めやった。

「そろそろ帰るとするか」

「一体、犯人は誰なんだね？」

「犯人かね？」

黄木はチラリと柱の陰の方を見た。メニューが卓子にポツンと浮いてるだけで、妖婦《ニンフ》のような女の姿は既になかった。

「幽霊の正体見たり枯尾花、巧いことを云うもんだね。僕としては、惨劇の現場を調べた時に、解決の暗示を摑んでいたんだが、何といっても、推理内容を実在化する証拠がないんだ。ところが、紺野が撮った現場写真は僕の推理に安定感を与えてくれたんだ。

と云って、紺野の現場写真が鑑識課のと違っていたんじゃない。それこそ複写したかと思われる位そっくりなんだが、ほんのちょっとした妙な所があるんだ。土井の屍体の前の机上に罫紙が置いてあった、と云ったね。土井が謝礼契約書を書いたやつだよ。その上に、罫紙押えとして、青銅製の文鎮が置いてあった、と話したね。紺野の写真が鑑識課のと違ってる点は、朧げながらたった一ケ所ある。つまり、文鎮が濡れて光っているんだね。

大体、この事件の特徴はひどく難解のように見えるけれども、幾つかの矛盾を含んだ重要点《キイポイント》を冷静に客観的に分析して見ると、解答は自然と浮び出て来るんだよ。そういうつもりで二つ三つ分析して見れば——

まず、角田が聞いた第二の電話だ。

前後の事情から考えてみても、あの場合土井が、たった一人の留守番を遠い所へ使いに出すというのは、どう考えても不自然だ。それに、その電話があった八時前後には、土井はアパートか事務所かに居たに違いないから、自働電話を使うという事はないはずだ。

そこで、次の三つの場合が成立することになる。

一、土井がかけたか？
二、そんな電話がなかったか？
三、角田老人を一定の時間、現場から遠ざけるために、何人かが偽電話をかけたか？

もし、第三の場合であったらば、土井の声調を真似し得る自信を持っていたはずだと推定して、土井とは旧知の人物だという条件が付けられる。

次は、惨殺死体の致命傷だが――

第一の点はその受傷状態だ。毛塚の重傷は右側部であった。で、致命傷は左側顳顬部だから、寝ていた時に与えられた致命傷ではない。しかし、起きていた時に与えられたとすれば、直立の顔面に体して水平垂直の打撃はちょっと不自然だ。不自然ではあるが、二つの場合が考えられる。

一、撃剣でやる片手横面。
二、兇器の投擲。

第二の点は、顔面下部に向って、「！型」の凝血があった点だが、大体滴下型に凝結している血液は、受傷当時の体位を示しているものなのだ。この事実は、毛塚は逆に頭部を床に付けていた。ところが、色々なことを説明してくれる。その中で重要な点は、毛塚が受傷後、一定の時間垂直姿勢を保っていたという点だ。この点と致命傷の周囲の創傷反応の程度とを結び付けると、毛塚暁助は致命傷を与えられた後も、相当の時間は生きていたということが立証されるのだ。一体、創傷反応というものは生活体にだけあるものなのだ。毛塚の致命傷の場合は、周囲が暗紫色に腫脹していたのだから、その致命傷を受けた後でも安静を保っていたらば、直ぐには死ななかったろうが、つまり発見当時の姿勢になったために、床に頭を打ちつけて、そのために後続内出血を起して致死したのだ。

それから、僕がこの事件の解決の暗示を摑んだ現場の窓の螺旋錠だ。特別に長かったと云っておいたね。いや、普通の長さにしたって、もしその錠が充分に閉っていたらば角田の足音を聞いてからでは、紺野は窓からは逃げれなかったはずだ。で、その螺旋錠が開いていたか、あるいは充分に閉っていなかったとすれば、土井は早朝出かけたのだし、青い上衣の男は裏口から逃げたのだから、それ以外の人物が開けたと見るべきだが、もしその人物が角田老人でなかったらば、一体誰なのだろう？

さて、その次は拳銃に就いてだが——

拳銃がどこにあったか、という点は想像するより他に仕方がないが、一つも指紋が付いていなかったというのは、何を意味してると思うね。加害者のがないというのは、勿論、自分のを残さないために手袋を用いたか、ハンケチに包んで射撃したのだろうが、被害者の指紋が残されなかったという点を分析してみると、

一、全然、その点が念頭になかった。
二、もしくは、非常に切迫していて、そうする余裕がなかった。
三、もしくは、余裕はあったが被害者の手に巧く握らせられなかった。

この三点になる順序だ。ところが、第三の場合を証明するような事実がもう一つある。

つまり、兇行直後の机上にあった青銅製の文鎮が濡れている点だ。文鎮が濡れていたというのは、結局、紺野晃が事務室を出て、また事務室へ来るまでの、三十分位の間に何らかの理由で、その文鎮が水をくぐった——つまり、洗われたということを説明してくれるが、万一加害者がその行為をしたとすれば、何故、慎重に文鎮の位置を元の通りにしながら、その文鎮の水を拭うことが出来なかったか？

この解答は、土井の銃創管の方向が側面から説明している。というのは、あの加能検屍医でさえ、最初は自殺だと鑑定したのは、その一つの理由として、銃創管の方向が自殺として極めて自然だったからだ。いいかね。自分の右手で自殺したように見える銃創管は、対《むか》い合ってる加害者ならば、左手でなければちょっと不可能じゃないか?!」

「では、毛塚だ」

と僕が思わず云うと、黄木はニヤリと笑いながら、階段の方へ歩いて行った。豪雨に洗い尽された鋪道は鉄のようにしまって、自分の靴音が粘るように重く響いてくる。

「これは、単なる僕の推理だがね」と、黄木は歩きながら話をつづけた。

「毛塚の重傷は、故意か過失か、あるいは土井と争闘した際に、土井に突き落されて蒙ったのかは判らんが、とにかくその重傷に乗じて、土井が毛塚を監禁したこと

は事実だ。

この非常監禁の理由は、何かよほど重大なことには違いないが、それと同時に、土井が毛塚を監禁してまで果そうとした目的を遂行してしまった後では、毛塚にはどうすることも出来ない弱点を、毛塚は持っていると見るべきだ。

僕は、やっぱり謎の宝石だろうと思っている。想像を逞しくすれば、三谷兄妹の父が日記の中に、共同所有にしたと書いている青年は、土井晋策でもいい訳じゃないか。

ところで、寝台の中に居た毛塚は、角田から、土井が事務所へ行っていると聞くと、まず逃げ出そうと考えて、異常な体力に鞭打ち、部屋の隅の戸棚に隠された自分の衣類を着てしまうと、ふと、悪魔のような閃きを感じたんだろう！

第一、自分は身動きの出来ないほど重傷している。もし、一定の時間、角田をこの家から自然に遠ざけておいて、その間に再び元の寝台へ戻って呻吟していれば、これは、立派な現場不在証明《アリバイ》になる！

第二に、日曜日の朝だから、三陽ビルはガランとしていて、裏口から出入りすれば、何人の眼にも触れないはずだ。よしんば、人の眼に触れても、その時は兇行さえ中止すればいい。また、兇行をやり損っても、土井は、既に自分を不法監禁しているのだから、土井自身がそれを黙殺するはずだ。

勿論、これは毛塚が、土井の拳銃のあり場処を知っていたか、あるいは偶然その拳銃を見たか、ということを前提にするのだが――

恐るべき敵、土井晋策をこの世から葬ってしまう可能性を見出すと、毛塚は肉体の苦痛を押し殺して窓から裏庭へ忍び出た。

勿論、第二の電話は毛塚の策略だ。附近の自働電話でそれをかけると、念のために、角田が外出するのを見定めてから、三陽ビルへ自動車を飛ばした。

一方、土井は紺野と一緒に自宅へ戻ろうとした所へ、衝撃を感じるような電話がかかって来た。この電話は三谷文彦が毛塚の家人を装って、『今、毛塚を連れて帰るから』とかけたんだそうだが、つまり催眠剤を服ましても直ぐに出かけられては何にもならないから、薬が効くまで土井を釘付けにしようとした窮余の一策なんだが、吃驚した土井は直ぐに角田に電話をかけた。ところが、角田は留守だ。さすがの土井晋策もなすべきところがなく、あの事務室で茫然としていたことだろう。

そこへ、突然、兇悪な形相の毛塚が幽霊のように入って来た。しかも眼には歴然たる殺意を漲らせて、左手に握ったままの拳銃を外套のポケットから出そうとしている。窮地に追い込まれて、愕然と戦慄した土井の手が、ふと机上の文鎮に触れた。土井は摑みざまに、エイッと、毛塚の顔面に投げつけたに違いない。

あの致命傷では、おそらくはさすがの毛塚も昏倒しただろう。

が、気が付いて見ると、奇怪にも土井は廻転椅子に睡るが如く腰かけているではないか！

毛塚は蹌踉として立ち上って、土井を射殺し、辛うじて拳銃を握らせたが、床の上に転っている青銅製の文鎮を見ると、それに血痕があったらば、現場不在証明は瞬間に消え去ってしまうのに気が付いて、慌てて隣室の手洗い台で洗った。だがしかし、兇悪惨忍な毛塚暁助も丹下左膳じゃ、文鎮の濡れたのさえ碌に拭えまい。そこが犯罪の面白いところさ」

何が面白いのか、黄木陽平はそう云って、独りで含み笑いをした。

死線の花

一、惜春譜

「アオズイショオフチイリキクスイツメリュウバコンプクリンフウリントリカブトイリシシセイボタンザキ――ですよ」

「ええ？」

と思わず私は、丹念に苗床を作っている丘田《おかだ》精吉《せいきち》君の顔を見たが、読者諸君！　この変てこな長たらしい文句は、何と朝顔の名前なんですよ。生真面目な丘田精吉君はいかにも木訥らしく微笑しながら、園芸服のポケットから種子《たね》の入った小さな袋を摘み出した。

「つまり、朝顔は菊なんぞと違って品種が固定してやせんから、千変万化の花品に風雅な見立名《みたてな》を付けるのは煩瑣なのです。それで、普通は花だの葉だのの特徴で呼ぶんですが――今のはちょっと長過ぎますが判り易く云えば、青い水晶斑がある菊水爪竜葉で、花は紺覆輪《こんぷくりん》で風鈴鳥用の弁がある獅子性の牡丹咲という意味なんですよ」

「なるほどね、見事なもんでしょうな？」

ちょっと眼を閉じてみたが、正直のところ私にはてんで想像も付かない――精吉君は逞しい掌にザラザラと種子をあけて、何か労るような眼眸《まなざし》をしている。

「花も美しいですが、培養家の楽しみは、思った通りの変種を作り出す点にあるんです。一口に朝顔は、大輪に名花なく名花に種子なしと云われてる位で、つまり変種になると雄蕊雌蕊まで花弁に変化してしまうのですから、名花の正系を得るのは至難とされているのです。しかし、根柢においてはメンデルの遺伝法則に支配されているんですから――」

「じゃ、その点、貴君の方がお父さんの先生ですな」

「僕は単なる父の道具ですよ」

と若い生物学者は顔を揺った。「父にとっては、朝顔培養は少くとも芸術ですからね。しかし、父の身体があんなに弱ってしまっては、丘田家の朝顔作りも今年が最後でしょう」

「憲二君にゃ出来んのですか?」

「弟には花の魂が理解出来んでしょう。それはそうと、貴君にお願いがあるんですが——」

と精吉君は私の方に顔を向けた。精吉君の顔を真面《まとも》に見ると、決って私は菊五郎のやった坂崎出羽守を思い出すのだ。あれほどにひどくはないが、少年時代の大火傷の跡が、右横から見ると優雅なほど端正な顔を、ひどく醜くひき歪めているのだ。瞬間の気持を感じたのか、精吉君はわびしげに微笑した。

「この種子の中に僕が苦心を罩《こ》めた紅髭《べにひげ》交りの流星咲があるんです。去年惜春譜なんて雅名を付けたんですが、花が開いたら貴君の写真器《カメラ》で撮して大陸へ送ってくれませんか?」

「…………」

「面倒でしょうか?」

「いや、面倒どころか——しかし」

私は口をちょっと閉じた。何故、弟さんに頼まんのか? と、危うく云いかけたのだが、「いよいよ明日ですな」と話題をグイと外らしてみた。「直ぐにあちらへ行くんですか?」

「判りません」

精吉君は語尾に力を罩めて云った。「しかしいずれにしても、私は骨を大陸に埋める覚悟をしています」

「じゃ、我々は真摯な科学者を内地から一人失うんですな」

「そんなことは人類の集団現象の中では小さな問題でしょう。僕は民族興隆のために潔よく前衛に散るつもりです」

そう云いながら精吉君は朝顔の秘種を柔かく握って、愛しいもののように歪んだ頬に押し付けた。

「精吉さん」

突然、縁側の方から明るくはずんだ声がした。見ると、新鮮《フレッシュ》な果物のような感じのする小杉良子《よしこ》が、廊下をトントンと踏みながらピンポンをやる真似をしている。「お別れのゲームに来たのよ、今日は目茶苦茶に負けてあげるわ」

精吉君は喫驚《びっくり》したように立ち上った。

「憲二は居ないんですか?」

「あんな人、嫌いッ」

美しい娘は駄々児みたいに紅い唇を尖らした。そこからは温室の蔭にいる私が見えないとみえて、精吉君にまるで甘えるように「わたしが来るの判ってらっしゃるのに——」

「では、間もなく帰って来るでしょう」

「ううん、わたし今日、学者さんとこへ遊びに来たのよ。早くいらっしゃいッ」

そう云って廊下を馳けて往くのを、精吉君はぼんやり見送っていたが、

「御存じでしょう？　小杉さんのお嬢さんですよ」と、私を振り返った。「小さい時から自分の家のように往ったり来たりしてるので、あんなに遠慮がないんですが、あの人は立派な女性ですよ」

「あの女《ひと》ですね？　憲二君と結婚する方は——」

私としては何の気なしに云ったつもりだが、精吉君は妙にわびしく黙り込んで、掌の種子をポケットにサラサラとあけていた。

二、慷月調《こうげつちょう》

丘田家の隣りへ居を移してから一年近くになるのだが、一番先に知り合ったのは二男の憲二君だった。尤も、この見るからにスマートな美青年も相当の写真狂《カメラマニア》だったせいもあるが、その憲二君の部屋ではじめて精吉君と逢った時は、何と云うのか、ひどく感じの悪い第一印象を受けたのだった。勿論それは、私自身の浅薄さを告白するようなものではあるが、実際、不自然な醜貌は別としても、この真摯な青年は嫌人症に近い位の孤独癖に陥っている。二三度私の部屋で精吉君と話し合った事のある、例の犯罪鑑定家の黄木《おぎ》陽平も、「あの男は、はげしい自尊心と自己嫌悪のヂレンマに立ってるんだ」と云ったが、正にその通りだ。黄木の諧謔を以てすれば「視覚に来る美醜なんて、人間が未だ生物進化の段階にいる証明に過ぎんさ。あんな立派な男がげてもののような面をしてるのも、要するにソクラテスの猪鼻だよ。味わうべき運命のユーモアなのさ」

その黄木陽平が、その晩ひょっこりやって来た時に、私が朝顔の撮影を頼まれたことを話題にしてみると、

「そりゃ悲劇だ」

と優れた犯罪鑑定家は直ぐに断言した。「小杉良子っていい娘かい？　すると惜春譜って云う名花は、その少女に対する苦悩の象徴《シンボル》なんだよ。僕ならそう思うな。だから憲二君に撮ってもらいたくないんだ」

「やはりそうなるかなあ」

「だが、僕が悲劇だと云ったのはそんな意味でじゃないよ。人間愛の強い精吉君は、超然とした気持で潔よく大陸へ発つだろう。それも二人の幸福を願えばこそなんだが、果してその娘は幸福になれるだろうか⁉」

「？」

「うん、何んでもないんだが——あれは先々月だったかな」

と、黄木はちょっと躊躇する口振りを見せてから、

「憲二君が妙な女と一緒にいるのを横浜で見かけたんだ」

「どんな女？」

「勿論新鮮な果物じゃないよ。赤く染めた断髪でね、ドーラン化粧かなんかして、ちょっと見れる女だったが——」

「幾つ位？」

「齢か？　女は魔ものだからな。まあ三十五六っていう見当かな」

「一瀬《いちのせ》京子じゃないかしら⁉」

「知ってるのか？」

と黄木陽平は妙な顔をした。

「いや、よく似てるからだよ。道路から往くとグルリと随分廻るけれど、ちょうど僕んとこの前の崖の真下位に一瀬って資産家があるんだが、この未亡人がのんびり油絵なんか描いててね、この辺じゃちょっと変った型《タイプ》の、つまり噂の女なんだよ。だが、その女があの女だったら——」

「精吉君にゃ話さん方がいいね」

そう云いながら、黄木は気が付いたように、時計を見やった。「今晩、終列車で大阪へ発たんきゃならないんだ。まだ時間がある、ちょっと会って来るかな」

黄木は残りの紅茶をグイと飲んで、もう立ち上ったが、私達が玄関へ出て往くと、その精吉君が和服姿で尺八を持って立っていた。精吉君は黄木を見ると、ちょっと訝しいような眼差しをしていたが、

「黄木さん、貴方に逢えてよかったです」

「…………」

さすがの諧謔家も妙にしんみりしてしまったが、ふと尺八に気が付いて、「愛管としばしの名残りを惜しむんですな。僕にも傾聴させてくれませんか？　都山流《とざんりゅう》でしたね」

「そうです」

精吉君はわびしく云った。「実は、Mさんに聞いて載

こうと思って来たんですが――」

「じゃ、物干台がいいな」

と黄木が云った。「柔かい晩春の空を眺めながら、感慨を罩めた秘曲を聞くなんて――」

精吉君はちょっと項垂れるようにしていたが、「では、僕の部屋の窓のところで吹きましょう。尺八の音は夜陰に漂うと一層哀調の深いものだそうです」

碧い空は重く垂れてうるんだ星はもの憂げに煌いていた。黄木と僕とは妙に黙り合って、微風《そよかぜ》の漂う物干台へ昇って往ったが、間もなく、二十米《メートル》ばかり樹蔭を隔てた丘田家の二階の窓が明るくなった。そこは精吉君の書斎なのだが、窓の硝子《ガラス》に尺八を持った影絵《シルエット》が動き出した。やがて、窓際に端座をすると、爽快なリズムが静まり返った夜陰を縫って玲瓏《れいろう》とひびきはじめた。

「青海波《せいかいは》だね」

と黄木は呟くように言った。旅順口閉塞の壮挙を歌った豪壮なリズムの中に、応徴を前にした精吉君の異常な決意を、私はマザマザと感じていたが、と、一曲終ったと見えて窓が開いて精吉君が顔を出した。「慷月調をやりましょうか?」

そう云ってるように私には思えたが、やがて精吉君は端座しなおすと、咽ぶような静かな哀調が流れはじめた。黄木は黙念と腕を組んでいた。東坡赤壁《せきへき》の賦を奏でるという冴えた哀調が晩春の夜空を柔かく縫って、怨むが如く慕うが如く余韻嫋々《じょうじょう》として漂っていたが、曲が終ると、黄木は夢から醒めたように明るい窓の方を見やった。

「心境澄みわたって水の如し、だね。だが、こういう曲はなんだか嫌だなあ――見給え、感慨無量って恰好じゃないか」

私も窓の方を見たが、どんな感慨に打たれているのか、端座したままの影絵はしばらくの間動かなかった。

「うん、失敬するよ」

突然、黄木が立ち上った。どこかで、カーンとラヂオの時報が鳴っている。

「九時四十分じゃ急がにゃならん。おーい、精吉君、健康を祈ってるよ」と物干台から乗り出すようにして、黄木が大声を張り上げると、精吉君も窓から身体を突き出して、凝《じ》ッとこちらを瞶《みつ》めていた。

私が丘田憲二君の不可解な姿を見たのは、それから間もなくであった。ちょうど黄木陽平を玄関から送り出して、ふと見ると、私の前をスーッと引き返した男がいる。ソフト帽を眼深かにしていたが粋《シック》な背広姿には確かに見憶えがある。

「憲二君?」咄嗟に私が呼んだのだが、憲二君は逃げるようにそのまま横手へ廻ってしまった。

三、ホープの吸殻

O区I町——この辺一帯は概して寂しいところだが、思い思いの様式《スタイル》の文化住宅がクレヨン画のように散在している崖下の住宅区域は、殊に静かな一郭だった。この崖寄りにひろい裏庭を持った目に付くような瀟洒な建物が、事件のあった一瀬家なのだが、被害者一瀬京子は附近の話題になり勝な所謂派手な未亡人《メリィ・ウウィドウ》だった。屍体を発見した二人の女中の陳述に依ると——

その晩、京子はひどく機嫌がよくて、いつもより早い晩餐を済ますと、「さ、貴女達は映画でも見てらっしゃい。今晩わたし、一人きりで居たいんだから——」そう云って五円札を呉れたそうだ。女主人のお天気屋振りをよく知ってるだけに女中達は格別不思議だとは思わなかったが——十時半過ぎて——映画館から帰って見ると、玄関には別に異常はなかったが、奥へ通ずる廊下の突き当りの窓が開け放しになっていて、そこから京子の居間の辺まで大きな靴跡がベタリベタリと付いていた。女中達はキャッと声を上げて、直ぐに京子の居間の洋扉《ドア》を「奥さんッ奥さんッ」と叩いてみたが返事がない——怖々に開けて見ると部屋の中は真暗だったが、手探りにスイッチを入れた途端、目前の状景に若い女中達はヘタヘタとそこへ坐ってしまったのだった。

捜査課長、鑑識課員の一行が現場へ自動車を乗りつけたのは零時ちょっと前だったが、捜査課長の最初の推定は強盗殺人説だった。

部屋は目茶苦茶に掻き廻されてあった。手文庫、机の引出し、小さな書棚、押入戸棚の中までもひどく慌てて探し求めたらしく、手当り次第にほうり出された書籍や紙片が紫色の絨毯に落花のように散乱してる中に、婀娜《なまめか》しく盛装した一瀬京子が人形のように無造作に投げ出されていた。死体には抵抗した形跡は少しもなかったが、厚化粧した顔には云いようのない恐怖の影が刻まれていた。

検屍医の鑑定は扼殺——しかも、アッと云う間もなく、か細い頸椎までへし曲げられるほどの迅速強烈な扼殺だと鑑定した。致死推定時間は、死斑はかすかに現れているが下顎関節にも未だ強直が明瞭でない点から死後三時間前後――零時半の検屍として九時三十分頃と鑑定したが、この点は机の下に転がり落ちていた置時計がピタリと裏書してくれた。加害者が鍵のかかっている引出しを力任せに引張った時に机から転がり落ちたのだろうが、硝子が砕けて時計は九時三十三分で止っていた。

加害者が裏窓の硝子を壊して靴のまま侵入した点と、死体の顔に恐怖の色が残ってる点と、部屋中を掻き廻してある点から強盗殺人説は簡単に成立したのだが、この推定は捜査の進行で、もろくも打ち消されてしまった。

まず、女中の陳述から判断すれば、被害者が女中達を家から遠ざけた上に濃艶に化粧身仕度していたのは、秘かに誰かと逢うためだったと解釈できる。そして、現場の部屋は取り散らかされてはあったが、丹念に調べて行くと、盗まれたと推定される品物もなかったばかりか、部屋内の貴重品には全然手が付けられていないのだ。しかもダイヤを指に煌めかせた艶然魅惑的な被害者には指一本触れていない――この点から見ても、現場の取り乱した様子や、強いて歪曲すれば、わざとらしい靴跡や窓の硝子を叩きこわしてあるのも、加害者のカムフラージュ的奸手段だとも考えられるのだ。

その靴跡は窓下の土にも点々と残っていたが、鑑識課員の慎重な測定の結果、相当に使い古された大きな長ゴム靴だと判定した。靴跡は窓と洋扉との間をハッキリ往復していて、窓下から裏庭の方へ次第に消失しているが、その点犯人がその窓から出入りしたようには見えるけれども、もし加害者が、京子が一人きりで居るということを知らなかったならば、いかに寂しい所とはいえ、未だ九時を過ぎた位の宵の口にそんな無造作な侵入をするとはちょっと考えられない。――しかし、痴情説としての一番の根拠は、現場が消燈されてあったという点らしかった。無意識にしろ、意識的にしろ逃亡に際して注意深く消燈するということは、犯罪者心理から見て、心理的に余裕があったか時間的に余裕があったに違いない。その点から見ても乱雑を装った現場の模様は、兇行後のカムフラージュだと断定せざるを得ないというのだった。

捜査の方針が大体決まると、捜査課長は被害者が親しくしていたと思われる人物に就て女中達に訊問してから、それらの名前を手帳に書き取ったが、翌朝、勘の鋭い刑事が道路に面した裏庭の横で有力な手がかりを拾い上げた。

前にも云ったように、一瀬家は、私の家の前の道路の片側が切り通しの崖になっていて、恰度その真下位に当るのだが、道路順ではゆるい坂道を三百米ばかり左へ降りて往って、三叉になってる分岐点を右へ折れるのが一番近道なのだ。そこを右へ折れてしばらく往くと、一瀬家の庭の横を通って玄関の方へ出るのだが、ちょうど建物が裏庭へ曲ろうとする曲り角に煙草の吸殻が――火を付けたばかりのホープが揉み消されて建物に接して落ちていた。

この事実は深い推理を待たなくても、何人かが曲り角で立ち止って急に何かの行動を取ったという点は明瞭だから、捜査課長は直ちに、書きとった被害者の知人を一人一人に就いて、ホープを吸う者を調べさせると、I町の名望家丘田家の附近の煙草店を調べた刑事が、一瀬家に二三度往診に来たことのある医学士丘田憲二がホープの常用者であることを確めた。

第一の容疑者丘田憲二君が、O署階上の捜査本部へ引致されたのは、歓呼の声に包まれて黙々と応徴した丘田農学士を見送って帰ると間もなくであったが、警官の姿を見た時の憲二君の蒼白な顔には、云いようのない苦悶の色が漂っていた。

四、入魂の面

これは後になって、昵近《じっこん》にしている捜査課の立野《たての》警部から聞いた話ではあるが――

A検事の辛辣な訊問に対して憲二君は淡白《あっさり》と、「確かに僕は一瀬さんの所へ往きました。しかし、僕が部屋に入った時は既にあの女《ひと》は死んでいたのです。そして、僕が黙って立ち去ったのは僕が非常に不利な立場に居たからなのです」と陳述したが、「では何故不利なのか？そして、いかなる用件で秘かに被害者と逢おうとしたのか？」と云うA検事のはげしい追求を受けると、何故か堅く口を閉じてしまった。

「では、兇行と関係がないと云うならば、いかなる理由で現場を消燈して逃げ去ったのか？」

聡明なA検事は執拗な沈黙にはこだわらず軽く鋒先を転じてみると、憲二君はその意味がちょっと判らないような顔付きをしていたが、「あ、僕が消したのです」とやっと思い出したように云った。「あれは僕が無意識に消したのです」

「常識判断を許す程度に説明しなさい」

とA検事もさすがに眉を顰《しか》めて云った。「単に係り合いになるのを怖れて立ち去ったと云うならば、兇行現場を暗くする必要はないではないか」

「しかし、僕は無意識に消したのです」

憲二君は力を罩めてハッキリと云い切ったそうだが、殺人現場を目撃して無意識に消燈したということは、どの角度から見ても不自然だと私も思った。この点は、憲二君の立場をひどく不利にしてしまってはいたが、聡明なA検事の推断の中にも、見るからに優雅な憲二君を加害者とするには大きな障壁があっのだ。

というのは、死体の顔に極度の恐怖が残っている点と、その恐怖の影がマザマザと残っているほど迅速強烈に扼殺されているという点なのだが、その点に関して憲二君には有利な証人として、ちょうど三時間に渉る訊問が一旦終了した所へ、父親に伴われた小杉良子が捜査本部へ出頭して来た。

美少女良子のかなりに奇怪な陳述に依ると——

前夜九時頃、洋画の塾で一二度逢ったことのある被害者一瀬京子から妙な電話がかかって来た。貴女をほんとうに喫驚させることがあるの、直ぐにいらっしゃい。そんな意味の電話だったが、良子も妙な好奇心にかられて女中と一緒に自家用車で一瀬家へ往った。それでも相手の気心が判らないから、自動車《くるま》を少し離れた所で降りて逡巡《ためらい》ながら庭の横まで往くと、突然、うす暗闇の方から「帰れっ」と叫んだ者がいた。見ると、青い衣を着たもの凄い形相の男が、降りたばかりの自動車の方を断乎と指差しているので、良子は喫驚して直ぐに車で引返えしたが、その時は一瀬京子に意味もなくうまうま担れたのに腹を立ててみたが、同じ時刻に一瀬さんが殺されてるとすれば、犯人はあの男に相違ない——と言うのだった。

A検事は、その証言提供者が容疑者と婚約の間柄だという点からその陳述に多少の疑点を置いて、直ちにその女中と運転手を呼び出させたが、二人の陳述も全然同じだった。殊に中年の運転手は、その無気味な怖ろしい顔付きをハッキリ憶えてると断言した。

「あんな形相は人間にゃないと思いますね。ありゃきっと、知盛《とももり》みたいな面を被っていたんでしょう」

何気ない運転手のこの一言はA検事をひどく暗示した。と同時に、憲二君の立場を再び不利に陥らせたのだった。

A検事の推理に従えば——加害者は、家の中に被害者がただ一人でいることも現場の周囲が寂しいことも充分に知ってるはずだから、どういう手段方法でも用いられるはずだし、死体の顔の恐怖の跡もそれで説明が付くはずだし、またうす暗闇の中で良子を見た咄嗟に「帰れッ」と叫んだのは、良子をよく知っている証拠だし、同時に良子が一瀬家へ来たのだということも知っていたからなのだ――

そういう推理の下に、丘田家にもしかして精巧な面がありはしないかと、内々探査させてみると、丘田家には家宝のような立派な面があることが判った。

ちょうどその時、私は丘田家に往っていた。枯淡な風貌の老主人精一郎氏は病床に横っていたが、A検事の来訪を聞くと、静かに病床に起き上って眉一つ動かさずに瞑目していた。A検事は証人として小杉家の運転手を伴って来たが、司法官としてでなく個人の親しみを充分に見せて、病み衰えた教育界の大先輩に家宝の一覧を申し込んだ。精一郎氏は静かに頷いてから穏やかな鷹揚さで云った、

「その面は入魂の面と申しましてな、私の祖父の代から家に伝ってるものなのです。長い間土蔵の奥に入れたままですが、こういう機会に明るい空気に触れるのも、何かの縁でしょうな」

間もなく、憲二君によく似た面ざしの老夫人が、心なしか慄えるような手付きで大きな桐の箱を持って来た。A検事はその箱を小杉家の運転手との間に引寄せて、ちょうど首実験でもするように二重蓋を取り除けたが、瞬間、鋭い眼眸は当惑の色に変って往った。小杉家の運転手は首をちぢめるようにして幾度も頭を振りなおしていた。私も箱の方へ居ざり寄ってフフフンと笑い声でも立てそうな柔和な面を覗き込んで見た。

その翌日、A検事の訊問に対して、憲二君は新しい陳述をしたのだった。

「あの晩、手紙を返すから九時過ぎに取りに来いと、一瀬さんから電話があったのです。その手紙は僕がやった手紙ですが、現在の僕としては、その手紙を第三者に見られるのが苦痛なのです」

「その第三者というのは小杉良子のことですね？」

「そうです。僕が一瀬さんに接近し過ぎたのが一番悪かったのです。それで今では極力あの女を避けていたのですが、昨晩はその手紙を返すと云うので往ってしまったのです」

「すると、あの部屋が乱雑になっていたのは、貴君が

その手紙を探し求めたんですね？　それで無意識に電気を消したという訳ですね？　しかし、今後はそういう冒険なことはやらないで、あの聡明なお嬢さんには何もかも打ち明けた方が賢明でしょうな」

Ａ検事はそう云って微笑したが、一瀬京子殺人事件そのものは逆転して、また白紙に返ってしまったのだった。

五、花ひらく

憲二君は釈放されたが、それ以来まるで別人のように憂鬱な青年になってしまった。そして丘田家全体が重苦しい空気に閉ざされてしまっていた。

大陸の精吉君からは、何の便りもなかったが、ある朝、ふと私は精吉君との約束を思い出した。垣根越しに見ると、丘田家の庭の鉢棚に大輪の朝顔が妍艶《けんえん》を競うように並んでいるのだ。

「そんな事を精吉は云っていましたか？」

精一郎氏は珍らしく寝椅子を庭先に運ばせていた。

「応徴する朝、その種子を大陸に持って往くと云っておったが、私には精吉の気持はよく判っていますよ。精吉は生きるも死ぬるも立派にやるでしょう――」

「黄木さんはいつ頃お帰りでしょうか？」

突然、側に付き添っていた老夫人が憂わしげに顔を上げて云った。「精吉はお国に捧げたのですから何にも心配はありませんが、憲二の方はあのままでは駄目になってしまいそうです。あれ以来まるっきり口さえ訊かないのです。私たちとしても、あの子に限ってとは信じておりますが、あのまま変な風になってしまう位ならば――」

「では何か御存じなのですか？」

と云いかけて私はハッと口を噤んだ。「いや黄木君はこの二三ケ月、難事件があって大阪からズーッと上海《シャンハイ》の方へ往ってるんですが、もし何でしたら、いつ帰るか聞き合せてみましょうか？」

「何分お願いします」と、精一郎氏は重苦しい声で呟いた。

私は直ぐに長文の電報を打った。その翌晩、まるで隣りからでも来たように、日に焼けた黄木陽平がひょこりやって来た。

「こういう時は旅客機の有難さが泌々と判るね。都合で明日戻るつもりだったが——まず、冷いビールがいいな」

例の屈託のなさ過ぎる調子でグイグイ洋杯《コップ》を傾けながら、私から事件の経緯《いきさつ》を聞いていたが——

「つまり、死体の顔に極度の恐怖が残っていたんだね？　そして、丘田家では何か秘密を知ってるらしい口吻《くちぶり》なんだね？　じゃ、その面に何か曰くがあるんじゃないかな」

「だが、形相がまるっきり違うと、運転手が云っていたし、あの柔和な面じゃ極度の恐怖が残るはずがない」

「いや待て、百聞は一見に如かずだよ」

間もなく黄木と私は丘田家へ往って、老夫人に入魂の面を出してもらった。ひどく嘆くような顔をしている老夫人から桐の箱を受け取ると、黄木は無造作に面を摑み出した。

「奥さん、何故この秘密を僕たちに示唆したんです？」

詰《なじ》るように黄木は云ってから、自分の顔にその面を押し付けてみた。「いいかいM君、君は稀代の名人国俊が作った変貌の面というのを聞いたことはないかね？　要するに名人の至芸なんだ。遠近法を巧みにあやなして、側で見れば笑うばかりの柔和な相だが、ほらね」

と云いながら一歩一歩退いて往くと、奇怪にも柔和な形相は次弟に変って往くように見えたが、黄木が廊下へ飛び出してクルリと振り向いた途端、私は思わずアッと叫んでしまった。黄木は微笑しながら面を外した。

「憲二を呼びましょうか？」

と老夫人が断罪を待つように呟いたが、黄木はちょっと頭を振った。「その必要はないでしょう。それに、もう少し考えさして下さい」

その夜、奇怪な悪夢に輾転として私は悩まされた。ふと眼を醒ますと、明け易い夏の夜空は碧いだんだらに染っていたが、側に寝ているはずの黄木の姿が見えないのだ。私は白地をひっかけて往来へ出て見ると、「おーい、こっちだよ」と、崖の中途から黄木の声が聞えた。見ると、崖の中ほどの少し平になったところに黄木が妙な顔をして立っている。

私も木の根や石角を頼りにそこまで降りて往った。勿論、黄木の様子から見て事件が解決したことは判っていたが、何故か私にはそれが怖かったのだ。

「丘田家の悲劇だよ」

と、黄木は空家になっている、一瀬家の方を見下しながら云った。「あの曲り角に揉み消されたホープが落ちていたのは、そこを通りかかった男が——憲二君が窓から出て来る加害者をその陰でジッと見ていた証拠だよ。直ぐに玄関から京子の部屋へ往って中の様子を見た憲二君は、加害者の深い愛情に衝撃《ショック》を感じたに違いない——加害者は兇行後、寸秒を争ってまで憲二君の手紙を探し求めたんだ。

僕には加害者の心理状態が手に取るように判るね。生還を期せずして故国を去る時、残された者の平和と幸福を思うと、あの生一本の性格じゃそのまま発てなかったんだね。中年女の蛇のような執心から二人の幸福が破綻しそうなことや、ひいては老父母の嘆きの姿を想像すると、潔く死に切れないような気がしたんだろう！　憲二君は入魂の面を見ただけでも誰だか知っているはずだ。しかし、兇行の動機とその人の胸中に想到すれば、おそらく自分が加害者だと確定しても、その沈黙は破るまい——驚愕の中で急いで逃げ去る時、無意識に消燈したのも、激しい兄弟愛の潜在意識が、その瞬間には動いていたという証拠じゃないか」

「だが」と私は頑と頭を振った。「精吉君の現場不在証明《アリバイ》はどうするんだ?」

「残念だがカナリヤ事件の故智なんだ」

と黄木は吐き出すように云った。「あの窓で尺八を吹いたのは計画的だったんだ。はじめの青海波は自分で吹いたが、二度目のは厚紙で作った影絵を身代りにして慷月調のレコードをかけたんだ。だから哀調が終っても、影絵は長い間動かなかったじゃないか」

「しかし」と、誰にともなく迸《ほとばし》る忿懣で私はクラクラとした。

「ラヂオの時報がカーンと、九時四十分を告げた時、精吉君はあの部屋に居たじゃないか。そして、現場に落ちていた置時計が九時三十三分で留っていたと云うんだから、たった七分間で自分の部屋へ戻れるはずは断じてない——」

「この崖だよ」と黄木はわびしげに云った。「あの晩、精吉君は和服だったね、だからその上に青い園芸服を着てこの崖を登り降りしたんだよ。それを見給え」

そう云って黄木が指差した柔土の上には、未だ見たこともない花が咲いていた。青く縮れた小さな掌のような葉の中に紅い糸をふり乱した流星型の花が咲いていた。

「M君、それだよ紅髭交りの流星咲と云うのは——精吉君が惜春譜と名付けた哀傷の傑作は。寸秒を争ってこの崖を登る時に足でも滑らしたんだろう！　その時園芸服から零れた種子の一つが風雨とたたかって、そこに甦ったんだよ」

そう云って黄木は、呆然としている私の肩をトンと叩いた。

「早く写真器を持って来給え。興亜の大偉業の中で、あの男は絶えず死線を乗り越えているだろう！　一日も早く送ってやり給え」

第三の眼

一

「果樹園殺人事件なんてのは、どうじゃね？　ちょっと食欲をそそるじゃないか」

　煙草《バット》のけむりの中で、のんびり地方新聞を読んでる黄木《おぎ》陽平が、ひょっくり私を揶揄《からか》ったのだ。「誰かのへボ小説にゃ、お誂え向きの題だね」

　足ののろい急行列車は、落莫とした窓の風景をけ飛ばしながら、A県を真直ぐに走っていた。黄木に事件のない折なぞは、よく呑気な弥次喜多《やじきた》旅行をやるのだが――去年の秋、北海道へ往った帰りだった。

　窓に頭を預けたまま、犯罪鑑定家の黄木は、いかにも睡そうな声で拾い読みをやっている。「えーと、結婚に反対されたのを怨んでか――どうも動機がちと物語風《ロマンチック》じゃなさ過ぎるな。田舎へ来ると殺人事件までのんびりとしているね」

「そこへ何とかいう男が顔を出しゃ、まさに三文小説だね」

「違いない」

　ウフと、黄木の嬉しそうな笑い声だ。「ところでえと、被害者は元県議の後妻ときたね――こいつも月並み過ぎてるな。さて現在の容疑者君はそも誰かと云えば――おい」と、黄木がひょっこり身体を起した。「灰野秀輔二十八才――こいつあ君の知ってる男じゃないか？」

「S町かい？」と私も起き上った。

「うん、S町だよ。S町の素封家灰野庄三郎氏の次男――」

　スッと手が伸びて、新聞を私は横取りにした。記事の少い地方新聞だけに、この特種には半頁《ページ》も費してはいるが、簡単に抄録してみると――

　　○果樹園内の惨劇！
　　　元県議山南《やまなみ》氏夫人の怪死！

　昨日午前八時頃新種の率先栽培を以て県下に有名なる○○郡T村、山南果樹園内の用水池に半身没入している婦人の屍体を同園の雇人松井三吉が発見した。屍体の見憶えのある外出姿により、同園経営主山南伸武氏の夫人らしいので家人は驚愕し、直ちにS警察署に報知した。即刻S署より臨検した係員の手で屍体は引上げられたが、家人の想像通り、前夜山南氏とH市に一泊しているはずの後妻ちょう子（四六）と判明した。しかも慎重なる検証の結果は、顔面には骨折を伴う強度の打撲傷があり、屍体のあった池畔には屍体を引きずった痕跡のある点から他殺と断定した。

兇行推定時間は、検屍の結果前夜の十時前後と鑑定したが、この点は、前夜の九時五分着の上り列車から被害者山南夫人が降りたという、S駅の改札係りの証言が裏書きしてはいるが、奇怪な事には兇行前夜の時間に果樹園内からS町の素封家灰野庄三郎氏の二男秀輔（二八）が忍び出る所を目撃した者がいる。その密告に依り直ちに重要な容疑者として、秀輔を自宅からS警察署に引致して厳重に取調べると、秀輔は密告されたことに就いては承認したが、犯行は頑強に否定しつづけ更に奇怪なる陳述をした。秀輔の陳述に依れば、同時刻に、果樹園内に黄いろい服を着た男が居るのを目撃した、犯人はその男に違いないと主張するのだが、現在までの所では、警察のあらゆる努力にも拘らず、黄色の服を着た男の存在は想像出来ず、却ってこの陳述は秀輔の立場を不利にしてしまった。因に、秀輔は山南氏の長女真子《まさこ》（二二）との結婚を熱望していたのに、被害者ちょう子が絶対反対をしていた事実がある。この点から見ても、現在最も濃厚の容疑者として厳重なる取調べを続行している……等々。

「馬鹿々々しい」

と私は記事のまん中をパチンと弾《はじ》いた。指が外れて、呆けた秀輔君の顔が斜めに破けた。「冗談じゃない――あの男に猫の子一匹殺せるものか」

「と怒ってみても、それまでさ」

他事だと思って、黄木はニヤニヤ笑っている。「尤も、一肌脱げと頼むなら、別問題だがね」

二

実際、私としてはそんな事がなくっても、久し振りで秀輔君とは逢いたかったのだ。S駅までには未だ小一時間もある。私は黄木の好奇心を煽るように、秀輔君の不在紹介をやり始めた。

「碧雲荘を知ってるね？　僕がズッと前に居たアパートだよ。あの隣室に灰野秀輔君が居たんだが、つまり善良な文学青年という奴なのさ。その後もズーッと親しくしていたが、秀輔君は学校を出ると伯父が社長をしている会社に名目だけの勤めをしながら、変てこな詩なんかを書いていた。それがね突然この春田舎へ引込んでしまった。僕には本格的に小説を書くんだなんて云ってはいたが、実は結核《テーベ》なんだ。母親がそれで死んだのをひどく苦にしていたが、きっとそれでも進行したからだと僕は思っていたが、この記事を見ると、秀輔君が東京生活を中断した理由《わけ》がはっきり判ったよ。

　黄木君、ナオミ型の女って云やあ凡その見当は付くだろう？　この山南真子って娘にゃ二三度逢ったことがあるが、とにかく一風も二風も変った娘さんでね。薬臭い医専の学生だったが、秀輔君はひどく参っていたらしい――」

「盛んに動機を裏書きしてるね」

「どっちにしたって、S町で降りようじゃないか？　僕にしたってこの記事を見過しに出来んし、誰かにしたって、まさか僕の友人を見殺しにゃしまいよ」

「僕がノコノコ顔を出して、三文小説にするにゃ当らんよ。水の流れと人の身は、落ちつく所へ落ちつくさ」

　いやに落ち付き払って意地悪そうに笑っていたが、汽車がS駅のホームに滑り込むと、その黄木陽平の方が先に立ち上った。

　例に依って、動き出すと別人のようにテキパキしている。駅頭で、ほど近いT村の方向を訊くと、「じゃ、僕はちょっと山南果樹園の栽培振りを拝見してくるからね。晩めしまでにゃ帰る。町はこの道を左へ行くんだ。だが、灰野さんに逢ったって、あんまり糠喜びをさせるなよ」

　S駅を真直ぐに百米《メートル》ばかり往くと、道はTの字になっている。私は黄木と別れてS町行の乗合自動車《バス》に乗った。

　灰野家は直ぐに解った。一本道路《みち》のS町の中ほどに、黒塗りの門を構えた堂々たる邸宅だった。灰野家は古くからこの地方切っての大地主なのだが、当主庄三郎氏はH市の市長までもした名望家だった。そう云えば、秀輔君のような弱々しいところは微塵もない枯淡な風貌の立派な老紳士だったが、時が時だったので、私の来訪にはさすがに包み切れない喜びを、渋い面に綻《ほころ》ばせていた。

　地方の旧家によくある風雅な客間に、私は案内されて

いた。灰野氏は古風な床の間を斜めに端座したまま、私が得意になって話す黄木の紹介を聞いていたが、

「そういうものですかな。事件の経緯《いきさつ》を聞く前に、白紙で現場を見ておく――しかし、山南氏は一風変った人物ですから、素直に承諾すればいいですがな」

「いや黄木という男は、ノコノコ現場へ入って往くような男じゃありませんよ。きっと周囲の噂を探りに往ったのでしょう」

「なるほど」

と灰野氏は感心したように頷いていたが、

「しかしですね。私としては秀輔の有罪無罪は当局の検案にお任せするより方法がないのです」

「いやそれは思い過しじゃないでしょうか？　僕たちはただ秀輔君の友人に過ぎないんですよ。どうも日程のない旅行の帰りですから、一二日この風光明媚なS町に滞在するつもりなんです」

「秀輔がそれを聞いたら、さぞ喜ぶでしょう」

そう云って灰野氏自身が仄かな感動を、半白の口髯に漂わせていた。「新聞記事には色々と揣摩臆測《しまおくそく》はしていますが、大体、山南氏と私との間には個人的には何もないのです。ただ長い間には政敵関係もありましたし、それに山南氏は政治的には失脚してしまいましたから――それと、これはこの際云わない方がいいのですが、ある事を私が知っているので、殺された夫人は私を眼の仇のようにしていたのです」

「どういうことなんでしょうか？」

「それは今度の事件とは全然関係のないことですし、それに結局は死人に鞭打つことになりますから――それやこれやで秀輔の希望、希望と云ってはちょっと変ですが、つまり新聞で御覧になった通りなんです」

三

黄木は二時間ばかりで帰って来た。例の屈託のない調子で灰野氏へ挨拶をすますと、

「署長に紹介してくれませんか？」

と、いきなり云った。「尤も、容疑者の父として難しければ止むを得んですが、この事件の焦点は、秀輔君が見たと云う黄いろの服の男が果して誰であったか、という点にあるようですよ。

それに就いて僕が調べた範囲では、その日の夕方、東

京から真子という娘のところに友達が来たそうです――これは女ですが、断髪洋装で黒いケープをまとっていたので、木訥な田舎の人には男かと思った者もあるらしいんです。男らしいなんて、そんな噂を耳にした秀輔君がまあ憤慨して、果樹園へ様子を見に往ったという点までは判るが――」

「その断髪の女って、大柄かね？」

と私が訊いた。

「うん、果樹園の中を歩いてるのを外からチラリと見て来たが、なかなか粋《シック》で颯爽たるもんだよ。悪く云やあチャブ屋型《タイプ》のところがあるが」

「じゃ、その方が怪しいじゃないか？」

「その点だよ。警察はなぜその女を疑わないのか？だから署長に逢いたいんだ」

灰野氏に伴われて、官舎にS署長を訪ねたのは、心尽しの晩餐が済んでからだった。

地方にはよくある型の、温厚篤実とでも云うべきS署長も秀輔君の人柄から秀輔ではないらしい、という口吻を仄めかせた。

「しかしですね、灰野さん」

立場の保てる限りの尊敬を、S署長は見せて云った。

「果樹園でチラと目撃したという黄いろい服の男が実在でない限りは、容疑者として拘留しておくのは止むを得ないのです。警察としてはその陳述を信じて、そういう男の探索にあらゆる努力を尽しましたが、現在としては、容疑者の云いのがれと解釈するより仕方がないのです。で、もし云いのがれの虚構だとすれば、その頑強な主張から考えても、容疑者の立場は絶対に不利になるはずですね」

そこで、灰野氏はいくらかの躊躇を見せながら、S署長に黄木を紹介した。私も黄木の犯罪鑑定家としての立場を縷々説明すると、S署長も何かしらの興味を感じてきたらしい。

「いかがですか、黄木さん」

とおだやかな微笑を浮べながら、「明日の朝でも現場を御覧になったらば。先刻《さっき》の終列車で巡査部長は一旦A市へ帰りましたが、さすがに、新しい事実が発見出来るはずだがと躍起になっておりましたよ。いかがです？貴君の辣腕をふるって、黄色の服の男の実在を証明してくれませんか？」

トーチカ男の黄木も、いささかてれたような顔をしていたが、「しかし、容疑者は被害者を見たとは云ってるんですね?」

「いや、見ないと断言してるんです。つまり、事件のあった日の夕方果樹園に——真子という娘さんの所に、突然東京から星野一枝という女が遊びに来たのを、附近の農夫たちは断髪洋装の姿から男だと思ったんでしょう。その噂が早くも容疑者の耳へ入って、まあ嫉妬したんですな。

容疑者の陳述に依ると、山南家の前まで往くと娘の部屋の窓に男の姿が映ったので、つまり我慢が出来ずに様子を見るために果樹園の方から忍び込んで、三十分近くも二階の窓の方を注意してると、誰か人の気配がしたので、ハッと冷静に返って果樹園を出たと云うのです。その時チラと黄色の服を着た男を見たと云うのですが、そんな特徴のある人間なら、現在の容疑者でさえ二、三人の者に見られている位ですから——」

「邸内に居るとは考えられんのですか?」

「それですよ」

とS署長は考え込むように、腕を組みなおした。「当局としても、その星野一枝という女に就いては随分調べたのですが——結局何も得なかったのです。


まず第一に、被害者とは一面識もないのです。それから、被害者が留守の間に山南家へやって来て、被害者が帰って来たことは知らなかったのです。これは娘の真子でさえ翌朝屍体を発見するまで知らなかったと云うのですから——それにスーツケース一個という軽い旅装で来たのですから、勿論その女は黄色の男洋服なんか持っているはずもないし、山南家にも、おそらくはこの辺一帯を深し求めても、そんな妙な色の洋服はないでしょう。いや実際、下手をすると迷宮入する怖れがあるので、私も頭の芯が実は痛いんですよ。一つ、屍体写真をお見せしましょうか」

S署長は、ほんとうに痛そうな顔をして卓上電話を取り上げた。

四

翌朝、S署長の特別好意で、一番先に現場へ馳けつけた巡査部長が山南果樹園に案内してくれた。

鋭い眼のあたりに自我主義者《エゴイスト》らしい片貌はあったが、山南伸武氏はとにかく闊達洒脱な面白い人物だった。例に依って、黄木が無遠慮な質問を連発すると、「あんたは面白い男じゃ」と、黄木の肩を叩いたりした。

「結局、死ぬ者が一番貧乏じゃ。亡くなった家内だって、秀輔君の母親が結核で死んだからこそ結婚にゃ反対しておったが、二人が好き合うんなら止むを得んじゃないか。

昔から苦労性な性質《たち》でしてな。殊に近頃は病的な位にひど過ぎて、あの日だって、H市の親戚のとこへ泊るはずになっていたのに、突然、家が心配だから帰ると云い出して聞かない始末だったが、儂《わし》が一緒に帰らんちゅうことがそもそもの失敗でしたんじゃ」

「貴方は、灰野秀輔を犯人だと思ってますか？」

「馬鹿なッ、儂に判るか」

と山南老人はちょっと眼を光らせたが、「今更、誰が犯人だってどうなるものでもない」

山南果樹園はさして大きくはなかったが、政治方面を断念した山南氏が一種の抱負を以って経営してるだけに、一望の情緒にさえ新鮮なものが溢れていた。

果樹園を全面図にして見れば、家屋は東南の一隅になっているが、旧屋に漆喰塗りの洋館を建て増しにした鍵型の建物との間に、現場の用水池がある――大小さまざまな石で囲まれた五六坪の池だが、その直ぐ側まで果樹が栽培されていて、果樹園の方から池の全貌は見えなかった。

巡査部長の説明に依ると、被害者は家屋寄りの方の池畔に俯伏せになって、上半身を池の中に突込んでいた。その地点の池畔はいくらか傾斜はしているが、発見当時には、屍体を引擦ったと思われる痕跡が死体の側の地上にあったというのだ。屍体写真で見ると、被害者の相貌は前額部から右頬部にかけて強度の打撲傷があるだけではなくて、云いようのない苦悶を漂わせて歪んでいる。そして検屍調書に依れば、屍体の胃の中には僅かの水を呑んでいたというのだ。

それらの点から、最初の一撃で昏倒した被害者を復活させないために池の中へ突込み、上から抑えていたと、警察当局では解釈しているらしいが、黄木も同じ意見らしかった。

「ただね、僕に納得出来んのは」

と、丹念に池の周囲を調べていた黄木が云った。「普通の心理状態では、そんな残忍なことは出来んという点だ。復讐ならばいざ知らず――」

その時ふと縁側の方を見ると、鮮かな色彩《いろ》ものを着た

真子がぼんやり立っていた。私が手を振りながら、まばらな木立の間を抜けてそこまで往くと、

「あらッ」と真子はつぶらな眸を見ひらいて、「何誰《だれ》かと思ったわ。手を振ったりなさって――東京からわざわざ？　じゃ偶然なのね。秀輔さんにお逢いになって？」

「未だですよ」

触覚をそそるような横顔を凝《じ》っとさせたまま、真子は眉をキュッと反らした。「わたしきっと、強盗か何かだと思うけど――秀輔さんて人を知ってたら、かりに兇器を持ってても疑えないはずだわ」

「うまい事を云いますね」

「だってあの人、から意気地なしなんですもの――」

そう云いながら真子は狡そうに、ククと笑ったが、

「でも、早く犯人が見付かんなくっちゃ、義母《かあ》さんだって浮ばれないし、星野さんだって、そろそろ腐っちゃうわ」

「その女、足留めされてるんですね？」

「そうなの。でもあの女《ひと》、絶対に関係なくってよ。あの晩十一時過ぎまで、わたしの部屋で騒いでたんですもの――何しろ、久しぶりで逢ったんでしょ。嬉しくって。だから、レコードで舞踏《ダンス》をやったり、歌劇《オペラ》の真似をしたりして――わたしだって、義母さんがH市から帰ってたことは、朝になって判ったんですわ」

瞬間、思い出したように悲痛《パセチック》な眼をしたが、真子は直ぐに蠱惑《こわく》的に笑った。「あの女、夫《ハズ》と喧嘩して、ここを臨時避難所にしてるのよ。どうせ倦怠期なんだから、妾《わたし》の顔さえ見れば直ぐに帰るつもりだったのよ――もとK舞踏場《ホール》で鳴らした人だわ。現在《いま》、夫が新宿で酒場《バア》をやってるの。秀輔さんだって逢えば知ってるくせに、嫉妬《やきもち》なんて見当違いをやったりして――だからあの人ピンと来ないの」

「秀輔君にゃ、またいい所があるんですよ」

「そりゃそうね」

と真子は、ちょっと真顔を見せたが、「あ、そう、一枝さんを呼んで来るわ」

五

煙草一本だけ待たされた。星野一枝という疑問の女が、嫌だとでも云っているのか、真子は、それきり戻って来そうもなかった。

黄木は腕を組んだまま、青く淀んだ池の水面を睨むようにしていたが、私の跫音《あしおと》で思索が破れたように、スッと顔を上げた。

「M君、事件の焦点《ピント》が判ったよ」

「黄色の服の男?」

「いや、焦点はそれじゃないんだ」

そう云って黄木は、手持無沙汰に立っている巡査部長の側へ往った。「警察じゃ、被害者が帰宅したのを、どう解釈してます?」

巡査部長は妙な顔をした。「それがですよ。誰かに逢うためじゃなかったか、とは考えてますが、まさか星野一枝と逢うためじゃないでしょうし、それにとにかく被害者は若い女でもありませんからね」

「しかし、問題を解決する鍵は、被害者の帰宅そのものの中にあるんですよ。とにかく被害者の部屋を調べて見ましょう」

黄木の烱眼《けいがん》は、間もなく実証された。山南氏も立ち合って被害者の部屋を丹念に調べて往くと、戸棚の奥にあった古い手文庫の底から、差出人不明の手紙が出て来た。消印はS局——日付は事件の前日だった。

内容は簡単ではあったが、自分の旧悪を知られているだけの理由で、意固地な態度を続けるならば、却って貴女の不利ですぞ——というような脅迫とも忠告とも付かない意味が、特徴のある達筆で書かれてある。

「これで判った」

と山南氏が思い出したように云った。「どうも死んだ妻の様子が変だ変だと思っていたら、こんな脅迫を受けていたのだ。だが、一体誰からなんだろう」

巡査部長は首をかしげて、しばらく書面の筆蹟を睨んでいたが、「私はこの書体に見憶えがありますよ。いずれにしても直ぐに署へ往って鑑定してみましょう」

間もなく、巡査部長は佩剣《はいけん》を鳴らして玄関を出て往った。私も、黄木を引張るようにして往来へ出ると、灰野老人らしいよと注意した。灰野氏が被害者の秘密を知ってるらしい口吻を捜らしたのを思い出したからだが、その瞬間、黄木の顔には、解決に接した時だけに見せる鉄のように鋭いものが浮んでいた。

三十分経って、私たちは灰野家の奥の部屋で、灰野氏の説を聞いていた。

「今となればああいう手紙を出したことは後悔してるのですが、それが何か事件と関係してると仰有るのですか?

二十何年も前の話ですよ。私がA市で新聞を経営していた頃、篠原という記者が居ましたが――この男は仕事には才能があったのですが一種の変質者でしてね。それが芸妓《げいしゃ》を妻にして子供まで出来たのですが、どういう訳か妻をひどく虐待していたのです――それに、女の方もヒステリイの傾向があるので、かなり不幸な状態だったのですが、ところがある大雪の晩、泥酔していた篠原が、場所もあろうに自分の家の玄関先で凍死をしていたのです。

女の話では、朝になって始めて気が付いたと云うのですが、家庭状態を知ってる私が何気なく『助ければ助けられたのだろう』と、口を滑らすと、ヒステリイ発作とでも云うのでしょうか、篠原の妻は蛇のような眼をして私を睨みつけました。

勿論その女が今度の被害者の前身ですが、その後H市で二度目の芸妓をしてるのを見かけましたし、いつの間にか、当時奥さんを亡くしていた山南氏の後妻になっていましたが、私を見ると病的な位に眼の仇にしていたのです。私としてはそんな事は殆んど忘れていたのですが、秀輔の結婚問題が起きてから更に露骨な敵意を示すので、あの女のつまらん意固地を窘《たしな》めるために一筆書いたのですが、あの手紙の内容もおそらくは、事件と関係はないでしょう」

「灰野さん」

黙々と聞いていた黄木が、改ったような声を出した。

「一時間経ったら、S署長と一緒に山南家へ来てくれませんか、その時きっと事件は解決するでしょう」

黄木は、灰野氏の返事を待たずに立ち上って、私を促した。

六

山南家へ着くと、黄木は直ぐに階上の真子の部屋を訪ねた。洋扉《ドア》をノックしながら、

「M君、この部屋の窓のカーテンの色が何色だか判ってるかね?」

「妙なことを云うなよ。見ないで判るはずがないよ」

「じゃ、何を賭けようか? 僕は青だ」

洋扉が開いて、ひどく感じのいい洋装の女がスラリと立っていた。瘠せ過ぎてはいるが、ヘップバーンを思わせる特徴のある顔は、変に魅力的だった。

「貴女が星野さんですね？」

「警察の方ですの？」

星野一枝は、ちょっと脅えたように黄木を見たが、

「いつ、妾は帰れるんですの？　未だ眼鼻がつかないんですか？」

「眼鼻はつきましたよ」

「えー」

と窓の方にいた真子が飛び上った。「誰、誰ですの？」

「貴女たちは、何かを隠していますね？」

スパリと、黄木が云ったのだ。黄木は、心なしか蒼褪めている星野一枝と、クルリと廻転するように部屋へ入ると、いきなり、

「貴女は男装していましたね？」

と鋭く詰問した。「何故、その事実を黙っていたのです？」

「だったら、どうだって云うんです？」

予期しない反抗だった。それが本性なのか、鼻の先でフフフンと、星野一枝は棄鉢に笑った。「この妾が、殺された方にこの世で逢ったことが一度でもあったと云うんですか？　尤も、死に顔にはお眼にかかりましたがね」

「Mさん」

と真子が私の側へ飛んで来た。「わたしが証明しますわ、星野さんはこの事件に絶対に関係がないって事を——白状すればあの晩、星野さんは男装してましたわ。でもそれは、ほんの冗談にダンスの気分を出すために、満洲へ往ってる兄さんの洋服を着ていたんですの。星野さんが黙ってたのは、関り合になって警察へ呼び出されるのが嫌だったからですのよ」

「何故、警察を怖がるんです？」

「怖がりなんかしなくてよッ」突然、一枝がヒステリカルな声を私に叩き付けた。「妾はただあんな冷い所で妾の半生を棚ざらしにするのが嫌なんです。妾の過去は目茶苦茶なんです。忘れようと努力してるものを、冷い訊問でほじくり出されるのが、妾にはたまらないのです」

躁鬱病的性格がそうさせるのか、不幸な半生の思出がそうさせるのかは判らないが、とにかく、星野一枝は自分の言葉に劇しい昂奮を感じたらしく、険しい眼眸はキラキラ光り出した。「妾の気持なんて、誰にも判るもんですか！　罪と汚辱でグヂャグヂャになった半生の振り出しは、汽車の中だったんです。小さな赤ん坊が汽車の

中に棄てられてあったんです。ああ妾は汽車に乗るたんびに――」

「星野さん」黄木が冷く、その昂奮を遮った。「貴方は、自分が犯人でないと確信しているなら、冷静を保った方がいいでしょう。貴女はあの晩、階下《した》へ降りたでしょう?」

「降りましたわ」と一枝が、また叫んだ。「手洗所《トイレット》へ往った帰りに、ちょっとの間、縁側から降りて果樹園の方を眺めてたんです」

「Mさん」と真子の柔かい手が私の腕を揺った。「わたしの兄さんは、黄いろっぽい服なんて、そんなキザな服は絶対に持ってませんわ。あの晩の服は灰色だったんです」

「そうです。灰色です」黄木は痛々しそうに、一枝の方を見ながら云った。「M君、要するに秀輔君の見たものは消極的残像だったんだよ。青いものを暫く瞶《みつ》めてから、灰色の壁に眼を移すと、同じ形が補色の黄色に浮ぶんだ。あの晩、窓にはその青いカーテンが張られて、室内は明るかったんだ。長い間、その窓を注視していた秀輔君がチラと、灰色の服を見た時、どういう錯覚を起しただろうか⁉」

その瞬間、真子が驚愕の声を上げて一枝の側を飛退いた。

「誤解し給うな」と黄木が叫んだ。「星野さんは犯人ではない。僕が断言する――」

「では、では誰です?」

「それは直ぐに判るでしょう! その前にお願いがあるんですが――」と黄木が、眩暈《めまい》でもしたのかユラユラと卓子《テーブル》に寄りかかった一枝の方に云った。「星野さん、直ぐにあの晩通りに男装してくれませんか」

私たちは、真子の部屋で灰野氏の来訪を待っていた。灰色の服を着た星野一枝は、佗しい顔付で窓辺に立っていた。

洋扉が叩かれた。

「何卒《どうぞ》」と、黄木が云った。

洋扉が開いて、灰野氏とS署長が入って来た。その瞬間、灰野氏のおだやかな視線が激しく窓の方へ吸い付けられた。

「…………」

危く何か叫ぼうとした刹那、黄木が遮るように立上った。

「星野さん、もう済みました。服を取り代えて来て下さい」

一枝と真子が出て往くのを待って、黄木はホッとしたように煙草を摘み出しだ。

「簡単に説明しますと――被害者は精神乖離症、つまりシツォイドの状態にあったのでしょう。そして、直接手にかけたのではないが、先夫篠原の幻影に長い間、誰にも云えず悩まされていたのです。殊に最近は極度の追跡妄想に陥っていたので、灰野さんの手紙を見た瞬間から既に昏迷状態の初徴が現われていたのでしょう。

ですから、追跡妄想の徴候通り、夜になると是が非でも安全地帯――つまり自分の部屋へ帰りたかったのです。H市から一人で帰って来た被害者は、自分の部屋にも落ち付けず、フラフラと庭の方へ出て見ると、先夫篠原の亡霊を眼のあたりに見たんです。

灰野さんが喫驚《びっくり》するほど、あの女《ひと》の男装は篠原と生き写しだったのです。あの女は何にも知らずに、月に輝く果樹園の情緒に見惚れていたのでしょうが、被害者はその瞬間、強度の蠟屈症《カタレプシィ》現象を起して池畔にぶっ倒れたのです。顔面の打撲傷は、その時池畔の石で打ったのです。そして、あの地点はゆるい傾斜をしているので、蠟塊のように意志を喪失した被害者はズルズルと、そのまま池へ落ち込んだのですが、既にその池から起き上る力はなかったのでしょう」

そう云って黄木は、何か痛ましいものでも見るように、洋扉の方へ眼をやった。

最後の烙印

‥事件の前説並に犯罪鑑定家黄木《おぎ》陽平‥

ちと朧ろだが仲秋名月の晩、例の黄木陽平に誘われて、朝沼検事を自宅に訪ねた。

「ねえ黄木君」

雑談の中で、ふと思い出したように辣腕検事が、「ステヴノウィッチ事件は、ちょうど今晩だったよ。名月を相手に一句ひねってた所へ、突然電話があってね——」

「M君」と、黄木が揶揄するように私を見る。「探偵物語《デテクチブロマンス》にしたがってた復讐鬼事件のことだよ。どうだね？　担任検事だった朝沼さんから検証の模様でも話してもらったら？　どうです？　朝沼さん」

「すると結局、黄木陽平功名談を一席やらされるのかな」朝沼さんが洒脱に云うと、「冗談じゃない。ありゃ僕の黒星ですよ」と、黄木が妙な笑い方で、「胃でも悪かったのか推理の焦点《ピント》が狂ってさ、間一髪の所で犯人逮捕が出来なかったじゃないですか。尤もM君のペンにかかりゃ、僕も当代のヂュパンて訳だから、まんざら赤恥もかかすまいが——」というような訳で、朝沼検事の思い出話と、一風変った犯罪鑑定家黄木陽平の洞察力とを織りまぜて、作者《わたくし》は以下のような物語をつづるつもりではあるが、俗に云う贔屓の引倒しという奴で、篇中、黄木陽平に花を持たせ過ぎても、その点どうぞ悪しからず——（作者）

序曲《プロローグ》

サロン「白夜」毒殺事件

昭和〇年九月二十七日！

東京の中央《センター》銀座の鋪道《ペーヴメント》は、その夜も五彩のネオンに煌めいて、疲れを忘れた分列式――云わば歓楽の幻を追い求める群集が、巨大な坩堝《るつぼ》のような交叉点に渦巻いて、長蛇のように四方に流れていた。

その晩も、サロン白夜の華麗な広間は嬌笑に溢れていた。リズミカルな構図を見せたボックスの配置、その点景を巧みにカムフラージュした鉢植の大きな熱帯植物。まるで生簀《いけす》の鮎のように、色とりどりの女給《おんな》たちが、その間を生々と泳ぎ廻っていた。

午後八時三十分！

広間《サロン》の上に少し出張った中二階のレコード演奏室から、突然、琴線をかきむしるような旋律が流れ出した。それまでに甘美な軽音楽《メロディ》がつづいていただけに、ハイフェッツの独奏するチゴイネルワイゼンの素晴らしい指弾音《ピッチャート》は、いきなり広間の雰囲気に、濃い陰影を叩きつけたが、その瞬間、まるでリズムを合せるように二つの事件が突発した。

ガチャガチャン、硝子《ガラス》の砕け散る音に、支配人《マネージャー》鈴村は喫驚《びっくり》して、入口の方へ飛んで来た。と、四五人が唖然と眺めてる中を、中折《ソフト》を眼深にした精悍な容貌の男が急いで立ち去ろうとしている。見ると、タイル張りの床の上には、朱《あけ》に染って一人が気絶している。咄嗟にすべてが判った。

「もし」

と支配人が追いすがった出鼻を、振り向きざまに眼の眩むような一撃――美事な弧線を描いて、ドシンと支配人は尻もちをついた。

ちょうど同じ時刻、広間の隅の方のボックスにいた客が、「変な匂いがするね？」と立ち上った。連れの紳士も立ち上って、「クロロホルムの匂いじゃないか?!」そう云いながら背後《うしろ》のボックスを覗き込むと、一目で判る中年の外国人が肘を大きく菱形にして、卓上にグッタリとしているのだった。そこへ幸子《さちこ》が――持ち番の女給が

菫色の裾をシュッシュッとさせて急いで来た。あらと云う風に、誰を探すのかグルグルと広間を見渡していたが、

「君、その外人、変じゃないか」

と隣のボックスから注意されて、喫驚したようにボックスの中へ入ったが、次の瞬間、ヒィーッと幸子は悲鳴を上げた。

午後九時！

帆足《ほたり》捜査課長が鑑識課員と現場へ到着した。それまでに、驚愕した支配人の電話を受けて、K署から先着していた警官が、広間の呆然とした酔客たちを釘付けにしていたが、大勢の正服私服の姿を見ると、情緒をかき消した広間の空気は、また騒然と泡立って来た。

「諸君《みなさん》」

先頭に立って広間を横切った捜査課長が、現場のボックスを鋭く一瞥すると、クルリと振り向いて手を上げた。

「皆さんには関係のない事件なのですから、元の席で御清遊をつづけていて戴きたい。もっとも、お帰りを急がれるお方があるならば、出口にいる警官に住所姓名を告げて行って下さるように——」

現場のボックスは、右手の一番隅である。出入口の袖に大きな植木鉢が置かれてあるので、壁に面した被害者の姿は、どこからも見えなかった。一見、イスラエル民族の特徴を持った中年の外国人だが、その顔を蒼く歪ませて、肌の美しい卓上に真面《まとも》に押し付けている。鉤鼻の下には厚いガーゼマスクが押し付けられて、卓上にはカクテルグラスが二つ置かれてあった。

検屍医は手頸を摘んで、瞳孔を見た。ガーゼの遺臭を嗅いでから、注意深く二つのカクテルグラスの匂いを嗅いだ。

「帆足さん、実に用意周到な毒殺ですよ。毒薬の詳細は、このグラスに残っている液体を分析すれば直ぐに判りますが、とにかく猛毒をカクテルに混ぜて飲ましてから、その苦悶痙攣を抑えるためにクロロホルムを嗅がしたんでしょう。つまり犯人は麻酔薬を浸したガーゼを卓上に置いて、上から被害者の顔を押し付けていたんでしょうが、この被害者の体格から判断しても、犯人は非常に強力な男ですよ」

帆足捜査課長は、ちょっと眉を顰めた。というのは、無謀にも大胆にも何故こんな賑やかな場処で毒殺したのだろうか？　という瞬間の疑問を感じたからだが、ふと、屍体の肩の下に妙なものを見付けた。ちょっと顔を出しているが、ま新しいトランプの札なのだ。不審と一緒に

爪先で引張り出した捜査課長が、思わずウッと声を立てた。スペードの2の余白にタイプで打った文字が、呪詛のように浮び上っている。

「レオン・ステヴノウィッチ

その罪に依りて死す」

捜査課長は、ばげしい眼眸《まなざし》で周囲を見廻した。側に立っている支配人の不安な視線に出逢うと、「この外人の連れの男と、出口で暴行をした男とは同一人だと云うんですね?」

「そうなのです」

「とにかく部屋を一つ、早速提供して下さい。屍体を運ぶんですから――」

そう云いながら帆足課長は、待機している写真技師と指紋技師をさし招いた。

九時三十分――朝沼検事の一行が現場検証に到着した。捜査課長から現場の様子を訊きとると、辣腕検事は直ちに、支配人室を仮審問室にして参考人の陳述を調べはじめた。

まず支配人鈴村が呼び込まれた。支配人鈴村は、傍証人として出入口にいた女給の一人を伴って来たが、まるで自分が事件の責任者でもあるかのように、恐縮の背中をまるくしていた。

「私も長い間、時には暴力沙汰もあるこういう道におりますが、あんな無茶苦茶な乱暴な男にははじめて逢いました。

大怪我をなさって、いま病院へ担ぎ込まれていらっしゃる山浦さんという方は、神田に法律事務所を持ってらっしゃる弁護士ですが、白夜《ここ》へはいつもお出でになる面白いお方なのです。

その山浦さんは、今晩ひどく酔ってらっしゃったようですが、ちょうどあの出口の所で、あの高森という男にバッタリ出逢ったのでした。出逢い頭に、よおと云いながら山浦さんがあの男の顔を覗き込んだのです。ただそれだけの事なのですのに、あの兇悪な男はいきなりガーンと、山浦さんにアッパーカットを食わしたのです」

「その人は、よほどの大怪我だったのですか?」

「なにしろタイル張りの床へ、もんどり打って叩きつけられたのですから――お医者の話では、生命には別条はないがと云っておりましたが、先刻電話で訊いてみると、まだ昏睡状態だそうです。おそらくは山浦さんは、あの男を知ってるに違いありません」

「高森という男も、白夜の馴染ですね？」

「それは、私も一二度は見かけましたが、あのボックスの持番の幸子という女給がよく知っているようですが——」

「では、その女給を呼んで下さい」


幸子のととのった顔は蒼褪めていた。検事の深い眼眸を見ると、血の気を失った唇をワナワナと慄わした。

「あの人は——高森さんはそんな悪い人だったのですか？」

それが最初の言葉であった。

「高森さんは、つい最近四度ばかり見えましたが、あの外人のお方は始めてでした。

ほんの三四分の間の出来ごとだったのです。お二人をあの隅のボックスへ案内して、高森さんが注文なさったカクテルを二杯持って往ってから、わたくしちょっとレコード室へ往ったのですが、直ぐに戻ってみると、高森さんの姿は見えず、あの外人の方が卓上にグッタリとなさっていたのです」

「それで、高森という男が白夜へ来た時は、いつも貴女でしたか？」

「はい」幸子は脅えたような眼眸をした。一日置きにわたくしがのボックスばかりだったのです。「それに、あのボックスの持ち番になる時に、決ってお見えになったのです。そして、決ってカクテルを一杯飲むと、沢山のチップを置いて直ぐにお帰りになったのです」

「では、高森という男をよく知っていますね？」

「いいえ、何にも存じません。あの人はいつでも沈んだような顔をして黙っていましたから——」

「人相位は知っていますね？」朝沼検事は、ちょっと射すくめるような眼をした。

「はい、髪の毛の濃い——キリッとした顔の、年齢《とし》は三十五六位でしょうか⁉」

「それと？」

「それと眼が鋭くて、大きな唇をいつも一文字にして——」

「貴女は、犯人に好意を持っていますね」

幸子は喫驚したように、検事の顔を見た。

「私にはそう見えます。しかし貴女はどう思います？常識から見ても、そんな短時間で行われた犯罪ならば、共犯者なしには不可能ですね？」そう云って朝沼検事は、反応を待つように口を噤んだが「第一、被害者の見ている眼の前で、毒薬をカクテルに――」

「アッ」と、幸子が腰を浮かした。「では、毒薬を嗅がされたのではないのですか？　ああ、では、わたくしが毒を入れたのです」

白い咽喉《のど》のあたりがゴクゴクと痙攣して、幸子はガックリ項垂《うなだ》れた。「でも、私は何にも知らなかったのです。香料だとばかり思って入れたのです。高森さんは決って、カクテルへ香料を入れて飲むのでした。一番はじめの時、わたくしが珍らしがって訊くと、印度《インド》で出来る貴重な香料だと云って、小さな瓶をわたくしに渡しました。僕はいつでも好きな女に入れてもらうんだと仰有って――

二度目の時、わたくしが黙ってカクテルに入れて出すと、あの人はひどく喜んで『今度から一回分ずつ、特別な容物《いれもの》に入れて来ましょう』そう仰有って、三度目の時は入口で小さな箱を呉れました。指輪の入った箱《ケース》ですが、中に小さな瓶が入っていたので、それをカクテルに入れて出すと、あの人は、『他人《ひと》が怪しむでしょう？』と仰有るので、わたくしは誰にも秘密にしてるんですと――ほんとうに、わたくしは誰にも秘密にしていたのでした。

今晩、あの外人と一緒に来たときにも、入口で首飾《ロケット》の入った箱《ケース》を内緒で呉れました。わたくしは小さな瓶の液体を片方のグラスに入れて、高森さんの方に置いたのです――ああ、でも、わたくしは単に人殺しの道具に使われていたんです」

幸子はそう云って、歔欷《きょき》するように嫋《たお》やかな身体を慄わせた。

「まだ何かを知っていますね？」検事の澄んだ眼眸は、水のように動かなかった。「一体、高森とは何者です？」

「存じません」

幸子は、はげしく頭を振った。「ついこの間、お友だちの所で、高森という人だと紹介して戴いただけなんです」

「その友達の所というのは？」

「新宿です。紅蘭《こうらん》というスタンド酒場《バー》です。そこのマダムの相川という方に紹介してもらったのです」

朝沼検事は、拳を机に押して立ち上った。途中から入って来て、幸子の陳述に瞠目している帆足捜査課長に何か耳打ちすると、捜査課長は直ぐに洋扉《ドア》を開けて、廊下の方に、「立野君」と大声で呼んだ。捜査課の俊敏、立野警部は急いで入って来た。朝沼検事の説明を聞くと、立野警部は、「おい君」と、項垂れている幸子を呼び起した。「直ぐにその酒場へ一緒に往くんだ。君自身にだって、多少の責任はあるんですぞ」

「検事、やっぱりトランプに署名通りの人物ですよ」屍体の置いてある事務室へ入りながら、帆足課長が複雑な表情で云った。

「所持品から、丸の内のKホテルに宿泊してるのが判ったので、電話をかけると、ホテルから直ぐに事務員が来たんですよ」

Kホテルの中年の事務員は部屋の一隅に立っていたが、検事を見ると、眉をひそめて屍体を瞶《みつ》めながら、「この方は、神戸のラース・アンド・ステヴノウィッチ貿易商会の、レオン・ステヴノウィッチと記帳に書いていました。Kホテルには始めての方です。昨日の正午《ひる》過ぎお出でになりましたが、商用で二三日泊ると仰有っていました」

「誰か面会人はありませんでしたか?」

「その点ならば、今係りのボーイを呼びますから――」

「当方《こちら》から警官が往きますよ」帆足捜査課長が横から云った。「被害者の部屋を――所持品を調べる心要があるのです」


直ちに捜査課長は部下を呼んで、Kホテルの事務員に同行させてから、神戸の外事課へ照会するために部屋を出て往った。

検屍医は、簡単な検屍を詳細に説明した。

「私はディギトキシンみたいな強烈な毒薬だと思いますが、その点は屍体解剖を待つまでもなく、先刻鑑識課へ送ったカクテルグラスの残留液体の分析で、間もなく判明するでしょう。しかし」と、ちょっと首をひねってから、「私が不思議でならないのは、犯人は驚くべき用意周到さで毒殺しておきながら、一方、被害者の名を明示しておいたり、直ぐにも発見されるように、あんな賑やかな場所で特臭のあるクロロホルムを用いてる点です。犯人は自棄《やけ》の棄て鉢か、でなければ、絶対に逮捕されない自信があるんじゃないでしょうか?」

検屍医の率直な疑問は、怖るべき連続犯罪の難解性を暗示してはいたが、その時、さすがの朝沼検事もさして気にはしなかった。「いずれにしても、犯人を見知っているらしい山浦弁護士が覚醒するか、立野警部の取り調べが成功すれば、事件解決の見透しは簡単に付きますよ」

間もなくその立野警部が、期待を飛び越えた驚くべき報告を齎《もた》らした。

ちょうどその時、山浦弁護士が覚醒したという電話を受けて、朝沼検事は捜査課長と近くのＳ病院へ往っていた。

頭部と右腕に大きく繃帯をした山浦弁護士は、夢から醒めたように、白い寝台にキョトンとしていた。枕辺に付き添っている支配人鈴村から、クドクドとその時の様子を聞かれても、未だはっきりと記憶が甦らないのか、妙な顔をして天井を眺めている。

「山浦さん、なるほど貴方はひどく酔っていましたよ。ですが、あの男を憶えていないなんて——眼の鋭い顎の大きな、肩幅のがっしりした、黒っぽい洋服の——」

「そういえば」と、山浦弁護士はかすかに頷いた。「黒っぽい服の男に、いきなり撲りつけられたような気もするが——なにしろ泥酔していたからね。その男の顔を僕が覗いたって？　まるで憶えがないね」

「高森という名ですよ」朝沼検事が、記憶を呼び起させるように、力を罩《こ》めて云った。

「高森？　そんな男は知りませんね」

洋扉がスーッと開いた。立野警部が昂奮しているような語気で、「課長ッ、ちょっと」

朝沼検事もつづいて病院の廊下へ出た。

「課長、犯人の正体は誰だと思います？　猪狩《いかり》鉄也ですよ」

「猪狩？」帆足捜査課長は、反射的に立ち留った。「あの殺人逃走犯人の猪狩鉄也？」

「そうですよ。僕の勘の悪さといったら。相川という情婦の名を聞き、紅蘭という酒場の名を聞きながら、咄嗟に思い出せないなんて。しかし相川郁代の顔を見た瞬間、ピーンと来ましたよ。猪狩はどこに居る？　って、冒頭《のっけ》に一喝すると、あの相川という女は勝気な気性ですから、僕の顔をじっと睨んだまま、来ましたよ、来たには来たがどこに居るかは判りませんと、脆くも白状したんですよ」

朝沼検事は話の腰を折って、通りがかりの看護婦に、空いている部屋はないかと訊いた。看護婦は直ぐに、空いてる病室の洋扉を開けてくれた。洋扉をピシリと閉めてから、「その猪狩という男はですね」と、立野警部が検事の顔を見ながら説明し出した。

「御存じでしょうが、三年前、浅草で三人殺傷して目下逃走中の犯人なのです。猪狩の逮捕には、僕は随分苦労をしました。九州まで往きましたよ。一度逮捕したんです。それを護送中に、ちょっとの油断を狙って進行中の汽車から飛び降りたまま行方不明になっているのです。生れは何でも、爪哇《ジャヴァ》だとか——とにかく内地じゃありません。密輸入団に居たり上海《シャンハイ》の闇に巣食ったり、猪狩の細かい経歴は判りませんが、散々あっちの方を荒し廻った揚句、東京へ来たんです。この前の殺人事件当時には、ある暴力団の用心棒をしていましたが、相川郁代というのはその頃の情婦で、浅草のカフェー・リオンの女給をしていて、その女のことから、猪狩が殺傷事件をおこしたんです。僕は猪狩という奴をよく知っていますが、腕力があって兇暴性の割に、いい所のある奴です。見かけもキリリッとした——」

「立野君」と捜査課長が肩を叩いた。「妙なところで、敵を賞《ほ》めたね。それはそれで、相川は猪狩の居所を知らんと、どこまでも突張るのかね?」

「実際、知らんかなと思える節もある」立野警部は浮かぬ顔を、キッとした。「相川は現在《いま》、権田《ごんだ》という保護者《パトロン》に金を出させて、紅蘭をやってるんです。しかし猪狩の子供まで居るんですから、腹の中じゃ一日だって忘れた事はないんでしょう。そこへこの間、ひょっこり、三年間なんの便りもなかった猪狩が来たと云うんです。

猪狩は、表札を見たからせめて他目《よそめ》にでもと思ったのだと、帽子を眼深にしてマスクをかけたまま、隅の椅子に居たのを、相川の方が見附けて喫驚して、直ぐに奥へ連れて往って今年三つになる鉄男という子供を見せると、猪狩は夢にも知らなかった自分の子を見て、『ああ遅かった』と、ポロポロ涙を零して泣いたそうです。

その時、幸子という女がちょっと寄ったので、相川は出鱈目に高森だと紹介したんだそうですが、その相川がいくら訊いても、猪狩は絶対に居所は云わないで、『死んでしまったと諦めてくれ、そして子供だけは立派に育ててくれ』と云って沢山の金を置いて往ったと、相川郁代が泣かんばかり話すんですが、僕には真偽のほどは判らなかった。しかしどっちにしても、猪狩が東京にいると決った以上は、少し大き過ぎますが、檻の中に入っているのも同然ですよ」

「帆足さん」と朝沼検事が云った。「その猪狩の写真は、本庁にあるんでしょう?」

「勿論あります。直ぐに取り寄せましょう。山浦弁護士に見せて、所在を突き留めるんですね?」

帆足課長も充分の期待の下に、間もなく兇漢猪狩鉄也の写真を取り寄せたが、ことはスラスラ運ばなかった。写真を一瞥した白夜の支配人は、確かにこの男でしたと簡単に証言したが、期待をかけた山浦弁護士はしばらく瞶めていた後で、「こんな人物は、全然知りませんね」と、明確に断言してしまった。

復讐魔

一、黄木の推理

翌日の正午過ぎ、犯罪鑑定家黄木陽平は特別鑑定人としてK署階上の捜査本部に招致された。事件の渦中に最大の謎を投げているスペードの2に就いて、犯罪学的解釈を求めるという名目で、熟知の朝沼検事から招かれたのであるが――

ちょうど黄木が把手《ハンドル》に手をかけようとすると、会議室の洋扉が向うから開いて、中年の外国婦人が出て来た。一瞬、非現実的なほど線の美しい妖麗な姿に、黄木は眼を細くしたが、つづいて出て来るガッシリとした青年を見ると、

「よ、保宮《ほみや》君」と、声をかけた。眉の太い木訥《ぼくとつ》の顔立ちの青年は、咄嗟に思い出せないのか、黄木の顔をマジマジと見ていたが、「ああ、貴方は去年、実験室を参観に見えた方ですね」

黄木は、ちょっと微笑した。「小野倉博士の健康はその後いかがです？　あの方が夫人ですね？」

五六歩先へ往って、訝しげに振り向いたその婦人が、「保宮さん、行きましょう」と、流暢《りゅうちょう》な日本語で促すと、保宮理学士は、失礼と、そのまま外国婦人の後を追って往った。

「黄木君、知ってるのかね？」

朝沼検事も洋扉のところまで来て、ちょっと見送っている黄木の肩を叩いた。「今の麗人は、有名な動物心理学者小野倉博士の夫人、旧姓アンナ・ステヴノウィッチ――と云えば直ぐ判るだろうが、被害者の従妹《いとこ》でね。今朝の新聞を見て喫驚して、真偽を確かめに来たのだが、被害者には内地に身寄りがないから、屍体を引取ると云ってきた。片方のは、小野倉博士の助手で、保宮唯男という理学士だが、日本語があまり充分でないというので、

通訳の意味で一緒に来たと云うが、いやどうして、アンナ夫人の日本語は実に鮮かなものだった」

「僕は夫人は知らんが、保宮理学士の方は知っている――と云うほどでもないが、僕は小野倉博士には、著書を通じて尊敬を払っていたが、去年、博士がニューギニヤで遭難以来はじめての講演を聞いた晩、博士に無理に頼んで、博士が参観されるのを嫌っているという評判の、動物心理実験室を見ることを承諾させてね。その晩の講演は、聯想心理学に関する短くて陳腐な――結局、ソーンダイクの縷述《るじゅつ》に過ぎなかったが、研究室は素晴らしいものだった。浩大な博士の邸宅内は別棟になっていてね。なんでも博士は尨大な研究のために、殆んど別棟の方に閉じ籠ったきりだと、先刻《さっき》の保宮理学士が実験室を案内しながら話していたが、小野倉博士のあの健康状態じゃつづくまいと思ったね」

「小野倉博士って、どういう人物?」

「一種の哲人だね」黄木はちょっと追想するような眼眸をした。「熱心な博士だけに、研究材料の野性動物を得るために足跡はアフリカへまで伸びているそうだが、数年前、ニューギニヤの南部で残忍なカヤカヤ人の神聖地域を犯したとかで、まあ犠牲《いけにえ》とでも云うんでしょうな⁉　腐臭泥土の土牢へ生きながら投げ込まれたのを、九死一生で逃げ出して――これも保宮理学士から聞いた話ですが、とにかく博士の気の毒な姿を見ると、音に聞くカヤカヤ人の残忍ぶりが想像されますよ。まだ四十過ぎたばかりというのに、頭髪《かみのけ》は一本もないし頬は落ちこんで、脊椎彎曲なのか猫背なんですよ――閑話休題《さて》と、その子供騙しの切り札を拝見するとしましょうかな」

例ののんびりとした調子で、黄木は部屋へ入りながら、顔見知りの帆足捜査課長に、やあと挨拶をした。

黄木は、三本目の煙草《バット》に火を点じながら、黙々と頷いた。

「ねえ黄木君」

と、事件の経緯《いきさつ》を精しく説明してから、朝沼検事はちょっと言葉を改めた。「そういう訳で、猪狩鉄也の探索方針は、今朝の捜査会議で慎重に決っている。まず第一に、酒場紅蘭を囮にして猪狩の出現を待つという手段です。いかに兇悪な男でも人情の絆だけは別もので、自分の子がそこに居る限りは、どんな方法をとっても必ず姿を現すに違いない。――そういう立て前で、相川郁代の行動も厳重に監視することにした。つぎに、完備した帝都の警察の総動員は勿論、場合に依っては、六百万市民の援助を期待して、写真入りのポスターを用いて懸賞捜査にもする方針です。

であるから、殺人鬼猪狩の逮捕は時日の問題と見て間違いないが、問題はこのトランプの謎ですよ。僕としては、犯罪者心理の一種の見栄ぐらいにしか解釈していなかったが、最前、神戸署から被害者に就ての詳細を知らしてきたのに依ると、あるいは深い意味があるのかも判らない――というのは、ステヴノウィッチという男はこの八月、バタビヤの本店から神戸へ来たのだが、ちょうどその前後に共同経営者のラースという人物が失踪している。で、神戸署ではその失踪事件にひどく頭を悩ましていた矢先の、今度の事件だから、つまり事件の背後に、何らかの秘密結社の触手が動いているのではなかろうか、と云うんだね。黄木君ならばどう思うね？」

「速答しろと云うならば」黄木はトランプを瞶めながら云った。「神戸署に賛成ですな」

「では、スペードの2に特殊の意味もあると云うんですね？」

「勿論あると思う。しかし犯罪上の筆法から云えば、このトランプは第三者に対する脅迫なんですよ。だが僕が神戸署に賛成だと云うのは、こんな子供騙しのカードからではなくて、猪狩の背後に、彼を操っている者がいるという点からです」

「すると黄木さん」帆足課長が意外と云う風に、「猪狩は単なる刺客だと云うのですか？」

「その通りです」黄木は明確に頷いた。「では、何故そう断定するのかと云えば、その理由はザッと五つありますね。

まず劈頭《へきとう》に、猪狩が何故暴力沙汰をやったか、という点です。その理由は寸刻を争う殺人後の逃走心理からなのでしょうが、そうならばなおのこと、よしんば顔を覗かれても、酔漢には構わずに早々と立ち去るべきでしょう⁉　なのに猪狩は暴力を振《ふる》った。つまり彼の性格が先天的に兇暴性だったからです。そういう性格の男が単独で、驚嘆すべき周到な手段を考え、しかも忍耐深く実行し得るとは考えられない。次は、何故賑やかな舞台を選んだのかという点ですが――要するに、被害者を油断させるためなのです。つまり被害者が猪狩に逢うということを非常に警戒していたと云う意味ですよ。それからちょっと面白いと思うのは、カクテルグラスが飲む時には交換されたという点ですが、女給は毒薬の入った方のグラスを猪狩の前に置いたのに、飲む時には反対になっていたというのは、被害者個人の習慣かあるいは初対面の時にやる秘密結社の警戒的習慣かは判りませんが、とにかくステヴノウィッチがひどく警戒心の発達した人物だという点と、その点を知悉している者がいるということの証明にはなりますね。第四は、猪狩が財的には豊からしいという点です。そして最後に、第三者に対する脅迫を意味するこのトランプですが、以上五つの条件を立体的に組合せて見ると、僕にはどうしても、猪狩が単なるロボットとして映るんですよ」

黄木のこの推理は、捜査本部の朧げな予測を、明確に裏付けてしまった。

二、三週間経って

猪狩探査の手段は、次第に尽き果てて往った。捜査本部のあらゆる努力にも拘らず、猟奇と昂奮の話題を帝都に投げつけたまま、殺人鬼の正体は、杳《よう》として雲霧の視野に没し去っていた。一方、被害者ステヴノウィッチの身許は次第に明瞭になってきた。在バタビヤの総領事館へ照会した返事には、ステヴノウィッチが曾つて某国の密偵《スパイ》嫌疑者であった旨を明示してあった。その点、神戸へ出張した立野警部も、充分疑惑を抱ける数通の暗号文書を発見したが、猪狩と被害者を結ぶ一線に就いては、ついに何ものも得なかった。

かくして三週間経ったある日、黄木陽平は捜査凝議の傍聴者《オブザーバー》として、再び、署階上に招かれていた。

「実際問題としましては」と、帆足捜査課長が二旬の疲労を浮べながら云った。「相川郁代のところに現れるのを待つべきでしょう。猪狩いかに冷酷な人間でも、我が子の愛情には必ず牽《ひ》かされるはずですから——しかしながら、帝都の治安維持の立場から見れば、殺人鬼逮捕は寸刻を争う重大問題なのです。黄木さん、この前貴方か提言されたように、捜査本部としても、被害者ステヴノウィッチの周囲関係に就いては、徹底的に調べてきたのです。例えば、被害者の従妹小野倉アンナ夫人に就いても数回に渉って調べたのです。小野倉博士のひろい邸宅にも、万一猪狩が潜伏してはいないかと、数回それとなく臨検したし、邸外には腕利きの刑事が張り込んでいるのです。あの寡黙な小野倉博士さえ数回訊問したのですが、事件そのものに関しては何ものも得なかったのです」

「何ものも、ですね?」黄木が力を罩めて云った。

「そりゃ黄木さん」

と立野警部がちょっと眉を顰めた。「そういう云い方をすれば、多少のことはありましたよ。勿論事件には関係はないが、例えばアンナ夫人が優れた提琴家《ヴァイオリニスト》であることや、博士が研究に熱中し過ぎてることや、そのためか、アンナ夫人が保宮理学士と親し過ぎる、などということならば——」

「その点ですよ。僕が訊きたかったのは——実は僕も書斎の中で、この事件の因数分解には随分無駄な頭を悩ましたが、結論はいつでもアンナ夫人の周囲を指差すんです」

「黄木君」黙々としていた朝沼検事が、意外だという顔をして、「どういう理由でそうなるんです」

「理由ですか? それよりも立証する方が確実でしょう」

「?」

「では朝沼さん、甚だ差出がましいんですが、僕にちょっと、保宮理学士を訊問させてくれませんか?」

藁を摑むということがある。傍聴者黄木陽平も棒切れ位にはなるらしく、帆足捜査課長は直ぐに卓上電話を取り上げた。

黄木と向い合って、保宮理学士は生真面目らしい顔に、一抹の不安を漂わしていた。

「小野倉博士をどう思います?」

と黄木が無雑作に口を切った。「つまりですな、尊敬していますか? という意味ですよ」

保宮理学士は直ぐに頷いて、その意味を求めるように黄木の顔を見た。

「いや投書がありましてね。つまり第二のフェリシタ事件になると——尤もアンナ夫人は遥かに聡明ですからな」

保宮は項垂れて、顔を赧《あか》く染めた。

「もちろん個人的《プライベート》な問題ですから、各自の道徳心《モラル》の自制に俟《ま》つより仕方がありませんが——それにしても、小野倉博士に済まんと、貴方は思っていますか?」

ガンと打たれたように、保宮理学士は身体をすぼめた。

黄木は、期待が外れたように保宮の姿を見つめたが、急に打ち融けて、「保宮さん、貴方は音楽をやりますか?」

「少し洋琴《ピアノ》をやりましたが——」

「ではアンナ夫人とは都合がいいですな。アンナ夫人の提琴は大したものだそうですが、邸宅《うち》でよく弾きますか?」

「はあ、博士が好きなものですから」

「サラサーテの名曲にヂプシイ舞曲集というのがありますね?」黄木が、また突然云った。「提琴曲としては難曲だそうですが、アンナ夫人の好きな曲でしょう?」

保宮は喫驚したように、黄木の顔を見た。

「いや実は」と黄木が満足そうに、「この間、小野倉博士の邸宅の横で聞き惚れていたんですよ。それはそうと、貴方はどれ位、博士の研究助手をしています?」

「大学を出ると間もなくでしたから、五年位です。博士《せんせい》はその翌年、夫人と結婚なさったんです」

「貴方は、山浦弁護士を知っていますね?」

黄木が突然訊いた。保宮はちょっと考えてから、「ああ先月、博士が遺言書を作った時、頼んだ弁護士のことですね? あの方は七八回見えましたが、僕はよく知らないのです。なんでも博士の健康状態があんな風ですから、急遽作ったのだそうですが——しかしそれにしても、毒殺事件に就いて、何故警察が小野倉邸へ特別の注意を払っているのですか?」

「その理由ですか?」

黄木は皮肉な微笑を頬に浮べた。「その点ならば、間もなく貴方にも判るはずですよ」

三、小野倉博士の告白

翌日の午後——黄木は自宅で、けたたましい電話を受けとった。

「直ぐに来給え。杉並の小野倉邸へ、スペードの3が現れた!」

冷静を失った朝沼検事の声が、受話器の中でガガーンと鳴って消え去った瞬間、黄木は満足そうに頷いた。

自動車は矢のように走って、間もなく黄木は小野倉家の石門の前に降された。樹陰を縫って玄関先へ出ると、廊下の方から朝沼検事が急いで出て来た。

「黄木君、貴方《あんた》の予測は当ったよ。だが、半ば見当違いだったね。というのは、トランプの脅迫は現れたが、それは博士夫妻に対してだった」

「アンナ夫人は?」と、黄木が直ぐ訊いた。

「まだ寝室で休んでいる。スペードの3を見た時、驚愕して気絶したんだが――それは恰度三十分位前だが、貴方の提言を入れて一応この邸宅を総調べするつもりで、帆足課長とここへ来た時、ちょうと郵便配達夫が来たんだった。僕たちを出迎えたアンナ夫人が、女中からその手紙を受け取り、不審らしく封を切った途端、ウーンと伸びてしまったが、黄木君中味は白紙とトランプの札だけだった。差出人の名はなくて、消印は中央局だが、ペン文字の筆蹟には変った特徴がある――」

「で、小野倉博士は？」

「夫人の寝室にいると思うが、博士も隠し切れない恐怖を浮べていた。それに就いて、何か一身上の秘密を話すと云っていたが」

そこへ緊迫した顔の帆足課長が、急いで来た。「検事、小野倉博士が研究室の方へ来てくれ、と云ってますよ。博士は猪狩のことを充分に知っている口吻《くちぶり》ですよ」そう云ってから、黄木の方へ不審の眼を向けた。

「黄木さん、貴方が昨日、立証すると云っていたのは、この脅迫の意味なんですか？」

黄木は、簡単に頷いた。

小野倉邸は、実業家として成功した先代の全盛時代に建築しただけに、鬱蒼と樹木の繁った広い庭を控えた宏壮な建物だが、小野倉博士が設計した混凝土《コンクリート》作りの大きな実験研究所は、その鬱蒼とした庭の中にあった。

五分経って――その研究所の階上のひろい書斎で、検事、捜査課長そして黄木の三人は、憔悴した風貌の小野倉博士と向い合っていた。小野倉博士は、青い鱗のような皮癬《ひぜん》がひろがった禿頭をわずかに傾げて瞑目していた。頬が削げて唇がだるく歪んで、肘かけ椅子の中の姿勢は前屈していた。これが四十二歳の少壮学者の風貌なのだろうか⁉

三人は今更のように、残忍極まるカヤカヤ人の刑罰に慄然とした。

「私がこれからお話しすることは」と、短い沈黙を小野倉博士の呟くような言葉が破った。「もっと早くお話しすべきだったかも判りません。しかし私は、一身上の秘密を公開するのが嫌だったのです。それに猪狩の魔手が私にまで伸びるとは思いませんでしたから――」

小野倉博士は何か考えるように、だるく唇を閉じた。そしてまたポツリポツリと話し出した。

「私は小野倉家の実子ではないのです。

養父の従兄弟に上条隆馬という人がいて、この人は早くから南亜細亜《アジア》への海外発展を志して、あの方面に活躍していたのですが、今からザット四十年前、その人に双生児《ふたご》が生れたのです。そして片方の喬《たかし》というのを内地で教育させるために、三歳の時に養父小野倉に託したのですが、それが私だと云うのです。

この事は何故か、養父は亡くなる時まで私には話しませんでした。養父の亡くなったのは今から十年前ですが、その臨終の際、一枚の暗号地図を私に出してくれて、こう云ったのです。

『お前が東京へ来た翌年、お前の父は死んだ。その時お前の父は巨万の財貨をある場所に隠匿して、暗号地図とそれを解く鍵を書いた書面を作って、暗号地図の方をお前宛てに送ってきた。そして、一方の書面はもう一人の敏《さとし》という方の護り袋に入れておいたから、二人が成長した時、協力してその財貨を探し出し等分に別けてくれ、という手紙が添えてあった。だがその後私が調べた所では、その財貨はお前の実父が正当の手段で得たものでないことが判ったので、私としてはお前に話したくはなかったのだ』

そう云って養父は眼を閉じましたが、養父が正当でない手段と云った意味は、南支那海を横行した海賊行為だったのでしょう。

しかしいずれにしても、養父は多少の財産を残してくれましたし、その上条敏という双生児に就いては何も噂も聞きませんでしたから、隠匿財貨のことはそのままにしておいたのです。

ところが三年前のある日、夏でした。見知らぬ男が突然訪ねて来て、『貴方の昨夜の、ラヂオの講演は真実《ほんとう》のことか』と云うのです。

その趣味講座では、動物の話から人間の多生児に移ったとき、やはり私の頭に未だ見ぬ兄弟のことがあったので、自分も双生児であって熱帯地で生れたと云ったのです。

その訪ねて来た男が、猪狩鉄也だったのです。猪狩の話では『自分の生い立ちは判らないが、子供の時一緒にいた老人から、お前は双生児だ。一人は日本に居ると聞かされたことを、かすかに憶えている。だから堪らなく懐しくなって訪ねて来た』というのです。

側に聞いていた妻のアンナが、どことなく似ていると云いますし、年齢を訊くと同じなのです。私も妙に嬉しかったが、肉親の愛を知らず荒んだ生活をつづけてきた猪狩は、いきなり私を、力一杯抱きしめました。

しかし猪狩が上条敏だという証拠はないのです。護り袋のことなぞは、その猪狩には記憶もないのですが、猪狩はあくまでも双生児だと信じて、二三回逢っている中に、財貨発掘の件まで持ち出したのを、ステヴノウィッチが反対したのです。

ちょうどその頃、妻の従兄レオンが親友のラースと一緒に僕の家に泊っていたのです。そして、あの方面の地理に明るいレオンが、ラースの快走船を利用して、その困難な暗号地図を解きながら、財貨を発掘しようという計画を立てていたのですから、レオンとしては、横槍に出て来た猪狩の等分にするという主張には絶対反対だった。

その後間もなく、猪狩は殺人犯人として失踪してしまったのです。そして二年前に、私はレオンとラースと共同して、モルッカ群島からニューギニヤの方面を探検旅行したのです。彼等の目的はたんに財貨でしたが、私には野性動物を捕獲する楽しみがありました。不幸にして私は、カヤカヤ人の怒りを買って、九死に一生を得たのですが、その探検旅行をどこかで知った猪狩が、自分の財貨《もの》でも犯されたように思い、誤解の復讐を企てたのではないのでしょうか⁉　ああ、だがしかし――」

洋扉がスーッと開いて、独語録《モノローグ》のような博士の呟きは、わずかの昂奮を見せて、ピタリと終った。

「喬！」

蒼白のアンナ夫人が、白い波斯猫《ペルシャ》のように入って来た。

「喬、アンナは怖い」

振り向いた三人の横を廻って、外人らしい劇的動作《ゼスチュア》で小野倉博士にしがみついた。「猪狩、怖い男です。明日神戸へ往きます。そして喬、バタビヤへ往きましょう」

小野倉博士は黙然としていた。苛々したアンナ夫人が、また「喬！」と叫ぶと、朝沼検事が静かに立ち上った。

「小野倉さん、犯罪の動機はよく判りました。しかし、実際問題として、今後の処置は夫人の云われたようになさいますか？　内地を離れることは別問題としても、一時東京を離れた方が、犯人逮捕には都合がいいのです。敬衛は充分しますから――」

小野倉博士は、項垂れたまま頷いた。

研究室を出ると、黄木は変に憂鬱な顔で、ひろい庭の方へ歩いて往った。

「黄木さん」と、後から帆足課長が親しく呼んだ。

「今でもアンナ夫人の周囲を指差しますか？」

「勿論です」黄木は力を罩めて云った。「小野倉博士の告白の真偽は別としても、夫人の失神は、明かにトリックですよ。僕が昨日、保宮理学士に事件解決が迫っていることを暗示したでしょう? あれはスペードの3を出させる手品の種だったのです。そしてスペードの3は、博士夫妻が急遽東京を去る口実になるのです」

「だが黄木君」と、黄木を熟知している朝沼検事が、「その強硬主張の根本は何だね? アンナ夫人の周囲に疑惑をかけている——」

「チゴイネルワイゼンですよ」

「?」

「朝沼さん、女給幸子は陳述の中で、レコード室へ往ったと云いましたね? 僕が幸子に逢って、当時の状態を細かに訊いている中に、ふとその事が気になって追求してみると、つまり猪狩がその曲を好きだから、と云うんです。その前に来た時の猪狩が、ちょうど演奏していたその曲に黙然と聞き惚れていたから、女の繊細《デリケート》な感情から好意を見せるつもりだったのでしょう。

大体、音楽の愛好にはひどい傾きがあるのです。それと、そんな難曲を弾きこなす人はザラに居ないはずです。昨日僕が保宮に、事件の渦中にいるアンナ夫人がヂプシイ舞曲集——つまりチゴイネルワイゼンを好んで弾くことを確めていたでしょう。その確信を得たからこそ、保宮を通じてアンナ夫人に罠をかけたんだが、これほどピタリと適中するとは思わなかった」

「黄木さん」と帆足課長が讃嘆の色を浮べて云った。「貴方の逞しい推理で行けば、博士夫妻も立派な共犯容疑者になりますね。だが残念ながら、事実の問題として見れば、僕は半信半疑ですよ」

四、涙痕《るいこん》

帆足捜査課長の、この半信半疑はその夜の警戒振りにも、歴然と現れていた。玄関脇の応接室を謀議室にして、邸宅の内外の要処々々には腕利きの刑事を張り込ませて、万一の場合に備えておきながら、外見上、博士夫妻には実に手ぬるく思わせていた。

夜の帳《とばり》は二重に垂れて、窓の硝子に小さな星が煌めき出した。灰色の研究所はまるでスフィンクスのように、青ぐろい闇の中に蹲っていた。

ボンボンボン、時間は水のように流れて、大きな装飾時計は八つ鳴った。

「帆足さん」

窓の側に、化石のように立っていた黄木が、突然振り向いて、「毒殺時刻は、八時半頃でしたね?」

帆足課長は眉を顰めて、黄木の方を見た。

「という意味は、つまり猪狩は同じ時刻を選ぶらしいと云うんですか? 博士は書斎へ閉じ籠ったきりだし、洋扉の外には立野警部が頑張ってますよ。夫人は自分の部屋の――」

その言葉を遮るように、洋扉が開いてクルリと刑事が入って来た。「課長」と低く呼んで、「今、夫人が庭の方へ出て往きましたよ」

帆足課長は、刑事を追って廊下へ出た。朝沼検事も安楽椅子《ソファ》から立ち上って、「黄木君」と促した。ちょうど黄木が玄関を出たところだった。夜陰を縫ってパンパーンと、無気味な銃声が鳴りわたった。

「黄木君、こっちだよ」

朝沼検事の叫ぶような声が、研究所の方からひびいて来た。門の外にいたらしい四五名の私服も、鞠のように飛んで往った。


アンナ夫人の射殺現場は妙な地点だった。研究所の真後《まうしろ》の樹陰の重った庭の隅だった。心臓に一発、黒ずんだ服のアンナ夫人が、紅《あけ》に染って、蠟人形のように蹲っていた。

「朝沼さん、危険ですよ。猪狩はこの辺に居ますぞ」

帆足捜査課長が注意するように呶鳴った。懐中電燈の呆《ぼや》けた円輪が四方に入り乱れて、刑事たちが馳け廻っている。「一番先に飛んで来た刑事が、猪特を見たんです。研究所の横で夫人を見失ったその刑事が、銃声を聞いて飛んで来ると、夫人を抱いていた男の姿が、忽然と消え去ったと云うんです。僕たちはこっちから馳けて来たのだし、向うは高い塀だから――勿論、秘密の通路でもあるんですよ」

黄木は膝付いて、直ぐに死体を調べていたが、咄嗟に浮んだ疑問は、何故こんな場処へ夫人が来たのか? その疑問に、いきなり秘密の通路が交錯《クロッス》した。黄木は愕然としたように立ち上って、「帆足さん、銃声は二発でしたね」

そう云ったと思うと、黄木は脱兎のように研究所の方へ馳け出した。


惨劇はつづいて起った。

書斎の洋扉の前で、緊張したまま見張っていた立野警部が、夫人射殺の兇報に喫驚して階段を馳け降りて往ったが、研究所の出口で、サッと不吉な予感に襲われた。立野警部は慌てて二階へ引返した。書斎の洋扉をドンドン叩きながら、「博士、博士」と呼んだ。

「小野倉博士、開けますよ」

そう云いながら大きな洋扉を開けて見ると、灰色の背広を着た小野倉博士が、研究室の扉の前にしょんぼり立っていた。「博士、驚いてはいけませんよ。夫人が銃殺されたんです」

小野倉博士は黙然として項垂れた。

「ですから博士、もしもの事があるといけませんから、僕はこの部屋におりますよ」

小野倉博士はわびしく頷いて、書斎の洋扉の前まで往くと、危険を感じたらしく洋扉に鍵をおろした。そして立野警部に一礼して、隣の研究室へ入って往った。立野警部は何か苛々しながら、ひろい書斎の中を歩き廻った。と、洋扉を外から激しく叩く音が聞えた。

「立野さんッ、立野さんッ」ひどく切迫した事でも知らせるように、洋扉を叩く音は段々激しくなってくる。

「立野さんッ、僕、僕は黄木、居ないんですかッ」

それこそアッという間の出来事だった。洋扉に顔を押し付けていた立野警部は、ガンと後頭部を一撃された。クラクラと倒れたところを、後から縄でグルグル巻きにされた。口にハンケチを押し込まれると、ゴロリと一廻転された。

「暫くでしたね。立野警部」

愕然とした立野警部が飛び上ろうとした。そこには、中折《ソフト》を眼深にした猪狩鉄也が嘯《うそぶ》くように立っていた。

「卑怯なことをして済まなかった。間もなくその洋扉が毀されるから、ほんの四五分の我慢ですよ。貴君にシヤン化水素を差上げようとは云いません。安心なさい」

猪狩鉄也はポケットから、小さな瓶を摘み出した。不敵な面魂を歪ませながら、机上のコーヒー茶碗にタラタラと流し込んだ。

頑丈な洋扉は容易に毀れなかった。黄木の知らせで集って来た大勢が、階下の実験室から運んで来た大きな角材を、一列に抱えてドシンドシンと衝き当てた。狂気のような保宮理学士が斧を振って蝶番《ちょうつがい》を叩きこわした。

が、すべては間に合わなかった。真先に飛び込んだ帆足課長の見たものは、数時間前、同じ肘かけ椅子で奇怪な告白をした小野倉博士が、大きな机に向ったままグッタリと死んでいる姿だった。部屋の隅には転ったままの立野警部が憤怒の熱涙を流していたが、縄を解かれると、「捜査課長！」と叫びながら飛び起きた。

「全市に非常警戒ですッ。猪狩が逃げてから五分と経ってません。奴はここから逃げたんです。塀へ抜ける秘密通路ですよッ」

そこは書棚の横の狭い板壁だった。隠し扉になってると見えて、ぶっつかる立野警部の身体ごと、向うへパーンと開いた。

机の横には、不幸にも小野倉博士が気付かなかったのか、呪詛のようにスペードの４がピンで留められて、

一人の不幸な男死す

と崩れたペン文字が走っていた。黄木は眉を顰めてそれを見た。そして屍体の顔を憑かれたように覗き込んだ。瞬間の苦悶に歪んだ小野倉博士の削げた頬には、まるで奇蹟のように、一すじの涙痕が光っていた。

「朝沼さん、犯人は絶対逃走してませんよ」

騒然たる周囲を他《よそ》にして、黄木が呟くように云った。

「実に僕は馬鹿だった。徹宵の思索も、酔漢の一瞥に劣っていたんですよ」

非常警戒処置のために、受話器を摑んでいた帆足捜査課長が、啞然として黄木の顔を見守った。「黄木君、貴方は立野警部が錯覚したとでも云うんですか？」

「そうなんです」

黄木は、博士の屍体を傷心したように眺めている保宮理学士の方に向いた。「保宮さん、貴方は小野倉博士の名誉を守っていましたね？　しかし、事件の真相を知りたかったならば、御存じの事を話してくれませんか？」

保宮理学士は、呆然として顔を上げた。「僕が何を知ってると仰有るのです？　僕はただ博士の名誉をわずかに守っていただけなのです。それを云わねばならないのですか？

あの不幸な遭難以来、博士は頭を悪くしているのです。バタビヤの病院と上海の病院で診《み》てもらった話では、一二年ですっかり回復すると、夫人は云っていました。そして夫人は、博士の名誉のために、その間だけ博士の代りに研究を続行してくれと、僕に頼んだのです。僕はただその秘密を守っていただけです」

「あの遭難は一昨年の夏でしたね？　あの遭難から帰って来た博士の姿が、あまりに変っているので驚いたでしょう？」

保宮理学士は頭を振った。「お帰りになった頃は、今ほど――ひどくありませんでした。しかし猛毒を身体に注《さ》されて、内臓が全部駄目になっているとかで、お顔ぞも段々変っていらっしゃって、元の面影はまるで無くなってしまったのです。

博士が行方不明になった事は、探検旅行に同行したラースという人が知らせに来て、始めて判ったのですが、驚愕した夫人はすぐにその方面へ出かけました。何でも博士とは数ケ月後に逢われたそうですが、日本へ帰って来たのは、その翌年でした。そして博士はまるっきり別人のように、無口な人になっていました」

「保宮さん」と、黄木が粛然として云った。「小野倉博士を熟知しているはずの貴方が、巧みにも第一に欺かれたのです。そして僕も完全に欺かれた。これこそ犯罪史上稀に見る驚嘆すべき復讐だったのです」

「朝沼さん、この屍体の顔に残っている果《はか》ない涙痕をごらんなさい。運命の歯車に食い込まれて、止むなく毒を服んだ瞬間、忘れ得ぬ愛児の顔が浮んだのでしょう。

小野倉博士は、既にこの世には居なかったのです。あるいは残忍極まるカヤカヤ人の犠牲になったのかも判りません。あるいは、モルッカ群島の碧い沖で水葬礼になったのかも判りません。だが、いずれにしても、財貨発掘に絡む利慾争奪の犠牲になったのでしょう。

アンナ夫人は、愛する夫の失踪を訪ねて、遠く熱帯地を彷徨している中に、従兄レオンとラースの性格から、謀殺されたのに気付いたのでしょう。だがしかし、口紅《ルージュ》を付けたクリームヒルトの復讐は、双生児猪狩鉄也との邂逅の一幕に、怖るべき犯罪的素因を孕んでいたのです。朝沼さん、この復讐には想像を絶した忍耐と計画があったのですが、妖女アンナにも大なる誤算があったのです。というのは、復讐が完結したその日から、猪狩鉄也が大なる枷《かせ》に変ったのです。同時に、発掘財貨を争奪する怖るべき敵手《ライバル》ともなったのです」

「だが黄木君」と、朝沼検事が堪らなく叫んだ。「そこに死んでる男が、殺人鬼猪狩鉄也だとは――」

「現代のジーキル博士とハイド氏ですよ。妖女アンナの驚嘆すべき犯罪のトリックは、保宮理学士にさえ疑問を抱かせなかったのですよ。現に先刻も、変貌し尽した猪狩を、昔日の面影のない小野倉博士だと云ったでしょう?

頭部の脱毛は強烈な薬で徐々にやったのでしょう。そして元の通りのかつらを用意して、猪狩の時は常に帽子を目深にしていたのでしょう。

　歯牙を順々に抜き去って上下の顎部を収縮させて、元の風貌を強く生かす義歯《いれば》と、今の容貌を作るような細くて高い義歯を作ったのです。元来、歯牙の有無、義歯の技術的変形に依っては、鼻聴道線以下の顔面下半部ばまるで変ってしまうのです。脊椎彎曲その他の体相の錯覚的変形位は、顔貌の実質的変更に比べれば問題にはなりませんが、困難なのは不変の眼眸だけなのです。おそらくは猪狩は、妖女アンナに暗示された『自信』という心理的な楯に依って、立野警部でさえも征服したのでしょうが、サロン白夜の出口で、酔った山浦弁護士が何の意味もなく覗き込んだ刹那、その自信が砕けて暴力に変ったのです。

　帆足捜査課長が、秘密の通路と云った時、僕の頭へピーンと来たのです。それまで鉄壁に衝突していた思索が、忽然と大空へ舞い上ったのです。銃声は二発だったでしょう？　アンナ夫人が先手に、おそらくはあの辺にある秘密通路の出口で、猪狩を射撃して、逆に命を落したんでしょう。猪狩にしてみれば、明日東京を去って再び来る日のないのを思えば、どんな危険を冒しても酒場紅蘭へ行かずには居られなかった。そこには再び逢えない愛児が居るのです。しかしアンナを射殺した瞬間、猪狩の運命は終ったのです。アンナを失った猪狩に、どうして小野倉博士として脱出する力があるでしょう⁉

　妖女アンナが、猪狩として射殺して、後を何とか乗切ろうとした不覚の焦りが、怖るべき犯罪の終結語《エピローグ》だったのです」

「しかし黄木さん」

　それこそ半信半疑の眼眸で、帆足捜査課長が屍体の顔を覗き込んだ。「何故、猪狩が小野倉博士として自殺したんです」

「虚無《ニヒル》です」と黄木が答えた。「生い立ちも知らぬ放浪生活に荒み切った男の、現実に対する虚無だったのです。いや違います。それよりも、秘かに愛していた妖女アンナの犯罪を、永遠の闇に塗り込もうとしたのでしょう」

燻製《くんせい》シラノ

1

「M君、ちょうどよかった」

西銀座SYビル、黄木調査《タンテイ》事務所の洋扉《ドア》を開けると、そのトタン、事務机に向って煙草をくゆらしていた黄木《おぎ》陽平が、ヌッと立ち上った。見ると、黄木と向い合って、でっぷり肥った五十がらみの実業家型の人物が、これも春風駘蕩、のんびり紫烟を漂わしている。

「まあ、掛けたまえ」

僕の方へ肘かけ椅子を引張ってから、ニヤリと、意味ありげな片眼つぶり。「河村さん、こちらは僕の協力者で、繊細《デリケート》な犯罪には特殊な手腕を持っているM君で――」冗談を――と云う隙もない。「M君、SYビルの持主の河村策太郎氏です。で、今日はある事件に就いて相談に来られたんですが、事件の性質から見れば、M君には持って来いの事件ですよ」

人の悪い黄木である。狐につままれたみたいにポカンとしてる間に、やおら立ち上った河村氏から「何分よろしく」と、丁寧な先手を打たれてしまった。

「しかし一体、黄木君――」

「遠慮したまうな。では一つ、河村さんに代って要点を話してみましょう。

四日前の日曜日の夜おそく、河村氏が経営している江北《こうほく》診療所の病室内で、異母妹《いもうと》河村暁子《あきこ》さんが左の眼の縁をうす黒く焼かれたのです。つまり、何者かの悪戯か、眼帯のガーゼに浸す硼酸水《ほうさんすい》を入れた瓶に硝酸銀溶液を投じられたのです。しかし、幸いにも濃度が稀薄だったのと、直ぐに変に思って眼帯を外したために、被害の程度は軽微であったし、同時に、当夜被害者は入院していたのでもなければ、さりとて見舞でもなし、ただ単に深夜秘かに病室にいたという、いささかややこしい経緯《いきさつ》があるために、被害者自身が事件を黙殺しようとしたのです。ところが、診療所の医長の野溝博士が立場上知らん顔が出来ず調べてみると、どうやら戸枝《とえだ》という外科部の看護婦らしい。そこで、穏便にするために、その戸枝にやめるようにすすめると、戸枝は外科主任に冤罪を訴えた。この外科主任、すこぶる硬骨漢で、積極的に犯人を探さんということが第一間違ってると、河村氏に談じ込んで来たというのです。

一方、野溝博士は、一旦口外した以上は、不適当だと思う看護婦一人やめさせられんようでは、医長はやってはいられんという口吻を見せるので、診療所内の円満を期するためには、どうしても犯人を見出さなければならなくなったと云うんです。そうでしたな、河村さん」

「その通りですよ」

世慣れた調子の河村氏が、のんびりと頷いた。

「世の中は面倒なもんで、どこにでもあることですが、診療所の中が二派に別れてるんですよ。私として、細いことはズーッと任してある医長の野溝さんは、人物は別として、とにかく大事な人ですし、さりとて外科の先生も――この下条三吉という人は、実に一風変った歯切れのいい男でしてな、診療所には未だ浅いんですが、若い先生達はみんな敬意を払ってるという始末で――」

「いや、よっく判りました」自分ながら調子外れに、力を罩めてしまったのである。「一つ、骨を折ってみましょう」

2

「やっぱり、心臓は相当なんだね」

河村氏を廊下へ見送ってから、黄木陽平、いささか呆れの形で僕を見守っていたが、「なにしろ河村さんじゃ、頭から断れんで弱ってたんだ。多分、今晩の都合だよ。V炭坑事件の調査に、早島さんと九州へ往くのは――」

「え、ほんとかい黄木君、そりゃ困った」

「先刻《さっき》の口吻《くちぶり》じゃ、困りそうもない引受け方だったよ。多少の自信はあるんだね？」

「あるもんか。とどのつまり、黄木君がやることに決ってる、と思ったからだよ」

「なら、婉曲に断ってくれりゃいいのに。僕はまた、話の様子じゃM君にだって、と思ってるところへ、ひょっこり入って来たから、ついあんな風に――」

「それがね、訳がある。下条三吉という名が出て来たからなんだ。この男、古い友人でね」

「道理で、僕も聞いたことのある名前だなと思った。

M君がよく話す燻製居士だね?」

「だと思う。医者で同じ名なんて——だがあの男、船医におさまって、港々の五色の匂いを満喫してるはずだけど——」

そう云いながら、僕の指は廻転板《ダイヤル》をまわしている。江北診療所を呼び出して、下条三吉を待っていると、間もなく、

「よおM君、君や東京に居たんか?」

何年ぶりかのダミ声が、ピーンと響いて来たトタン、グッと額の抜け上ってギョロリとした眼、これはまた不思議なくらい色の黒い顔が、ヌーッと浮び上る。

「云うことが逆だぞ。尤も僕のところも転々としたが、船医はいつやめた?」

「とっく。この間まで上海《シャンハイ》にいてね。やっぱり内地の風が恋しくて」

「相変らずの風来蜻蛉《ボヘミアン》だな」

「而《しこ》うして、色ますます黒しか」このところアッハハという伴奏入り。

「神戸でちょっと逢ってから、ほお、三年ぶりだよ。時々思い出してたよ。こっちは五時にすむ。どこにいるか知らんが、こっちへ来んか?」

「じゃ、診療所の前で待ってるよ」

「面白そうな人物だね?」受話器を置くのを待って、黄木が側へ来た。

「冷笑的《シニカル》で天の邪鬼だというじゃないか」

「だが、気のいい男だ。切開刀《メス》を持つと冴えたとこがあるんだが、飛び切りの気まぐれ屋でね。頭も鋭い——」

「ちょうどいいじゃないか。その男と相談してやれば、なあに簡単に片付くよ。うまく行かなかったら、僕が帰るまでなんとか延ばすさ。なに二三日で帰る」

「心細いな。なにしろ相手が多そうだよ。こういう時、犯罪性格を簡単にテストする法でもあれば——」

「あるとも」例によって、黄木は無造作に、「つまり、怠け者の秘伝というやつだね。そうだな、じゃ、こんなのはどうだね?」

揶揄するような眼付きで、机上から白紙を一枚、黄木はつまんで、

「子供だましみたいだが、これでも心理学的にゃ、根が付いている。強心薬ぐらいにはなるよ」

3

何んのことはない、もっとも臭い顔をして黄木がやってることは、子供が好奇心でやる汚班像じゃないか——まず二つに折り目を付ける。それを開いて、ペン軸の尻に付けたインクをポトポトと垂らして、それに赤いのを二三滴。また二つにピュッと折り付けて開くと、

「ほほお、得体の判らん傑作が出来たぞ。M君にゃ、これ何んに見える?」

「?」

「つまりだね、一瞥させて相手に意味を付けさせるんだ。その意味付けのし方で、被験者の性格がほぼ鑑定出来るという寸法さ」

「眉唾じゃないのか?」

「でもないね。ロールシャツ氏のテストと云うんだが——犯罪性に関したところだけを、簡単に云うと、こういう風になる。

すべて、色彩《いろ》に対する過度の反応は外向性体験型、つまり躁鬱性傾向なんだ。その逆に運動の反応は、内向性体験型いわゆる乖離性型なんだね——

そこで、形が主になる場合——つまり形態色彩反応というやつだが、例えばこの汚班像を見て、帽子みたいで赤いから土耳古《トルコ》帽だねなんていう御仁は、聯想力と情緒性に適応があるから正常《ノルマル》で、ちょっと犯罪には縁が遠いが、逆に、色が赤いし周囲《まわり》が変にギザギザだから、赤鬼が背中合せに昼寝をしてるんだろうなんて、色彩形態反応を示す奴《やっこ》さんはだね、情緒不安定、刺戟性過敏、被暗示性に富んでいると見て、ちょっと犯罪の罠の周囲をさまよってる訳だ。

一体、色彩反応というものは、外向性情緒と並行してるもんだから、もしこの汚班像を一瞥したトタンに、鮮血みたいだなんて一次的色彩反応を示す人間は、情緒的順応力なく衝動性だから、赤い布に突進する闘牛じゃないが、衝動的犯罪を犯す傾向があると見るんだが——しかしM君、こんなことを猿の一つ憶えにしちゃ駄目だよ。こんな紙片《かみきれ》より生きた眼を動かすことが先決だ。じゃとにかく、帰京してから天狗報告を承るのを楽しみにしているよ」

とか何んとか、黄木陽平も人が悪い。とうとう僕に、臍の緒切っての大難題を押し付けてしまったのである。

4

案外、度胸というものは坐るものらしい。それと、久しぶりの燻製居士と逢うのが楽しみで、もう二十分も前から、江北診療所と電車通りをはさんで、シャロック・ホームズみたいな肩付きをして往ったり来たりしているのである。尤も時々、犯人がベロリと出す赤い舌が、玄関の硝子戸《ガラス》へ大写しになって、いささか憂鬱な気もするが――

と、白い服の看護婦たちがザワザワと四五人飛び出して来た。つづいて鼠色の外套の、まぎれもない下条三吉君が、ますます磨きのかかった燻製のような顔をして姿を現わした。なるほど人気者だわいと見ていると、若い看護婦たちが飛び出してまで見送りするのは、どうやら燻製居士ではないらしい。つづいて出て来たリュウとした美青年に、

「先生、さよなら」

「明日またね」

中には「浮気しちゃ駄目よ」なんて肩を叩く飛切り嬢もいる。燻製居士はそっぽを向いていたが、思い出したようにグルグルと大きく見廻して、

「やあ」

と、僕の方へ手を上げた。その美青年も一緒に近付いて来たが、側で見るとなんとも云えない水々しい男である。

「実に、しばらくだったね」

対照《コントラスト》の妙を得た燻製居士、若い同僚をふり返って、

「佐野君、今話したMさんだよ。M君、こちらは耳鼻咽喉科の佐野先生、またとない善良な男だが、気が弱いと綺麗過ぎるのが欠点でね。男子生れてこれ位の不幸はないよ」

「冗談じゃないですよ」美男子佐野君、生娘みたいに頬を染めてから帽子をとった。「じゃ、僕はこれで」

「いいじゃないか。M君は気のおける人間じゃなし――」

「でも、失敬しましょう」

「じゃ。しかし例のことあ心配ないよ。それに向うであ出るんだから、もう仏蘭西《フランス》人形にだって遠慮する手はないよ」

佐野君、はずかしそうに僕の顔をチラと見てから、若鮎のように停留場の方へ急いで往った。

「事件の蔭には美男あり、だね。下条君」

「巧いことを云うね。この間、宿直医が急に故郷《くに》へ帰ってね。あの佐野君が臨時に宿直したら、その晩、珍事件ができちゃってね」

「で、下条君にゃ、犯人《ほし》の見当でも付いた?」

「犯人? 妙なことを云うね? 妙といえば、僕が診療所《あそこ》にいるって、誰から聞いたんだね?」

「河村さんだよ」

「ほお、河村さんを知ってるのか?」

「知らん。ただちょっと、硝酸銀事件を頼れただけさ」

トタンに燻製居士、眼をパチクリやり出した。

「担ぐにしちゃ手がこんでるぞ。一体、M君は今、何をやってるんだね?」

「まあ、私立探偵だろうね」

「さすがは東京だなあ。いくら食い詰めたからって――」

「呆れるとはちと癪だが――。ま、それは冗談として」

というような訳で、昼間の件を掻い摘んで話してみると、燻製居士、ポンと柏手を打った。

「そいつは都合がいい。どうせM君じゃ、案山子《かかし》を立てとくようなものだが、それでも雀は驚くからな。その間を利用して、僕がなんとか――」

「相変らず口が悪いな。だが、先刻云った仏蘭西人形ってのは、戸枝という看護婦のことだろう?」

「案内子と云うたら、早速、片鱗を見せたね」

「で、医長が戸枝を犯人だと云うには、何か的確な証拠があってのことかね?」

「なあに、野溝って男のやることは、つまり敵本主義なのさ」

「要するに、下条君へ対してだね?」

「違う。この間、ちょっとばかりややこしいんだが、結局、先刻別れた佐野恭一君に対してなんだよ。まあ、晩めしでもやりながら話すとしようや。ちょっと食える料理屋へ案内しようか」

5

「簡単に云えばだね、河村暁子って女が佐野君を追い廻してるのさ。佐野君はと云うと、仏蘭西人形に十分な愛情を持っていながら、僕の積極的な防害がないとすれば、あの女の猛烈な誘惑に勝てんかも知れんという心細い調子なんだ。これはね勿論、佐野君の意志が弱いからだが、河村暁子という女も相当な女なんだよ。

あの女は、鑑賞眼の問題を別とすれば、たしかに美人だよ。それに原始的な匂いがムッとする――ちょうど無花果《いちじく》の葉ッぱを探してるイヴをインテリにしたみたいな女でね。それが我がまま勝気の出戻り姫ときてるから、なお始末が悪い――と云ったってM君、僕は決して悪い女だと云うんじゃないよ。ただ善良佐野君のような青年を、火弄《ひあそ》びヂレッタントの相手にはしたくないというものだ。それではあまりに仏蘭西人形が可哀そうだからな。

で結局、佐野君は無花果の葉ッぱの匂いを避け出した。すると、自信たっぷりな無花果嬢の方じゃ、なんとかもう一度、二人切りの機会《チャンス》さえ摑めればと、まあチャンスを狙っていたという順序だが、それが日曜日の晩なのさ。

どうも臭いと睨んで、おべっか屋の婦長を脅かして調べてみると、その婦長がね、佐野君の臨時宿直というチャンスを教えたんだ。すると、そぞろ冒険心を誘発された無花果嬢が婦長を買収して、夜おそく誰にも判らずに、建て増したばかりの裏手の病室へ巧く忍び込んだのだが、筋書き通りにゃ問屋が許さんよ。深夜、婦長が来て『新入院患者の容態が』とかなんとか云うんで、知らぬが仏の佐野君が寝呆け眼《まなこ》で往って見ると、新版累《かさね》ケ淵じゃないが、眼のまわりをうす黒くした無花果嬢が部屋の中から飛び出したんで、佐野君もアッと飛び上ったそうだ。

僕は見んが、被害は軽いんだよ。硝酸銀と云ったって薄いんだし、直ぐに変だと思って眼帯を外したっていうから、三週間も打棄《うっちゃ》っておきゃ、元通りになるんだ。それに、さすがの無花果嬢も恥しいのか、この事に就いちゃ何んともスンとも云わんのに、野溝なんて役者が加わったから、そろそろ煩さくなって来た。この先生、妻君を亡くしたもんだから、よせばいいのに無花果嬢に求婚して、美人と診療所の一石二鳥を狙ってさ。勿論、オホホと笑殺を喰ったのを、どう勘違いしてか、その理由を佐野君の存在にしてるから始末が悪いよ。だから、仏蘭西人形に罪を着せてやめさせりゃ、勢い、佐野君だって勤めておられんだろうという、奴さんらしい企みなのさ。

尤も、仏蘭西人形には不利な点があるんだ。それはね、婦長が硼酸水を持って薬局を出ようとすると、電話だと云うんで、瓶をそこへ置いて往ってみると人違いだったんだ。つまり、その間、硝酸銀溶液を入れられたらしいんだが、電話だと婦長に知らせた看護婦が、不味いことには戸枝なんだ。

だが、あの娘《こ》は断じて、そんなケチな娘じゃないよ。そんな安物だったら、下条三吉、恩怨二つながらない無花果嬢を怒らしてまで、余計なおせっかいはしなかったはずだよ」

「よく判ったよ。だが話の様子じゃ、どうやら下条君の役割は、シラノという所だな」

「シラノ？　鼻高先生《ド・ベルジュラック》のことかい？　つまらん興醒めを云うなって。シラノでも皮肉でも構わんが、わがロクサーヌは可愛らしき娘であるぞよ」

6

さて翌日——

案山子探偵も、敵陣に相棒燻製居士が控えていると思うと、もう気は楽なのである。

早朝電話で、河村氏と打合せてから、堂々（？）と江北診療所へ乗り込むと、世慣れた河村氏は、医長野溝博士、外科主任——お互いに知らん顔の約束済み——以下見習い看護婦に至るまで、順々に迷探偵を紹介してサッサッと引き上げてしまった。

黄木式省略法に従って、まず第一が婦長の審問である。玄関脇の板壁作りの簡単な応接室で待ち構えていると、呆《とぼ》けたような顔をして、中年の婦長がソワソワと入って来た。硝子戸を透して斜向う、薬局室の入口に白くかたまった看護婦たちが、一勢にこっちを見てるのにはちょっとばかりてれるが、エヘンと、まず咳払いを一つ。

「貴女がその、被害者を病室へ入れるべく、つまり努力したのですか？」

「そうでございますわ」相手の方が落ちついてるから、妙である。「悪いとは存じましたが、でも御主人さまですもの——」

「で、その理由は知ってますね？」

「それは、そうですわ」

「すると、事件の動機とその理由とには、直接関係があるんでしょうか？　どう思います」

「そりゃモチですわよ。ホホホ」

早くもなめられた形である。

「近頃の若い娘たちには、油断も隙もないですわ。わたしが調べてみますと、若い看護婦たちの間に、佐野先生への攻守同盟が出来てるんですって——ですから、暁子さまの敵陣突破には我慢が出来なくって、誰か勇敢なのが身を挺して、あんな事をしたんじゃないでしょうか。と思いますわ」

「なあるほど」と感心してると、婦長君、まるで弟にでも口をきくように、

「それが変なんですのよ。暁子さまと相談したのは、この部屋なんですの。ちょうど三時のお茶の時——日曜日の午後は、先生方も少ければ、患者もまるで少いんですが、そこへ暁子さまが、小ちゃな脂肪腫が左の眼の下へ出来たとかで、眼帯をかけにお見えになったので、話のついでに佐野先生の臨時宿直のことを話しますと、暁子さまがわたしをこの部屋へ呼び込んで、その相談を無理になさったんですけど——でも、硝子戸はキチンと閉っていましたから、誰にも盗み聞きされる——」

「その時、看護婦たちは？」

「薬局で、お茶を呑んでたんでしょう」

「じゃ、被害者が夜、病室へ入るところを誰かに見られたんだな？」

「でしょうかしら？　わたし、用意周到にやったつもりですわ。夕飯時に布団や毛布をうまく運んどきましたし、夜十時頃、誰も見てない時を見はからって、裏口からサッと入ってもらったんですもの——それに誰かが見たとすれば、佐野先生に云わないってありませんわ。どっかへお寄りになったとかで十一時頃お見えになった佐野先生を、看護婦達《みんな》が玄関とこで待っていて、大騒ぎしながら宿直室へ送ってったんですもの——、でも誰かがきっと見てたんですわ。でなきゃ、わたしが犯人になってしまいますわよ」

「どうも変ですな。で、湿布の硼酸水は、貴女が作ったんですか？」

「イルリガートルに沢山出来てるんですの。暁子さまが忘れて来たので、後で届けてねと仰有るので、ちょうど十一時頃、玄関や薬局の前に、看護婦達がワイワイ云って佐野先生を待ってるのを幸いに、わたし自分で瓶に入れて持って行こうとすると、戸枝さんが『電話です』と知らしてくれたんですの。暁子さまのことは誰も知ってるはずがないと思ってますから、何の気なしに、薬局の台の上へ瓶を置いて電話室へ往くと人違いだったんですの。その間はホンの一二分でしたけど、そん時、硝酸銀を入れられたんですわ。でも、看護婦達は、誰も知らないって、云い合わしたように頑張ってるんですのよ」

7

問題は簡単ではないか。誰が硝酸銀溶液を入れたか、である——なんて、もっともらしく自問自答していると、眼の前に、実に可愛らしき戸枝里美の、ほの白き顔がポッカリ浮んでくる——残念だが、やっぱり彼女《あれ》かなあと、一人、ポツネンとしていると、硝子戸が開いて、白衣の燻製居士が入って来た。

「どうだい。目鼻位は付いたかね？」

「目下、睫毛ぐらいだよ。だがだね、瓶が机上に置いてあったのがホンの一二分間だったという点と、犯人が硼酸水の瓶の出現を予期しているはずがないという点を結び付けると、これは純粋の衝動的犯罪だよ」

「なんだ、そんなこと今気が付いたのか？」

「くさらせるなよ。そこでだ、解決の最短距離を選ぶ手段として、まず看護婦たちの衝動的性格を鑑定するんだ」

「じゃ、易者の真似もやるんだね？」

「易者は外貌に過ぎんよ。僕のは内在的心理を、単刀直入的に照破するんだ。一見、童戯に似て、その結末に怖るべきものあり」

とかなんとか云いながら、真面目くさって例の汚班像を作り出すと、そこへズングリ肥った野溝博士が、老獪《ろうかい》な笑みを浮べながら入って来た。

用意は周到である。二本の万年筆から赤いのと青いのとを、白紙にタラタラと垂らしていると、

「ははあ、それが犯罪性格の鑑定になるんですかな」

と、中ば呆れたような顔。燻製居士が、野溝博士の手前、他所《よそ》行きの声を出したのをキッカケに、ここら辺が値打ちの見せ所とばかりに、黄木陽平の口吻まで真似ながら、猿の一つ憶えを滔々と喋ったのである。すると、野溝博士はさも感心したように、コクンコクンと頷いている。

「やはり専門ですな。その汚染の意味付けのし方で、その人間の犯罪性が、そんなに的確に判るものですかな？」

「生きた眼には如かず、ですよ。だが僕はこの事件に関する限り、この鑑定を以ってスタートを切りますよ。では一つ、手の空《す》いてる看護婦から呼んでくれませんか」

気は大丈夫かい？　てな眼付きをしながら、燻製居士は硝子戸を開けて、薬局の前にいる看護婦連をさし招いた。

「さ、日曜日の晩の十一時頃、その辺にウヨウヨしてた連中は、順々に入って来るんだ。高倉ハツ子がトップをやれ」

なるほどトップを承るだけに、赤頬肥満の見るからに勇敢嬢が、ちょっとしなを作りながら入って来た。

「わたし、高倉ハツ子でございますの」

「これは、何んに見えますか？」

「はあ」

まるで幼稚園の入学試験である。赤頬嬢、眼をパチクリしながら、汚班像と僕とを見比べていたが、

「あら、赤い蝙蝠《こうもり》じゃないんでしょうか」

まさに色彩形態反応である。占めたぞと、勿体ぶって鑑定表に書き込んでると、

「次は、小川せい子」

燻製居士、いつの間にか紹介役になり済ましている。と、入口のところに立っていた変に見すぼらしい看護婦が、モソモソと赤頬嬢と入れかわる。

「小川せい子さんですね？　これ、何んに見えますね？」

「あの、判りませんですけど――」

「いや勿論、最初から意味がある訳じゃないんです。ただ、貴女には何んに見えるかと」

「やっぱり、判りませんけれど」

無反応である。無反応イコオル低脳かな、と首をひねってると、側の燻製居士が面倒臭そうに、

「この小川は、来てから一週間ばかりしかならんですから、診療所《こ こ》の事情は判らんのですよ」と洒落れてから、

「次は、戸枝里美」

幾度見なおしても、睫の長い可愛らしい顔である。こんな娘に繃帯してもらうんじゃ、燻製居士の荒療治も我慢するはずだな、なんて余計なこと考えながら、

「何んに見えますか？」

「アノ、蝙蝠みたいですけど」

佐野君からでも聞いてるとみえて、人懐こい眼をする。

「でも、違いますかしら――」

「赤くは見えませんか？」

こうなると、テストじゃなくて催促である。

「アラ、じゃ蝙蝠じゃありませんわ」

「お次は、堀のぶ子――」

と、燻製居士は助け舟ばかり出しているが、結局、性格テストは大失敗だったのである。判らん嬢のような傑作は別として、被験者八名中、五名までが濃厚な色彩反応を示しているんだから、近ごろの娘はかくも揃って躁鬱性型か、なんて感心したのがせめてもの落ちだった。

ところが、事件は急転直下に解決した。まるで缶詰めにでもされたように、応接室の中で一人途方に暮れてると、佐野恭一君が昂奮したような顔で入って来て、いきなり、

「申訳けがありません」と、頭を下げたのである。「戸枝がやったらしいんです。白状はしませんが、どうしても今日、診療所を止めると云い出したんです。それが、何よりの証拠なんですが、でも、戸枝はほんの出来心でやったんですから、何卒《どうぞ》その――」

「いや御心配なく。結局、僕にゃ犯人は判らなかったんですよ」

そこへ燻製居士が、なんとも云えん妙な顔をして入って来た。

「佐野君、仏蘭西人形の奴、肯定もしなければ否定もしないで、ただやめると云ってるよ。君はどうする？」

「勿論やめます。云わば僕の責任ですから」

「えらいッ」

燻製居士の声が、硝子にパンと響いた。「佐野君、少女の心底、また哀れむべしだよ。君を愛してればこそだ。勿論、僕もやめるよ」

8

その翌々日の晩。――帰京したばかりの黄木陽平が、やっぱり案じてると見えて、直ぐに僕の家へやって来た。

「いい手腕《ところ》を見せたかね？」

「なあに、自然に解決しちまったが、いや後口の悪い事件だったよ」

そう前置きしてから、巨細《しさい》のこらず詳しく話してみると、黄木陽平、あの時作った汚班像を凝《じっ》と見ていたが、

「こりゃ誰が見たって、赤い蝙蝠だよ。こんなに赤が多くっちゃ、テストにならんよ。尤も、これは大成功だったよ。とにかく、直ぐに診療所へ往こう。まだ犯人はいるはずだ――」

黄木の一見突飛な行動には慣れ切ってるが、それでもいささか面喰って、自動車《タクシィ》を診療所の前まで飛ばさした。

自動車を降りると、黄木は素早く、玄関のところに立ってる二人の看護婦を見付けて、

「M君、あれ達の名前を知ってるかね?」

「肥ってるのが高倉ハツ子で、貧弱のが小川せい子——」

「ちょうどよかった。じゃ、M君は見られん方が都合がいい」

と云うので、少し離れたところから見ていると、黄木陽平はツカツカと玄関の前まで往って、硝子戸の前に立っている。すると、顔でも知ってるのか、怖々《こわごわ》な恰好をしながら、小川せい子が中から出て来た。黄木が黙ったまま、建物の横の暗い方へ歩いて往くと、例の判らん嬢も項垂《うなだ》れたまま就いて往く。

五分も経つと、例の無造作な表情で黄木は僕のところへ来て、「さあ、往こう」と歩き出した。

「犯人は、あの看護婦だよ」

「?」

「M君、犯罪捜査に当っては、奇蹟を求めちゃ駄目だよ。不思議だなあと思うことを順々に解いて往けばいいんだ。つまり、この事件で云えばだね、第一が、硝子戸の閉ってる部屋で話していたことを、どうして盗み聞きされたのか、だ。第二は、誰が見ても蝙蝠に見える汚班を、何故一人だけが判らんと云い切ったのか、だよ。この二つの謎の共通点は何だと思う? つまり読唇術《どくしんじゅつ》なんだよ。僕が玄関の硝子戸の前に立って、無声言語で『おまえが犯人だ。出て来い』と云った瞬間に、この推理が証明されたんだ。

あの女は冷淡粗野、遺恨を深く蔵し、悔いなく罪を犯すという性格型なんだ。そして、どういう経歴で憶えてるのかは判らんが、不完全ながら読唇術を知っている。硝酸銀事件の動機はほんのつまらんことだが、あの女が一週間ばかり前に、診療所へ雇われたばかりの時、被害者河村暁子が診療所へ来て、いわゆる直感であの女を毛嫌いしたんだろうが、医長に『あんな変てこなの断っちゃいなさい』と、離れたところで云ったのを、邪推と読唇術で聞きとって、酷く怨んでたんだ。

日曜日の三時頃、被害者が婦長と応接室でつまらん相談をしてる時には、薬局の入口から硝子戸越しに、切れ切れにしか読みとれなかったが、婦長の行動をそれとなく監視していると判ったと云うんだ。そして、婦長がワザワザ自分で硼酸水を入れてるところを見たり、その瓶を机上に置いて往ったのを見ると、ムラムラと衝動的な

復讐感に支配されたんだね。

だが、さすがに私立探偵が来ると聞くと怖くなって、M君が調べに往った前の日に、医長にやめたいと云い出して、そこから尻尾を摑まれて、とうとう医長に白状したんだ。ところが医長はもともと敵本主義なんだから、『今強いてやめれば、みんなに自白するようなもんだ。俺が庇ってやるから黙っていろ』と云ったような調子で、形勢の悪い戸枝に、あくまでも罪を転嫁しようとしたんだ。だから、M君が勿体ぶってテストをした時、小川を容疑者の列から除くために、唇だけ動かして『判らんと云え』と命令したんだよ。要するに、数敵のインクの逆効果が、この事件を解決したという訳さ」

汽車で疲れてる黄木と途中で別れて、今更のように感心しながら、アパートの階段を馳け上って燻製居士の部屋を訪れると、柄にもなく燻製居士、椅子に埋れたまま考え込んでいる。

「よおM君、何が幸いになるか判らんよ。佐野君の両親がね、人形さんを気に入って、お嫁さんに決めてしまったよ」

「それどころか、驚くなよ」と前置きして、黄木の解決を話してやると、またしても天の邪鬼、案外、ケロリと聞き流している。

「えらいね、黄木って男は——じゃ、戸枝は佐野君のほんとの心を知りたかったんだな」

「しかしM君、ことは既に終っている。今更、野溝を撲っても始まるまい。それよりか二人の前途を祝して、乾盃でもしようじゃないか」

そう云って燻製シラノは、元気に立ち上ったのである。

孤島綺談

1

「M君？　僕、黄木《おぎ》。突然だが、今晩発って御蔵《みくら》島へ海鳥見物に行かんか。真夏の孤島行。ちと洒落れてるぞ。日程は四五日だ。……行くか。よし、きた。じゃ、七時までに芝浦へきたまえ」

電話は、プツンと切れた。黄木陽平の突飛《とっぴ》性には、僕も慣れているが、電話の口調の忙がしさから、ハハア、こいつは事件だなと、ピーンときた。

この変梃子な事件は、日記を調べてみると、昭和十六年の八月の出来事だったが、その頃、黄木陽平の秘密調査事務所は、銀座に近いHビルの三階にあった。もっとも私立探偵とはいっても、黄木は生来の極楽蜻蛉、暇さえあれば旅行ばかりしている男だが……。

約束の時間に、東京湾汽船の発着所へいってみると、バスの降りるところで、黄木は、のんびり煙草をふかしていた。

「黄木君、なんか仕事を頼まれたね？」

すると、黄木はニヤリと笑いながら、僕を人気のない方へ引っぱっていった。

「ホラ、あそこを見たまえ。四人組がいるだろう？」

黄木の視線を辿ってゆくと、感じの悪い五十がらみの男が、三人の若い男と話している。三人の若い男には、それぞれ特色があった。一番年嵩らしい丈の高い苦み走った顔の青年は、見るからに激しい気性の男らしく、色の白い頬に刃物の傷跡が、印象的に浮き上っている。学生服の童顔の青年は、なにが愉快なのか、周囲の者にまで感染しそうに、絶えずニコニコ笑っている。もう一人の小柄の青年は、ちょっと見ると子供のような感じがするが、一種の発育不全らしく、一人ポツンとしている感じにも、なにか陰惨なところが見える……。

「黄木君、あの連中も海鳥見物に行くのかね？」

「うん、若い三人だけが行くんだ。あの五十がらみの男は高柳藤吉という、まあ、闇ブローカーだな。あの高柳が正午《ひる》前、誰の紹介状もなしに、突然、妙な仕事を持ってきたんだ。つまり、あの若い三人が御蔵島へ旅行をするんだが、ある事情があって、ヒョッとして不祥な事件が起きると困るから、監視かたがた並行して旅行してくれ、というんだ」

「その事情というのは?」

「それが眉唾さ。だが、一応は合理的になっている。それを簡単にいうと、こういう訳なんだ……。

——あの高柳藤吉の義兄というのが、ブラジルで成功していて、それが今度日本へ帰ることになった。もう老人だし子供がない。そこで、日本にいる甥を名儀養子にして、財産を譲る考えなんだが、この事はまだ発表していない。それを、義兄の妻がまだ見ぬ甥のことを心配して、手紙で弟に——つまり、高柳に打ちあけて相談してきたんだね。

その甥というのは、二人いる。ホラ、あの丈の高い色の白い男ね。あれが布川正一《ぬのかわ》。あの童顔の大学生が夏目一郎。布川という男は、あの通りちょっと険しい男だが、実際、傷害前科もあるんだ。そこで、義兄が帰って来て人物検査の上決めるとすれば、当然あの学生の方に軍配があがる訳なんだが、ところが、高柳が昨日ウッカリ、その未発表の内容を布川に洩してしまった。途中で気がついて話は止めたが、勘のいい布川が、薄気味の悪い微笑を洩らしていたというんだ。その微笑が気になって仕方がないから、まあ、杞憂に過ぎまいが、警察へも相談もならず、そこで私立探偵の僕へ頼みに来たという訳さ……」

「もう一人の青年は?」

「あれは、高柳の伜で洋太郎というんだ」

「海島見物の発起人は誰なんだね?」

「M君、いいとこへ気がつくね。あの高柳は、若い時一度行ったことがあって、その話を布川にしたら、布川が従弟の夏目を誘ったというんだ。それで、高柳が都合がよかったら、案内をしてやる予定だったが、どうしても商売の都合上行けないんで、まあ、伜を一緒にやる訳だが、あの伜は唖なんだよ」

「唖?」

「うん、だから、余計心配して僕を頼むという順序になるんだが、ともかく僕も、御蔵島なら行ってみたい気がしたから、事件が万一起きても、その責任は持たないという約束で引き受けたのさ。君も納涼旅行のつもりでいたまえ」

2

たしかに、納涼旅行に違いない。未完成殺人事件伴奏付きとある。僕も神経質ではないつもりだが、どうにも布川の険しい微笑が気になって、寝つかれなかった。船客の大部分は、三宅島の人達だったが、小さな船室は、ギッシリとした雑魚寝だった。予定通り僕らは、布川の一行のそばに陣どった。煙草の口火をキッカケに、黄木は巧みに布川と近づきになった。

「なあーんだ。あなたも鰹鳥《かつおどり》の見物か。そいつはいい。旅は道連れとやりましょうかね」

といった工合に、布川という男は、仁義でも切らしたら、水際立ったところを見せそうな男で、若いに似合わずドッシリと落ちついている。なにを商売にしているのか、身のまわりもキチンとしているし、従弟の大学生に対しては、すっかり目上の態度で出ていた。

「さあ、寝ましょうかね」

黄木は、船中では事件起らずと見てとったのか、観音崎の燈台を出たあたりで、布川との世間話を打ち切り、生来の楽天癖を発揮して、もう高鼾をかいてしまった。小さな汽船は外海へ出たらしく、舷側を叩く波浪の音が、次第に高く盛り上ってきた。

夜が明けて、汽船が三宅島へつくと、船客は殆んど降りてしまった。そこから僅か二十浬《かいり》の御蔵島まで足を伸ばした者は、ほんの数えるほどだった。

海に浮んだ断崖のような御蔵島の奇風景は、はるかに想像を飛びこえていた。まず、崖寄りの石河原から断崖の上の小さな村までつづく、長い長い石段に一驚を喫した。その長い石段を、布川の一行と話しながら登って行くと、たった一人だけ離れて、ブスッとした表情の変に顔色の黄ばんだ男が一緒の道をやって来る。担いだリュックには大きく中原と書いてある。気がついて見ると、黄木はその男に、それとなく注意の視線を払っている。

「こういう石段を見ると、蟻の塔を思いだしますよ」

突然、その中原が僕に肩を並べた時話しかけて来た。

「それはそうと、あんた等ワザワザ海鳥見物にきたんですか。僕あ、こんなとこへは誰も来んと思っとったが……」

「だが、あんたもでしょう?」

「僕あ、鰹鳥の習性の研究ですよ。だから、あんた等は一泊で発動船で戻るっていうが、僕あ山小屋へ閉じこもるんですよ」

「無人の山小屋に、一人でいるんですか」

黄木が振りかえって、中原の顔をチラリと見た。「この島は黄楊《つげ》の特産地でね。その黄楊を伐る季節に村の人がその山小屋へ泊るだけなんですよ」

「僕あ、渡り鳥だけで結構だ」

中原の妙に無愛想な口調に、黄木は、ちょっと意味ありげに微笑した。

「鰹島は、いつごろ南半球へ行くんです?」

「秋さ」

中原は、一層無愛想にいった。黄木は、まるでテストするように、

「で、南半球での群棲地は、どこなんでしょうか」

中原の変に濁った眼が、ギロリと光った。それには答えず、ドンドン石段を登っていった。黄木は僕に囁いた。

「M君、あの男は鳥類研究家じゃない」

「だとすると?」

「問題は、僕の仕事と関係があるかないかさ」

黄木も、それっきり黙ってしまった。

小さな村の安宿で、六人は呉越同舟の形で一休みした。そこで昼食をとり、屈強な島の青年を案内人に頼んで、海鳥の群棲地までの難コースを、三時間かかって踏破した。途中で、スコールまがいの猛雨に急襲され、ビショ濡れになりながら、やっと谿谷に臨んだ山小屋に辿りついたときは、さすがの健脚家黄木も、いささかヘトヘトの形だった。

山小屋は莚敷きだが、かなり広かった。煮炊きの道具から、風呂まで設備してあった。案内の青年は、すぐに土間で大きな焚火を起したが、「みなさん、風呂よりか谷川の方がいいでしょう。身体を洗ってらっしゃい」

と奨めるので、みんなは素裸かになって、岩石伝いに渓流の方へいった。鳥類研究家と自称する中原だけは、いかにも変人らしく、濡れたシャツを着たまま、一人離れて流れの下の方へいった。谿谷の風景は、どこでも同じような静寂さを感じさせるが、そこが太平洋の孤島の中だと思うと、滾々と奔る冷水の流れも一種凄相な感じがした。僕は黄木と並んで、冷めたい流れの中に身体を沈めた。黄木は、ズーッと離れた中原の方を眺めながら云った。

「M君、あの男の腕が見えないかね?」

視力の弱い僕には、中原の病的に黄ばんだ素裸かが見

えるだけだった。

「なんか、刺青でもあるのかい?」

「もうちょっと、洒落れたものがあるよ。いいかね。僕がそばへ行くと、あの男は急いでシャツを着るよ」

黄木は悪童のように、水から跳びあがると中原の方へ駈けていった。なるほど、中原は急いでシャツをひっかけて、濡れたまま山小屋の方へ戻っていった。黄木は笑いながら、引返してきた。

「M君、これで安心した。あの男は、僕の仕事とは関係ないことが今分った」

「仕事っていうけど、事件は起きそうかい?」

「さあ、まだ断言は出来ん。しかし」と、黄木は、少し離れた三人の方を見やりながら、

「要するに、予防をすることが第一なんだから、ここへ来る途中で、それとなく僕は布川に私立探偵だということを話しておいた。それから、他の話にまぎらして、こんな孤島で事件が起きたら、加害者は逃《のが》れっこないと間接に注意しておいた。あの布川という男は、智能犯型じゃないよ。だから、発作的犯罪に釘を打ってさえおけば、一安心というものさ……」

3

案内の青年が、上手に飯と汁を炊きあげた。その夕食をすますと、僕らは山小屋を出て空を眺めはじめた。山小屋の横で、島の青年が、しきりに中原に説明している。

「鰹鳥は鋭い嘴を持ってますが、烏にはかなわないんです。ですから、飛び出すときも夜明け前、帰ってくる時も日が暮れてからなんです。ここら一面、足の踏みどこもないほど巣だらけです。岩の間に鍵型に穴が穿ってあるんです。ですけど、爪が水搔きだから、すぐに巣につけなくて、いつまでも飛びまわってるんですよ」

「そこを摑えるんだね」

自称研究家は、いささか愚問を発している。島の青年は、ちょっと微笑した。

「飛んでるときは、スピードがあって駄目です。でも、地面からは直ぐに飛べないんです。それに、巣についても、すぐには穴の中へ入らない習慣がありますから、今夜みたいな闇夜だと、いきなりパッと懐中電燈を照らしつけると、吃驚して竦んじゃうんです。そこを手摑みに

するんですがね……」

気がついて見ると、中原の顔色は、ひどく蒼ざめていた。変に眼がドロンとして、唇も力なく垂れ下っている。黄木も気がついたと見え、中原のそばへいった。

「あんた、特殊の病気を持ってるようだね」

不意を食ったように、中原は吃驚した。力のない顔に苦笑いを浮べながら、

「慢性胃カタルなんでしてね……」

「来た、来た」

突然、すぐそばにいた夏目一郎が、空を指さした。見ると、薄暮れた空一面に、クルクル舞いまわる鳥影が、胡麻をバラまいたように見えはじめた。

「だから、啞は嫌んなっちゃう」布川が、癇に触ったような声でいった。「野郎、まさかここへ掃除をしにきたんじゃあるめえ」

言葉とは反対の親切さで、布川は窓のそばへゆくと、小屋の中にいる洋太郎に、出てこいと手真似で呼んでいる。洋太郎も、吃驚したように小屋を出てくると、空の壮観を眺めはじめた。

見る見る中に鳥影は、空をドス黒く埋めていった。それが次第に渦巻きとなり、旋風のようにグングン廻りながら、ほとんど暮れ果てた谿谷の上にひろがると、ギャオ、ギャオ、ギャオ、まるで猫の叫び声のような啼き声が耳を聾するように轟いてくる。山小屋の前だけ、カーバイト洋燈《ランプ》の余光で、ポーッと明るい。そこを眼がけて、尖鋭なスタイルの海鳥が、グライダーのように滑ってくる。

「顔に気をつけて」

島の青年が、大きく叫んでいる。それにつづいて、山小屋の入口から、黄木の声がした。

「M君、布川さんがカクテルをご馳走するそうだ。入りたまえ」

その声を聞くと、酒好きと見えて、まっ先きに中原が入っていった。ところが布川は、性が合わないらしく、中原には白い眼を見せた。

「あんたは胃が悪いんだから、止めた方がいいでしょう」

中原は、急に不気嫌になったのか、隅の方へゴロンと横になった。そのまま寝てしまったように、後向きの姿は動かなくなった。啞の洋太郎は気のつく男だと見えて、みんなの携帯コップを布川の前へ待っていった。布川は旅行鞄《スーツケース》から洋酒の瓶を出しながら、一緒に携帯用の将棋

盤も取り出した。

「黄木さん、将棋お好きですか」

黄木は、僕と並んで土間際に腰かけていた。勝負事にかけては天才的な強さを持ってる黄木は笑いながら、

「駒を並べるぐらいはね……」

「その云いかたじゃ、強そうですな。後でやりましょう。僕も下手の横好きでね……」

布川は上手な手付きで、濃い色の液体をコップに注いでいった。

「女の飲みものですよ。僕は酒に弱いが、夏目なんかは大きなコップで一息だ。さあ、キュッとやってください」

洋太郎が、黄木と僕のコップを持ってきた。プーンと、いい香りがする。黄木はうまそうに飲み干してから、チッと舌を鳴らして、

「ブランデイですね。チョコレートを溶かしこんで、それに、なんか香料を……」

「大した舌ですな」布川は、大袈裟に頭へ手を当てた。と、小屋の外の方に、「おーい、一《い》っちゃん、早くきて飲めよ」

「いま行くよ。正ちゃん、鳥が巣についたらしいぞ。静かになったぞ……」

夏目の若々しい声は、反対に小さくなっていった。案内の青年も、うまそうに飲んでいたが、懐中電燈を持って立ち上がった。

「じゃ、出かけましょうか。ほんとは獲っちゃいけないことになってるんですが、ここで喰べるくらいなら――真暗ですから、足もとを注意してください」

僕は、中原のそばへいってみた。変に蒼黒い顔をして、眼を閉じていた。黄木が、打棄っておけ、と手を振って、僕と山小屋を出ながら、

「あの男は、いま苦しんでいる最中だ。それを我慢してるんだよ」

「しかし、鳥の研究ではないとしたら、なんのためにここへ来たんだろう?」

「M君、たまには自分で考察してみるんだな」

間もなく、布川がブリブリしながら出てきた。

「黄木さん、啞って奴は厄介ですね。真暗で危険だから待ってろって云っても、通じやしねえ」

「じゃ、M君、後から夏目君と三人できたまえ」

暗に、僕に夏目と一緒にいろと注意して、黄木は布川と、案内の青年につづいて闇の中へ消えていった。

「おーい、夏目君」

僕は手を喇叭にして、大きく呼んでみた。と、山小屋の後の方から、綺麗な海鳥を羽根摑みにして、夏目一郎がニコニコ現われた。

「Mさん、ほんとに手摑みですよ。ちょっと待っててください。キュッとやってきますから。さあ、君にやる」

夏目は、僕の後にいる洋太郎に鰹鳥を手渡すと、急いで小屋へ入っていった。唖は、バタバタする海鳥を持てあましたように、窓から小屋の中へ投げこんだ。ちょっと不安な顔をしていたが、思い切ったように懐中電燈を照らしながら、布川の後を追っていった。間もなく、夏目がやってきた。

「さあ、行きましょう」

漆黒の闇だった。その辺一帯は鰹鳥の穴巣だらけと見え、パッと懐中電燈を照らすと、あっちにもこっちにも、鷗に似た海鳥が立竦んでいる。夏目は勇敢に羽根を摑んでブンブンぶん廻し、岩に叩きつけているが、僕は、その夏目への注意で一杯だった。岩坂の向うに、青白い光がパッパッと明滅している。そこに布川や黄木がいるのだが、周囲の凄相が、なにか危険感を描きだしていた。

僕は、なるべく布川の方と離れようと試みたが、夏目はグングン接近して行く。

「やあ、黄木さん、痛快だね」

布川の声が、思いがけなく間近かに聞えた。と、その瞬間だった。懐中電燈の光がパッパッと交錯したと思うと、

「ウァーッ」

変に詰った異様な叫び声を立てて、誰かが岩坂を転がり落ちていった。それこそ、恐怖のどん底の叫び声だった。

「洋太郎だ」

夏目が真先に降りていった。運よく、唖は木の根に支えられていたが、なにに恐愕したのか、恐怖の形相そのままに気を失っていた。

4

事件は、意外の方へ展開した。といっても、なぜ唖の青年が恐愕失神したのかは、僕には判らなかったが、さすがの黄木も、大きく首をひねっていた。

ところが、山小屋へ戻ると、そこにも意外な出来事が待ちかまえていた。僕は、はじめ中原の様子を見たとき、死んでるのではないかと思った。中原は部屋の隅の方で、仰向けの姿勢で昏睡していた。顔面は痙攣したように蒼白になり、額にキラキラ汗の滴が浮いている。黄木も、その死相には吃驚したらしく、すぐに側へゆくと、呼吸を調べ脈《プルス》を診た。

「黄木君、どうしたんだろう?」

「こいつは、毒《ポイズン》による死相だ。だが、脈はしっかりしている……」

黄木は中原のシャツの釦を外して、心臓のあたりへ耳を当てた。と、袖をまくって中原の腕を調べている。見ると、中原の腕には無数の刺痕が、歪んだ模様のように並んでいる。

「M君、この男は、やっぱり強制療法にきたんだよ。だが、偶然に同一の毒だったのかな。心臓がしっかりしている……」

いいながら黄木は、布川の方を振りかえった。その時の黄木の顔には、異様な決意が浮んでいたが、布川も、気絶したままの洋太郎の姿を睨みながら、険しく眉を踊らしていた。

「黄木さん、飛んでもない男を連れてきましたよ。僕は反対したんだけど、こいつの親父が、是非連れてってくれっていうんでね」布川は、セセラ笑って、「唖が叫ぶなんて、僕も初耳だが、いったい、なにに愕いたんでしょう?」

「なあに、パッと懐中電燈が光ったとき、木の枝の交錯が、なにか悪魔の顔にでも見えたんでしょう」

「ああ、不愉快だ」

「じゃ一つ、気晴らしに将棋でもやりましょうか」

布川は、急に変り目を見せて、ニコニコ笑いだした。

「待ってました。というところですが、どうも僕はタダじゃね……」

「じゃ、どっちが強いか判らんが、一番勝負にして、僕はこいつだ」

黄木は、愛用の写真器《カメラ》を指した。

「さすがは黄木さんだ。気に入った。ところで僕の方に、それに匹敵するものがない」

黄木は、ニヤリと笑った。

「僕はね、透視術を研究してるんだが、それの実験の意味で、あんたの旅行鞄の中の一品を貰うことにしよう」

「面白いですな」

自信満々の顔つきで、布川は旅行用の将棋盤を取りだした。僕には、黄木の目的はテンで判らなかったが、カーバイト洋燈のそばで、緊張しきった一番がはじまった。しばらくたつと、どうやら黄木が勝ったらしく、布川はアッサリ駒を投げだした。

「黄木さんは強いや、僕なんか問題じゃねえ」布川は旅行鞄の中から、三つ折の皮財布を取りだした。「こいつは、まとまって入ってるんで、ちょっと惜しいんだが――」

「布川さん。僕の欲しいのは、そんな物じゃない」

「だって、他に金目のものはありやしませんよ」

「なんか薬が入ってやしないかな」

布川は吃驚したように、中から頓服薬の薬袋を摘みだした。

「こいつですか。こいつは歯痛止めのピラミドンですぜ」

「いつでも、あんたは持ってるんですか」

「僕は年中歯が痛むんで、旅行のときにゃ、きっと持参するんです。だが、こんな物と写真器と……」

「なあに、僕は透視術の実験が目的なんだから――」

黄木は薬袋を受けとると、中の薬包を取りだし、五六服入ってる包を、一つずつ見比べていたが、中から紙質の変った包を抜き出して、ひらいて見た。ピラミドンらしい白い粉が出てきた。

「布川さん、実験の成功の証拠だけでいいんだから、この一服で結構。ところで、成功の証拠が欲しいんだが、この薬袋に、あんたの名前と日付けと時間と、それから、ここの場処を書いてくれませんか」

布川は、狐につままれたような顔つきで、万年筆を取りだした。

気絶した洋太郎は、真夜中に気がついて、まだ悪夢を見つづけてるような顔つきで、そのまま小さく寝こんでしまった。が、一方の中原は、なお昏々と睡りつづけていた。

ところが翌朝、眼が醒めて見ると、その中原が意外に元気な顔で胡座をかいているので僕は愕いて訊ねた。

「中原さん、いったい、昨夜はどうしたんだね?」

「サッパリ判らんが、変梃子な気持ですよ。すっかり寝こんじゃって、鰹鳥を獲りに行けなかったが、面白かったですか」

「そんな事はどうでもいいが、こんな処に一人でいるのは、あんたには無理だと思う」

「僕も思ったより淋しいとこなんで、鳥の研究は止めることにしたんですよ」

「それがいい」

突然、黄木が横からいった。向うの方に小いさく寝ている洋太郎の方を、ちょっと見やってから、昨夜、賭け将棋でとった薬包を取りだした。まだ寝ている布川の方に注意しながら、中味の白い粉を中原に見せた。

「こいつは、モの字でしょう」

中原の眼の色が、サッと変った。

「どうして、あんたは持ってるんです？」

「なあに、僕の弟が薬局をやってるんでね、あんたも一眼で判るようじゃ、どうやらモの字中毒らしいね。だったら、やっぱり入院して癒す方が安全ですよ」

その黄木の最後の言葉で、事件の様相が、僕にも判りかけてきた。

＊　＊　＊

帰りの海は、静かだった。夜空の美しい汽船の甲板で、僕と黄木とは煙草を燻らしていた。

「黄木君、やっぱり事件があったんだね」

「うん、毒殺未遂事件だ」黄木は、苦々しく顔を歪めた。「僕も頓間だった。中原という天の配剤がなかったら、夏目は殺されていたろうし、濃厚な嫌疑が布川の上にかかっていた訳だ」

「そりゃ君のことだから、毒殺事件が起きたとしても、真犯人は発見するだろうが、しかし、唖の洋太郎が驚愕失神したのは、突然、夏目一郎の姿を見たからなんだね？」

「そうだ。あの唖の奴、夏目のコップのカクテルに、巧みにモルヒネを混ぜこんだんだ。それを夏目が飲むところを、海鳥を窓から投げこみながら、見確かめて、うまくいったと思いこんで僕らの方へやってきた。もちろん、良心の苛責もある。そこへ突然、殺したと思っている夏目が、闇の中から浮きだしになったんだから、こいつは誰だって愕くよ。愕いて転がり落ちたトタンに、頭を打って気絶したんだ」

「その時、君には事件の真相が判ったんだね？」

「いや、その時は、変だなあと思っただけだが、小屋へ戻って中原の様子を見たとき、ピーンと頭へきた。中原の顔は、毒による死相を現わしていた。ところが、心臓はしっかりしている。僕は、中原が中毒の強制療法に

「そうなんだ。そこで。布川が毒薬を持っていなければ、布川にも嫌疑はあるが、もし高柳の奸策だったら、こいつは一石二鳥に布川にも罪を着せるために、布川の旅行鞄の中に毒薬がまぎれこんでるぞ、と僕は睨んだんだ」

「それで、面倒臭い賭け将棋をしたんだね？」

「まず、そうなるね。結局、僕らが小屋の外で海鳥の帰来を待ってる間に、あの唖がピラミドンの薬包の中に、モルヒネの薬包を混ぜこんでおいたんだ。だから、布川はなんにも知らない……。

しかしM君、幼稚だが、実に狡猾極まる犯罪だよ。布川が甘味の強いカクテルを常用してて、飲むときは一緒に飲むという癖があるのと、見た眼はモルヒネに似ているピラミドンを常持している点を、巧みに利用したんだ。しかも、警察設備のない孤島の無人境を舞台に撰んだところなんぞは、悪辣過ぎる。高柳は、自分で旅行を計画し、予定どおりイザとなると脱落し、愚かな猿智恵から、事件を思いどおりに進めるように、私立探偵を頼んだんだ。

あの山小屋で、毒殺事件が起きたとする。すると、はじめから布川を疑っていた頓間な私立探偵が、すぐに布川が怪しいという事には、気がついていた。鳥の研究に来たといいながら、てんで鳥の知識がない。こいつはもしかすると、僕の仕事と関係してるんじゃないかなと、まあ警戒していたんだが、渓流で身体を洗っているとき、奴の腕に無数の注射の痕があるのを遠目で見たとき、ハハア、こいつは強制療法にきたんだなと、気がついた。

強制療法というのは、中毒患者が秘密に癒すために、よく用いる方法なんだ。誰もいないところで、中毒した薬を絶っておけば、結局、苦しみ通したあげく癒るんだが、その代り、身心衰弱の危険がある。僕は中原の腕を調べて、注射の痕が一杯なのを確かめると、中原の死相と心臓の強い点から、こいつは中毒のと同一の毒薬を飲み過ぎたんじゃないかと、ふと考えた。そうすると、唖の驚愕失神した理由が、スルスルと解けてきた。すると、こういう事になる。酒好きの中原が、布川に断わられたの残念に思い、みんなが居なくなった僅かの隙を盗んで、夏目のコップのを飲んでから、別に新らしく注ぎ直しておいた。それを夏目が飲んだんだ。そうすると、事件の真犯人は布川か、唖の伜を手先に使った高柳藤吉という事になる」

「ああ、あの依頼者……？」

黄木は笑いながら、吸いさしの煙草を海の中へ叩きこんだ。

川の持ち物を調べ、とにかく疑問の薬袋をとり上げる。布川は布川で、身に覚えがないから、後で証拠となるとは知らずに、おとなしく薬袋を渡すだろうと、高柳は考えてるんだ。だが、そうなったら、布川は嫌疑の罠から逃れっこはなくなる。布川には、傷害前科もあるし、伯父の財産を独占するために、競争相手の夏目を殺すという、動かし難い動機もある。こう高柳は計算してるんだ……」

「だから、ワザワザ布川に秘密を喋っておいたんだね？　つまり、夏目と布川を一石二鳥に片付ければ、順序として、義兄の財産は唖の伜のものになるんだろう」

「犯罪の動機は、それだ」

「しかし、唖の奴、どう思ってるだろう？」

「悪夢のつづきを見ているよ。中原にしたって、変だ変だと思ってるだろう。とにかく、他の人間だったら完全に死んでるからな。しかしM君、この事は東京へ帰るまで、絶対に秘密だよ。もし布川の耳にでも入ると、あんな気性の激しい男だから、ヒョッとして唖を殺傷するかも判らんよ。それじゃ、あんなキップのいい男を、無意味な罪人にすることになる。僕は、ああいう男は好きだね。伯父の財産なんか眼中にあるまいよ」

蜘蛛

1

読者諸君、この奇妙な蜘蛛事件《スパイダーケース》全体が、黄木《おぎ》陽平君の一種の人物紹介だと思っていただきたい。とにかく新聞記者時代から犯罪事件に興味を持ち、それが病膏肓に入った形で、とうとう秘密調査事務所まで開いた黄木陽平という男は、人間としては天来の極楽蜻蛉だが、探偵としては原子爆弾みたいな男である。ところでかくいう僕は、洒落れていえばワトソン。職業は、ごらんの通り探偵小説家――。

閑話休題。

秋風のサヤサヤ渡る土曜日の午後、いつものように黄木の事務所へ寄ると、相変らずパイプの煙を漂わしながら、黄木は、依頼者らしい初老の紳士と対談中。一眼で医者と判る型の依頼者は、僕の侵入で、ちょっと言葉を途切らした。咄嗟に黄木がうまく紹介する。「協力者のM君です。ご心配なく……」

机上の名刺には、直感どおり、東京都○○町、北島医院と浮かんでいる。その北島医師は安心したらしく、聞き上手の黄木を相手に世慣れた調子で話しだした。

「そういう訳でして、二月前に奥さんが亡くなってから、八代さんはスッカリ元気が無くなり、それに、持病の狭心症が心筋梗塞の傾向があるので、僕は友人として医師として、非常に心配していたのですが、それが遂に五日前の晩になにか非常な衝撃を受けて、心臓麻痺で亡くなったんです。

問題は、その死の刹那にあるのです。電話を聞いて、僕が飛んでいったときは、もう駄目でしたが、最後のカンフルを打つと、『ウーン』と呻いてから、ハッキリした声で、『くも、くも』と呟いたのです……」

「蜘蛛？」

「そうです。どういう訳か、八代さんという方は、蜘蛛が大嫌いでした。病的に嫌いでした。その時、その部屋には、長男の博雄さんや家政婦もいましたが、みんな

『蜘蛛』という呻き声をハッキリ聞いたので、翌日、離れの部屋を念のために調べて見たんですが、蜘蛛はおろか巣の切れっぱしもありませんでした」

「すると、その方は、離れの部屋で倒れたんですね？」

「そうなんです。その離れの部屋は、渡し廊下で母屋と繋っていて、庭の中に建てられた茶室なんです。そこには、八代さんが亡くなる二三日前から、甥の達也さんが寝泊りしてるんですが……」

達也という名前が出てくると、北島医師の口調は急に注意深くなった。

「この達也さんという方は、南方から復員したばかりの方で、何年ケ振りで、ヒョッコリ八代家に現われたのですが、二月前に亡くなった奥さんには実子になるんです。という訳は、つまり、八代さんの奥さんは、はじめ八代さんの兄さんに嫁いできて、達也さんを生むと間もなく死に別れ、一たん離籍してから、後になって八代さんと結婚したのです。ですから、先代までの八代家の財産は、当然、まだ赤ん坊だった達也さんが相続した訳ですが……」

北島医師は、自分の話を冷静に検討するように、口を閉じて、ちょっと首をひねっていたが、

「実をいいますと、僕は、亡くなった八代さんとは十年ぐらいの交友でして、それ以前の八代家のことはよく知らないんですが、しかし、僕の観察する範囲では、現在の八代家の財産は、この間亡くなった八代さんが、一代で作ったらしいんです。その達也さんは、どういう理由からですか、八代家の親類の家で大きくなったのですが、僕も知っています。若いくせに大変な浪費家でして。相続した財産は応召するころまでに、次から次へと金に換え、目茶苦茶に使っしまったようです。無口で、変屈で、頭の鋭い虚無的な青年でした。もっとも、僕は達也さんとは二三度しかお目にかかっていませんでした。それから何年ケぶりで、八代さんの亡くなった晩に逢ったんですが、前よりはズッと神経質の様子で、ひどく苛々していました。

これは、八代家の家政婦の安藤さんの話ですが、その達也さんが八代さんを呼びにきて、二人が離れの方へ行くと間もなく、達也さんが、大声で『みんな来てくれ』と呼んだので、博雄さんが先頭にいってみると、閉め切った障子の前に、蒼い顔の達也さんが八代さんを抱えるようにして立っていて、八代さんを博雄さんたちに渡すと、すぐ部屋へ入って、障子をピシャリと閉めたんです

が、その時、安藤さんが、部屋の中に若い女がいるのを、チラリと見たんです。しかも、その娘はその晩、その離れへ泊っていったらしいんです。もちろん、八代さんの死には、達也さんも吃驚していましたが、さて、その晩お通夜になったというのに、そこへはホンのちょっとしか顔を出さなかったのです。そのちょっと顔を出した間に、家政婦の安藤さんが不審に思って、離れの部屋へいってみると、やっぱり若い女がキチンとした姿で、一人ポツネンと坐っていたそうです。そこへ、すぐに達也さんが戻ってきて、頭から睨みつけたので、家政婦は吃驚して逃げだしたんですが、その時顔や着物を見ておいたので、その謎の鍵を握る若い女の正体が判ったんですが……。

今日の正午前、その家政婦が用達しで、町外れへ行ったとき、偶然、田川という小料理屋へ入ってゆく、その娘を見たので、近所で訊いてみると、その田川の娘だと判ったので急いで僕のとこへ相談にきたのですが、その田川なら僕も知っています。娘は、たしか勝子という名で、客席へも出るんです」

「それで、その娘を調べた結果は？」

「それなんです」北島医師は、一膝のり出した。「もし、八代さんの死に犯罪的なものがあるとすれば、僕の手で調べられる訳もなし、そこで、前から武田弁護士に噂を聞いていました黄木秘密調査所へ……」

突然、扉が開いて、瀟洒な背広姿の青年が入って来た。その姿を見ると、北島医師は当惑したように立ち上った。

2

その青年の出現が、黄木の好奇心を爆発さしたようだった。青年は黄木に目礼してから、北島医師を扉の方へ連れていった。決断し兼ねる様子で、

「北島先生、やっぱり、達也さんの感情を刺戟するような事は——。僕は達也さんを、よく知っています。だいいち、達也さんは戦争にいっていて、父の狭心症の進行は知らんはずです。それに、人に誤解され易い性格ですけど、人に危害を加えるなんていう事は……」

「まあ、待ってください」

北島医師は手で制し、黄木の方へ向いた。

「いま、お話ししました八代博雄さんです。僕がここへ来ることは承諾してるのですが、やっぱり兄弟なもの

ですから――」クルリと、青年の方へ向き、「博雄さん、僕は達也さんの不利を考えてるんじゃないんですよ。むしろ逆です。このまま、臭いものに蓋をする式で、すませられると思いますか。明日の親族会議では必《き》っと問題になるに決まってます」

「北島先生、親族会議なんて無意味です。八代家の最大の親族は、父の親友たるあなたのはずです。しかし、相続に関する問題は、達也さんと僕との間で解決します。父や母が、どんなに達也さんの事を思っていたかは、僕より他には知らないんです。臨終の時の母は、達也、達也と、達也兄さんの名ばかり呼んでいました。それを思うと、法律上はどうであれ、八代家の財産は、達也さんと僕とで折半すべきです」

北島医師は感慨深そうに、青年の優雅な顔を見ている。

「博雄さん、あなたの云い方は、お父さんそっくりですね。しかし、あなたがそう主張しても、達也さんに折半するということを、親類の人達は黙って見てはいませんよ。名は云いませんが、ある人は警察沙汰にすると云っている――。相続問題を混乱させるために、八代さんの急死を狙ったという推量と、八代さんが達也さんの部屋へ呼ばれていって、そこで倒れたという事実と、葬式のときに達也さんが昂奮しきっていた点と、これらは、いずれも達也さんには不利でしょう？　ですから、警察沙汰になるのを防ぐためにも、事の真相を知っておきたいとは思いませんか。だいいち、お父さんが死の際に呟いた、『蜘蛛』という言葉の謎を、あなたは解きたくないんですか」

博雄青年の白皙の額が、急に曇ってきた。しばらく凝っとしていたが、と、机の前へきて、

「飛んだ失礼をしました。しかし、どういう場合でも、秘密は守っていただけましょうか」

「もちろん」黄木は博雄青年の雅懐に好感を抱いたらしい。満足そうに頷いてから、

「実は、お話に興味を感じて、僕から買って出たいとこなんです。じゃ、犯罪的行為の有無にかかわらず、僕が秘密に解決する。そして、それを誰にも秘密にする。それならいいでしょう？」

そういってから、黄木は揶揄うように、僕を見た。その眼が「どうだい？　面白そうじゃないか。一緒に出かけるか」と云っている。もちろん、僕はＯＫ――。

3

中央線××駅を降りると、八代博雄が黄木に、スッカリ親しんだ調子で、

「黄木先生、達也さんには、あなたのことを父の知人にしときますから。昨日から留守なんですが、トランクが置いてあるから、ヒョッコリ帰ってくるでしょう」

「応召前は、なにしてました？」

「美校を途中で止めて、それでも、絵ばっかり描いてました。じゃ、僕は家で待ってますから……」

行く場処を嫌ったのか、黄木の仕事の邪魔をしないつもりか、博雄だけが、駅から真直ぐに屋敷へ帰っていった。

俗に一杯屋とでもいう、小いさな田舎料理屋だった。田川の女房さんは、北島医師を知ってると見えて、すぐに僕らを客座席へ通した。汚れた食台を布巾で拭きながら、

「ね、北島先生、先生は八代さんと懇意なんですってね？　あの達也さんて方ね？　先代の長男だから、いくらなんでも、一財産ぐらいは……」

「貰えたって、仕様があるまい」

場所柄なのか、技巧なのか、北島医師はグッと砕けて、

「人の頭痛をなんとやら……。まさか、お女房さんには関係あるまい」

「ところが、あるんですよ」田川の女房さんは、野卑な微笑を顔一杯にした。「ここだけの話ですけど、あの達也さんと、うちの勝子が出来てるんですよ。無疵の娘を一晩泊めといて、いまさら知らんとは云わせませんよ」

「そいつは変だね。達也さんが八代家へきたのは、ついこの間だよ」

「恋に時間は要りません、てね」

田川の女房さん、真剣な顔をして、まるで証人でも作るように、「北島先生、こうなんですよ。八代さんが亡くなる前の晩、ヒョッコリ達也さんが飲みにきましてね。はじめは、どこの風来坊かと思ってたんですけど、金はジャンジャン使うし、どこか品があるし、おまけに変なんですよ。勝子に『おまえの顔はいい顔だ。化粧をしてやるから、道具を持ってこい』ですとさ。それが、馬鹿に化粧がうまいんですよ。でも、化粧をしてやるなんて、

女の急所を摑むのがうま過ぎる。それで勝子も参っちゃって、翌日は休みでしたから、映画を見るとかいって出かけて……」

「変だなあ、その晩は、お通夜の晩じゃなかったかな？」

「そうなんですよ。それを勝子は、チッとも知らなかったんですって」

「女房さん」と、汐時を見て、北島医師が打ち合せたとおり、黄木を指さした。「二の人、達也君をよく知ってるんだよ」

「あら、そう、勝子が喜ぶわ」

田川の女房さんは、急いで出ていった。間もなく、愛くるしい顔の娘が茶を持ってきた。商売柄、遠慮げはないが、それでも、顔をパッと赤らめ、

「どなた？　知ってらっしゃるって」

「僕だよ」黄木が無頓着に、「達也君、化粧うまいだろう？」

「ええ」勝子は食台に寄りかかって、媚びるように微笑した。「あの方、絵描きですってね？　メーキャップも研究してるんですってね？　一晩中、わたしの顔を化粧してたわ」

「一晩中、こいつは愕いた」ほんとなのか、技巧なのか、黄木は眼を円くした。「ああ、あの晩だね？　だけど君は、お通夜を知らなかったんだってね？」

「チッとも知らなかったわ。あの方、黙ってるんですもの。でも、後になって判ったときなんだかゾッとしたわ」

「どうして？」

「だって、変だったんですもの。八代さんの旦那さんが倒れたとき、おそろしい声で、『蜘蛛、蜘蛛』って叫んだのよ」

「じゃ、大きな蜘蛛でもいたのかな」

「そんなもの、いたって見えなかったわ。だって、そん時、停電して真暗だったのよ」

「じゃ、真暗になってから倒れたんだね。フーン」

黄木は、大袈裟に首をひねった。利発そうな娘に感づかれぬように、「そん時、達也君は外へ飛び出したろう？　暗いとこは嫌いな男だから……」

「嘘だわ。わたしのそばに凝っとしてたわ。でも、あの晩、なんだか夢みたいだったわ。あの方、真剣な顔をして、なん度もなん度もわたしの顔をメーキャップするのよ。それ、後で判ったんですが、あの方のお母さんの

顔に似せてたのよ」

「じゃ、化粧ばかりしていたんだね？」

「いやな人。あの方、悪戯なんてしないわ。いろんな話もしてくださったのよ。とても昂奮し易い人ね。眼に涙なんか溜めて――。わたしの事を、オフェリヤってい ったわ。オフェリヤって美しい娘のことね？　いい方ね。逢いたいわ」

「昂奮しちゃ駄目だよ」黄木は、揶揄うように笑いながら、「じゃ、それっきり来ないのか」

「さうなの」

「伯父さんが死んだんで、遠慮してるのかな。連れてきてやろうか。じゃその晩、化粧を研究するために泊ったんだね？」

「泊るつもりじゃなかったのよ。東京へ映画を見に連れてってくださって、帰りに化粧品を沢山買って、『ちょっと寄らないか』ってお仰有ったのよ。わたし、ほんのちょっとのつもりだったの。でも、あの方、熱心な方でしょう。はじめの化粧なんかは、一時間以上もかかったわ。わたし、眼をつぶって色んなこと考えたのよ。でも、鏡を見たとき吃驚したわ。綺麗だけど、あんまり厚化粧なんですもの。そしたら、あの方、八代の旦那さんを呼んできたの。

八代の旦那さんて、あの方の伯父さんだけあって、立派な方ね。やっぱり、わたしのメーキャップした顔が、亡くなった奥さんに似てると見えて、不審そうに瞶めながら、『達也君、お母あさんに逢いたかったろうね？　敏子も、君にあいたがっていたよ』わたし口真似がうまいでしょう？　あの方なら、もっと上手よ。あの方、真面目な顔して、『僕は、もう一人の人に逢いたいんです』そん時、停電したのよ。あの方も、わたしも凝っとしていたわ。そしたら、八代さんの旦那さんが、おそろしい声で『蜘蛛、蜘蛛』って叫んだと思うと、ドーンと倒れちゃったの。電気は、すぐ付いたわ。あの方、吃驚して、みんなを呼んで、伯父さんを運ばせたの。必っと、わたしを驚かすといけないと思って、伯父さんの死んだのを黙っていたんだわ……。アラ、話ばっかりしてて、お料理を持ってくるのを忘れちゃって。このオフェリヤ、少うし足りないわね……」

4

ほどよく田川を切り上げて、土地の名望家らしい堂々とした邸宅の八代家へゆくと、待ち構えていた博雄が、

「黄木先生、さきに離れの部屋を見ていただきましょうか」

渡し廊下を通って、瀟洒な茶室作りの離れの部屋へ、僕らを案内すると、博雄は不安らしく、北島医師に訊いていた。

「その若い女は、なんと云っていました?」

「達也さんは、どうやら無関係ですな」

北島医師は安堵したように、まず、ハッキリ云った。その言葉に、黄木は微笑しながら、部屋の中を丹念に眺めている。といっても、部屋の中には、なんにもなかった。枯淡な墨絵の軸のある床の間に、達也の持物らしいトランクが置いてある。と、黄木は床の間の前へ行き、トランクの横から一冊の本を取り上げた。妙な顔をして、黄木はその本を眺めている。僕がそばへゆくと、

「M君、ハムレットだよ。この本がドン・キホーテでないとこに、なんだか意味がありそうだね」

「それで判った。料理屋の娘を、特にオフェリヤだと云った意味が……」

「すると、クローディアスの存在も必要になるね」

黄木は、ハムレットを元のところに置き、博雄の方へいった。博雄の顔は、嬉しそうだった。

「僕は、その女が何を云い出すかと、あの晩に女を泊めたのには、冷や冷やしてたんです。実をいえば、あの晩に女を泊めたのには、僕も不愉快でしたが、これで、やっと判りました。達也さんは、ほんとの芸術家肌の人間なんです。妙に女の人に好かれるんですよ。それに、性格は懐疑的ですけど、絵なんか描いてるときは、いつも忘我の状態なんです。ですから、あの晩も、その女の顔を母の似顔にメーキャップしながら、いつか夜を明かしてしまったんでしょう」

「達也さんて、そんな人らしいですな」黄木は簡単に賛成した。「まだ、お眼にかからんが、頭が鋭くて孤独癖で、それでいて善良な人だと思う。しかし博雄さん、その晩停電がありましたか」

博雄は、ちょっと首をひねった。

「本屋にはなかったと思うが、この離れは電線が違うんじゃないかな。しかし、黄木先生僕はこう考えるんで

すが、どうでしょう？　つまり、父が厚化粧した女の顔を凝視してるとき、突然真暗になったので、錯覚残像として……」

「そりゃ、いい解釈だ」黄木も、断定するように、「あなたのお父さん第二意識には、蜘蛛に象徴される恐怖観念が凝結していた。視覚の遮断を動点に、濃厚な色彩感覚の残像にそれが結びつけば、まず、蜘蛛の幻覚が浮んでくるはずだ」

「じゃ、達也さんは関係なしと決りましたね？」

「嬉しいですか。やっぱり兄弟だな。ところで八代さん、被害妄想の象徴としての蜘蛛の謎を、もう少し調べてみたいんだが、お父さんは、日記を付けてませんでしたか」

「父は若いとき、文学をやった影響で、日記は丹念につけてました。蔵に全部あります」

「故人には失敬だが、それを見せていただきたい。それから、八代家の古い写真帖があったら……」

「じゃ、僕の部屋へ運んでおきます」

博雄が急いで渡り廊下をゆくと、黄木も廊下へ出て、空を眺めだした。もっとも、黄木の視線を追ってゆくと、黄木は離れの部屋へ入ってくる電線の連絡を、それとなく調べているのは判ったが、その黄木が、北島医師に明るく微笑した。さりげない調子で、

「北島さん、あなたは、なにか八代家の伝説——というと大袈裟だが、古い事を知っていませんか。たとえば達也さんの父の事なんか」

「直接には知りませんがね」北島医師も、スッカリ打ち融けて、「今度、八代さんが亡くなってから、いろんな事を無理に聞かされましたよ。なんせ、達也さん排斥派もいれば、達也さん贔屓もいるといった工合にね。なんでも達也さんの父は、八代さんと二人で登山をやって、そのとき遭難して死んだんだそうですよ。人の口は煩いもので、その事と馬鹿らしい話を、いまでも結びつける者もいるんですよ」

「その馬鹿らしいという話は？」

「この話を僕にした男は、親類中で一番評判の悪い男ですが、まあ、こうなんですよ。亡くなった奥さんの実家も、相当な家柄なんですが、それがその、八代家から縁談があったとき、この間亡くなった八代さんだけしか知らなかったんで、その人だとばかり思って承諾したところが、兄弟違いだったというナンセンスなんです。しかし、先代が生きてる中から、八代さん夫婦は仲が良か

ったというデマは、八代さんの立派な人柄を故意に無視するというもんですよ」

苦味を喫したように、急に北島医師は苦い顔をしたが、と、時計を出して見た。「や、五時になる。黄木さん、実は、のっぴきならぬ往診があるんで、ちょっと失敬します」

不思議なことには、黄木も時計を出して見ている。北島医師がいなくなってから、凝っと時計を眺めている。

「M君、この事件は実に面白いよ。焦点が次ぎ次ぎへと変ってくる。蜘蛛、化粧、ハムレット、電線、時計——。ついに時計で解決したよ」

「解決したって？　時計で？」

黄木は笑いながら、時計をしまった。

「M君、あの電線の連絡を見たまえ。本屋と同じだよ。つまり、電気が消えたのは、停電じゃなかったんだ」

「だが黄木君、どっちにしたって、蜘蛛は幻覚なんだろう？」

「どっこい、バリバリの実在だよ」

僕は唖然として、黄木の顔を見た。

「黄木君、しかし君は、博雄さんに幻覚だと断言したじゃないか」

「M君、嘘をつくのは、楽じゃないよ」

「じゃ、八代達也が、南方の密林から毒蜘蛛でも持ってきたのか」

「そいつあ、猟奇的だ。まあ、もう少し、僕の推理を裏付けてみよう……」

5

奥の座敷へ行くと、沢山の日記を畳の上にひろげて、博雄が待っていた。黄木は、ドッカリ胡座をかいて、すぐに大きな写真帖をひろげはじめた。

「八代さん、達也さんの父の写真は判るでしょう？」

「僕が生れる前に亡くなったんですが、写真は知ってます」

博雄は不審らしく、黄木を見戍ってから、目的の写真像を、いくつも指摘していった。ところが、僕も不思議な事に気が付いた。写真の顔は、みんな右横写しのものばかりだった。黄木は博雄の疑惑を遮るように、

「じゃ今度は、あなたのお父さんの最近のを……」

博雄はアルバムの最後の方を開けて、精神家らしい初

老の人物の写真を指さした。黄木は一瞥しただけで写真帖をバタリと閉じた。

「やっぱり兄弟だから、似てますな。では、しばらくこの部屋をお借りします……」

博雄が部屋を出て行くのを待って、黄木は猛烈なスピードで、日記を調べはじめた。

しばらくすると、黄木は古びた日記をひろげたまま、僕の前へ突き出した。

「M君、いいのが見付かったよ。前後を見ると新婚当時らしい。読んだら、開け放しにしててくれ」

○月○日
敏子は神経衰弱の徴候を見せはじめた。敏子は、それを幸福の代償だというが、もう敏子とは、兄の話をするのは絶対の禁物となった。

なぜ敏子は、僕の言葉を信じられないのだろう？　人間が人間を愛することは、それが心の中に秘められてる間は、僕は悪罪でないと思うが、兄が生きてる中に、心の奥底は思い合ってたということが、これほど敏子を苦しめるならば、僕らは結婚するのではなかった。だが敏子よ。神かけて誓う。僕が助かり、兄が死んだのは、運命の不可抗力だった。僕の方が先に雪に埋まり、気を失ったのだ。不幸な足が死んだと聞いたとき、僕は腸断の思いで悲んだ。アンギオマに呪われた、兄の不幸な一生——

だが、僕自身がアンギオマの幻覚に苦しむようになったのは、どういう訳なのだろうか。敏子があまりに、その幻覚に恐怖を感じるからなのだ。敏子は、僕が兄を見殺しにしたとでも思っているのだ。そうでないと信じようとしながら、愛情を持てなかった兄への良心的苛責から、アンギオマの幻覚に恐怖を感じだしたのだ……


煙草のけむりを吐き散らしながら、黄木は順序を飛ばして、比較的新しい日記を調べていたが、と、それを僕の膝へ置いた。

「M君、それとこれとで、彼にも充分に判るよ」

「彼？」

「密林のハムレットだよ、達也という運命の子だよ。そこんとこは、中学を出る頃の達也が、父の死に疑問を持ちはじめるとこなんだ」

○月○日

達也は、だんだん兄に似てきた。変屈な性格と声までが似てきた。兄の運命を暗くしたアンギオマはないが、母がその子を怖れるという、もっと苛酷な運命がある。なぜ敏子は、無条件に達也を愛し得ないのか。いや、無条件に愛している。ただ、現実の達也の変屈さに、微妙な溝が出来てしまったのだ。それは、達也の関知しないことだ。みんな、僕らの責任だ。

だが達也は、僕や敏子が蜘蛛を嫌う理由を知っているのだろうか。アンギオマの幻覚が、蜘蛛に象徴されて、敏子が蜘蛛の悪夢を見るようになってから、僕も蜘蛛が嫌いになった。この字そのものが、蜘蛛のような感じがする。また今夜も、蜘蛛に襲撃される夢を見るのか。

いったい、あの時、僕は兄を見殺しにしたのだろうか。駄目だ。こんな事を考えるようでは、達也の疑惑は防げない。もし、そういう疑惑が起きたならば、それこそ達也は不幸になる……

「M君、蜘蛛事件の真相は判ったろう?」

黄木の明るい顔に、会心の微笑が浮んでいる。「思ったとおりだった。完全に事件は解決したよ。つまり、奥さんの方は罪業妄想だったんだ。八代さんとの結婚生活が幸福ならば幸福なほど、愛情を持てなかった先夫に対する悔恨が、その死に自分の責任を妄想させたんだ。つまり、自分を愛すればこそ、いまの夫が兄を見殺しにしたのではないか、という風にね。こういう妄想は、良心的な人なら、軽い程度では誰でも持つんだが、度が過ぎれば、もちろん精神病さ。それに、先父へ似てきた達也への恐怖と達也に対する、無限の母性愛の相剋がその妄想を昂じさしたんだ。その夫人に最大の愛情を抱く八代さんも、次第に夫人の病的観念に倒錯してきて、ついに被害妄想の傾向を帯びてきたが、その被害妄想の象徴が蜘蛛なんだ」

「黄木君、問題はその蜘蛛だ。いったい、その観念は、どこから出てきた?」

突然、黄木が笑いだした。

「あ、そうか。君はアンギオマという羅典語を知らんのか。こいつは、医学上でいう血管腫、つまり赤痣なんだよ。ほら、あの写真はみんな右横顔だったね? 想像するに、達也の父の左顔には、よほど酷い血管腫があったんだ。佐野次郎左衛門式かな。それで、複雑血管腫は別名が蜘蛛母斑というくらいだから、痣の部分と健康部が入り乱れて、樹枝状になった恰好が、蜘蛛に似てるんだ。

要するに、達也という人はハムレットなのさ。母の態度から父の死に疑問を抱き、それを八代さんの責任に妄想しながらも、やっぱり母に対する血の愛着で、母が生きてる間は、一人で苦しんでいたんだね。復員してきた。母が亡くなっていた。そこで、長い間の疑問を解こうとしたのが、この蜘蛛事件なんだ。八代さんは、蜘蛛そのもの対する被害妄想患者だから、突然、大きな蜘蛛を見せ付けられたんじゃ、致命的な衝撃を起すに決まっているる」

と、その時、「博雄君」と呼びながら、南方焼けのした若い男が、部屋へ入ってきた。

「や、失敬」

変に眼の光る、憂鬱な顔つきの青年は、急いで部屋を去ろうとしたが、そこに散らばってる日記に気が付いて、その一つを手にとった。と、黄木の顔を睨むように見戍った。

「あんた方は、どなたです？　なんのために伯父の日記を調べてるんです？」

黄木は、ひどく親しそうに笑った。

「あんたは八代達也さんでしょう？　僕は亡くなった八代さんの知人でね。前から疑問にしていた八代さんの蜘蛛嫌いを研究してるんですよ」

その刹那、八代達也の表情は複雑を極めていた。苦悶と嘲笑と、悔恨と棄て鉢と――。黄木はチラッと見やってから、「あなたも、研究の結果を知りたいでしょう？まず、その開けてあるところを、二つとも読んでごらんなさい」

八代達也は、無造作に胡座をかいた。神経的な顔に眼だけを光らせながら、凝っと日記を読んでいたが、突然、「ああ」と叫んで立ち上がった。そのまま、血相を変えて出ていこうとするのを、黄木は素早く抱きとめて、

「まあ、坐りたまえ」腕力の争いのように、無理に坐らして、「達也さん、警察へ行くのか、博雄さんを探すのか判らんが、まず、僕のいう事を聞きたまえ。あの晩の出来事は、すでに適当に解決してるんですよ。博雄さんはつづいて亡くなった母と父との生涯を、幸福なものだと思ってるんですよ。もちろん、愛情に満ちた夫婦生活は尊敬すべきものだったろうが。その半面は、苦悩に満ちていた。それを、なんにも知らない博雄さんの前に、

あかすのは、少し残酷だとは思いませんか」

「しかし僕は……」達也は声をのんだ。「伯父さんが過去への代価を払ったのだと思っていたが、いま始めて判った。誤解していた僕が、伯父さんの命を縮めたんだ」

「達也さん。あんただって、八代さんが衝撃ぐらいで死ぬほどの狭心症なのを知っていたら、まさか、あの晩のような事はしなかったでしょう。亡くなった八代さんは、あなたを愛していたのです。あなたの長い間の精神的苦悩に免じて、一切を許すでしょう。あなたは、ただ、疑問の解決を急ぎ過ぎただけなんだ――。あ、そうだ。オフェリヤが、逢いたがってましたよ」

「勝子?」達也は充血した眼で、黄木を見戍った。「勝子は、なんにも関係ないんです。そして、なんにも知らないんです」

「もちろん、知ってるのは僕と君だけさ。僕も忘れる。達也さん、あんたも八代家の平和のために忘れなさい。といったって、これを見るたんびに僕は思い出すかも判らんがね」

　黄木は時計を出して、達也の眼の前に見せた。その時計を瞶めた達也の眼の色に、新らしい悔恨の色が輝いていた。

×　×　×　×

駅のホームで、僕らは帰りの省線電車を待っていた。

「黄木君、判ったような判らんような、僕は変梃子だよ」

「相変らずの大脳性栄養失調だね」

黄木は揶揄いながら、「しかし、一晩中、化粧をしていた訳は判るね? まず、陰画にしてみたまえ。そうすると、勝子に気づかれずに、勝子の顔を何度も拭くために、つまり何度も何度も化粧していたという事になる。つまり、なかなか顔から拭きとかないものを、第一回目に顔へ塗ったんだ。M君、バリウムやストロンチウムの硫化物の作用を知ってるね? 簡単にいえば、こいつだ」

黄木は時計を出して、暗い方で見せた。青光りのする夜光時計だ。それで一ぺんに、僕にも判ってきた。

「M君、実をいうと、小料理屋のオフェリヤの話を聞いてるときは、僕も狐に摘まれたようだったが、あの茶室に、ハムレットの本が一冊だけあったのが、まず、大きな暗示だった。それから、北島さんが時計を出して見たね? あん時、真暗の中で見えるものが、ピーンと頭へきたんだ。つまり、夜光塗料さ。

　もちろん、達也は、あんな結果を予想してないもんだから、後になっての技巧的証人を作るために、人間の顔を画布にしたんじゃないが、まあ、人間の顔だと微妙に動いて実感が出るからね。そこで勝子の顔を、うんと厚化粧にして、色彩感で巧みに誤間化しながら、その上に夜光塗料で、アンギオマ的な大きな蜘蛛を描いておいたんだ。八代さんが亡妻の顔を幻覚しながら、凝っと瞶めだしたトタン、電気点滅器を利用して、突然、暗黒にした。視野は凝縮している。そん中へ、青白く光りながら奇怪な蜘蛛が蠢きだしたんじゃ、こいつは誰だって愕くよ。

　しかしM君、約束が守れたから滑稽だね。まさか僕も、当の博雄さんや北島さんまで、秘密にするような結果になるとは思わなかったよ。世の中って面白いもんだな」

　なにが愉快なのか、黄木は一人でクスクス笑いだした。

幻想殺人事件

事件を織りなす人々

蔵人《くらんど》　琢磨　四五歳　蔵人家の当主
同　潜介《せんすけ》　三〇歳　その弟
同　八知《かずとも》　一六歳　琢磨の長男
光瀬《てるせ》　ユキ　二二歳
三森　竹蔵　六三歳　蔵人家の家僕
鈴木　和枝　二三歳　蔵人家の女中
十村　周吉　五六歳　先代の秘書、雑貨貿易商
市原源太郎　五〇歳　ＳＫ商社社長
里見　武雄　七〇歳　弁護士、蔵人家先代の旧友
石狩検事　帆足課長　栗本主任　戸来刑事
黄木　陽平　黄木秘密調査所長

プロローグ

蔵人家の犯罪に、黄木陽平が関係していると聞いたときは、僕も吃驚した。

というのは、いつだったか、黄木陽平と完全犯罪を論じ合ったとき、僕が蔵人事件を例にすると、黄木もアッサリ賛成しながら、関係していたような素ぶりは、少しも見せなかったからである。

黄木陽平という男は、ブーンと空を飛ぶ蜂のような男だ。軽快で、スピードがある。終戦後、四年ぶりで東京へ戻ると、すぐに荻窪の自宅に、懐しい表札を掲げた。

黄木秘密調査所

「さあ、M君」と僕に、「大きな空白《ブランク》を取り戻すんだ。甲羅に似た穴を掘ろうぜ。僕は飛びまわり、君は原稿へ字を並べるんだ……」

ところで僕は、終戦後、まだ一つも推理小説を書いていない。材料がない訳ではない。黄木陽平が関係した事件をネタにして、いくつかの構想も立ててはみたが、つまり、僕としては、完全犯罪が書きたかった。

「黄木君、いったい、事実上、完全犯罪なんてあるもんかな?」

黄木の事務室で、雑談の折だった。

「そいつは、解釈の問題だね」

黄木の口調は、簡潔だ。「解決できない犯罪、という意味なら、むしろ未解決犯罪というべきだが、犯罪そのものが判からなかった、という意味なら、こいつは無かったと同じになるね」

その時、僕は蔵人事件を考えていた。この事件が東京の新聞を賑わしていた、昭和十五年の夏は、僕は故郷の山村で暮らしていた。田舎の生活が単調だったせいか、そこで読んだ新聞記事が妙に頭を抉っていた。

「黄木君、僕のいう意味は、相対的に巧緻な犯罪、たとえば密室事件みたいなものを云うんだがホラ、あの蔵人事件ね。あいつなんかは、一種の完全犯罪じゃないかな」

「あいつなら、たしかに完全犯罪だ――」


そんな調子だった。

ところが数日後、偶然、省線電車の中で石狩正宏氏に出逢った。氏とは、黄木を通じて一面識の程度だが、推理小説を書こうとしている僕には、現職検事は魅力があった。二三話をしている中に、

「じゃ、また書くんですか」と石狩氏が、「そんなら、蔵人事件はどうです?」

その云い方に、なにか直接の響きがあった。僕は意外だった。

「石狩さん、あなたが、その事件を取り扱ったんですか」

すると、石狩氏も、ひどく意外な顔をして、変だと云わんばかりに、

「黄木君が話さなかった? あの事件は、黄木君の努力で解決したんですよ」

まさに、霹靂の感じだった。僕に推理小説を書くのを奨めたのは黄木だし、そのために、面白い事件があると、積極的に話してくれる黄木だった。

「そう云えば、一度聞いたことがありますよ」

お茶を濁して、石狩氏と別かれると、僕は直ぐに図書館へ行き、特別閲覧室で、昭和十五年の、色々な新聞綴

じを借りて、蔵人事件を精細に調べてみた。

しかし、「なぜ、黄木が秘密にしているのか」という理由は、ついに発見できなかった。

事件は、最後の悲劇まで詳細に報道されている。もちろん、影役者の黄木の名は出てはいないが、ある新聞には蔵人潜介と光瀬ユキの悲恋を、読物欄の物語にまで書いているし、またある新聞には、K博士の、蔵人琢磨の精神分析まで載っていた。

調べれば調べるほど、推理小説の絶好な材料になるのは判かったが、しかし、僕の興味は、なぜ黄木が僕に黙っているのか、その点に粘着した。図書館を出ると、その足で僕は黄木の家へいった。

「光瀬ユキって、美人だってね?」

普通の手段じゃ面白くない。劈頭、僕が一本打ち込むと、案外、黄木はケロリとしている。

「どこで逢った? 石狩君と……」

「省線の中だよ」

「じゃ、話はみんな聞かなかったな? そうそう、写真があったはずだ」

黄木は、書棚から厚い事件記録を抜き出した。パラパラめくっていたが、そこに張ってある写真を剝がすと、僕のそばの机の上に置いた。

「M君、現代の王昭君だけの値打はあるだろう?」

感じからいえば、僕にはピッタリしないが、夢見るような眼をした美少女の写真だった。

「黄木君、なぜ、この事件だけを僕に黙っていたんだね?」

「悪るく思うなよ、君にだって、忘れてしまいたいと思う事はあるだろう?」

「じゃ、この事件のバックには、なんか秘密があるんだね?」

「ある」

「もちろん、石狩検事は知ってるね?」

「知らん」

僕は黄木の明るい顔を、ちょっとみつめた。

「そいつは変だな。実は今日、当時の新聞をみんな調べたんだ。だが、事件は完全に解決され、最後の悲劇まで詳細に報道されてるじゃないか。それなのに、主任検察官までが知らん秘密なんて、そりゃ、いったい、なんだね?」

「犯罪の正体さ」

黄木は、珍らしく渋い顔をした。椅子の中の姿勢を、ちょっと改めて、「M君、蔵人事件を書くつもりかい？　そうだったら、僕は話しても構わんよ。実を云うとね、その犯罪の正体は、永久の闇へ塗り込めておくつもりだった。……」

「すると、蔵人事件は未解決だったとも云えるんだね？　あれほど、明瞭に解決されていながら……」

「その解決は、僕がしたんだが、いろんな意味で、典型的な完全犯罪だった――。そうだ、あの雑誌も、たしかあったはずだった」

黄木は立ち上がって、また、大きな書棚の一隅を漁り出した。と、薄い精神病の専門誌を持ってきた。

「蔵人琢磨の性格は、非常に興味があるんだ。それについて、精神病学的な見地から、これに、面白い分析が出ているが、しかし、想像的行為を材料にした実験批判は、結果においては皮肉なもんだよ。僕は、この精神病学者にだけは、秘密を明かしたくなったね」

「しかし黄木君、僕も先刻、当時の新聞に出ていた精神分析を見たが、蔵人琢磨という男は、完全の二重人格者らしいね？」

黄木は、軽るく首をひねった。

「M君、二重人格というのは、心理学的にいえば、記憶の疾患なんだ。記憶の欠如の反覆なんだ。まあ、ジイキル博士とハイド氏だね。しかし、僕の考えじゃ、蔵人琢磨という男は、あの素晴らしい頭脳から考えても、記憶の疾患者じゃないと思う。むしろ、意志の疾患者だね。一種の超絶主義者《フランセンダンタリスト》として、ほとんど行為が衝動に支配されている。衝動といっても、それは行為の起点だけで、行為そのものは絢爛たる技巧に満たされているが――。要するに、極端な天才教育の犠牲者なんだ。宇宙の中心を自我に置いている、典型的の馬鹿者さ」

「黄木君は、よく知ってるのか」

「よくは知らん。僕の知ってるのは、弟の潜介の方だ……」

「それで思い出したよ」

聯想が矢のように、僕の頭を通り抜けた。「いつだったか、ずいぶん前に、君は『いい助手がきたが、すぐにドロンしちゃった』と云ったことがあるね？　百%の探偵感覚の所有者――。その男のことじゃないか」

「その男だよ」

黄木の眼が、追憶の瞬きをした。「いい男だった。君も推理小説を書くんなら、ああいう男を知ってりゃよかった。あの時、君は東京にいなかったんだよ。そうだったな、潜介君は二月ぐらいもいたかな――。

　ちょうど、蔵人事件のあった一年前だった。Kビルにあった僕の事務所へ、ひょっこり一人の青年がやってきて、助手に使ってくれって云う。正直な男で、実は寝るとこもないんだが、といって気に染まん仕事はしたくない。……そう云うんだ。胸のすくような、感じのいい男でね、だいぶ身装は痛んでいるが、良家の育ちだということは、一眼で判る。それが、兄貴と意見が合わず、蔵人家を飛び出していた潜介君なんだ。しかし、兄弟といっても、あんな対蹠的な兄弟も少ないだろう。カインとアベルだ。極端な天才教育で、冷酷無慚な長男を作り上げた蔵人三省が、その失敗に気がついて、ズーッと後で生れた次男には、これまた、極端な愛撫と放任を与えたんだ――。

　M君、その写真の娘は、その潜介君の許婚者なんだよ。蔵人家にいた家政婦の娘でね、赤児の中から蔵人家にいたので、蔵人兄弟の父の三省が可愛がり、その家政婦が亡くなると、そのまま養い子にした。そして、自分が亡くなるとき、ある知人の家に預け、遺言には、満十八歳となったらば蔵人家へ戻り、その家族になるべし、と明記したそうだ。

　これには、訳がある。

　ちょうど、蔵人三省が亡くなるまでの数年間、長男の琢磨は、ある事件がキッカケで蔵人家から姿を消していた。その事件というのは、琢磨の妻の変死だった。とにかく、気に入らん事があると、その場で愛犬を銃殺するという琢磨のことだから、戸来刑事の話を待たなくても、その事件も、どうやら琢磨の犯罪らしい。しかし、戸来刑事の話では、どうにも尻尾が掴めなくて、ついに自殺という事になってしまったが、その事件で父親と衝突して、琢磨はポーンと蔵人家を飛び出していた。しかし、戻ってくることは明らかである。子を見る事、親に如かずで、万一、光瀬ユキの上に間違いが起きるといけないと思って、まあ、知人の家に預けたんだね。

　果たして、三省が死ぬと、間もなく琢磨が蔵人家へ戻ってきた。もはや、絶対の暴君《タイラント》だ。それに、肉親の愛情なんて微塵もないから、潜介君も堪らなくなって飛び出した――。

　もっとも、その子供に対しては別らしい。琢磨には、変死した妻との間に、白痴の息子が一人あって、この少年に対する琢磨の父としての感情を考えると、琢磨といえども、普通の人間だね……」

「しかし黄木君」

僕は、机上の写真を取り上げた。「どうして潜介君は、この美少女と結婚しなかったんだね?」

「女の心理は、僕には判からん。もちろん、この美少女と潜介君は愛し合っていたよ。殊に、潜介君の愛情の深さには、一種の涙ぐましさがあったね。この美少女も、毎日のように潜介君を訪ねてきて、夜になると、潜介君が送っていったが、それが突然、行方不明になってね——」

黄木は、急に言葉を改めた。「M君、君は当時の新聞を、みんな調べたかい?」

「出来るったけ調べた。黄木君が、なにを秘密にしているのか、それを発見しようと思ってね」

「じゃ、事件の大体を知ってるね? そんなら、僕が見た角度から話す方が、犯罪の正体を納得し易いかも判からんな。

とにかく、蔵人琢磨という人間は、一種の天才だったよ。よく云えば、ダ・ヴィンチ的な人間だ。芸術的感覚と爬虫類の魂の混血児だ。たとえば、蔵人家の建物も、彼の設計だと云われている。戦災で煙と化してしまったが、一切の様式に捉われない大胆な構図には、高い芸術の匂いがあったね。琢磨の寝室なんかには、ブルノー・タウトのデザインの影響も見えて、一種の神秘的なものが流れていた。この建物は、父が死んで琢磨が戻ってくると、すぐに始めたんだが、潜介君の話では、蔵人家の財産を殆んど注ぎ込んだそうだ。しかし琢磨の道楽、いや芸術だが、それには、もっと変ったものがある。僕も、あれは始めて見た。鋳篏芸術とでも名づけたらいいのか、あらゆる金属と、その合金の色彩を駆使して、部分的に鋳造したものを、青銅板に篏め込んで、一個の像を作るんだが、あの殺人現場の壁間にあった『憎しみの瞳』の素晴らしさには、僕も驚嘆したよ」

「それを、自分の部屋で作るのか」

「いや、別棟の半かばが鋳造場になっている。家人の話だと、そこにいる時の琢磨は別人のようだそうだが、たしかに、芸術家の天分はあったんだ」

「しかし、家屋に財産の大部分を投じるなんて、蔵人琢磨には、何か大きな収入の道があったのかね?」

「問題は、それだ」

黄木は、ちょっと考えてから、言葉を改めた。「僕には判からんよ。しかしズーッと蔵人琢磨を監視していた戸来刑事の話では、なんでも国際的な、それも麻薬と宝石を主とした密輸団の主魁だそうだ。銀杏屋敷から姿を消していた間も、上海にいて、その闇の中を暗躍していたらしい……」

「銀杏屋敷？」

「そいつは、蔵人家の名前なんだ。屋敷内に大銀杏があるんで、昔から、附近の人がそう呼んでいたのさ。しかしM君、思い出しても暑くなるよ。あれは、昭和十五年の夏だった。真夏だった。ひろい銀杏屋敷を馳けずり廻って、第二の惨劇の幻覚と闘いながら、僕も石狩君も熱汗淋漓だった」

第二の惨劇という言葉が、僕の頭にピーンときた。

「黄木君、判かったよ。君が秘密にしてるのは、その第二の惨劇に関してだね？」

「まあ、そうなるが、しかし、実に意外だったよ。犯罪の正体に気が付いた瞬間、僕も呆然自失としたね……」

真夏の惨劇

昭和十五年七月十九日午後――夕暮

美人《ロマンス》探訪記

週刊誌『新帝都』の、この企ては、ちょっと当てた形だった。一般募集の写真から選んだ美人の、日常生活を紹介する――。その簡単な思いつきが、回を重ねる中に、記者同志の腕比べからロマンス探訪に化けてゆくと、編輯机が写真の山になった。

「凄いぞ、丹辺君、特中の特種だ」

丸々と肥った婦人記者が、ムンムンする編輯室へ入ると、編輯長が、ポーンと台紙付きの写真を机上に置いた。「いま来たばっかりだ。S区M町、銀杏屋敷、蔵人ユキ……」

「なんだか、デカタン的な感じの名ね」

丹辺女史は、明るい笑くぼで写真を取り上げた。「アラ、一杯やられた。モルガンお雪だと思ったら、花物語のヒヤシンスじゃないの。でも断然、美少女ね。だけど、ロマンスには縁遠し……」

「さすがの丹辺女史、眼光紙背に透らず、ときたね」

意味ありげな編輯長の揶揄に、楽天女史は、クルリと写真を裏向きにした。

愛する兄さまへ

墨文字の肩書と並んで、中ほどに、数行の鉛筆文字の消された跡がある。

「丹辺君、斜めにして見たまえ。読めるから――。さあ、それでも、ロマンスには縁遠し、かね？」

丹辺女史は、可愛いらしい眼を、ちょっと籔睨みにした。トタンに、思わずフーッと溜息が出た。

傷愴よ
なが瞳は黒薔薇
妖しくも劫火に戦けり

「アラ、新版金色夜叉よ。わたし、早速出かけてよ」

丹辺女史は、気の早い方でも一流らしい。

「ね、編輯長、この写真を送った人が、必《き》っと、愛する兄さまよ。かつて、のね。なんて人？」

「そいつが判からない」

編輯長は、眼の前の幅びろの封筒を取り上げた。「消し印は神戸になってるが、名無しの権兵衛だね。要するに、その後のお宮の様子が知りたいんだろう。にしたって、面白いじゃないか」

「断然、面白いわ」

三分後、丹辺女史は街路でタクシイを摑まえ、老嬢《オールドミス》には惜しい朱唇を尖んがらし、

「銀杏屋敷。とにかく名がある屋敷よ。いって訊けば、すぐに判ってよ」

猛烈に暑い日だった。正午下りの太陽は、ときどき、流れ雲の影を地上に叩きつけ、滾る街路を弓なりに反らしていた。新宿の雑踏を通り抜け、いつか人通りの絶えかかったところへ出ると自動車が停った。ジーンと、急に暑くなる。肥った首筋に、ジットリ汗が湧いてくる。指先のハンケチで、せわしく拭きながら、丹辺女史が窓ごしに、巡査と運転手の黙画《サイレント》を眺めている……と、巡査の眼が招くように動く。扉を開けると、真向から不服そうな運転手の声がする。

「何する人だって？　あんたの事ですよ」

「わたし？」

気のいい丹辺女史は、小っちゃな名刺を摘みだし、

「雑誌記者ですの……なんか？」

若い巡査は、名刺を返えすと、

「蔵人家への用件は？」

「ユキという人に面会ですけど――」

「ああ、孔雀夫人？」

「わたしに、なにか？」

「いやあ、なんでもありません」

自動車は、だらだら坂を上って、左へ小半キロ、こんもり茂った樹木に囲れた鉄柵門の前にとまった。

「なんか睨まれてるんですよ。この屋敷――。ちょっと道を訊いただけで、胡乱くさく見るなんて……」

運転手は訝しげに、ひろい屋敷を見やったが、なるほど、名前に嘘はない。邸内の中ほどに、右手の妙な形の円屋根よりも、はるかに高く大銀杏が聳えている。もっとも、丹辺女史の靴音はそんなものとは無関係に、コツコツと鳴ってゆく。脇門を潜って、玄関への道しるべらしい飛び石を踏んでゆくと、その大銀杏の蔭に、忽然とタイル張りの玄関が現われた。

ジーン、ジーン、
耳には、ただ油蟬の交響楽。なにか無気味な沈寂が、シンシンと押し迫る。が、丹辺女史には判らない。ちょっと廊下の方を覗きこんでから、無頓着に呼び鈴を叩き鳴らした。

間もなく丹辺女史は、玄関脇の応接間の安楽椅子《ソファ》に、丸っこく埋まっていた。屈託のない顔つきで、豪華なセットに飾られた部屋を、クルクル見廻している。小綺麗な女中が冷めたい飲みものを持ってきた。

「ただ今、お見えになります」

「あの、ちょっと」

と、丹辺女史が呼びとめた。まず、最初の疑問から解決する。「ご主人て、なになさる方？」

若い女中は、パチパチ瞬きした。当惑の色を見せながら、

「別に、お商売の方は……」

「じゃ、資産家なのね？　お若い方？」

「いいえ、四十を過ぎてらっしゃいます」

「でも、孔雀夫人は若いんでしょ？」

相手を引きずり込む丹辺女史の巧まさは、すでに定評がある。若い女中は、すっかり打ち融けて、

「奥さまは、ほんとにお若いんですのよ。まだ、お嬢さんみたいで、ご夫婦のようでは……」

失言を取り消すように、若い女中は妙な微笑をした。と、コツコツと扉が鳴った。

「初枝さん、いて?」

「はい」

返事と一緒に、初枝と呼ばれた女中が扉を開けると、少し年嵩らしい別の女中が、丹辺女史に目礼してから、なにか早口に喋っている。

「アラッ、兄いさんッ」

弾むような声と一緒に、ピシリと扉が閉まった。だが、まだそこで二人が話している気配の中に、また、その扉が静かに開きかかった。

「ゆっくりで、いいことよ」

まず、嫋やかな声が聞える。と、早瀬を横切る若鮎のように、スッとユキ夫人が入ってきた。キッチリと着た青い明石のせいか、眼に泌みこむような新鮮さ——

「アラ、お奇麗……」

素頓狂な丹辺女史の第一声に、少女のような夫人は、パッと赤くなった。手にする名刺に顔を伏せる形まで、少女のように初々しい。スンナリ椅子に腰をおろすと、人懐こくみつめるような眼付きをした。

「どういう御用でしょうか」

「いいえ、ただ奥さまにお逢いしたかったんですの。それと、奥さまの日常生活を——なんでもないんですのよ。たとえば、趣味は何んだとか、お友達はどういう人がいるとか、そんな事なんですのよ」

「なぜ、お調らべなさるんですの?」

ユキ夫人の吃驚した様子に、丹辺女史も慌てながら、美人探訪の由来を口早に喋った。

「そんな訳で、つまり、現代の美人伝なんですのよ。お写真を見て、わたしったら、すぐに飛び出したんですのよ。写真班の人は後から参りますわ」

「困りますわ。写真なんて……」

当惑の色が、ユキ夫人の顔にスルスル昇った。「そんな事、許されませんわ。それに、わたくし、ウッカリお逢いしたりして……」

「どなたが許さないんですの? ご主人が? まあ、圧制家なのね」

ユキ夫人の耳には、丹辺女史の言葉が半かば入らぬらしかった。それほど急にソワソワしながら、「実は、ただ今、お客さまなのですけれど……」

「お美しいお友達でしょう?」

「いいえ、十村様ですの。主人が留守なものですから、異様な色に輝きだした。「その写真は、どこから……？」

「それなんですの。匿名じゃいけないんですの。奥さまのような方でなければ、当然、規定外れなんですけれど、でも、奥さまはごぞんじの方ですわ。台紙の裏には、奥さまの字が……」

ユキ夫人は、中心を失ったように、ユラユラしだした。

「そのお方、どこにいるのでしょうか」

喘ぐようにいうと、突然、ガックリ卓上に打ち伏した。下《ダ》げ《ウ》型《ン》の白い襟足が、はげしく波を打っている。その変り目に、丹辺女史も吃驚した。

「奥さま、どうなさって？」

スッと、ユキ夫人が顔を上げた。多少のロマンチックな場面は、丹辺女史も予期していたが、その悲痛《パセチック》な顔には、思わずアッとした。

「奥さま、ご気分が……？」

「いいえ、でも、そのお方の居所が、どうしたら判るでしょうか」

「お知りになりたくって？」

「はい」

その時である。周囲の静けさを破って、なにか大きなものが転がり落ちる音が、

わたくしが……」

「あら、ご主人はお留守ですの？」

丹辺女史は、なかなか相手を逃がさない。「失礼ですけど、いつ、ご結婚？」

「わたくし、失礼さしていただきます。お逢いしないのは、失礼と思いましたので……」

「まあ、正直ですこと——。奥さまのご兄妹は、みな奥さまに似てらっしゃって？」

「いいえ、わたくしには——わたくし、一人ぽっちなんですの」

「でも、お兄いさんは？」

ピーンと、琴線に触れたらしかった。その一言で、ユキ夫人の様子が急に変ってきた。すかさず、丹辺女史はニッコリ笑った。「奥さま、奥さまのことを書きますと、日本中の方が、みんな読むんですのよ。そりゃ、人間には、誰にだって秘密はありますわ。そして、その秘密を特別の人にだけ知らせる、という方法もあるんですのよ」

「あのう」

ユキ夫人の声が、神経的に慄えだした。第一印象の清純さは、そのまま清純の形で残ってはいるが、その眼が

ダァーン、ダダダーン、

「なにかしら?」

丹辺女史が、反射的に立ち上がった。もう、扉を開けている。

「奥さん、誰かが階段から……」

予感的中。廊下へ出て見ると、絨毯を敷きつめた幅びろの階段の下に、白い夏服の男が、妙な形に蹲っている。ユキ夫人が、アッと叫びながら馳け寄った。階段脇の廊下の方へ、息詰った声を張り上げた。

「竹蔵、竹蔵」

なんの事はない。あっさり丹辺女史が抱き起こしている。

「アラッ、ひどい血……」

抱き起こしたトタン、胸を押えていた手がダラリと離れ、シューッと鮮血が飛んだ。丹辺女史は飛びのいた。死体は粘土のように、真赤な床に崩れ落ちた。

ヒイッ

荒絹を裂く声がして、クラクラと、ユキ夫人が肥った婦人記者にしがみついた。

「大丈夫、大丈夫よ」

丹辺女史も無意識に、嫋やかな身体を抱きしめたが、

「奥さん、早く男の人をお呼びなさいッ。その辺に、まだ……」

突き離されて、ユキ夫人は廊下の壁へ寄りすがった。

「清さん、清さん」

さっきの年嵩の方の女中が、階段脇の廊下の方から出てきた。が、その場の情景に、ギョッと立ち竦んだ。

「清さん、竹蔵を早く」

「奥さん、竹蔵さんは、坊ちゃまを探がしに……」

ユキ夫人は、また愕然としたらしかった。

「八知が、どうして?」

「さっきから、お部屋にいないんです」

「ああ」

絶望の声を上げると、ユキ夫人は、クタクタと床に膝付きになった。

その時、丹辺女史は、階段の上の方に異様な人物を見出した。たしかに少年である。大きな頭に、どんよりとした眼。白パンツの上に扁平な胸をつき出して、その異様な少年が両足を揃えたまま、ポトン、ポトンと降りてくる。

「八知さんッ、駄目ッ」

はね起きたユキ夫人が、昂奮しきって、「判るでしょ

うッ？　降りて来ちゃ駄目ッ」

　必死の声に、ちょっと少年は立ちどまった。が、ケラケラと、寒気のするような笑い方をすると、また、ポトンと一段降りた。

「坊ちゃまあ」

　どこか上の方で、重い声がする。と、赤ら顔の大きな老人が、ひょいと現れた。馳け降りてくると、いきなり少年を抱きすくめた。

「坊ちゃま、勝手に出ちゃいけねえだ。竹蔵が叱られるだ……」

　いいながら、視線を落とすと、その老人は、危うく階下へ転がり落ちようとした。

「ユキさま、十村さんは怪我でもしたのかね？」

「竹蔵、殺されている」

「ウワッ」

　妙な叫び声がした。と思うと、その老人は少年を抱き上げて、逃げるように馳け上がっていった。

石狩検事

　午後三時、
　石狩検事の一行が、現場に到着した。学生時代、名外野手の名を謳われた人物だけに、いまの円熟した風貌にも、触れれば切れるようなキビキビしたところが見える。そのガッシリとした姿を見ると、大童に部下を指揮している先着の帆足捜査課長が、汗の滴を飛ばしながら、花壇の方から馳けてきた。廂の影が地上に焼きつく玄関先である。

「やあ」

　簡単な挨拶の次ぎに、帆足課長が、真向から断言した。

「とにかく犯人は、まだ屋敷内にいますよ。

　それは、こうなんです。S警察へ電話をかけたのは、ちょうど現場にいあわせた丹辺という婦人記者ですが、それを聞くと、戸来刑事が電光のように飛び出したんです。

　というのは、戸来刑事は特別監視として、ズーッと、この屋敷の主人公を――あなたも、ごぞんじだが、あの黒田幸一の私刑《リンチ》事件に絡む密輸入団――その密輸入団の主魁らしいと睨んでたので、戸来刑事は真先にこの屋敷へ飛びこんできた。

ところが、ホラ、あの門を入ると、すぐ左手に、自動車の車庫跡みたいなものがあったでしょう？　あそこに、ここの女中の鈴木初枝という女が、その兄だという男と話し込んでいて、まだ殺人事件を知らなかったんです。それを眼敏く戸来君が見付けて、すぐに訊きただすと、とにかく、あの車庫跡からは、門の附近は丸見えなのに、その二人は二人とも、誰も人影は見なかったと云っている。ところが、この屋敷には裏門がないんですよ」

石狩検事も、右手に見える花壇の方を見渡した。

「その女中の兄というのには、不審なとこはないんですか」

「鈴木一郎という田舎出の青年で、見るからに朴訥な若者ですよ。さっきの婦人記者と一緒に、応接間へ抑留しといたが、しかし」

しかしという言葉に、帆足課長は力を罩《こ》めた。割り切れないものを曝け出すように、俊敏な顔をしかめながら、

「僕は先刻《さっき》、犯人は屋敷内にいると断言したが、それとは正反対の疑問もあるんです。夫人たちの陳述では、外部との交通はあの門と、そばの脇門だけだというが、だいいち戸来刑事は、絶対に秘密の通路がある、と主張している。それで今、部下を手分けして、S署の栗本司法主任は外の方から、僕は内の方から調べ終ったとこなんですよ。結論は、秘密の通路はないらしい――なんしろ、この屋敷の周囲には、石畳のような巌丈な塀がグルリと取りまいているし……」

「しかし、帆足君、密輸入団の主魁と睨まれるような屋敷なら、なんか地下道みたいなものが――」

「もちろん、それも考え、その方は戸来刑事が馳けずり廻っているが、しかし、歴とした容疑者はいるんですよ」

大真面目な帆足課長の様子に、石狩検事は、声を出して笑った。

「担ぐとは、ひどいね。一杯食ったね。その容疑者というのは？」

「この屋敷に、先代の時から、もう三十年もいる、まあ、下僕というんでしょうな。三森竹蔵という、齢からいえば相当の老人だが、雄牛のような男ですよ。婦人記者の話じゃ、被害者は階段の上から転がり落ち、それから間もなく、その三森が降りてきた……」

「いま、その男は？」

「ホラ、あそこですよ」

二三歩出てから、炎天の中で、帆足課長は花壇の向うの、平べったい妙な一棟を指さした。

「あそこにいるが、逃げる心配は絶対にない。というのは、あの棟の半分が、つまり、座敷牢みたいになっていて、この屋敷の一人息子が、まあ、先天性の白痴ですな。あるいは、座敷牢へ入ってるとこを見ると、兇暴性の精神病患者かも判らんが、とにかく、その三森という老人は、その少年を大事にしていて、ちょっとだって離れようとはしない」

「しかし、自白はしないんですね」

「さざえが蓋をしたように、頑固に口を結んでいるが、兇器が見付かれば、それまでですよ」

「帆足課長、どうも、少し変だね」

石狩検事は習慣的に、煙草のケースを摑みだしたが、そのまま握りしめて、「そんな歴とした容疑者がいるのに、なぜ、躍起となって、秘密の通路なんかを探してるんです？」

帆足課長は汗を拭った平手を、グイと拳にした。

「まあ、戸来刑事から蔵人琢磨のことを訊いてごらんなさい。そしたら、その矛盾は直ぐに判ると思う。とにかく、尋常な男じゃない」

「どういう風に？」

「さあ、そいつは僕には説明できん。なんしろ、まだ逢っていない」

「留守？」

「留守ですよ。片瀬に別宅があって、ここんとこ、朝いっては夜戻るそうで、先刻、向うの警察と連絡をとったから、間もなく帰ってくるでしょう。戸来君の口真似をすれば、『畜生ッ残念だ』ですよ。アリバイだけは、立派に持っている——。戸来刑事を呼びましょうか」

「早速逢いたい。で、屍体は？」

「なんしろ、この暑さだし、それに、致命傷を調べる都合で、加能検屍医に直ぐそばの部屋へ移させましたよ」

云い棄てて、帆足課長は花壇の方へ馳けていった。

備忘に歌あり

どこか洒脱な顔をした加能技師が、肘かけ椅子に寄りかかって、のんびり煙草をくゆらしていた。

「やあ、石狩さん、しばらく打ちませんな」

碁敵の姿を見ると、妙な挨拶をしてから、すぐに屍体の上の白布を取りのぞいた。大きな机の上に横たわった屍体は、痩せた初老の人物だけに、ひどく醜怪に見える。

「石狩さん、独断で申し訳ないですが、現場写真の方は、充分に撮ってありますよ」

「こいつは、ひどい致命傷だね」

暗紫色のスポンヂのように、胸部に盛り上がった傷口に、石狩検事は太い眉を逆立てた。

「こいつは、グイと一刺きだね?」

「この被害者が若い女だったら、さしずめ犯人はドン・ホセですよ。これが、検屍の控えです」

手帳に書いた覚え書きを、加能技師は主任検察官に手渡した。

○　日本橋区○○町、雑貨貿易商　　十村周吉　五六
○　身長凡そ一・六、痩せ型神経質　　血液型、O型
○　致死推定時間
　　七月十九日午後一時三十分
　　同日午後二時二十分所見
　死斑なし、強直なし
　致命傷以外に、数ケ所の打撲傷あれど、致死に関係なし、
○　致命傷
　左胸部、第五第六肋骨間の刺創、
　幅約二センチ、創角両端にあり
　深さは心臓を貫き、消息子挿入に抵抗なし

「石狩さん、精しくは屍体解剖の上でなければ判らんですが、ほら、あの暗殺された原敬の場合と同じですよ」

加能技師は吸いさしの煙草を灰皿に突っ込み、粘土を暗紫色に染めたような創口を指さした。

「つまり、向い合った姿勢で、ドンと体当り式に突いたんですよ。兇器は、スペイン型の双刃の短剣、あの奇術師が使うピカピカした奴がありますね。あんな物だと思えば間違いないですが、ちょっと変なのは、創口の位置が骨質にかかっているのに、刺創管が真直ぐな点ですよ。普通の場合だと、刺創管というものは、骨質に当ると軟部の方へグイと曲がるもんなんですが、まあ、この

事件の犯人は、よほどの強力な男ですよ。

それと、もう一つの問題は、屍体の姿勢ですが、間もなく現場写真もできてくるでしょうが、足の先が両方とも最後の階段に触れてました。最初の目撃者だった婦人記者の話では、抱き起こす前には、もっと屍体は階段にかかってたそうですから、これは僕の考えだが、あの階段の中途にある細長い床の上で刺されたんでしょう。それが所持品ですよ」

いかにも真夏の所持品らしい。屍体の横に、ハンケチ、清涼剤、舶来煙草、大きな皮財布、そんなものと一緒に、備忘帳らしい洒落た手帳が一冊。

密輸入ということが、ピーンと石狩検事の頭にきた。そんな気持で手帳を取り上げ、商品名と数字を並べた頁を、パラパラめくっていると、フと、意外なものが眼に映った。よほど急いで書いたと見える。斜めになった乱雑な鉛筆文字だが、たしかに短歌だ。

雨降れる牢屋の窓に立ちよりて
　見棄てし女の名を呼びてみる

前後の頁が、およそ興味のない数字だけに、オヤッと思いながら、石狩検事の眼は吸いつけられた。

「ああ、妙な歌でしょう?」

加能技師も覗きこみ、「手帳が手帳だけに、ちょっと変ですな」

「たしか、こいつは」

博識の石狩検事は、小首をかしげて、手帳をポケットに突っ込んだ。「誰だったか、アナーキストの作った歌だと思うが……」

「ほう、そんな歌なんですか。しかし、この被害者がセンチメンタリストだとしても、なんか、大きな意味がありそうですな」

突然、扉が開いた。短かい口髭の警部補と、一見ボヤとした丸顔の中年男が入ってきた。警部補は、石狩検事に名刺を摘み出した。

「S署の司法主任の栗本です。こちらは戸来刑事です。S署では、この屋敷の主人公を特別監視人物として、ズーッと戸来刑事が尾けてるんです。今日も片瀬へ行くはずだったのが、ちょっと行きそびれてると、この事件だったんです」

「僕、戸来です」

戸来刑事の幅びろの頬に、指で突いたような笑くぼが浮かんだ。が、その顔全体は、なにかを怒るように、ボヤッと見えた眼が急に光りだした。そこに、なにかの根深い執念が見える。「検事さん、アリバイがあるからって、奴は唯者じゃありませんぞ。前にも殺人嫌疑を受けたことがあるんですぞ」

石狩検事も、ちょっと気押された。自分も腰をおろし、戸来刑事に椅子を指さし、

「だいぶ睨らんでますね？　しかし、その殺人嫌疑というのは、あの私刑《リンチ》事件でしょう？」

「いや、女房殺しですよ。私刑事件も、もちろん、蔵人琢磨だと睨らんでますが、その女房殺しというのは、ズーッと前に、蔵人琢磨の妻が毒薬自殺したことがあるんです。署じゃ他殺と睨んで、蔵人琢磨に嫌疑をかけて調べてゆくと、奴ときたら、まるで警察を翻弄するように、一向それを否定しないんです」

「結局？」

「結局、証拠不充分で、有耶無耶になりましたが、その時の奴の不敵ぶりには、みんな舌を巻きましたよ。密輸入団事件についても、僕は一年近く尾けている。僕の睨らんだ眼には狂いがないんだが、実に周到な男で、眼の前にブラブラしてる尻尾が、どうしても掴めない。しかし、この殺人事件があったんじゃ、奴も年貢のおさめ時がきたんですよ」

「すると、この被害者を、戸来君は知ってるんですか」

「この十村周吉も、密輸入団の黒表者《リストマン》ですよ。一番嫌疑の深い市原源太郎とは、いつも逢ってる男ですよ。しかし、この銀杏屋敷へやってくる者は、この十村周吉だけでした。だが、僕の考えじゃ、どうしたって、この屋敷には秘密の通路がなくっちゃならない訳があるんだが、なんしろこの屋敷へ忍びこむことが、だいいち命がけですからね。いま犬舎につながれてるが、猛犬がいるんですよ。猛犬というよりは、よく調練された探偵犬で、どっちの方角から僕が近づいても、決って、ウォーッと飛びかかってきやがる……」

戸来刑事は、丸顔をクシャクシャとさせたが、突然、ニッコリ笑いだした。「しかし、検事さん、いいことがあるんですよ。気の早い人達が、十村殺しの犯人に決めている三森竹蔵という爺さんがいるんですよ。この親爺、酒が好きでしてね、この屋敷じゃ、蔵人琢磨が厳しくて飲めないもんだから、なにかの用で街へ出ると、一杯屋でキュッとやるんです。そこを巧く取り入って飛んだ顔見知りになって、いろんな事を訊きだせたんですが、し

かし、あの爺さんには、人殺しなんかはできませんよ。見たとこは、ゴリラの化物みたいだが、気はいいもんですよ。とかにく検事さん、蔵人に逢うときにゃ、余計なことですが、褌を締めてかかってください」

石狩検事も、顔負けの微笑を見せた。

「戸来君、実際、いい参考を得ましたよ。ところで、あなたにお頼みしますが、どういう関係になるか判らないが、この事件に関しても、蔵人琢磨の行動を特に監視してもらいたい。それから間もなく片瀬から帰ってくるはずだが、僕がいいというまで、殺人現場へ入れないようにしてくれたまえ」

戸来刑事は、雀躍した。

「じゃ、検事さんも我が党ですな。なあに、直接手をかけなくたって、いくらでも方法はありますからな」

憎しみの瞳

生来の性質は、どこでも出てくるものらしい。いつの間にか、丹辺女史は安楽椅子《ソファ》で、コクリコクリとやっている。背後の長椅子には、詰め襟の若い男が、固唾を飲んでる顔つきで、不安そうに小さくなっていたが、と、巡査が入ってくると、吃驚して起立した。丹辺女史も、ポッカリ眼を開け、

「あら、寝ちゃったりして……」

間の悪るそうな微笑で、時計を覗くと、急に不満の唇を尖らした。「まだ待つんですの？　わたし、忙がしいんですのよ」

「いや、主任検察官は見えました。それから、君」

巡査は、木訥な青年に顋をしゃくった。「君は廊下で待ってるんだ。なにも自分が犯人じゃなかったら、そんなにビクビクする必要はないだろう。ちと、この婦人を見習うんだ――」

巡査と青年が応接間を出ると、入れかわりに、石狩検事が微笑しながら、帆足課長と入ってきた。

「丹辺さんですね？　事が事だけに、長く待たした点は勘弁してください」

「いいえ、構いませんの。こんなロマンチックな記事がとれるなんて、それこそ幸運の星ですわ」

持ち前の多弁癖を、すぐに発揮して、丹辺女史は微に入り細に入り、現場目撃を喋ってから、

「そんな訳でして、その方と話をしていた奥さんが、

この部屋へ入ってくると、間もなくだったんです」

石狩検事は、メモの手帳を取り出した。

「いや、手に取るように判かりました。それで、あなたと夫人とが、この部屋で話していた間の時間は、どれくらいでした?」

「さあ」

丹辺女史は大袈裟に眉を寄せ、「ごく短かい時間でしたわ、五分か十分でしたでしょうか」

「とにかく、十分以上は出ないんですね? 断言できますすか」

「できると思いますわ」

「ありがとう」

石狩検事は、頭を下げた。「有力な証言です。被害者は、その間に殺されたんですからね。そこで、これは難かしい質問ですが、殺人があったと推定される時間が知りたいんですが、あなたが夫人と話していた時間が判るでしょうか」

「一時二十七分前後です」

丹辺女史は、ケロリと云い放った。「わたくし、癖があるんでして、訪問記事をとるとき、ちょいちょい腕時計を見るんです。その時も、奥さんが対談を打ち切ろうとなさったので、習慣的に腕時計を見たんです」

「これは有難い」

石狩検事は、明るく微笑した。「そんなに明瞭だとは思わなかった。それでは、もう一つ、時間についてですが、あなたは、転がり落ちる音を聞いて、すぐに現場へいったんですね? それで、三森という男が姿を現わすまでには、どれくらいの時間でした?」

「さあ、それはハッキリしませんけど——。正直な話、わたくし、怖かったのです。そんな時ですから、どれくらい、そこにいたか判りませんが、でも、あの怖そうな老人が降りてきたのは、すぐのようでしたわ。転がり落ちる音を聞いてから、四五分でしょうか。その間に、兇器を隠したのでしょうか」

「いや、まだ三森が犯人だとは決ってはいません」

「では、あの薄気味の悪い少年が……?」

「その点も判らんが、しかし、四五分ぐらいですね?」

慎重に念を押してから、石狩検事は、ちょっと微笑を見せた。「また、妙な事を訊くようですが、音響というものは、物体が落下する時の状態を、よく現わすものですが、あなたが聞いた時どんなような調子でした?」

「まあ、面白いこと——」

楽天女史は、すっかりくつろぎ出した。「でも、それじゃ、わたくしの責任は重大ですのね。ハッキリ云えましてよ。こんな音でした。ダァーンと最初に大きくて、ダァーン、ダダダン。でも、間違ってても、わたくし知りませんわ」

「いや、その通りでしょう。被害者の打撲傷が、それを証明しています。しかし、あなたの存在はどんなに事件の解決を早めるか判りません。感謝します」

重厚な石狩検事の気持が、世慣れた婦人記者を喜ばしたらしい。丹辺女史は、ハンドバッグから、蔵人ユキの写真を取り出した。

「こんな事、余計なことかも知れませんけど、なんかの参考にならないでしょうか。わたくしの考えでは、この屋敷のご夫婦の間には、なにか暗い影がありそうなんですよ」

丹辺女史の話を聞いてから、石狩検事は、台紙の裏を斜めにしてみた。

「帆足課長、なんだか、三角関係がありそうですね」

帆足課長も、消された鉛筆文字の圧痕を読みとった。

「これだけ力を入れて書いたとこを見ると、こいつは一種の呪詛ですな。しかし、十村殺しと直接の関係は、どうだろうかな。それよりも石狩さん、殺人があってから四五分で、三森が現場に現われたという事に、大きな意味がある。つまり、もし三森が犯人だったら、兇器は手近かのところに隠してある。この仮定を実地で証明するのが、先決ですよ。いま、虱潰しに探させてみますよ」

帆足課長は、急いで出ていった。石狩検事は、写真の美貌を遠い感じで眺めながら、

「丹辺さん、すると、夫人は、あなたと初対面なのに、あなたの前で、そんな悲痛な気持を見せたんですね？」

「まだ、お若いんですもの。逢いたいと思う心が、破裂したんでしょう。そのお兄さんて方、殺された方の身近かの人じゃないんでしょうか」

石狩検事は、その写真をポケットに入れた。

「とにかく、この写真を貸していただきたい。どっちみち、事件が解決するまでは、あなたの特種も掲載禁止という訳ですから――。いや、色々ありがとう。また、証人として立っていただくかも判りません」

丹辺女史と入れかわり、詰め襟の青年が、巡査に伴われてきた。はじめからオドオドして、椅子を指されても、硬直したまま突立っている。

「鈴木一郎さんだね?」

石狩検事は、言葉を柔げた。栗本主任の訊き取り書きに眼を通してから、「この屋敷の女中、鈴木初枝の兄だというが、この屋敷には、ときどき来るのかね?」

「はじめてです。今度、東京の工場へ勤めることになったので、今朝、上京したんです」

「すると、鈴木初枝は、この屋敷へきてから、どれくらいになる?」

「半年ぐらいです」

「どういう関係で、ここへ来たね?」

辣腕検事の名にふさわしく、デリケートな点を逃さない。トタンに、鈴木一郎は青くなった。

「は、十村さんのお世話でした」

「十村? うん、殺された人物だね? 君たちとは、どういう関係?」

「僕は、直接知りません。十村さんは、僕の村から出た人で、父と友達だったのです」

「しかし、君は、今朝東京へ着いてから、十村とは逢っているね?」

「逢ってはいません。僕は、知らない人なものですから……」

「しかし、十村がここへ来ていることは知っていたね?」

「いいえ、知りません。今朝東京へ着いて、すぐに工場へいって、入社式があったんです。それがすんでから、寮の方の部屋を片付けて、ここへ来たんです」

鈴木一郎は、必死の顔色だった。「ですから、僕はなんにも知らないんです。十村さんについても、この屋敷の先代の秘書をしていたということより知らないんです。この屋敷は始めてでしたが、妹が手紙に屋敷の図を描いてくれたので、すぐに女中部屋へいったんです。それから、あんまり外が暑いんで、あの車庫みたいなところで、妹と話をしていると、そこへ警察の人が入ってきたんです」

石狩検事は、慎重に生真面目な青年を観察してから、大きく肯いた。

「では、君がそこにいた間、あの門を出入りした者がいない、という点について、君は責任を持てるかね?」

「持てます。誰かが出入りすれば、僕たちの前を通ったはずです」

「では、この屋敷に入ってきてから、誰かに逢わなかったかね?」

「逢いました。妙な人に逢いました」

青年は、妙という言葉に力を入れて、「僕は、あの花壇のとこを廻って、女中部屋へ行こうとしたんです。すると、花壇のところで、ひどく慌ててる老人に逢いました。老人といっても、普通の老人と違った、ガッシリとした人でしたけど……。その人は、すれ違ったのに、僕の方は見ようともしませんでした」

「その男は、どっちの方からやってきた？」

「僕は門の方から来たんですから、その人は、建物の裏の方からだと思います。それで、あの張り出し縁《テラス》の下で、ちょっと立ち留って、上の方を睨らんでいましたが……」

「では、そのテラスに、誰かいたのかね？」

「よくは判りませんが、日覆いの下に、誰か人がいたようでした……」

「よく判りました」

石狩検事は、巡査の方へ振り向いた。「では、いつでも呼び出せるようにして、鈴木一郎の身柄を自由にしてくれたまえ。それから、鈴木初枝という女中を呼んでくれたまえ」

間もなく、兄と入れかわって、婦人記者を案内した若い女中が、蒼い顔をして入ってきた。石狩検事は、気軽に椅子を指さしてから、

「なにも怖がることはない。知っていることを返事すれば、それでいいんだから――。十村周吉は、この屋敷の主人とは、どういう関係になるんだね？」

「は、よく判りませんのですけど……」

鈴木初枝は、考えるように瞬きしてから、

「旦那さまは、誰ともお話しなさらないお方ですから、十村さまはお見えになっても、奥さまとお話しするくらいのものです。でも、わたくしには、旦那様とお友達のように云っていました」

「ときどき、来るのかね？」

「わたくしが来てから、二三度しかお見えになりません。でも、なんの遠慮もなく、旦那さまにさえ、平気で話しかけていました」

「そんなに、この屋敷の主人公は、怖い人なのかね？」

「わたくしたちには、なんでもありませんけど、でも、いつもムッツリ黙っていますので……」

「では、今日、十村は、いつ頃ここへ来た？」

「お正午《ひる》を過ぎまして、間もなくでした」

「なにか、特別の用件でもあったようかね？」

「いいえ。それに、旦那さまがお留守だということを知ってらっしゃるようでして、すぐに奥さまの部屋へ行きました」

「それから?」

「それから、テラスで奥さまと、なにかお話ししてたようですけど、そこへ、あの女の方がお見えになりました」

「では、今日の十村の様子は、いつもとは、どうだったね?」

「いいえ、別に——。十村さまは、奥さまの味方なものですから、ただ、それで来たんだと思いますけど……」

「味方? その味方という意味は?」

「はい」

鈴木初枝は、たしかに狼狽した様子だった。「わたくしには、よく判りませんけど、十村さまは奥さまが赤ちゃんのときから知ってらっしゃるので、ご心配ごとがあると、奥さまは十村さまに相談なさってるようでした……」

「すると、十村は、蔵人琢磨とは仲が良くないようだったね?」

「わたくしには……」

若い女中は、実際、知らない様子だった。それを見極めてから、石狩検事は言葉を変えた。

「三森竹蔵という男は、この屋敷の、どういう人物だね?」

「はい、お坊ちゃまのお守りをしたり、力仕事をしたり……」

「そのお坊ちゃまというのは、蔵人琢磨の長男だね? なにか病気かね?」

「あの、生れつき、頭の方がお悪るいとかで……」

「座敷牢へなんか入ってるところを見ると、いくらか兇暴性なんだね?」

「いいえ、座敷牢じゃありません。旦那さまは、鋳物場でお仕事をなさるとき、お坊ちゃまに、いつもお見せなさってるんです。必っと、お坊ちゃまに教えようとなさってるんでしょう。ですから、鋳物場の方へ自由に出入りできるようにしてあるんです」

「で、三森は、どういう人物だね?」

「わたくし、はじめは怖かったのですけど、すぐに、いい方だと判りました。旦那さまも、三森さんだけには、少し遠慮をしてるようなんです。お坊ちゃまの事になると、旦那さまとも争うくらいなんです」

「十村とは、どういう風だったね？　十村も先代の秘書をしていたというし、三森も三十年もいるというんだから、まあ、よく知っている訳になるね？」

「わたくし、十村さまが三森さんと話をしているところを、一度も見たことはありません。まるっきり無関係のようですけど……」

「しかし、三森が十村の話をした事はないかね？」

「一度もありません。三森さんの話といえば、潜介さまのことばっかりなんです」

「潜介？　それは誰だね？」

「わたくしは存じませんけど、旦那さまの弟さんだそうで、三森さんは、いつでも自分の子のように賞めちぎっているのです」

「その潜介というのは、いま何処にいる？」

「行方不明だそうだそうですが……」

石狩検事は、ポケットの上から、哀傷の写真を撫でてみた。愛する兄さまという人物が、どうやら蔵人琢磨の弟らしい点は判ったが、それが事件と、どう関係するのかは判らない。ただ、なんとはなしに、デリケートな関係があるように思われてならない……。鈴木初枝の訊問を打ち切ると、そこへ、汗を拭き拭き帆足課長が入ってきた。

「こう暑くっちゃ、やりきれない。おまけに、戸来刑事は変てこな暗示をかけて、事件を混がらせるし、しかし、石狩さん、蔵人琢磨という男は、愕ろくべき男ですよ」

「変に改まるね。とにかく変人らしいね。白痴の息子に鋳物を教えるなんてのは——」

「そいつ、そいつ」

帆足課長は、先に立って廊下へ出ると、階段の上の方を指さした。「まあ、あそこにある奴を見てごらんなさい。あの女王こそ、真の現場目撃者ですよ」

階段の下へくると、石狩検事は、丹念に周囲を見まわした。屍体のあった場処には、白線で人型が描いてあり、美しい絨毯には、血痕を示す白墨の輪が、次第に下の方へひろがっている。

「帆足課長、上の方には血痕がないようですね？　要するに、ダァーン、ダダダーンという奴だね突くと同時に、撥ね飛ばされたらしい……」

いいながら、階段を昇ってゆくと、階段は中途で、左手の開き戸へつづく細長い床になり、右手へほぼ直角につづいているのだが、ちょうど、そこへ昇りきったトタン、眼の前にスーと、一つの胸像が浮んできた。一瞬、アッと石狩検事は立ちすくんだ。一歩前へ進み、また呆然として絢爛たる胸像の前に棒立ちになった。

名づければ、鋳篏芸術とでもいうのだろうか。モザイック式な青磁色の青銅板が、白堊の壁面に埋められ、その中央に、いまだ見たことのない胸像《ブロンズ》が浮かんでいる。あらゆる色彩に駆使された金属鋳篏の集合が、中世紀風の女王の等身大の胸像を、幻のように浮びだしている。

石狩検事は、フーッと熱い息を吐いた。無我の境地に誘いこまれ、瞠目したまま、その指先が白色合金の頬に触れた。黄金の金髪を、かすかに撫で上げた。真紅の唇、燦然と輝く王冠の宝石それらは果して、一塊の金属であるのだろうか！

「僕ははじめ、油絵かと錯覚しましたよ」

帆足課長の声で、石狩検事は我にかえった。トタンに、殺人現場の意識が猛烈に甦り、その眼で、改めて胸像を見戌った。と、視線が胸像の瞳に吸いつけられた。睫の一つずつに渾身の労作を秘め、久遠の情熱をはためかせたと見る、その瞳をジッと見ている中に、フイに石狩検事はショックに打たれた。その眼は、憎悪の眼だ。あらゆる感情を氷結させる、憎しみの瞳だ……。

「帆足君、驚嘆の一語で尽きる。蔵人琢磨という灰色の存在は、この胸像一つで、僕には浮き彫りになってくる。この女王の眼は、人間の感情から生れたものじゃない。爬虫類の魂だ。原始から未来永劫を貫く人間精神を、冷笑冷殺する爬虫類の魂だ……」

「この眼がですか」

帆足課長の現実的な声で、石狩検事は、また我に返った。

「ああ、いかん。僕も、戸来刑事の轍を踏みそうだ。この女王の顔は、あの写真の顔に似ている。おそらく、夫人をモデルにしたのだろうが、だが、極みなき憎悪を、陶酔の中で表現しようとする男の精神たるや……」

石狩検事は、煙草に火をつけた。幻惑の残渣を、煙の中に吐き散らしながら、胸像に背を向けた。眼の前の開き戸を開けて見ると、そこは、花壇に面した瀟洒なテラスになっている。青い色の日除けに覆われて、優雅な形の籐椅子が二脚、小いさな卓子を挿んでいる。石狩検事は、テラスへ出てみた。すぐ眼の前が花壇である。その右手に、本館と渡し廊下でつながれた、平べったい一棟が見える。

「帆足課長、あそこに三森がいるんですね?」

「ほら、あの親爺ですよ」

帆足課長はテラスの右端へいって、別棟の入口の方を指さした。なるほど、そこから見ると、その入口に蹲まるように腰かけたガッシリした老人が、兇器を探している警察官たちを、ぼんやり眺めているのが見える。「奴が犯人だったら、まるで僕らは揶揄われてるみたいですよ」

「しかし、あの相貌から見ると、頭脳の程度はひくそうだから、案外、戦々兢々としてるのかも判らんね」

テラスの右端に、庭へ降りれる白塗りの梯子がついている。花壇の横を通れば、三森のいるところから、直接にテラスへ昇ってくることができる。それを確かめると、ある考えが、石狩検事の頭に閃いた。

「帆足君、とにかく、あの男は、このテラスを通って現場へ現われたんじゃないかな?」

「奴も、そう云っている。探していた少年の姿がテラスに見えたから、それを追って階段へきたんだと――。しかし、奴は犯行を否定すると同時に、誰にも逢わなかったと云ってるが、すると奴が犯人でなかったら、犯人は階段を降りて逃げたことになる。ところが、あの婦人記者は、音を聞くと直ぐに廊下へ出たんだから、階段を降りてきた犯人を見ないはずはない……」

「帆足君、二階の方へ逃げなかったかな?」

「それですよ。戸来刑事の主張は」

帆足課長は顔をしかめて、三森の方を睨みつけた。

「だいたい、あの親爺はボサッとしていて兇行直後の狼狽心理を持たなさ過ぎる。それで僕も、奴ではないような気がして、戸来刑事の主張にリードされたんだが、石狩検事、調べてみれば直ぐに判ることだが、この建物には妙なところがあって、階上と地上との連絡は絶対にない――そう断言できますよ。もちろん、秘密の地下道なんかがあれば、別の話になるが、しかし、そういう考えは、第二の問題ですよ」

「すると、兇器の探索が第一の問題になるが、もし、それが見付からなかったら?」

「石狩検事、仮定は捜査に禁物ですよ」

「はは、叱られたね」

石狩検事は笑いながら、開き扉の方へ近かよった。

「とにかく、夫人を調べてみよう。角度を変えて調べれば、なにかを知ってるかも判らんね……」

義眼の男

太陽はキラキラ、白い油のように光っている。乾燥しきった素肌の地面は、弓なりに反りかえって、いま疾走してくる自動車の後に、煙のように跳ね上がった。

「来たぞッ。畜生ッ」

鉄門の前で見張っていた戸来刑事が、拳を固めて空に振った。その芝居がかった動作に、若い巡査が好奇の眼を光らした。

「戸来さん、いったい、どんな男です」

「中肉中背の、乙にすました野郎だ。どこへ行ったって隠れることができねえように、天道さまの刻印付きだよ。片方が義眼《いれめ》の、ブスッ面さ。伊東君、運転手を抑留してくれ。いつもの自動車《くるま》だ――」

いいきる間もなく、ギラギラ反射しながら、碧色のパッカードが、眼の前にピタリと停った。戸来刑事が、飛びついた。黒眼鏡の渋い顔が、窓の硝子に映っている。灰色の背広に、灰色のネクタイ――。頬を歪めながら、悠々、葉巻の口を切っている。

「蔵人さんだね?」

運転手が、向う側の扉を開けた。黒眼鏡に浮ぶ義眼を、薄気味わるく光らせながら、蔵人琢磨が降りたった。そのまま、戸来刑事を黙殺して、脇門の方へ歩いてゆく。

「待てッ」

言葉を失った戸来刑事が、飛ぶように前へ廻った。身体が触れたまま、蔵人は複雑な微笑を洩らしている。横柄な調子で、

「なにか用かね?」

「待ちたまえ」

「いくらでも待つ」

やや長身の蔵人琢磨は、パナマ帽の縁を深めにして、嘲笑うように葉巻をくゆらしはじめた。

「しかし、どれくらい待つのか」

「検事の命令だ。許可があるまで、殺人現場には入れんぞ」

「判った。では、日蔭なら構わんな。日光浴にも限度がある」

いい棄てて、蔵人はゆっくり歩きだした。戸来刑事も、粘りついてゆく。

「どこへ行く?」

「テラス。あそこは、家の中ではない」

「しかし、そこが殺人現場でないとは、まだ云わんぞ」

「では、テラスで犯罪があったのか。返事がないのをみると、そこじゃないらしいな」

突然、ウォーン、ウォーンと、鋭い咆哮がした。主人の帰宅を感付き、車庫脇の犬舎から、怜悧な眼をしたセパードが頭を突き出した。

「君は、犬は嫌いかね?」

子供扱いにする、蔵人の言葉つきに、戸来刑事は癇癪をおこした。だがどうにも敵しがたい。犬舎の方へ行く蔵人を睨みつけながら、擦れちがった巡査に耳打ちをした。

「早く検事に知らしてくれたまえ。奴はテラスへ昇るが、それ以上は、一歩も中へ入れないとね……」

巡査は、玄関の方へ馳けていった。

報告にきた巡査の姿を見ると、石狩検事は、蒼白のユキ夫人と差し向いの椅子から、やおら立ち上がった。扉のところで頷いてから、

「うん、判った。で、戸来君は?」

「ズーッと、ついています」

「では、本人がテラスへ上がったら、戸来君には下にいてもらい、君は、あの扉のところにいてくれたまえ。そして、彼が現場へ入ってくるようだったら、自由にさして、すぐに知らせてくれたまえ」

若い巡査は、奇妙な部屋に好奇心の眼を注いでから、扉を閉めた。

実際、ユキ夫人の部屋には、不思議な感触があった。一口にいえば、エキゾチックな頽廃調だった。この若い夫人の趣味なのか、それとも、蔵人琢磨の好みなのか、愛欲をテーマにした絵と彫刻が、ムッとする雰囲気を描きながら、大胆に部屋を彩どっている。だが、それよりも直接に石狩検事の眼に頽廃的に映っているのは、ユキ夫人の姿だった。眼に泌みるような緋色の絨毯が部屋の半かばにひろがっていた。側卓子《サイドテーブル》の上には、ロダンの抱擁《ラムラース》に似た彫刻が白く輝いている。それを横にした華奢な肘かけ椅子に、ユキ夫人は蠟人形のように項垂れている。同じ人を、丹辺女史は若鮎の新鮮さに見た。が、石狩検事の眼には、崩れ落ちたダリヤの萼に映るのだった。その眼で見ながら、石狩検事は、もとの椅子に腰をおろした。自然と、口調も辛辣にひびいた。

「奥さん、話は中断したが、では、十村はあなたに用があってきたのですね?」

ユキ夫人は、顔を上げない。キチンと揃えた膝を斜めにして、反けるようにした顔が、黙って頷いた。

「どういう用件でした？」

「ある事を知らせにきてくれました」

世慣れない少女らしい言葉を聞くと、石狩検事は、また錯覚した。蔵人琢磨の妻という先入主と、妖しい部屋の雰囲気が、漆黒なカーテンに寝台を隠した頽廃的な女を描かせるのだが、口を訊くと、蔵人ユキは、まだ女性にはなりきっていなかった。

「奥さん、差支えがなかったら、もっと精しく」

「はい、行方不明になってる兄さまの事です。船員になってることが判ったのです」

「いま、神戸にいるんですね？」

ユキ夫人は、吃驚して顔を上げた。睫の慄える瞳が、紫色に光った。

「神戸の、どこにいるのでしょうか」

真直ぐにくる、そういう訊き方が、不思議に石狩検事の心を打った。

「奥さん、僕が訊いているのです。しかし、あなたも、この蔵人家で育ったというが、なぜ、年の違う長男の方と結婚したんです。先代の遺言だったのですか。潜介という人は、あなたを思っていたんじゃないのですか」

冷酷に訊きただして、石狩検事は、若い夫人の神経的な顔を見戍《みまも》った。なにかしら、そこに十村殺人事件の動機を感触したからだが、ユキ夫人の顔は、急に化石のように硬ばった、声まで硬直して、

「わたくし、結婚はしておりません。まだ、光瀬ユキという名前です」

「しかし、あなたは、奥さんと呼ぶと、返事をするじゃないですか」

「ああ」

ユキ夫人は、揃えた両手で顔を摑むようにした。「そうです。あの人にも、わたくしが必要なのです」

「あの人というのは、蔵人琢磨のことですね？　それで、十村周吉は蔵人潜介の消息を、あなたに話して、それからどうしました？」

「テラスで、昔の話をしていたのです。十村さまは、兄さま贔屓なものですから……」

「つまり、弟の方の味方なんですね？　では、兄の琢磨の方とは仲が良くないんですか」

「わたくしには、よく判りません。十村さまは、お父さまの秘書をしていましたので、お父さまが亡くなる時、

色々とお頼みになったそうですが、そこへ、あの人が帰ってきて、目茶目茶になってしまったのです」

「帰ってきたというと、蔵人琢磨は、この屋敷にいなかった事があるのですね？」

「六七年も、長いこといませんでした。手紙一つ寄こさなかったんですけど、お父さまは、自分が死んだら必っと帰ってくる、とおっしゃっていました。その通りでした」

「遺産を相続するためにですか」

「いいえ、八知さんがいるからです」

「八知というのは、蔵人琢磨の息子のことですね？」

「そうです。あの人は、八知さんの事だけは、ほんとうに心配しているのです。ですから、竹蔵さんが少しぐらい楯をついても、八知さんを大事にしているので、あの人は黙っているのです。でないと……」

ユキ夫人は、自分の言葉に吃驚して、真紅の唇を押しちぢめた。それでも間に合わず、急いで言葉をつぎ足した。「竹蔵さんは、潜介兄さまに、財産を分けろとあの人に云うらしいのです。お父さまの遺言書は無くなってしまいましたが、それには、潜介兄さまにも財産を分けるように書いてあったというのです……」

「すると、三森は主人から嫌われてるのですね？」

「でも、八知さんがいますから……」

「その三森は、長いことこの屋敷にいるというが、身寄りの者は？」

「誰もおりません。でも、お父さまの話ですと、はじめは夫婦で傭われて、女の子もいたそうです。わたくし、憶えています。小さかったわたくしを、可愛がってくれました」

「では、この屋敷にいたんですね？」

「先の屋敷には、竹蔵さんの住居が別にあって、そこに住んでいました」

「その娘さんは、いま？」

「ずいぶん昔に亡くなりました。わたくしなぞ、顔も覚えておりません。ですけれど、竹蔵は、見たとこは怖そうですけど、人はいい人なのです」

「兇暴性なところはないですか。たとえば、酒を飲んだときなぞ……」

「竹蔵は、お酒を飲むのでしょうか。そんな事は、あの人は許さないはずですけど……」

「すると、蔵人さんは酒を飲まんのですか」

「酒は卑怯者の麻薬だと云っています。それに、我が強いのですから、人が飲むのも眼の前では許しません。その事で、潜介兄さまと喧嘩をしたことがありました」

ユキ夫人の話は、すぐに潜介の名に結びつくようだった。その名をいう時のユキ夫人の眼の輝きを、石狩検事は見逃さなかった。

「すると、潜介という人を中に置くと、十村と三森は気が合うのですね?」

「いいえ、竹蔵は十村さまを嫌いのようです」

いいかけて、ユキ夫人は真蒼になった。「いまのは、云い間違いです。竹蔵は、ただ人の好き嫌いが激しいだけなんです。たとえば、あの人が嫌いなのです。八知さんがいなければ、暇を貰うと云っていました。ですけれど、竹蔵が十村さまを——いいえ、そんな事は、断じてありません」

「しかし、あなたが十村とテラスで話をしていたのを、三森は知っていましたね?」

「いいえ、わたくしたち、ズッとこちら側にいましたから、竹蔵には見えなかったかも判りません」

「しかし、あなたは、そのテラスから直ぐに応接間へいったのでしょう?」

「はい」

「すると、間もなく、十村が殺された。そして、三森はテラスを通って現場へきた。この事を、どう思います?」

ユキ夫人は、大きく眼を瞠った。

「奥さん、もし三森が犯人でなかったら、犯人は二階へ逃げたはずですね」

「アッ」

と叫ぶように、ユキ夫人は立ち上がった。唇まで白くなりながら、「じゃ、浴室にいるのでしょうか」

「浴室?」

「隣りが浴室なのです。わたくし、お湯を使っているところへ、十村さまが見えたのです。それで……」

いいかけて、ユキ夫人は、グッタリ卓子に両手をついた。「わたくし、馬鹿ですわ。さっき警察の方が調べていました」

「奥さん、なぜ、そんなに驚いたんです?」

ユキ夫人は、チラッと、検事を盗み見た。その眼に、抉るような羞恥の色が見えた。

「いいえ、なんでもないんです。二階へ逃げたとおっしゃったので……。あの人の部屋には鍵が降りていますから」

「留守の時は、いつも鍵が降りてるんですか」

「とても、他人《ひと》が入るのを嫌がって」

「では、掃除なぞは?」

「あの人がいる時、朝の中に時間を切って、鈴木さんがします」

「あの若い女中ですね? しかし、蔵人さんの身のまわりは、あなたがするのでしょう?」

ユキ夫人は、激しく頭を振った。

「では奥さん、来客などのある時は?」

「あの人は孤独癖でして、お客さまなぞはあった事はありません」

「すると、なにかの用件は片瀬の方でやるんですか」

「わたくしには判りません」

「すると、あなたは、この屋敷の主人公については、なんにも知らないんですね?」

「…………」

「しかし、憎んでいますね?」

ユキ夫人は、ハッとして顔を上げた。あらぬ方に眼をやったその顔は、謹厳な石狩検事にも妖しいほど美しかった。

翻弄

ユキ夫人の部屋を出ると、石狩検事は、ホッと軽い気持になれた。そこには、ムッとする官能の頽廃が漲っていた。黙々と考えこみながら、階段を降りてゆくと、絢爛の胸像の前に、若い巡査が呆然と立っていた。検事を見ると、首の付け根まで赤くしながら、テラスの方を指さした。

「検事殿、あそこにいます」

「なにをしているね?」

「籐椅子にかけています。実際、薄気味のわるい男ですよ。椅子にかけたまま、化石したように動かないんです」

「戸来刑事は?」

「テラスの下にいます」

ウォーン、ウォーン、
突然、唸るような吠え声が、間近から聞える。

「犬ですよ」

若い巡査が説明した。「素敵なセパードです。蔵人が犬舎から出して、テラスの下につないだんです。絶好な機会だとばかり、戸来刑事が手慣ずけてるんです」

「戸来君は、相当のやり手らしいね」

「仇名が蛇です。一たん見こんだら、逃がしっこありません」

「じゃ、いい勝負だ」

微笑もせずに、石狩検事は膝づきになると丹念な眼ざしで、胸像の前の細長い床を調べはじめた。

「検事殿、血痕を探しているんですか」

若い巡査も、義務的に膝を曲げた。「さっき、栗本司法主任が完全に調べたんですよ。この階段の上の方には、絶対に血痕はありません。その証拠に、それとなく調べたんですが、あの三森という男にも、返り血はついていないんです」

その論理は、鮮やかだった。婦人記者の話だと、被害者は傷口を手で押えていたという。柄も通れと突き刺された力で、ダァーンと被害者は突き落とされた。ちょうど、兇器の柄で撥ね飛ばした形になるが、抜けたトタンに、その場に血が飛ばなかったということは、それこそ尋常の力ではない。

「僕は、こう思うんですがね」

若い巡査が、遠慮しながら云った。「突然、兇漢が現われて、被害者が体をかわす間もなく、階段際まで押しつめられ、そのままでも落ちようとしたところを、グイと刺されたんじゃないでしょうか」

階段に血痕を探しながら、石狩検事は、別のことを考えていた。帆足課長は、仮定は捜査に禁物だというが、もし蔵人琢磨が指図した犯罪だとしたらば、なぜ、白昼、すぐに発覚するような場処で、兇行を演じたのだろうか……。そう考えながら、眼は絨毯と階段際の壁面を縫っていたが、血痕は、白墨の輪がつけられた六段目から上には見付からなかった。階段を降りきると、石狩検事は煙草をつまみだした。

なぜ、白昼、すぐに発覚する場処で、兇行を演じたのだろうか。

仮定に出発する一つの疑問が、またハッキリ石狩検事を捕えたとき、階段脇廊下の方から、プリプリしながら帆足課長が現れた。

「検事、なっちゃおらん。まるっきり馬鹿にされている」

「なにを憤慨してるんだね?」

「こっちは、子供が宝探しをやってるように、汗だらけになって兇器を探している。容疑者の奴は、間抜け面して他所事みたいに眺めているし、奴は、テラスの上で高見の見物ときている。おまけに、これでも使えと、犬を眼の前に見せつけている……。戸来君じゃないが、癇癪が起きそうだ」

「兇器の捜査範囲は？」

「この屋敷全体ですよ。はじめは四五分という点を考えたが、結局、婦人記者が警察へ電話をかけてから、戸来君が飛んでくるまで、ちょっと時間があったはずです。その時、三森は、あの別棟でぼんやりしていたというが、兇器を充分に隠せる時間はあったはずです。しかし……」

帆足課長は、いまいましそうに、チェッと舌を鳴らした。「石狩さん、正直な話、こんなに確信のないことは、僕ははじめてですよ。三森を容疑者にしているなら、眼の前にいる三森を、挙げて絞れば手っ取り早いのに、なぜだか、そういう気にはなれない。兇器は絶対に見付かるような気がしながら、それが見付からなくても当然のような気がする……」

石狩検事は、やむなく微笑した。

「要するに、雰囲気ですよ。事件そのものには、幾何学的明瞭さがある。兇器が見付かれば、それが第一証明。いくら屋敷がひろくても、それは困難じゃないでしょう。兇器が屋敷になかったらそれが第二の証明。その場合、絶対にいい方法がある。婦人記者の話だと、現場に白痴の少年がいたというから、この少年に疑惑をかけているように、蔵人に持ちかければ、なんらかの反応があるに違いない。また、蔵人の犯罪らしい見当がつけば、どこまでも、この少年を容疑者にすれば、必っと馬脚を現わすと思う」

突然、帆足課長がカラカラ笑い出した。

「石狩さん、こりゃ僕だけじゃない。雰囲気に中毒してるのは、あんたの方がひどそうだ。だいいち、蔵人が十村を抹殺するんだったら、なにも危険な自分の屋敷でやる必要はない」

トタンに、石狩検事の一つの疑問が、スルスルと解けていった。

「それだ、帆足課長、僕が考えていたのは――。判った。もし三森の犯罪でなかったら、少くとも、三森に罪を着せようとする犯罪だ。帆足君、こいつは警戒を要するよ」

帆足課長も、すぐに納得した。

「じゃ、兇器が見付からなかったら、あの白痴少年を容疑者にする——しかし、この少年が、もう少し人間並だったら……」

「まるっきり白痴?」

「機嫌よく笑ってばかりいて、なにを訊いても反応がない。もちろん、致命傷の状態から見て、あんな子供の犯罪でないのは判りきってるが……」

話しながら、脇廊下へ入ると、石狩検事は、ちょっと立ちどまった。廊下は、渡し廊下につづいて、真直ぐに別棟の入口へ伸びている。その入口に、醜怪な座像のように、三森竹蔵が蹲っているのが見える。

「帆足課長、犯人はこの廊下から逃げなかったかな。ドンと刺し落として階段を馳けおり、婦人記者が出てくるまでに、庭の方へ逃げたという風に……」

「そいつは、戸来刑事の直感だったが、簡単に破れましたよ。女中部屋にいた村田という女中が証明してくれますよ」

女中部屋は、廊下の端の左側にあった。六畳ぐらいの日本間の窓障子が開け放しになっている隅の方に寄り合って、二人の女中はコソコソ話し合っていた。

「村田君、ちょっと」

帆足課長が、窓ごしに呼んだ。「さっきの話を、検事に話してみたまえ」

年嵩の方の女中が、オズオズしながら、窓際へきた。ペコンと頭を下げて、

「わたくし、応接間の方から戻ってきて、ズッと、ここでミシンをしていました。奥さんに呼ばれるまで……」

「応接間へいったのは?」

「それは、鈴木さんの兄さんが見えましたので、鈴木さんに知らせにいったのです。その時、奥さまがテラスの方から応接間へいらっしゃったのですが、その他、わたくしは誰にも逢いませんでした」

「すると、この廊下は誰も通らなかったんだね?」

「はい、ただ、竹蔵さんが外から、『坊っちゃまを見なかったかね?』と訊いただけでした」

「それは、いつごろ?」

「鈴木さんの兄さんが見える少し前でした」

「その時の三森の様子は、どんな風だったね?」

「それは心配そうでした。眼を真赤にして——。なにしろ、坊っちゃまのことに間違いがあると旦那さまは許しませんので……」

「三森は眼を赤くしていたんだね？　現場にいた婦人記者の話だと、三森は赤い顔をしていたというが、君は、どう思う？　三森は酔ってはいなかったかね？」

村田清子は吃驚して、検事の顔を見上げた。窓ごしに身体を伸ばして、三森の方を眺めてから別に否定はしなかった。

「そうだったんでしょうか」

「じゃ、三森は、主人の留守の時には、酒を飲むことがあるんだね？」

「はい、お酒が好きなものですから――。でも、お酒を飲んでも泣き上戸なんですから、乱暴なんかは……」

「どんな事を云って、泣くんだね？」

「昔の話です。娘さんの話や、行方不明になってる旦那さまの弟さんのことや――」

石狩検事は、と思い出したように、

「君は、この屋敷にどれくらいになる？」

「一年と少しです」

「じゃ、主人の弟というのを知ってるね？」

「いいえ、知りません」

「では、夫人は、その人の噂をするかね？」

「そんな事、一度もありませんでした。みんな竹蔵さんから聞いたんです……」

「では、もう一つ。今日、夫人は風呂へ入ったかね？」

「はい、お正午前に」

「いつでも、そのころ入るのかね？」

「いいえ」

「では、今日は特別だったんだね？」

「それは、旦那さまが留守でしたから……」

「すると、留守の時に、風呂へ入るとでもいうのかね？」

「そんな訳でもないのでしょうが……」

「誰が、風呂の手伝いをするのか」

「浴室は、みんな電気ですから、奥さまがお一人でなさいます」

「では、夫人が風呂に入っているとき、君たちは浴室を見たことがあるか」

「いいえ、奥さまは鍵をおろしてしまいます」

なんでもない事のようでありながら、ちょっと変な気がした。が、女中部屋を離れると、すぐに帆足課長が説明した。

「秘密の通路ってことがあるので、あの浴室は厳重に調べましたよ。二重扉になって、贅沢極まる享楽本位の浴室ですが、まず、あの浴室には秘密の通路はないと断言できる。あるとすれば、蔵人の部屋に決っているが、しかし、夫人の風呂のことを、なぜ特別に訊いたんです？」

「いや、浴室と云った瞬間、夫人の顔が真蒼になったからだが、しかし、享楽に対する羞恥的反応かも判らん。とにかく、蔵人という男は、非人間的感情で、あの女を完全な玩具にしているようだね」

「鉄槌を与うべき男ですよ。あの不敵な様子ったら……」

渡し廊下へ出ると、二人は同時にテラスの方を見上げた。黒眼鏡をキラキラさせながら、テラスの男は、二人の方を悠然と見おろしている。愚人、なにを語る――

そう嘯いているように見えた。

老いたる痴人

汗みどろの栗本警部補が、本館の裏の方から馳けてきた。所轄署の司法主任として、捜査課長に不満をぶちまけた。

「課長、僕らは無駄をやってるんじゃないですか。兇器があると仮定して、こんな広い屋敷をほじくり廻すくらいなら、いっそ、本人を挙げてしまう方が――あんな親爺に揶揄われてる必要はない」

「栗本君、僕は別に反対はしないよ」

帆足課長も心外そうに、前方に蹲っている三森の顔を睨みつけた。「ただ、奴が犯人なら、兇器があるはずだし、兇器が見付かれば問題なし、というだけさ。だいいち、こんな変な考えを持たしたのは、君んとこの戸来君じゃないか」

「戸来は、戸来です。戸来君は、殺人事件としてよりも、別の事件と関聯して蔵人のことを考えてるんですよ。早くいえば、色眼鏡です」

「栗本さん」

石狩検事も、竹蔵の方を見戌りながら、「兇器の探索は、計画的にやってるんですか」

「大勢で手分けして、絶対見逃しなしにやってるんですよ。しかし、今日中には終りそうもありませんね」

栗本主任の不服ぶりに、石狩検事は大きく頷いた。

「三森の検挙については、僕も異議はないが、しかし、あなたにだって、戸来刑事の色眼鏡はない訳ではないでしょう。まあ、もう少し探索をつづけてもらいたい。兇器が見付からんということにも、一つの意味があるんですよ」

栗本主任は不満の表情のまま、本館の横手へ馳けていった。突然、蹲っていた竹蔵が立ち上がった。二人が近づいてくるのを阻むように、入口に両手を張り出した。丈は思ったより低いが、シャツ一枚の上半身は、誇張しきった彫刻のように逞しかった。赤銅色の肩から盛り上がった太い首、鞴のような厚い胸、額の詰った獅子鼻の顔には、憤懣の色がハチ切れている。

「なんの用で入るんだ。ならねえッ」

その血走った眼を見ながら、石狩検事は近かよった。が、無意識に一歩退いた。いまにも飛びかかってくる気配がする……。

「三森君、君は感違いしているね」

「なんでもいい。見せものでねえ。たって中へ入りたいんなら、あそこに旦那さまがいる。聞いてくるがいい」

すでに、妥協の余地がない。帆足課長が苦が笑いしながら、テラスの方へ振りかえった。

「戸来君、君の友人を、また、なだめてくれたまえ」

テラスの下で、セパードを手なずけていた戸来刑事が、花壇と別棟の間に張った鉄柵をも開けて馳けてきた。ポーンと、竹蔵の肩を叩いて、

「父っさん、あれだけ云っても判んねえのか。みんな、お役目なんだ。おとなしくしなくっちゃ駄目じゃねえか。判るな？」

「もう、おめえは信用しねえ」

「なにを云ってる。俺は刑事だが、あそこで飲んでるときは、世間一般の人間だよ。こうやってこんな風に顔を合わすのも、なんかの縁じゃねえか」

竹蔵は、ガックリ頂垂れた。

「俺は、おめえみたいな悧巧者じゃねえ。だけど、俺にゃ我慢ができねえ。さっきも同じことといって、坊ちゃまの部屋を掻きまわしていった。馬鹿だの白痴《こけ》だのって、腹ん中で笑いながら――おめえさんたちは、坊っちゃまが殺したとでも云いてえんだろう？　大勢で屋敷ん中を馳けずり廻って、揚句の果てが、神さまのような坊ちゃまのせいにしてえんだ」

蓋のような竹蔵が入口からどくと、三人は別棟の中へ入った。一歩入ると、明るい色の格子に限られた大きな部屋が眼についた。その瞬間まで想像もしなかった子供

の楽園である。空想の世界である。色彩と部屋の構図に高い芸術感覚が漲っている。特別設計らしい遊び道具に包まれて白痴の少年は、ゆるくブランコに揺ぶられている。そこに漂う親心に、石狩検事は胸を熱くした。

「帆足君、要するに、蔵人もただの人間だね。それに、こういう子供を持った親の歪んだ気持は、僕にも判かる。この現実を超えて幸福になるには、ふつう神経では駄目なんだ」

「遺伝かな」

「先天性の大脳衰亡症らしい。蔵人家には、その血統があるんじゃないかな、だとすると、テラスの男は、その逆現象の突端になる。その極点は、まさに紙一枚じゃないんかな。天才も、意志と行為が並行しなければ、一種の狂人だからね」

「検事」

戸来刑事は、百%の現実家だ。「この子がいるんで、蔵人は日本へ帰ってきたんですよ。この子がいるんで、この屋敷から離れられないんですよ。この子一人が、虎を檻につないでるんですよ」

「そん通りだ」

聞いていないと思った竹蔵が、突然、三人の方へ近よってきた。「坊ちゃまの事なんか忘れとる思ったのに、やっぱり、坊ちゃまが心配で、旦那さまは帰ってきた。帰って来なきゃよかった。そうしたら、なにもかも平和だったのに」

「どこへ行ってたね？」

石狩検事は、軽く緒を摑んだ。その人柄に安心したように、竹蔵は石狩の顔をぼんやりみつめた。

「上海という、支那だって話だ」

「ながい事かね？」

「六七年だった。帰ってきたときにゃ、沢山金を持ってきたんだから、なにも先代さまの遺言をふみにじる必要はねえ」

「先代には、潜介という弟息子がいたね？」

竹蔵は吃驚して、詰めよった。

「おめえさま、どうして知ってる？」

「そういう事は、みな警察で判っている。いま、神戸にいるらしい……」

「そりゃ、ほんとかね」

驚ろきの色が、竹蔵の顔をひっつらした。「ああ、生きてらっしゃるか。俺は、思いちがいをやっていた。そんなら、旦那さまの怒るのも無理はねえ」

「じゃ、弟息子は殺されてるとでも、思いちがいしてたのかね？」

「なにを云うだ」

竹蔵は入口に近よって、テラスの方を怖わ怖わに見上げた。「飛んでもねえことを云うでねえだな、旦那さまって人は、我ばっかりの人で、なにをするか判らねえだけだ。おめえさまたちだって、あんまり坊っちゃまのところにいねえ方がいい」

「弟息子は、この屋敷へ帰って来ないかね？」

「いまとなりゃ、帰りなさらん方がいい。帰ったら、どえらい事になる。先代さまは、こう云っていた、たくまさまの強いのは、一つの病気だが、潜介さまには性っ骨があるって。だけど、潜介さまは、やっぱり旦那さまが怖えんだ。お小いせえとき、旦那さまの描いた絵に墨を塗ったんで、旦那さまが怒って、潜介さまを井戸へ釣るしたことがある。旦那さまって、そんな方だ。そん時は、さすがに先代さまも怒って、旦那さまを斬るといったけど、旦那さまは平気な顔をして、その刀の下で、井戸のそばに立っていらっしゃった。そん時、先代さまが斬った刀の傷が、いまでも旦那さまの背中にあるはずだ」

石狩検事も、さすがにゾッとした。と、言葉を改めて、

「十村は、先代の秘書だったそうだな？」

「そうだ」

「どういう人間だね？」

「いい人間でねえ。先代さまは金貸しもやってたんで、その方で使っていたんだ」

「三森君は、今日、十村が来てたのを知らなかったかね？」

「知っていた。テラスにいるのを、ちょっと見た」

「そん時、君はここにいたんだね？」

「そんな事は、どうだっていい」

「では、あの少年は、ときどき外へ出るのかね？」

「出る時にゃ、旦那さまが出す」

「しかし、変だね。殺人事件があった場処に、あの少年はいたというじゃないか」

突然、竹蔵の厚い唇が痙攣しだした。

「じゃ、おめえさんも、坊っちゃまのせいだと云うんだな。ああ、俺が悪かった。坊ちゃまは鋳物場で遊ぶのが好きなんで、俺は勝手に格子戸を開けて、この入口で番をしてたんだ。そしたら、いつの間にか見えなくなったんだ」

「鋳物場の方にも、出口があるのかね」

「ある。だけど、坊っちゃまには開けられねえ」

「すると、この入口から出ていったんだね?」

「そうだ」

「だが、ここで君は番をしていたんじゃないか」

「そうだ。番をしていた。ああ、俺が悪かった。酒なんちゅうものは、もう、これっきり飲まねえぞ」

それで、一つの事態がハッキリしてきた。云わず語らずの中に三森竹蔵は三つの点を自白している。被害者に悪感情を持っていることと、事件直前に酒を飲んでいたことと、少年を勝手に外へ出したこととと——。

石狩検事は最初から、三森を冷静に観察していた。長年の経験によると、犯罪者は、その頭脳の程度相応の狡い企らみをする。そして、それで人を瞞着できると思うものである。そこで、その企らみを見破るには、その人間の頭脳の程度の測定が先決になるが、三森竹蔵は、はるかに水準以下である。

それを見極めると、石狩検事は土間を廻って鋳物場へ入っていった。

「帆足君、ここを見ると、蔵人という人間に尊敬を払いたくなるね」

実際、石狩検事は、清浄な工房《アトリエ》には感嘆した。精密な電気炉に、大きなコークス炉、周囲の壁には、蔵人の製作物か、それとも蒐集品か、精巧な鋳造物が星のようにちりばめてある。その中に、二三の短剣を見出すと、石狩検事の顔には満足の色が現われだした。帆足課長も、意味ありげに微笑した。

「石狩検事、三森への嫌疑が濃くなったらしいね。少年が鋳物場で遊ぶのが好きだとは、ちょっと意味がありそうだ」

「やっぱり、同じところへ気がつくと見えるね。とにかく、確信のない話だが、三森を調べている中に、オヤッと思った。というのは、あんたが云った今の言葉だ。三森は愚直な人間だが、愚直な人間だけに、愚直な企らみをやったんじゃないかな。そうピーンときた。つまり、少年を鋳物場へ出したという点は、少年の犯罪に装わせるためじゃないか——。兇器が鋳物場にあったものとすれば」

「すると、三森の動機は、被害者自身に対するものと、蔵人に対する報復ということになる。しかし、三森が少年を庇う気持は積極的に見えるが、あれは単なる技巧だろうか」

「その点だよ、帆足君、正直な話、僕自身の心理的矛盾を曝け出すようだが、この事件には妙に確信が持てないんだ。判らないなら判らないでいいんだが、そうじゃなくて、まるで確信が持てないんだ」

「そいつは、この屋敷の雰囲気だ」

帆足課長も、トントンと頭を叩いた。「実んところ、僕もこんな気持は始めてだ。戸来刑事の暗示がいけないんだ。とにかく、蔵人を直接調べ、蔵人の部屋も調べた上で、さしたる変化がなかったら、兇器が出ても出なくても、三森を容疑者として、その処置をとりましょう」

石狩検事も、異議はなかった。

二人の確信のなさに比べると、戸来刑事は馬車馬だった。ムッツリ腕を組んでいる竹蔵を摑まえ、しきりにか口説いている。どうやら秘密の通路を訊きほじっているらしいが、とうとう竹蔵は癇癪をおこした。

「あそこへ行って、旦那さまに訊けッ。旦那さまは、気の強え方だ。あるものを無えとは云わねえ」

「父っさん、怒るって手はないよ。俺は、おめえさんの味方なんだよ。じゃ、市原源太郎って男を知ってるね?」

「知らねえ」

「旦那の友達だよ。この屋敷へ来たことはあるだろう?」

「そんなこと、俺が知るもんか。さっさと、あっちへ行けッ」

戸来刑事は苦が笑いをしながら、帆足課長のそばへきた。

「なあに、課長、あの犬を手なずけたんだから、必っと秘密の通路は見つけますよ」

「市原源太郎って、誰だね?」

「課長、忘れたんですか。ほら、黒田幸一が最後に逢った男ですよ」

「ああ、リンチ事件の?」

「僕はね、この十村事件だって、たしかに私刑だと睨んでいる。ただ、下手にやったんですよ」

「君」と、石狩検事が目で三森を指さして、先に立って別棟を出た。「戸来君、その黒田の事件というのも、蔵人らしいのかね?」

「それがハッキリしてりゃ、苦労がないけど――この二月でした。この屋敷へくる途中に、坂の下に交番があったでしょう? 朝早く、妙な男が通るんで、巡査が調べると、拳銃で射たれ瀕死の重傷なんですよ。で、すぐに署へ担ぎこんで、いろいろと調べたが、一言も喋らずに死んじやがった。身柄を調べてみると、黒田幸一というブローカー。だんだん調べてゆくと、その前の晩に市原源太郎と逢ってること判ったんです。こいつは、密輸入団の関係者と睨らんでた奴なのですぐに引張って厳重に調べたんですが、箸にも棒にも付かん野郎で、抜け道だらけで、どうにもならないんでした。……」

「その市原と、あの男とは?」

「それが、片瀬の別宅というのが、もともと市原のもんなんですよ。そこで、一二度逢っているんです。あ、そうだ」

戸来刑事は、突然、思い出した。「奴を乗せてきた自動車の運転手を待たしてあるんですよ。奴のアリバイに、水が入ってやしないかと思ってね」

「どこに?」

「応接間にいますよ。自動車は蔵人のもんなんですよ。車庫まであるのに、そいつを外に預けておくなんてのは、この屋敷が秘密だらけの証拠ですよ」

応接間では、若い運転手が妙な顔をして、窓ごしに、警察官が往ったり来たりする庭の方を眺めていた。石狩検事の微笑顔を見ると、

「なんか、この屋敷にあったんですか」

「君、蔵人から聞かなかったのか、殺人があったんだ」

帆足課長が、スパリと云った。「君は、蔵人専属の運転手なんだろう?」

度胆を抜かれたのか、若い運転手はポカンと口を開けた。

「そりゃ、いつでも僕が運転しますが、蔵人さんてお方は無駄口一つ云ったことはありません。それに、今日は、駅から乗っけてきたんです」

「君は今朝、片瀬へ往ったんだろう?」

「行きました。でも、蔵人さんの用があるので、一たん東京へ戻りました。そしたら意外にも、さっき蔵人さんが営業所へやってきたんです。僕んとこの営業所は、駅の前なんです」

「どうして、意外だった?」

「そりゃ、蔵人さんは今日は東京へ戻らないはずだったんです。十村という人が、夕方に片瀬の方へ行くはずだったんです」

「どうして、それが判る?」

「その伝言と、十村さんを片瀬へ乗せてゆくために、僕は東京へ戻ったんです」

石狩検事が、前へ出た。

「では君、蔵人が十村を片瀬へ呼んだんだね？」

「そうなんです。で、日本橋の十村さんとこへ、その伝言で寄りますと、十村さんが、次手で蔵人さんとこへ行ってくれっていうんで、ここへ乗せてきたんですが、殺されたのは十村さんなんですか」

帆足課長の眼が、ギラリと光った。

「なんか君に、思い当ることがあるかね」

「いいえ別に、ただ、そんな気がしただけなんです」

「じゃ君は、十村をよく知ってるね？」

「へえ、蔵人さんとは一番よく逢う人ですから……」

「二人の仲の様子は？」

「さあ、よく判りませんが、でも、一昨日でしたか、自動車の中で何んか争ってました。もっとも蔵人さんは黙っていましたが……。しかし、蔵人さんてお方は、立派な方ですよ。酒も飲まず冗談も云わず――」

「片瀬へは、誰か人と秘密に逢うために行くんだね？」

運転手は、自分の言葉に注意しだした。

「よく判りませんが――なんしろ、この二三日は片瀬の方へ毎日行きましたが、いままでは滅多に……」

「君んとこの営業所は、駅の前だね？」

「高瀬といえば、すぐに判ります。営業所は親父がやってるんです。実は、僕は蔵人さんの運転手ということになってるんです」

「その事は問題じゃない。じゃ、これで帰ってもいいが、呼び出したら、すぐに来たまえ。君も一種の証人だからね……」

応接間を出ると、帆足課長が、いまいましさに舌を鳴らした。

「検事、蔵人のアリバイは、完全過ぎる。どっかに作られた匂いがする」

「だとしたら、実に用意周到な男だね。とにかく、帆足君、あの少年に疑惑をかけてるように見せるからね。そのつもりで……」

現実の敗北

いくらか微風が流れて、白堊の大空には薄い雲が漂いはじめた。落日は、斜めにかかっていた雲が遮り流れると、白熱の円盤がキラキラ輝いた。

石狩検事は、また、その太陽に眼をやった。テラスへ来てから、二本目の煙草へ火をつけるのだが、籐椅子に寄りかかった蔵人琢磨は、その太陽に顔を向けたまま、微動もしないのだ。異様な沈黙が、次第に石狩検事を苛々さしてきた。帆足課長も苛々しながら、扉の前を往ったり来たりしている。

「検事、寝てるんですか」

はははと、石狩検事は無理に笑った。それをキッカケに、最初の言葉がバネのように飛びだした。

「蔵人さん、どうして現場を見たがらんのです?」

「………」

「留守中に、殺人事件が起きた。これは普通の事ではない。それなのに、どうして現場を見たがらないんです?」

「それは、訊問かね? それとも、閑談かね?」

仮借のない、高圧的な口調だ。石狩検事は、軽く外して、

「興味がないんですか」

「すんだ事には、興味はない」

石狩検事は、チラッと帆足課長を見た。微笑が浮かんでいる。蔵人の言葉の調子と表現に、誇大妄想狂の徴候を見出したのだ。

「蔵人さん、あなたの家で起きた殺人事件で、被害者が誰であり、加害者が誰であるかということに、あなたには興味がないんですか」

「君は、僕の自由を束縛している。それを忘れているね?」

「ああ、そうだったか」

いまだ経験しなかった、傲慢な相手に、石狩検事は自分を殺しながら、「あれは、現場検証の最中だった。もう、あなたの自由にしてもよろしい。しかし、被害者の名前を知りたくないのかね?」

「時間が、教えてくれる。僕の欲しいものは、静けさだ。君たちの退散だ。だいいち、君らの目的はなんだ?」

石狩検事は、ゾッとした。向きなおった蔵人の眼が、ギラリと光った。義眼と判るまで、虚空をみはるその眼に、石狩検事は脅やかされた。

「蔵人さん、それは法の神聖の擁護だ」

「法?」

カッカッカ、

一ぺん聞いたら忘れられない、奇妙な声を上げて、蔵人は高笑いした。「愚人の防波堤だね。形のいい言葉は、

止めにせんか。人殺しを掴えるのが、君らのパンの道だ……」

思わず帆足課長が一歩出ると、蔵人は冷やかに振りかえった。

「君は、警察の人間だね。では、教えてやろう。病いは、一つの異なった生理現象だ。犯罪も、一つの異なった群居本能だ。それもあるが故に、弱者のモラルが成立する。判ったかね？」

「止めろッ」

嘲弄に激した帆足課長が、ドンと卓子を叩いた。「だいいち、君は変だぞ」

「変とは、異なる。喘ぎながら生きてる君らとは、同一でない」

「黙れ。なぜ君は、自分の家で起きた殺人事件の様子を知りたがらない？」

「僕は、自分で考えることが好きだ。片瀬の警察では、来客が殺されたといった。なぜだか、名前を教えない、僕にも、ある疑いがあることは判った。僕の留守中、僕の家へ入る者は、十村周吉しかいない。十村が殺され、捜査が混乱に陥っている。それ以外に、君たちに収穫があったかね？　まだ僕を色眼鏡にしてるようでは、捜査は五里霧中らしいね——」

蔵人は籐椅子の身体を起して、葉巻を摘みだした。

「検事、十村周吉だったら、殺された方が幸福だろう」

「なぜ？」

「生きてる価値のない、うるさい男だ。誰も殺さなければ、僕が殺したろう」

水の流れるような平易な言葉に、すでに常識は破壊された。

「蔵人さん、あなたの言葉の感じから、一つの錯覚を受けるが、いったい、十村に対する動機を誰が一番持っている？」

「もちろん、僕だ」

蔵人は葉巻に火をつけると、また、籐椅子に寄りかかった。「僕は、簡単が好きだ。君らが僕に疑惑をかける以上、僕が十村に殺意を持っている方が、論理的だ。しかし、兇器は見付からんらしい。ここから見ていると、人間の愚かしさが、つくづく判った。兇器は、だいぶ大きな物らしいね？」

「双刃の短剣」

石狩検事がプツリと云った。「蔵人さん、あなたは、そういう物を知らんかね？」

「屍体解剖は、すんだのかね?」

「それはすまなくても、判っている。幅は約二センチ、相当大きな柄がついている……」

「現場は?」

「あの胸像の前か、階段の途中」

「発見者は?」

「ある婦人記者。あなたの夫人にインターヴューに来ていた婦人記者」

突然、蔵人は起きなおった。身体を乗りだすようにして、

「ユキが、その記者に逢っていたのかね? いったい、なんの用で?」

「あなたの弟さんについてだが……」

「潜介?」

一瞬蔵人は凄じい表情をした。石狩検事は見ぬふりをして、

「とにかく物音を聞くと、すぐに婦人記者が応接間から飛びだした。だから、犯人は玄関の方へ逃げられない。なぜなら、といって、テラスの方へ逃げたのでもない。なぜなら、兇行直後に、三森竹蔵がテラスを通って現場へきた」

「あの馬鹿者ッ。本館に上ることを禁じてあるのに」

「その前に、もう一人、現場にいた者がある」

「女中かな」

「いやあなたの息子だ」

「八知?」

蔵人は愕然としたらしかった。と、突然笑いだした。

「君は、下手な鎌をかけるぞ」

「三森が少年を探していた。テラスの上にその姿を見て、その後を追って現場へ出たのだと、三森は陳述している」

「馬鹿者ッ」

蔵人が、別棟の方へ大喝した。入口に蹲る竹蔵を睨みつけながら、「また、酒を飲んでいたな。それにしても、八知には格子は開けられない……」

「蔵人さん、三森が、事件のあった少し前、部屋から出したと云っている。これは、単なる偶然ではないらしい。あの少年は、身体は相当に大きいし、もし犯人が二階へ逃げたのでなければ……」

「君は、八知に嫌疑をかけるのか。止めたまえ。八知は完全白痴だ」

「しかし」

「いま君は、犯人が二階へ逃げたと仮定したが、根拠

があるのか」

「奥の部屋に鍵がおりている。鍵は、一つとは限らない」

「なぜ扉を壊わさない」

蔵人は冷笑するように、内ポケットから小いさな鍵を摘みだした。「君らは、神聖な銀杏屋敷の空気を乱しても、一枚の扉が破れんのか。確信がなさ過ぎるぞ。鍵を渡す。では、自由にして宜しいな」

鍵がチャリンと、卓子の上で鳴った。蔵人は白塗りの梯子を降りていった。

「もう、常識じゃない。完全な妄想狂《パラノイヤ》だ」

帆足課長は、いまいましそうに歯軋りした。「しかし、あなたの罠には、ひっかかった。息子を容疑者視されると、俄然顔色が変った」

「あの男の感情は、病的だね。愛憎が極端だ。あれなら、平気で人を殺せるだろうが、しかし、僕は兇器の形を云ったとき、あの男、顔色がサッと動いたね？」

「というと？」

「つまり、兇器に見当が付いてるんじゃないかな。とにかく、問題の部屋を調べてみましょう」

石狩検事は、卓上の鍵をとり上げた。

わなの深さ

戸来刑事は、気押されたように一歩退いた。テラスを降りた蔵人が、微笑しながら近よってきたからである。セパードは、蔵人に鼻をつけて、また戸来刑事のそばへいった。

「君は、この犬が好きか」

「？」

「だったら、手なずけぬ方がいい。僕以外の者になつく犬は、この屋敷では生きていられない」

「蔵人さん、下手に白状したようだね」

「戸来君」

突然、蔵人が名を呼んだ。驚く戸来に微笑しながら、

「栗本君を呼んでくれたまえ」

「司法主任？」

「兇器を夢中で探している警部補だ」

戸来刑事は度胆を抜かれて、向うに見える栗本主任に手を振った。栗本警部補は、疲れきった顔で馳けてきた。

「主任、蔵人さんが、なんか……」

「いや、なんでもない。しかし」

蔵人は、司法主任に微笑を向けた。「検事の話では、兇器は幅二センチぐらいの双刃の短剣だそうだが、それに似たものを僕は持っている。たしか、工房《アトリエ》の製作台の引出しにあったはずだ……」

栗本主任は吃驚したように、蔵人の顔を見戍っていたが、サッと別棟の方へ馳けていった。工房へ入ると、すぐに製作台の引出しを調べてみた。それらしい物は見当らない。念のために、他の引出しを調べてみてから、戻ろうとすると、入口に、蔵人と竹蔵が睨み合っている。栗本主任は、ちょっと身体を隠すようにして、聞き耳をそばだてた。ピシリと鳴る鞭のような、蔵人の声がひびく。

「馬鹿者、また、酒を飲んでいたな」

「先代さまだって、俺の酒は許していただ」

「おまえは酒を飲むと、なにもかも忘れてしまう。自分のした事を忘れてしまう」

「そんな事はねえ」

「おまえは八知を、ワザと危険な場処へやった。八知が面倒くさくなったのか」

「なにを云うだッ」

竹蔵は、身体を慄わしている。「俺が坊ちゃまを大事にするのは、先代さまのお頼みだけじゃねえ。坊ちゃまが可哀そうでならねえからだ。おめえさまに比ぶれば、潜介さまの方が、よっぽど坊っちゃまを可愛いがる。おめえさまだって、先に屋敷を出ていったとき、俺に坊ちゃまを頼んだことを忘れただか」

「忘れない。そして、おまえの娘のことも忘れない」

「こんな時、なにを云いだすんだ」

竹蔵の眼が、野獣のように光りだした。「おめえさまは、頭だけはいい人でねえか。俺は場合によっちゃ覚悟は決めてるのに、なにを飛んでもねえことを云いなさるだ。どこを俺が、十村さまを憎んでいる」

「竹蔵ッ、おまえの顔には死相があるぞ」

いい棄てて、蔵人は工房の方へきた。

「司法主任、あったかね?」

栗本警部補は、頭を振った。

「その短剣は、今朝まであったんですか」

「僕が、いま原型を作ってるのに必要な品なのだ。君は、感覚の中で、なにが一番鋭どいか知ってるね?」

「?」

「嗅覚だ。訓練された犬の嗅覚は、視野が三次元の視覚と同じだ。よかったら、エルデ三世を使ってみたまえ」

栗本主任は、テラスの下へ馳けていった。

「戸来君、僕は君の説には服しないよ。とにかく、この犬を使ってみよう」

「主任、蔵人は、僕らに使わせようとして、最初から連れてきてるんですよ」

「それは判ってる。しかし、犬はなんにも知るまい。とにかく、兇器を探し出すのが先決問題だよ」

戸来刑事は、テラスへ上ってゆく蔵人を睨みつけながら、

「なんだか、奴の筋書きに乗ってるような気がする」

「それなら、それでいいじゃないか。馬脚も尻尾も、形がなきゃ見付からない」

「よし、きた」

戸来刑事はシャツの袖をまくった。肘を切り、血に染ったハンケチを、セパードの鼻につけてから、首の鎖を外した。グルリと周囲を見廻してから、鉄柵の通路を開けて、訓練された犬を追いこんだ。

「いけねえッ」

黙念と頂垂れていた竹蔵が、吃驚して入口から飛んできた。「なに乱暴するんだ。その鉄柵は坊っちゃまが犬を怖がるから、つけたんだ。来るでねえッ。こら、打ちのめすぞ」

吼号と一緒に飛んでくる竹蔵に、犬は半円形に逃げまどったが、なにか本能的なものに追われるように、別棟の横の植込みの中へ飛びこんだ。

ウォーン、ウォーン
あまりにも無造作な凱歌である。

パッパッと前足で掻きのける砂土の中から、勝ちほこったように、砂血のついた短剣をくわえだした。

「おお、坊ちゃま」

栗本主任らと馳けつけた竹蔵が、ペタリと地面に膝をついた。

「畜生ッ、われは畜生だな」

後ごみするセパードに、鉄筒のような拳を振り上げたが、次の瞬間、まわりの人を撥ねとばして、白痴の少年の方へ馳けていった。

挑戦

高い丸天井の裾に並ぶ、光採りの丸窓が、フと船室を錯覚させる他、なんの色彩もない、ただ灰色の僧房のような部屋である。大きな書架、黒光りのする大机、部屋の一隅には、床から盛り上がった大きな寝台が横たわっている。

その蔵人の居室へ入ると、シーンと身が引きしまる気がして、石狩検事は、思わず佇んでしまった。

「帆足課長、僕には、蔵人という人間が判らなくなった。これが、テラスにいた男の独房的居室だとすると、その二面だけでも、統合されない精神分裂の徴候じゃないか」

「や、あれは何んだろう？」

実際家帆足課長は、眼敏く、高窓の縁にある反射レンズを指さした。「そうか。部屋の明りとりか。なるほど、四面の壁には窓がない。実に、変な部屋だ。奴に、そっくりだ。こんな部屋に一月もいたら、奴のような人間になってしまう」

喋べりながら帆足課長は、壁にそうて部屋の中を歩きだした。なんの飾りもない、大胆な構図の暖炉棚《マントルピース》の前へゆくと、中へ顔を突っこんで、周壁をコツコツンと叩いたりした。

「検事、どう見たって、この部屋には秘密の通路ぐらいはありそうだが、といって、僕らには判りそうもなし、一つ、専門家に調べさしてみたら……？」

浮かぬ顔つきで、帆足課長は煙草をつまみ出した。目まいを感じたように、部屋の中をグルグル見廻しながら、

「こいつは、戸来君の暗示じゃない。あの男の異様な印象だ。この部屋とあの男。この組み合せに、なんにもないってはずはない」

石狩検事も、寝台のまわりを調べていたが、しばらくすると、諦めたように、煙草に火をつけた。

「帆足君、密室や密通路は、人間の闘争本能から出るものだから、昔から、ずいぶん研究されてるらしい。この部屋には、一つしか出入口がない。ところが、この部屋の構造全体に、穴居生活の幻覚がある。これが、あの男の設計だとしたら、本能的にいっても、当然、後面通路を作るはずだ。早速、専門家に調べさせよう」

「しかし、石狩さん、兇器が出たら、飛んだナンセン

スだね」

突然、扉が開いて、栗本主任が入ってきた。戸来刑事も飛びこんでくると、栗鼠のように部屋を廻りはじめた。

「主任、気にしないで——僕は、私刑事件を調べてるんだから。捜査課長、兇器は見付かったんですよ」

一瞬、啞然とする二人に、栗本主任が得意の微笑を見せた。顚末を口早に話してから、

「帆足課長、兇器の出場処も判ったんですよ。工作場の引き出しにあったんです。鬼熊の奴、必っと暴れると思って、みんなで一勢に飛びこんでゆくと、すっかり観念して、無抵抗でした。手錠を篏めて応接間へ連れこんで、いま、加能さんが兇器の血液検査をやってるところです」

「じゃ、栗本君、三森は被害者に対して旧怨があるらしいんだね？」

「そうです。ハッキリ判らなかったが、娘のことらしいんです。しかし検事、態度から見れば、もう白状してるようなものですよ」

事件は、一瀉千里の形になった。内心、割り切れない気持で、石狩検事が応接間へ入ってゆくと間もなく、加能技師が血液検査の硝子板を持ってきた。

「石狩さん、もう決まりましたよ。短剣についてた血痕もO型ですよ」

「兇器の形状は？」

「刺創とピッタリです」

応接間の中は、変に暑苦しく物々しかった。窓は閉じ、扉口は警察官の人垣で埋まっているが当の三森竹蔵は、悄然と太い猪首を折り曲げていた。椅子につくと、石狩検事は卓上の短剣を取り上げて、やんわりと口を切った。

「三森は、この暑いのに、なぜ日中、酒を飲んだのか」

「日中飲まなきゃ、旦那さまが帰るまでに醒めねえじゃないか」

「酒は、好きで飲むのか」

「嫌いで飲む奴があるか」

竹蔵は、棄て鉢だった。石狩検事は、おだやかに、

「それは、その通りだが、なにか屈託があるね？」

「なんにもねえ。ただ潜介さまのことだ。俺は、ユキさまを見るたんびに、旦那さまが憎くてならねえ……」

「まだ、他に屈託があるね？」

「ねえ」

「ある。親として、子供のことは忘れられない」

「おめえさん、占い者か」

「娘が死んでから、何年になる?」

その言葉が、いきなり竹蔵を立ち上がらせた。眼を血走らせながら、

「旦那さまが、云ったたか」

石狩検事は、頭を振った。

「そうでがしょう。いくら旦那さまだって、この俺の咽喉を絞めやしめえ。だけど、おめえさんの方から訊けば、話すに決まってる。ようがす俺の方から話す。お稲を殺したのは、十村の旦那でさ。俺が娘は身投げをして死んだけど、女房にする気がねえなら、なんで子供までつくった」

「十村が先代の秘書をしているころの話だね? で、その子供は?」

「お稲の腹ん中で死にました。だけど、みんな昔のこった。十七年も昔のこった」

「そんな事を考えながら、酒を飲んでいたのか」

「おめえさんは、よく知っている」

「そん時、あのテラスに十村の姿が見えたんだね?」

「おめえさんは、よく知っている」

「この短剣に、見憶えがあるか」

「ある」

「どこにあったか、知っているか」

「知っている。鋳物場の机の引き出しに入っていた」

「三森は、酒に酔ってるときは、どんな気持がする?」

「口じゃ云えねえだ。なにもかも忘れてしまって、心が楽になる」

「酔っていた時にした事を、いつでも、みんな憶えているか」

「おめえさんは、坊ちゃまが外へ飛びだしたことを云ってるんだな? だけど、坊っちゃまがやったんじゃねえぞ。ああ、俺には何が何んだか判らなくなった。おめえさんたちは、大勢寄ってたかって、いつまで何をやってるんだ。もう判ったじゃねえか」

「判らない事がある。なぜ、少年を兇器のあるところへ出した? 白痴の少年の罪なら、無罪になると思ったのか」

「それや、ほんとかね?」

「無罪にはなるが、その日から精神病院へ送られる」

安楽椅子の中で、竹蔵の巨軀がよろめいた。乾ききった眼の奥が、火のように燃えている。

「俺あ、坊ちゃまのせいにしたかったのかも判らねえ」

「それで、少年を外へ出したのか」

った。竹蔵は、手錠を嵌めた両手に、老いた顔を埋めてしま

絶対に、割り切れないものがあった。が、現実の一線では、加害者としての条件を、三森竹蔵は揃え過ぎている。三森竹蔵を取りかこんで、ドヤドヤと警察官が応接間を出てゆくと、戸来刑事が浮かぬ顔で、廊下の方から入ってきた。

「課長、検事、三森は白状したんですか」

「君は、どこにいた?」

「あの部屋ですよ。あの部屋は、悪魔の部屋だ、頭の蕊が痛くなって、夢中で飛び出したんだがほんとに、三森が自白したんですか」

「戸来君」

石狩検事が、改めた声で呼んだ。「君一個の考えを訊くんだが、たとえ三森が自白しても、君は蔵人への疑惑を棄てないかね」

「もちろん」

戸来刑事は、ガンと云った。「僕は、三森という親父を知っている。奴が人を殺すんなら、誰より先に、蔵人家の平和のために、蔵人を殺すはずだ。僕は、三森の自白を信じない。といって、現在、なんの反証もないけれど、検事、僕も蛇と仇名された男ですよ。必っと、なにかを摑んで見せますよ」

「戸来君、約束するね?」

「しますとも。ようし、もう奴の影から離れないぞ」

まるで撥ね飛ぶように、戸来刑事は応接間を飛びだしたが、絢爛の胸像の前に佇む蔵人琢磨の灰色の姿を見ると、思わずギョッと釘付けになった。

怪人西へ行く

昭和十五年七月二十日朝――

頑張る戸来

いつの間にか、窓に映る青磁色の空は、白くだんだらに溶けていた。明けやすい真夏の暁の清々しさが、ぼんやり天井を眺めている石狩正宏の頭にシーンと沁みわたった。真夜中、フと眼を醒ましてから、まんじりともしなかったのである。

なにが石狩検事を、そう悩ましたのか。

屍体解剖の結果は、三森竹蔵に一層不利だった。肋骨に深い創痕がついていて、被害者十村の致命傷は、肋骨もろとも無抵抗に心臓を貫いている。それは加害者の異常な力量を示し、その点、強力野猪のような三森竹蔵の巨腕巨力が、無言の自白を強いられている。

だが、三森の自暴自棄的の陳述は、明らかに、対他的の庇護を匂わしていたではないか。栗本主任がいうとおり、セパードが短剣をくわえだした刹那、「おお、坊っちゃま」と叫んだ言葉が事実なら、その棄て鉢な陳述は、三森自身が仮構した白痴の少年の犯罪の、単なる庇護ではなかったか。

兇行直前に、三森が少年を探していたという点は、女中村田も鈴木青年も間接に証明する。果して愚直な三森に、そんな巧妙な詐謀《カムフラージュ》ができるであろうか。また、場処も情況も考えぬ衝動的兇行と、そういう微妙な迷彩《カムフラージュ》とが両立するであろうか。よしんば、両立するとしても、白痴の少年に罪を転嫁しようとしたならば、なぜ、白痴の少年には不可能のように、兇器を隠匿したのであろうか。

答えは、否である。たしかに三森は、仮構した少年の罪を庇っているのである。そして、少年の犯罪でないことは、絶対的に明らかだ。

だが、血染の――O型に証明された血染の兇器が、三森の周辺から出てきたことも、歴とした事実である。なん人が加害者だったにしても、あの場合、三森以外の人物には、あそこに兇器を隠せなかったはずである。兇行直後に、テラスを通ってきた三森は、誰にも逢わなかったと、自分の不利を断言しているし、婦人記者も、女中村田も、同じように証言し、そして、戸来刑事が飛んでくるまで、婦人記者は現場が見える廊下にいたし、別棟の入口には三森自身が頑張っていたという。

この動かし難い事実が、実に止むなく、三森の偽装的自白を認容させているのだが、どうしても閃めく理性が、それを反撥する。むしろ、直感がである。

蔵人の一聯の行動は、必要以上に三森の上を指している。同時に、事態は三森の犯罪として、あまりに調い過ぎている。一切を準備して、自然の解決を待つかのごとく、テラスの対談は無関心と冷笑の中にあったが、息子に嫌疑があると判ると、いきなり昂奮して立ち上がった。そして、事件は急テンポに解決した。戸来刑事は、十村殺しは一種の私刑だという。自分に逆う愚直な三森にも、十分の動機を持っている。しかし、果して蔵人琢磨の一石二鳥だと云い切れるだろうか。

突如、腹の底に泌みたる奇妙な哄笑を幻聴した。カッカッカッと、虚ろにひびく笑い声と、義眼の光る無気味な顔を幻覚すると、石狩検事はガバッと床上に起き上がった。戸来刑事は、どうしているだろうか。スフィンクスの謎を肉弾で解こうとする戸来刑事が、唯一の頼みではあるが、そこには、まだ二つのプログラムがある。秘密の通路に対する、建築家の専門的探求――。妄想狂の徴候を明らかに示す蔵人への、精神病的鑑定――


その対照《コントラスト》が、妙である。

石狩検事の徹夜が、神経細胞の葛藤だとすれば、戸来刑事の執念な努力は、まさに筋肉繊維の酷使である。道路をはさんで、銀杏屋敷と向い合った邸宅に交渉して、そこの庭先から監視をつづけながら、ついに夜を明かしてしまったのである。

戸来刑事の勘は、一つの気合らしかった。推理の省略ではなくて、潜在意識に根を張った経験の真骨頂らしかった。その鋭どい勘で戸来刑事は、たしかに銀杏屋敷に、なにかの異変があったと睨みきっている。戸来刑事のそばで、グウグウ寝ていた同僚の刑事が、爽やかな朝風に、吃驚して眼を開けた。

「さあ、交代だ。いくら蛇だって、寝るだけは寝なくちゃ」

「睡気はスッ飛んだよ。奴の襟首をひっ掴むまでは睡らねえぞ。奴は悪魔だ。なんか刺戟がなくちゃいられない奴だ。昨夜も、なにかがあったぞ」

「夜中にか」

同僚は飛び起きた。「そういえば、あの犬が、だいぶ吠えていたな」

「まあ、あれを見ろ」

戸来刑事は、大銀杏の蔭の白堊の円屋根を指した。よく見ると、もう朝になっているのに、窓の硝子に黄色く電気の光が反射している。「あそこは、夫人の部屋だよ。ムッとするような妖しい感じの部屋なんだ。俺は今までに、なん度も夜中に見張っていたが、夜中に電気がついていたのは、昨夜がはじめてだ。しかも、まだ付いてるじゃないか」

「たしかに、変だ」

同僚の刑事が立ち上がって眺めると、そのトタンに、電気の光はパッと消えた。「おや、僕らの姿が見えるのかな」

「まさか、見えまい。僕は君の寝てる間に、あの鉄門を乗りこえて、忍びこんだんだよ」

「あの犬は、大丈夫だったかい?」

「そいつは、チャンと手慣ずけている。それに奮発して焼肉ご持参でね。そして一時間も、夫人の部屋を注意しながら、犬の様子を見ていたんだ。秘密の通路があって、そこを誰かが通れば、必っと、あの犬がその方へ行くだろうと思ってね。結果は、駄目だったが」

いいながら、戸来刑事が急に道路へ飛びだした。花壇の方から鈴木初枝が急ぎ足で、門の方へ歩いてくる。

「鈴木さん、ちょっと」

若い女中は吃驚して、アッと飛びのいた。鉄門ごしに脅えた顔を見せたが、すぐ刑事なのに気がついたのか、また、脇門のそばへきた。

「あなたは、昨日の警察の方ですね?」

「うん、驚かして悪かった。だが、どこへ行く?」

「あの、新聞を取りに……」

「ああ、朝刊か。出てるかい?」

初枝は、急いで新聞をひろげて見た。

「出てますわ。やっぱり、竹蔵さんなんでしょうか」

「そいつは判んない。そうと決ってりゃ、僕なんかウロウロしてないよ。昨夜、寝られたかい」

「怖くって寝られなかったわ」

戸来刑事の気易さに、初枝は生娘らしい微笑を見せた。

「村田さんとブルブル慄えてたんです」

「そうだ。ことに君は、被害者とは知ってるんだからな」

「ええ、でも、わたし、今日中にここを止めますわ」

「そいつは、いけねえ」

戸来刑事は慣れ慣れしく、「事件が解決するまで凝っとしてなくちゃ、やっぱり疑われて損だ」

「じゃ、竹蔵さんと決った訳じゃないんですの?」

「そうか、君は、十村を殺した奴を特別に早く知りたいんだな。だったら、僕の味方にならなくちゃ駄目だ」

「そりゃ、なりますわ」

「よし、話が判る。じゃ、この門を開けてくれ」

「でも、エルデが吠えますわよ」

初枝は妙な顔をして、間近かに寝そべっているセパードを見た。「だけど、変ね。あなたを見ても吠えないいんですもの」

「そこが商売だ。現に、君だって吠えないじゃないか」

初枝がクックッと笑いながら、脇門を開けると、すぐに戸来刑事は車庫跡へ飛びこんだ。エルデ三世も、クンクン鼻を鳴らしながらついてくる。

「鈴木さん、昨夜の夜中に、なんかあったんじゃないか」

突然訊かれて、初枝は真蒼になった。

「なにか、あったんでしょうか」

「僕が訊いてるんだよ。なにしろ、一晩中、夫人の部屋が明るかった」

「じゃ、奥さんも、必っと寝られなかったのよ」

「しかし、君は起きてたんだね?」

「ええ」

「じゃ、なにか物音はしなかった? でなけりゃ、人の話声だとか……」

「シーンとしてましたわ」

戸来刑事は、急にガッカリした。が、

「じゃ、それはそれとして、君が蔵人さんの部屋を掃除するんだったね? で、今までに、なんか変な事はなかったかね?」

「どんなこと?」

「まあ、たとえば、蔵人さんが吸わないような煙草の吸いがらがあったとか――」

「そんな事はありませんわ」

「ほんとに、変だと思うことは、一度もなかったかね? そうか、やっぱり無理はねえ。相手が違う。じゃ、昨日の朝、蔵人さんは九時ごろ片瀬へ出かけたね? その出かける前に、どんな事をしていたね?」

「アトリエにいましたのよ。わたし、旦那さまって方は、芸術家だとばっかり思ってましたのよ。そしたら、あれ道楽ですって――、竹蔵さんの話では、ああいう事が小さいときからお好きでして、あのお仕事をなさってるときは、神さまのような方ですって。ほんとに、そうですわ」

「じゃ、普段は怖いんだね?」

「いいえ、わたくしたちには、そうは見えませんわ。奥さまにだって、別に乱暴はなさらないし、ただ、お一人で別の世界に住んでるような方ですわ。でも、このごろは少し変ですわ」

「どんな風に?」

「うまく云えませんわ。ただ、なんとなく、普通の人じゃないように……」

「じゃ、精神病かい? どっちにしたって、その親類筋さ。うん、話は別になるけど、市原源太郎って男、知ってるね?」

「わたくしが? 知りませんわ」

「そうかな。蔵人さんの友だちなんだよ。でっぷり肥って、頰に傷のある五十がらみの男だが……」

「知りませんわ。あ、いつまでも、こんなとこに話していると……」

初枝は、急に車庫から出て行こうとした。と、気がついたように、「あなたは、竹蔵さんじゃなければ、誰を疑ってるんですの?」

「その疑ぐるべき人物が、今日あたり、ここへやってくるはずだ。そこで、頼みがある。もう、玄関は開けるね?」

「え、開けますわ」

「じゃ、僕をあの応接間へ、内緒で入れてくれないか」

「だって」

「だってじゃないよ。君だって、十村さんを殺した奴は知りたいだろう?」

やっと初枝は納得して、戸来刑事を応接間へ忍びこました。かなり危険なゲームである。もし蔵人琢磨の犯罪で、彼に疑惑をかけ過ぎているのが、彼に判ったならば、単身銀杏屋敷へ入り込むことは、戸来刑事にも危険な感じがした。しかし、虎児を得ずには戻れない戸来刑事だった。全身を神経にして、応接間の扉に寄りかかっている中に、いつの間にか、睡魔に襲われてウトリウトリとし始めた。

ボン、ボン、ボン、
青銅製のヘラキュレスが支える飾り時計が、九つ鳴った。その音で戸来刑事が眼をハッキリすると、つづいて記憶のあるダミ声が、扉ごしに聞えてくる。

「市原だといえば、判る。君は、蔵人君に取り次げばいいんだ……」

オヤッと思って、戸来刑事は扉を細目に開けて見た。玄関先に太いステッキを横抱きにした市原源太郎が、顔を赤くしながら、取次ぎの鈴木初枝を呶鳴りつけている。

曲者と悪魔

予期していた人物の登場を見ると、戸来刑事は、針鼠のように武者振いをした。蔵人、十村、そして市原——。この三角《トライアングル》には、絶対に、なにかがある。扉をますます細目にして、視線を市原に釘づけにしていると、初枝と代ってユキ夫人が出てきたらしかった。その姿は見えないが不思議なことには、市原とは初対面らしかった。

「奥さん、ＳＫ商事の市原です。蔵人さんとは無二の親友でな。いやあ、新聞で見ましたよ。愕ろきましたな。蔵人君も吃驚したろう。じゃ、ちょっとお目にかかって行こう」

そのまま玄関へ上がろうとするのを、ユキ夫人は留めているらしかった。

「あの、主人は昨夜から熱が出まして、いま寝ておりますから……」

「いや、寝てて結構。ちょっと話をすれば、いいんだから――自分の部屋にいますね？　一度来たことがあるから判る」

「ちょっと、待ってください。昨日の事件があってから、主人は、とても昂奮してまして、もしなにかの間違いが……」

「大丈夫、大丈夫。蔵人さんという人間は、僕もよく知っているが、僕には、頭が上がらんですよ。ハッハッハ、こいつは失敬……。

奥さん、どうしても逢わせないんですか。蔵人さんに、市原だと話してきなさい。どんな場合だって、面会謝絶はしませんよ。判ってる。判ってる。乱暴な事をする男だということは判っている。昂奮して、気が立ってる事も判っている。とにかく、僕は逢う。どきたまえ」

ダンと、人の倒れる音がした。市原がユキ夫人を突き撥ねたらしかった。急に殊勝げに、「や、奥さん、こいつはすまなかった。とかにく心配なんかしないで、取り次いできなさい。蔵人さん自身が逢わんと云うなら僕にも覚悟はあるからね……」

ユキ夫人は、階段の方へいったらしかった。市原が背を向けたので、扉を少しずつ開けてゆくと、市原源太郎は、そのままズンズン階段を昇っていった。ちょうど、胸像のあたりで、降りてくるユキ夫人と出逢った。そのトタン、覗き見している戸来刑事が、ユキ夫人を見て、オヤッと眼を瞠った。

わずか一日の違いである。殺人事件のショックの大きさを物語るように、永遠の花《ヘリオトロープ》にも似た清楚な面影が、あまりにも惨めに荒んでいる。顔には血の気がなく、眼のふちには大きく隈が現われ、唇は乾いて反りかえっている。鈴木初枝は、蔵人はユキに対しては暴力を用いぬと云ったが、石狩検事から聞いた話から想像すれば、蔵人兄弟とユキとの間には、清算のできない大きなトラブルがある。その弟が再び間近かに現れたのに刺戟され、蔵人が病的嫉妬の憎悪から、か弱き女を終夜、サディズムの犠牲にしたのではなかろうか。ユキ夫人の部屋の、頽廃的雰囲気を思い出しながら、戸来刑事も、蔵人に対する病的憎悪に煽られた。

が、それはホンの一瞬間で、もう、戸来刑事は銀杏屋敷を飛びだしていた。鉄柵門の前に、自動車が停っている。市原源太郎が乗ってきた自動車だ。

「おい君、タクシイだね?」

運転手は、顔を突き出した。すぐに私服と判ったらしく、

「ここに居ちゃ、いけないんですか」

「乗せてきた客を待ってるんだな? いままでの金を貰ったかい?」

「まだです」

戸来刑事は、名刺を手渡した。

「じゃ、後で警察へ取りにきてくれ。あの男は警察に用があるから、一たん、君は退散してくれ」

自動車が走りだすと、戸来刑事は屋敷の横手へいった。そこにも、私服が立っている。

「ねえ君、僕は離れられないんだ。すぐに派出所へいって、署に電話をかけてくれ。栗本主任に飛んできてくれって……。市原が蔵人に、なにか強談判してるらしいんだ……」

戸来刑事は、横っ飛びに門の方へ引返えした。いくら馬車馬の戸来刑事でも、蔵人の居室へ押しかける愚かさは知っていた。さて、どうしようかと首をひねる矢先へ、もう、血相変えた市原の姿が、向うに現れた。なにかに追われるように、前をも見ずに急いできたが、戸来刑事に気がつくと、ビクリとして立ちどまった。

「市原さん、しばらく」

「や、しばらく」

市原は、凄い微笑をひっつらした。「近ごろ、ちっとも見えんね」

「鼻薬を出すチャンスがない、とでも云うのかね? 市原源太郎の札束には妙な匂いがするからね」

門を出て、自動車のないのに気がつくと、市原はギョッとしたらしかった。それを白ばくれて行こうとするのを、

「市原さん、今日、銀杏屋敷へ来る者は、みんな十村事件の関係者と見なす——主任検察官の命令だからね」

本能的に、ステッキを握りしめ、市原は身構えをした

が、突然、アハハハと誤間化し笑い、――

「戸来さん、飛んだ誤解ですよ。僕は朝刊を見て吃驚したんで、ちょっと出かけたんですよ」

「奥さんを突き飛ばしたり、血相を変えたりして、ね」

「なあに、ちょっと蔵人君に逢っただけだ。僕が入るのを見ていたとすれば、僕が直ぐ出てきたので判るはずだ……」

「相手の蔵人が、熱を出して寝ている。こいつも怪しいもんだが、ほんとに寝ていたかね？」

「寝ていた。一口も喋らなかったが、ひょっとすると、息子と一緒に精神病院行きになるかも判らんね」

「仲間の眼にも、そう映るかね？」

「仲間？」

市原は、大袈裟に手を振った。「僕は、上海にいたとき、ちょっと知り合いになっただけさ。――そのころ、蔵人はヂフィリスに悩まされていたから、もしかすると脳梅毒かな」

呟きながら、機を見はからって歩き出した。

「戸来さん、今日は急ぐから……」

「おっと、待った。急ぐのはこっちだ。警察は、あんたの別宅だからね。まさか、また組打ちをやる気じゃなかろうね？」

市原源太郎は、油ぎった顔に太々しい微笑を浮かべた。

「君の執こさは、骨に応えているよ。ここで争っても仕方があるまい。よし、署長に逢って、職権濫用を詰問してやる」

「黙れ。こっちは首を賭けているんだ」

後は、銀杏屋敷の横手にいる同僚に頼んで、市原を交番まで連行すると、戸来刑事は、外見は堂々たる重役格の市原を、正面から睨みつけた。

「市原、今度はみんな清算するからな。おめえ達は、危ねえ仕事は上海あたりでやってれば、よかったんだ」

「なんだか、今日も馬鹿に暑くなりそうだな」

空呆けて、空を見上げる市原に、思いきったビンタが飛んだ。

「なめるねえ。こっちは命がけだぞ。てめえ、臭え飯を食う前から、蔵人と知ってたな？」

「臭え飯？」

「呆けるな。八年前に、三年も刑務所で鼻くそを掘じっていたろう？　その前から知ってたんだな」

「戸来ッ」

突然、市原が吠え立てた。悪党丸出しの顔つきで、ステッキを握りしめ「貴さま、そいつは刑事として、ものを云ってるか」

「戸来貞助個人が、眼の仇に訊いてるんだ」

「戸来、俺の顔を見ろ。俺個人と喧嘩する奴が、どんな徳をするか描いてあるだろう?」

「てめえなんか、二度と婆婆へ出すもんか」

若い巡査が、慌てて仲へ入った。戸来刑事の癇癪と、その無茶苦茶ぶりを知ってるからだが、そこへ、栗本主任を乗せた自動車が走ってきた。見ると、S署の捜査本部に捜査会議でもあったのか、石狩検事と帆足課長の姿も見える。若い巡査が、市原を交番の奥へ連れこんだ。

「戸来君、ご苦労」

石狩検事が、真先に自動車を降りた。「寝ずかね?」

「いや、睡かないが、腹が減ってきた。食う暇がなかった訳じゃないけど、じゃ、弁当でも食うかな。栗本主任、お呼び立てして、すんません」

「なあに、獲物が大したもんじゃないか。しかも、もう首根っ子をおさえてる。なんか、あったのかね?」

「絶対にありますよ」

戸来刑事は声を落として、捜査主脳の三人の顔を順々に見戌った。「市原は、朝刊を見てやってきたと云っている。とにかく、恐ろしい見幕で、蔵人に面会強要してるんですよ。蔵人——市原——十村。この関係の中に、十村が殺された動機が、絶対にあると思う。それと、もう一つ、蔵人は熱を出して寝てるんですよ。なんでも、市原の話じゃ、脳梅毒らしいというんですが、それは気狂いのことでしょう?」

「まず、そうだね」

石狩検事が、大きく頷いた。「どっちにしても、蔵人には精神分裂の徴候は見えている。そうだとすると、前歴から考えて、第二第三の犯罪を警戒しなくては——」

「石狩さん、いい方法がある」

帆足課長が、ひょいと思いついたように、

「精神鑑定という理由で、蔵人を拘置してしまう。精神病者なら勿論、じゃなくても、そうすれば、泥を吐かせるチャンスがある。とにかく、この事件は、三森竹蔵という歴とした容疑者兼自白者がいるにも拘らず、無理に、それ以外の者に視線を向けようとする、一種の矛盾がある。だから、テキパキと本尊を攻撃した方がいいと思う」

「課長、ちょっと待ってください」

戸来刑事が、慌てて遮った。「もう少し、奴の自由にさしといて下さい。市原が出現した以上は、必っと、なにかの動きがある。蔵人の急処を摑んでからでなくちゃ、煮たって焼いたって食える奴じゃないですよ」

帆足課長も、蔵人の風貌を思い浮かべたらしい。簡単に賛成して、

「まったく、し太い奴だからな。じゃ、石狩さん、僕らも、交番を根拠地にして、少し根比べをやりましょうか。栗本君は、市原を縛ってくれたまえ」

「市原って奴も、油手に鰻ですよ。じゃ、自動車は直ぐに寄こしますから――」

栗本司法主任が、市原を自動車でS署へ連行すると、戸来刑事が大急ぎで弁当を喰べはじめた。早いこと、たちまち終って、さてと云った風に、石狩検事に向きなおった。

「こいつは僕の考えですがね、このままじゃ、あの女が蔵人の犠牲になっちまいますよ」

「あの女？　光瀬ユキ？」

「そうですよ。さっき、チラッと見たんだけど、まるで別人みたいに荒んだ顔付きをしてましたよ。昨夜、一晩中、あの女の部屋に電気が付いていたところから考えても、こいつは必っと、潜介という弟に対する嫉妬から、一晩中、いじめつけたんじゃないでしょうか。だいいち、三森にしたって、露骨に潜介贔気だから、その点で、蔵人が煙たがって、結局、大芝居を打ったんだと、僕は思ってる」

「その点は、そうも考えられる」

石狩検事は、慎重そのものだった。「しかし、蔵人の犯罪だと決定しないかぎり、枝葉をもって、根幹を証明することはできないね。実際、潜介という男は、この事件に一つの因縁を持っている。僕らとは、なんの関係がない男にも拘らず、なんとなく無関係でないような気がする。その中で、僕が変に思うのは、三森が、潜介が蔵人に殺されてると思っていた点だ。いずれにしても、蔵人という男の心理状態じゃ、憎悪も嫉妬も病的に違いない。僕が潜介の事に触れたら、蔵人の顔色はサッと変ったからね……」

と、戸来刑事が弾丸のように交番を飛びだした。吃驚した帆足課長も出て見ると、戸来刑事が向うへ走り去る碧色の自動車を指さしている。

「課長、蔵人の奴、外出しますよ」

つづいて出てきた石狩検事に、戸来刑事は地団太踏んで見せた。「検事、残念ですな。奴が直ぐに外出したら、

尾けられませんよ。この辺には、タクシイがない――」

「栗本主任は、署に着いたころだろう。電話をかけて、すぐに廻してもらうことにして、それでも間に合わなかったら、止むを得ん。外出する前に、蔵人を抑留する」

「そいつが残念だ。市原が来た後で、すぐに蔵人が外出する。おそらく、その行先には、十村を殺っつけた手先がいると思う。それなのに、単に抑留したんじゃ、なんにもならない」

大滾しに滾して、電話をかけ終ると、戸来刑事は帆足課長に、妙な微笑を見せた。「腹が立ったら撲ってください。指図するようですが、自動車がきたら、すぐに追跡できるようにしててくれませんか。僕が乗るのが間に合わなかったら、一つ、蔵人の行く先だけは突き留めてくれませんか」

「戸来君、まったく君は、この事件のパイロットだ」

太っ腹を見せて、帆足課長はニコニコ笑った。戸来刑事はだらだら坂を上ぼって、碧色の自動車の見えるところまできた。自動車はこちら向きに、ピタリと門前に停っている。運転手が退屈そうに煙草をふかしているのが見えるが、当の蔵人の姿は、なかなか現われない。曲り角を利用し、向うからは絶対に見えないようにして、戸来刑事は時計と首っ引きに、鉄柵門を見戍っている。五分たち十分たった。

「戸来君、僕らの自動車は来たよ」

石狩検事も、そばへ来て、ちょっと不審な顔をした。

「さっきの自動車の速力から見ると、なんか急用みたいに見えたが、そうでもないとみえる。しかし、ああやって平気で自動車を待たしておくところは、蔵人は、疑われてるのを感付いていないのかな――」

「検事、奴の神経は、普通の人間の神経じゃありませんよ。ほら、出てきた」

特徴のある黒眼鏡と、灰色の背広姿。白いパナマ帽に、細身のステッキ――。蔵人が、旅行鞄《スーツケース》を持ったユキ夫人に見送られて、脇門を潜って現われた。旅行鞄を受けとると、いつものようにユキ夫人を見向きもせずに、蔵人は自動車へ乗りこんだ。

「それッ、石狩さん」

脱兎のように、戸来刑事が駈けだした。石狩検事も、交番の横に待機している自動車に飛びついた。助手台に腰をおろすと、先に乗りこんでいる帆足課長へ振り向いて、

「課長、奴は旅行鞄を持っている。遠方へ行くかも判

からんよ」

「服装は？」

「そいつは、いつもの通りだが、なんだか、そんな勘がする。奴は、いつもステッキ一本の癖がある」

「だが、熱を出して寝てたというじゃないかね？」

「そこが、怪物《モンスター》ですよ」

石狩検事も、その点、不審らしかった。

「戸来君、どこへ行くか判らんが、とにかく、あんたは最後まで粘ってくれたまえ」

「今度こそ、奴の尻尾を、ひっ摑みますよ。それにしても、なにをしてやがるだろう？」

とうに見えるはずの碧色の自動車は、なかなか現われない。

「石狩さん」と、帆足課長が「尾行を感づいて、止めにしたんじゃないかな？」

「そうだったら、不味かったぞ。もし、そうだったら、止むを得ん。すぐに専門家を呼んで、銀杏屋敷を調べさせ、蔵人は蔵人で、なんらかの理由をつけて、拘置してしまおう。結果が、三森の犯罪と確定したら、もちろん、責任は僕が帯びる……」

話半ばに、碧色の自動車が後窓に映りだした。たちまち、横を通り抜けた。

「それッ、行け」

躍起と、戸来刑事が叫んだ。

いつか、新宿の雑踏を通り過ぎている。グッと前へ伸び上がり、前方を睨みつけている帆足課長が、

「変だぞ、勘づかれたかな。馬鹿にスピードを落している」

その点に、石狩検事も気が付いていた。

「やっぱり、身体の工合が悪いのかな。勘づいてるなら、スピードを出すはずだ――」

四谷見付を通り過ぎ、そのまま、神田の方向へ走りつづけていたが、やがて、狭い前庭をあしらった地味な建物の前に、碧色の自動車は、ピタリと停った。ちょっと後方で、自動車をとめさせると、石狩検事は、いま蔵人が入ってゆく建物を指さした。

「帆足君、里見博士の法律事務所だよ。政界からは引退したが、有名な里見武雄氏だよ。僕は、一面識がある。だが、なんの用が蔵人にあるんだろう⁉」

「じゃ、あなたが里見博士に訊きゃ、簡単でしょう？」

「もちろん、後では訊くが――どうも少し、里見さんの事務所とは意外だった」

「だが、検事」

戸来刑事が振りかえった。「奴は、旅行鞄も持ってるし、それだけの用じゃないですよ」

「戸来君は、なんでも勘でゆくんだね」

石狩検事は微笑しながら、煙草を摘みだした。その一本を吸いおわらぬ中に、また悠然と、蔵人がドアを排して現われた。間もなく、碧色の自動車が走りだした。外濠へ出ると、前方の自動車のスピードが、次第に加わった。

「あ、東京駅だぞ」

戸来刑事の勘どおり、碧色の自動車は、左へグイと折れて、東京駅前へ滑りこんだ。追跡の自動車も、大玄関の前へ留ると、もう蔵人は、切符売場の方から、雑踏を縫って改札口の方へ進んでいる。バラバラと降りたった三人も、雑踏の中へ馳けこんだ。

下ノ関往き
特　急
午後 1.30

「検事、どうしますッ」

改札口の掲示を睨みつけ、戸来刑事は焦りに焦っている。「奴は遠方へ行く。もう、時間はない」

間髪の判断だ。石狩検事は、財布を摑みだした。

「失敬だが、使ってくれたまえ。どこまでも尾けてくれ」

「どこまでも?」

「うん、なにか目的があるはずだ」

「連絡は?」

「各駅で電報を打ちたまえ。万一、怪しいことが起きたら、君の自由行動にしたまえ」

「すでに、奴の行動は怪しいですよ」

云い棄てると、戸来刑事は、改札口の方へ飛んでいった。

讃美論者

駅内の食堂で、昼食をしている間も、石狩検事は黙々と考えこんでいた。帆足課長も浮かぬ顔つきで、

「とにかく、変ですな。自分の家に殺人のあった翌日——しかも、熱を出して寝ていたという男が、フイに旅

行に出かけるなんて」

「そういう男には、そういう男らしいが、問題は、その旅行が予定だったのか、市原の出現で、そうなったのかだが、しかし、戸来君の尾行は感づかれないかな?」

「大丈夫」

帆足課長は、太鼓判を押した。「戸来は、天才的刑事ですよ。S署の秘蔵ッ子で、僕が引張ってゆこうとしても、手離さないんですよ。黒田幸一の私刑事件だって、それが迷宮に入って、捜査本部が解散するとき、衆議一致で、後を戸来君に一任したんですよ。蔵人に感づかれたら感づかれたので、また、戸来は別の手を打ちますよ」

「あんな張り切った男は、見たことはない。えらい男だ。ところで、これから僕は里見事務所へ行くが……」

「僕は、市原を絞ってみる。あいつの顔を見たとき思い出したが、とにかく、煮ても焼いても食えん奴ですよ」

駅前で別れると、予測のできない期待を胸にしながら、石狩検事は自動車《タクシイ》を、里見法律事務所へ飛ばさした。

玄関脇の応接間へ通された石狩検事の眼に、卓上に大きくひろげた朝刊が映った。三面記事のトップに、特号活字の見出しと並んで、兇悪無慚な加害者として、三森竹蔵のボケた写真が出ている。なにか遠い感じで眺めていると、

「やあ、しばらく」

元気な声と一緒に、千軍万馬の老顔を綻ばせながら、里見博士が入ってきた。

「昨日も家内と、君の話が出たんだ。相変らずかね? まあ、奥へきたまえ」

「先生、ここで結構です」

「じゃ、なんか用があるんだね?」

老博士は椅子につくと、卓上の新聞に眼をやった。軽い世間話に、

「その蔵人家とは、僕も知り合いでね。なんか、そんな事件が起りそうな家だったよ」

それで、蔵人の訪問理由が半ば判ると、石狩検事は一膝のりだした。

「実は、この事件は僕の担任なんです」

「ほう、それは奇縁だ。じゃ、ちょっと注意しておくが、その三森という男は愚直な男だよ。最近のことは知らんが、気のいい、控え目な男だ——しかし、君の眼で決定するんじゃ、それにはそれだけの証拠があるんだろ

う。だが、いまの蔵人さんの口吻じゃ、その三森じゃないらしいね」

「では先生、蔵人がなにか云っていたんですか」

「うん、さっき来てね。しかし石狩君、君は、この事件について、今日見えたのかね？」

「そうです」

「どうして？」

「実は、蔵人を監視していたんです。すると、ここへ入ったものですから……」

「じゃ、蔵人さんにも、なにか嫌疑がかかってるのかね？」

「まず、そうです」

里見博士は慨嘆するように、首を大きく振りつづけた。

「石狩君、そいつは考え違いじゃないかな」

「しかし」

「まあ、僕の話を聞いてくれ。実は、いま僕は感動している事がある。蔵人さんが、なにしに見えたと思うね？　僕が関係している社会事業が、財政的に困難だってことを知っていて、それに寄附しにやってきた。金は五万円に過ぎんが、異常な熱誠を罩めていたよ。なんでも、明日が先代の命日とかで、その記念だそうだ――」

ポカリと頭を撲られたように、石狩検事は啞然とした。あの蔵人が……

「しかし先生、僕にも、蔵人については一つの見解があるんです。だいぶ、先生のとは食いちがってますが、先生は、蔵人家とは古い知り合いなんですか」

「そうだ。いまの蔵人さんが生れる前からだ。つまり、先代の蔵人三省と大学が一緒だったんだよ。まあ、親友だった」

老博士の瞬きには、一種の感慨が閃いている。「晩年になって、感情的な行きちがいがあって、まあ、絶交状態にあったがね。先代の蔵人三省という男は、変り者でね。前途有望の男だったが、どういう心境の変化か、高利貸しになった。まあ、それもいい。しかし、そのやり方が冷酷過ぎる。

十年ばかり前に、その蔵人三省から酷い目にあってる人が、僕に代理人を申しこんできた。そこで、充分に調べ上げた上、非は蔵人にあるのが判ったので、そこは古い友人だし、示談にしようと個人的に話しこむと、剣もホロロだった。いう事が徹底している。『君だって商売だから掛け合うんだろう。僕だって商売だ』。まあ、それがキッカケで、絶交状態になり、彼が病床に倒れるまで逢わなかった」

「それで、いまの蔵人さんも知ってるんですね？」

「直接という意味からいえば、識ってる訳じゃないが、つまり、赤ん坊のときから知っている。蔵人三省の葬式の時には、いまの蔵人さんは居なかったんだから、まず、十年ぶりになるが、まあ、よく知っている部類の人間だね」

「では、どんな人物です？」

老博士は煙草に火をつけてから、ちょっと考えこんでいたが、

「石狩君、君なら直ぐに理解するだろうが、一口にいえば、天才教育の犠牲なんだ。蔵人三省という男は、若いころと晩年とでは、ガラリと人間が変ったが、若いころは、透徹した理性と、相当の残忍性と、妄想的な一面とを持っていた。だから、その長男に対する教育は、実に変っていた。つまり、よく云えば天才教育、悪るくいえば、意志破壊教育になるね。

だいたい、人間という悧巧な動物は、生れながら、上手に生きてゆく群居本能を持っている。だから、教育と名づけるものは、その群居本能を円満に発達さして行くべきものなんだが、ところが、どうもそうではないらしい。誰もが、他より優れた人間を作ろうとする。そんな事を考える奴は、それ自身レベル以下なのに、そのレベル以下の頭で、純良な少年を犠牲にしてしまう。まあ、蔵人三省のやり方は、その典型的のものだった。

たとえば、幼い子供に、お伽噺の本の代りに、数学の本を与える。玩具の代りに、本物の組み立て機械を与える。意志の鍛錬だといって、厳寒、板の間に徹宵正座させる。もちろん、蔵人三省も側にはついているが、僕に云わせれば、それは意志の鍛錬じゃなくて、意志の崩壊になる。水を氷にしてしまい、自我ばかりの人間を作り上げる。果たして、和らぎのない神童ができ上がった。『十で神童、十五で才子、二十過ぎれば並の人』という文句があるが、蔵人琢磨君は、それとは違って、幾何級数的に、頭脳の方は優れていった。

そいつを蔵人三省は、大自慢に自慢していたが、ついに持て余す時が来た。先代の蔵人も我の強い男だったが、琢磨君のは、それに輪をかけて、親子の衝突は日常茶飯事らしかった。それでさすがの蔵人三省も、骨身に応えてこりたと見えて、ズッと齢下の二男には、グルリと方向を変えて、自由放任をやっていたらしいが、この次男は、実にいい少年だった」

「里見先生、それが、蔵人の正体なんでしょうな?」

「なあに、それは琢磨君の青年時代のことだよ。芋虫も脱皮すれば、蝶となる。親父の三省だって人間が変ったし、石狩君だって、学生時代の荒っぽさに比べれば、別人のように気が練れてるじゃないか。

また、直接の血の流れから考えてみても、先代の三省は冷酷な男だったが、一面、非常に優しいところもあった。なんでも、知人の孤し児だという女の子を引き取って、育てていたこともある……。その息子の琢磨君だ。今日見た琢磨君も、ムッツリとしていて、唯我主義者らしいところはあったが、一つの柔和な人格があった。法曹生活四十年、石狩君、僕の眼には狂いはないよ」

そう断言されると、里見博士の人物観には心服するところがあるだけに、石狩検事の信証は、急に混乱しかけてきた。

「しかし先生、警察方面から見る蔵人琢磨は、これまでにも、いくつかの犯罪に関係してきた、徹底的の曲者なんですよ、その点は僕にも断言できます」

里見博士は信じられないように、白い頤髯を撫でまわしている。

「石狩君、君がそう断言するんじゃ、もしかすると、二重人格かな。もっとも、僕が柔和な人格を見たというのは、その行為から判断したんで、おそろしく無口な男で、用件だけすますと、サッサと帰っていった」

「用件というのは、その寄附行為なんですね?」

「まず」

老博士は半端に答え、やおら立ち上がった。「さあ、奥へきたまえ。近ごろは、事務所の方は若い者に任せて、とんと法廷にも出ない。しかし、蔵人家の事件には興味が起きたね……」

「じゃ、蔵人から頼まれれば、先生自身が立ちますか」

「それは、未定だ。しかし、君にとっても、だいぶ面倒な事件らしいね。だが、詰まらん忠告になるが、君自身が飛びだして尾けるなんていうのは、断然いかん。山の全貌を見る者は、山に登るな――いや、失敬」

その忠告には、頭が下がる思いがした。義眼のジイキル博士は、笛を吹き過ぎる。そして、自分は踊り過ぎる。踊りながら、笛の吹く者の正体を見破ることは不可能なはずだ。人生劇場の老選手《ベテラン》、里見博士がいうように、果して、蔵人は二重人格なのだろうか。しかし、テラスにいたハイド氏から、里見博士を感動さしたジイキル博士を想像することは、石狩検事にはどうしても不可能だった。

危機打者《ピンチ・ヒッター》

里見博士から得たものは、結局、心理的混乱だけだった。

しかし、現実の問題としてみれば、蔵人琢磨が亡父の命日に寄附行為をするような男であっても、今となっては、蔵人への嫌疑は抹殺されない。よし、それが三森の犯罪だとしても、第一にすべき仕事は、秘密の通路の探索である。

S署の二階、捜査本部へ戻ると、石狩検事は、真先に訊いた。

「建築技師は、まだ見えんかね？」

退屈そうに、煙草をふかしていた巡査部長が、

「さっき、電話があって、もう間もなく来るでしょう。それから、帆足課長が、検事が見えたら、すぐに現場へ来るように、と云ってましたよ。現場に怪しい男がいて、見張りの刑事が掴まえたんですよ」

不思議な予感で、行き詰った道が、そこから開ける感じがした。石狩検事は、すぐに受話器を外して、銀杏屋敷へ廻転板《ダイヤル》を廻した。

――帆足課長、僕、石狩、

なにか怪しい人物を掴まえたって？

蔵人の留守を知って、その人物は現われたんですか――

帆足課長の電話声は、いかにもその人らしく、ピンピン感じよく響いてくる。

――張り込みの知らせで、僕も追取り刀で飛んできたんですよ。

張り込みの刑事は、はじめ新聞記者だと思って、門を入って行くのを見逃がしていると、すぐに玄関の方へ行かず、逆に横手の植込みの方へ入ってゆくんで、そうっと尾けてゆくと、あの蔵人の部屋の真下から、足場を見つけて昇ってゆこうとする。

そこで、取っ掴まえたんですよ。

ところが、この男、私立探偵で、どういう訳か、蔵人や弟の潜介の事を、よく知っている。

それればかりでなく、事件の側面観察が馬鹿に鋭どくて、急処をテキパキ指摘するんで、いま応接間

で聞いてるところですよ。

どうです？　すぐに来たら……

なんかの参考になりますよ――

石狩検事は、ちょっとガッカリした。しかし、誰が、その私立探偵を頼んだのか、その点には興味がある。受話器を置くと、そこへ栗本主任が、ブリブリしながら入ってきた。

「や、石狩検事、法律事務所へいって、どうでした？」

「蔵人という男が、見当が付かなくなっただけでね。社会事業に寄附しに寄ったそうだ」

「まさか」

「まったく、まさかだ。しかし、里見博士は嘘をつくはずはない――。市原からは、なんか収穫があった？」

「根比べですよ。奴の太いのは判りきってるんですが、それにしても知らぬ存ぜぬの一点張り。たしかに、蔵人の行先を知ってるはずなのに、蔵人が旅行へ出かけるはずはない、と空呆けてるんですよ。蔵人と逢った用件も、朝刊を見て吃驚して、ただ漫然と出かけたと頑張ってるんですよ」

「旅行へ出かけるはずがない、と云うのには、なんか理由を付けてるんですか」

「もちろん、その点については、どこまでも突っこんでみたが、市原は、たしかに蔵人は熱を出して寝ていた――それ一点張りですよ。しかし検事、いくら奴が頑張っても、僕は責任をもって泥を吐かせますよ」

石狩検事は、大きく頷いた。

「とにかく、市原が事件について、なにも知らんというはずはない。うん、警察に汽車の時間表があるでしょう？」

「戸来刑事!?　まだ電報はきてませんが、ちょっと待っててください」

間もなく、栗本警部補は階下から列車時間表を持ってきた。

「検事、蔵人の行先は、ひょっとすると、神戸じゃないでしょうか」

「僕も、そんな気がするが――。三森の話では、蔵人という男は、一たん思いつくと、どこまでもやり遂げる男だそうだが、あの光瀬ユキという女については、弟との間に、どうにもできない溝があるらしい。それに、蔵人の弟だって、蔵人と逢う前に新聞で事件を知っているはずだし、殺された十村が、その弟贔気だというから、もし兄弟が逢うようだったら、それだけでも、事件解決の緒となるはずだ」

「しかし、こんな馬鹿げた事件は、はじめてですよ」

栗本主任は、いまいましそうに腕を組み上げた。「条件満点の容疑者が自白しているのに、現在じゃ、誰一人信じようとはしない。しかし検事、もし秘密の通路がないと確定したら、もう、それまでですね?」

「それは勿論だが、しかし、技師は馬鹿に遅いね」

石狩検事は時計を見てから、巡査部長を振りかえった。

「では、僕は帆足課長のところへ行きますから、技師が来たら、すぐに銀杏屋敷へ寄こしてくれたまえ。それから、戸来君の電報がきたら、すぐに電話で……」

それから三十分後、石狩検事は意外な人物に出っくわした。蔵人家の応接間の扉を開けると、帆足課長とニコニコ談笑している、軽快な感じの中年男が、

「や、石狩さん」

奇遇に驚ろくような調子で、椅子から立ち上がってきた。咄嗟に思い出せなかった。が、その顔には、ハッキリ記憶がある。笑うと浮かぶ、錐で突いたような笑くぼ
――

「僕、黄木です」

「やあ」

石狩検事は、吃驚した。大学時代、野球選手で鳴らした石狩は、よく母校の中学校へ野球のコーチにいった。そこに恐ろしく危機《ピンチ》に強い中学選手がいて、気性も明るいし、キビキビしているし、石狩は弟のように可愛がったことがある。考えてみると、ずいぶん昔の話だが、「黄木です」と名乗られてみると、つい昨日別れた男のように、印象が濃くなってくる。

「なあんだ、黄木陽平君じゃないか。人間て変らんもんだなあ」

「あんただって、あの頃のままじゃないか。ただ、髭を生やして、ちょっと澄ましているだけだ」

それが黄木という男の性質らしく、時間という魔物も、一山の暦《カレンダー》も、のっけから煙にしてしまう。

「石狩さん、あんたが司法官になったということは、僕も聞いていた。僕は新聞記者だし、逢わんて事が、だいいち不思議だった。もっとも、僕は野球好きでね、野球を見るたんびに、あんたの事を思いだしていた」

「フーン、新聞記者か」

石狩検事も、くすぐったくなる懐しさに襲われたが、やや呆然としている帆足課長の手前、すぐに話を現実に引き戻した。「しかし、いまは私立探偵だそうだね?」

「まあ、そういう訳になる。記者時代、犯罪事件に興味を持ってね、病膏肓に入るという形なんだが、さて、商売になってみると、そんなに面白いもんじゃない。しかし、この事件の主任検察官が、往年の強打者だとは、僕も驚いた」

「まあ、かけよう」

卓子を三角形に挿んでから、石狩検事は、黄木を帆足課長に紹介した。

「そんな訳で、十何年ぶりなんだが、そんな月日が経っているということが、だいいち、変な気がしてくる」

「たしかに、そうでしょう」

帆足課長は、改めて黄木の顔を微笑で眺めた。「この黄木さんて人は、一見旧知という型《タイプ》ですよ。僕も、ちょいと話してる間に、すっかり共鳴してしまったが――。そうそう、石狩さん、黄木さんは蔵人の弟をよく知ってるんですよ。その弟を通じて、蔵人家のことはよく知ってるので、朝刊に出ている三森の兇行に、大きな疑問を感じ、それで自分で調べる気で、やってきたんですよ」

「なあに、記者時代の習慣さ」

黄木は楽天家らしく、呑気そうに笑った。

「つまり、特種意識が抜けきれない。それに、蔵人琢磨という男にブッつかる機会にもなるし、まあ、どれくらいの凄い男か、実は見たかったんだが、残念ながら留守ときている」

「じゃ、弟の方は、よく知ってるんだね？」

石狩検事も闊達な人物だけに、すぐに仲間言葉になりだした。「いわゆる親友とでもいうのかね？」

「親友の第一条件が時間でなかったら、もちろん親友だが、去年、二月ばかり僕のとこにいてね。それから突然、行方不明になった。海が好きな男だから、船員にでもなったんじゃないかと思っていたが、帆足さんの話では、神戸にいるらしいと云うんで、なんというのか、まあ、一安心した形だ。性格的に放浪児《ボヘミアン》なところがあるが、颯爽とした気持のいい男ですよ。ところが石狩さんこの蔵人潜介君が、兄貴の琢磨の話をするときには、不思議に顔色が変るんでね。それくらい、この屋敷の主人公には凄いところがある。現に、殺人事件を起した翌日、平気な顔をして旅行へ出るという、……」

「黄木君」

吃驚して、石狩検事は詰めよった。「あんたは、蔵人の犯罪だというのかね？」

「もちろん」

簡潔に、黄木は断言した。「蔵人琢磨の犯罪だというのは、犯罪の表面が、あまりに三森竹蔵のそれになり過ぎていて、しかも三森の犯罪でないからだ。この点は証明できる。それから、もう一つ、直接に十村を殺した琢磨の手先が、現場から忽然と消える可能性がある。というのは、この屋敷には秘密の通路があるんでね……」

思わず、エッと、石狩検事が叫んだ。そこにいる痛快な男は、遠い過去を思いださせる球友ではなくて、事件解決に乗りだしてくる危機打者《ピンチ・ヒッター》に見える。

「黄木君、問題は、それなんだ。いったい、どこにある?」

「そいつは判らん」

性分らしく、肩透しを食わして、黄木はケロリとしている。「しかし、弟の潜介君が、こういったことがある。『兄貴の性格は、自分が設計した家でも判る。意外なところに、抜け道がある』この話は、なんかの雑談のとき出たんで、別に気にもせず、訊きほじりもしなかったが、この屋敷内に秘密の抜け道があることだけは、断言してもいい。僕は、そいつを探してみようとして、刑事君に摑まったんだ。といって、もちろん、蔵人琢磨に訊きただしたって、こいつは無駄の話だがね」

石狩検事の顔に、急に確信の色が漲ってきた。

「黄木君、ありがとう。あるというだけでも、充分なんだ。あるならば、必っと発見できるはずだ。実はこれから、専門技師がこの建物を調査することになってるんだが、しかし、遅いな」

その言葉で、帆足課長が立ち上がった。

「じゃ、僕が早く来させるようにしましょう。本庁へ行く用もあるから——。どうも、この事件は、黒田幸一の私刑事件と、密接な関係がある。一応、それを調べなおしてみる」

よほどの親しみを感じているとみえて、帆足課長は、黄木にニッコリ笑ってから部屋を出ていった。二人になると、奇遇の喜こびが真先に渦まいた。しかし、すぐには言葉にならず、石狩検事は、ゆっくり煙草に火をつけた。

「黄木君、不思議だね。どうして、君と逢わなかったんだろう⁉ 何年前だったか、故郷へ帰ったとき、ちょうど四五人集ったので、同級生と飲んだがね。そんとき、君と同級生の兄貴がいてね、それに君の消息を聞いたんだが、君は中国へいってるとかいっていた」

「うん、特派員さ。中国を見たかったからね。しかし僕は、犯罪事件に対する興味は、打ち消せなかった。特派員とは名だけで、余暇が沢山あったから、その時、科学的捜査法って奴を、机上で研究してね。それからが、本式の病み付きさ、まさか、刑事にもなれんし、そこで、秘密調査所なんてものを道楽半分にやったんだが、要するに、帆足課長なんかから見たら、アマチュア兼新米さ」

「しかし、帆足君は、だいぶ感心していたらしいが、一つ、僕にも君の観察を話してくれたまえ」

「観察って云ったって、まだ、一廻り屋敷を見ただけで、光瀬ユキとも逢っていない」

「じゃ、あの女《ひと》も知ってるのか」

「潜介君の許婚者《フィアンセ》だ。奇麗な娘だったが、毒蜘蛛《タランチュラ》の餌になったんじゃ、人間も変ったろう。実際潜介君の話の断片を綜合すると、蔵人琢磨という男は、タランチュラのような男だ。その雰囲気には、必っと犯罪がある。僕も、まだ見ぬ蔵人琢磨に大きな興味を抱いていたんだが、今朝の新聞を見ると、堪らなくなって飛び出したという訳さ。石狩君、あんただって、こういう経験はあるだろう？　野球を見てて、小気味よく投手が投げてると、一つ、カーンと打ちたくなる……」

「そういや、黄木君は危機《ピンチ》に強かったな。蔵人が投げる快速球《スモークボール》を、一つ、カーンと打ってみるか」

「煽てたね。僕なんぞの出る幕じゃない。あの捜査課長は、大したもんじゃないか。しかし石狩君、ちょっと帆足さんからも聞いたが、差し支えがなかったら、その経緯《いきさつ》を話してくれないかね」

石狩検事は、慎重な眼ざしで黄木を見た。あの頃の紅顔の美少年の顔立ちをそのまま、いかにも気軽な快活な黄木陽平だが、現実の問題になると、職責上、簡単にはできなくなる。しかし、十村殺人事件の上を漂う妖雲は、この危機打者を起用しなければ、打ち払えないような気もしてくる。……

「石狩君、職責上、やっぱり不味いかね？」

「そうじゃないが、よし、黄木陽平は、この事件の特別鑑定人だ——」

「ほほう、蔵人琢磨の性格解剖のかね？」

「まず、そんなところだ」

愉快に笑い合ってから、石狩検事は真顔になり、事件の顚末を詳細に話してみた。

「黄木君、そんな訳になるが、結論において、現実的の唯一の容疑者、三森竹蔵の犯罪だとは認容できないんだ。だが、それを決定する何物もない。ということになるんだ」

「じゃ、先決問題は、三森の犯罪にあらず、という事の決定だね？　しかし、これが毒殺だったら、もっと巧妙な犯罪転嫁をやれたろうが、三森を陥入れるための止むなき原始的方法のために、そこにカラクリの破綻が現われている。O型の血液なんかは、どこにでもある。おそらく、蔵人琢磨もO型に違いない。彼が朝、片瀬へ行く前に、同一の兇器にO型の血を塗って、その隠匿場処へ埋めておく。それで充分じゃないか。婦人記者なんかが来て、妙に混がらかったが、この屋敷には人気が少ない。誰も見ていないところで、十村を殺しておけば、結局、捜査当局が、その罠に陥るに決っている。運わるく白痴の少年が現場にいたんで、万一の嫌疑を避けるために、蔵人琢磨は慌て気味に、兇器を指さしたが、どこまでも彼が知らん顔をしていたとすれば、その罠の深さは百倍になる――。

石狩君、僕は逢ってはいないが、蔵人琢磨という男を、こう考えるね。もちろん、大脳細胞も多いだろうが、妄想者に付きものの一人よがりなんだ。周囲を、てんで馬鹿にしている。大上段に振りかぶって、笑って打ちおろすという奴だ。だから、その奸計も大雑把だ。精細に分析すれば、穴だらけになる。論より証拠、庭へ行ってみよう」

玄関を廻って、二人は花壇の方へ出た。黄木は、花壇と別棟の間にめぐらした、細い鉄柵を指さした。

「こんな妙な場処に、なぜ、こんな鉄柵があるんだね」

「黄木君、それは、こうなんだ。蔵人という男は、さすがに自分の子供だけは、大きな愛情を見せている。あの白痴の少年が、犬を怖がるというんで、それを入れないために作ったんだ。だから、別棟の向う側にもあるじゃないか」

「じゃ、少年は、いつから犬を怖がりだしたんだね？　この鉄柵は、一眼で判るが、ごく最近作ったもんだ。ああ、君」

黄木は、鈴木初枝を呼びとめた。竹蔵がいないので、初枝が面倒を見るらしく、少年の好みそうな菓子を持って、渡し廊下をきたところである。黄木は、ちょっとした動作にも愛嬌がある。ニコニコ笑いながら、「三森は、すぐに戻ってくるよ。だが、それまで大変だね。しかし、八知君は歌は巧いそうだね？」

「よく、ごぞんじですのね？」

初枝は若い娘らしく、感じのいい男に、無意識の媚笑を浮べながら、「蔵人家《こちら》と、お知り合いなんですの?」

「うん、よく知っている。ユキさんは、変りないかね? 後でいい。黄木陽平が来ていて、逢いたいと云ってると、伝えてくれたまえ。ところで、この鉄柵は、いつ作ったんだね?」

「この間ですわ。あの、旦那さまが坊ちゃまを花壇の方へ出しましたら、エルデが旦那さまに飛びついたので、そばにいた坊ちゃまが驚ろいて、発作を起こしたもんですから、それで、坊ちゃまにエルデを見せないようにしたんですわ」

「ありがとう」

一つのポイントが解決した。「石狩君、つまり、犬が必要以外の時に、兇器を掘り出すのを防ぐためなんだが、じゃ何故、単に犬舎につないでおくだけにしなかったか、という疑問は、被害者が蔵人家と昵懇な人物だったということで解ける。ひょっとして、十村が犬舎から出すかも判らないからね」

微笑が、ひとりでに石狩検事の頰に踊った。

「黄木君、新米どころじゃないらしいね。これで、十村殺人事件も一種の私刑事件と決った」

「そいつは違う」

黄木陽平という男は、遠慮のない男らしい。無造作に一蹴してから、「この犯罪の動機は、なにか物の争奪にあると見ていい。その物は、どんな物だか判らない。財貨かも判らん。文書かも判らん。とにかく、蔵人琢磨が巧みに、十村を片瀬へ呼ぶような形にして、留守だということを十村に知らすと、十村は直ぐに銀杏屋敷へやってきた。つまり、琢磨が留守なら、被害者がやってくる事になっている。つまり、琢磨が留守だという機会が、被害者には絶対に必要だったという事になる……。

石狩君、この観点から見ると、市原という男が事件の翌朝、琢磨に強硬面会した訳が、ぼんやり判ってきそうだね。たしかに、その三人の間に、ある秘密があるんだ。どういう形の秘密かは判らんが、十村が殺された事で、その秘密が市原という男にハッキリしてきたんじゃないかな」

一瞬、石狩検事は錯覚した。眼の前の颯爽とした中年男が、最初からの捜査官に見えた。それほど黄木は、主客顚倒の真剣ぶりを見せはじめた。

「黄木君、そうすると、蔵人の旅行も、それに関係してるのかな」

「こいつは妙な予感だが、僕は、単なるカムフラージュじゃないかと思うね。そんな気もする。捜査当局の視線を、そこへ引きつける――しかし、そうでなくても、その尾行の刑事は、必っとまかれるね」

「その点なら、大丈夫だ。戸来刑事は、個人的の憎悪さえ持っている。もし、まくような行動をとれば、その場で逮捕する。しかし、単なるカムフラージュの旅行だったら、それだけでも逮捕する理由になるが、問題は、秘密の通路だ。黄木君は、なんで外から蔵人の部屋の方へ昇ろうとした?」

「状態から見て、秘密路の一端は、琢磨の部屋にあるからさ!」

「つまり、犯人が二階以外には逃げられなかったからだね?」

「それと、もう一つ。被害者の殺された場処だが、結局、刺客はへまをやったんだ。おそらく、テラスでやるのが予定だったろうが十村が家の中へ入ってきたんで、その機会を失したんだ。つまり、予定された殺人現場は、その別棟の入口からテラス、テラスから階段上を連ねる一線の中にある。そうすると、その末端が琢磨の部屋になるが、およそ、一つの計画には、それが可能となる条件が必要だから、当然、刺客の待機するところは、琢磨の部屋になる――」

「だったら、中間に妨害物があるじゃないか。光瀬ユキが、目撃しないとは限らない」

「琢磨は、その女を問題にしてないいんだ。目撃されたって構わん理由があるに違いない」

「じゃ、あの女も関係者だ」

「そういう意味じゃない。つまり、光瀬ユキには、蔵人に叛けない、なんらかの理由があるに違いない。という意味でだが、要するに、光瀬ユキは、琢磨を憎み潜介君を思いながら、この屋敷から逃げられないでいる」

黄木は先へ立って、テラスへ昇った。改めて、懐しそうに石狩検事を見戍りながら、

「驚いたろう? 僕の厚かましいのには――この出しゃばりは、記者時代の遺産なんだ」

「上等だよ。君のおかげで、急に事件がハッキリしてきた。しかし、秘密の通路がなければ、みんな仮定の話になるね」

「じゃ、どうして、三森に返り血がついていなかったんだ。もちろん、捜査当局では、それを精細に調べて、その点から、三森らしくないと判断したんだろう?」

「返り血の問題なら、現場にもない。だから、それだけなら、三森の絶対有利にはならないね」

石狩検事は扉を開けながら、黄木が胸像を見る瞬間の驚きを想像した。果して、黄木は呆然と胸像の前に立ちどまってしまった。

「アトランティスの女王だ。その一瞥で、見る者の心臓を凍らしたという……。潜介君の話では、石狩君、僕もこれほどとは思わなかったよ。ただそれが非人間的であって、兄貴は芸術家だと云っていた。その芸術のためには、なにものも犠牲にするとね。この胸像を作る材料だけに、どれだけの費用が要ると思う？　もし琢磨が声楽家であったら、彼の犯罪も半減していたに違いない。しかも、この胸像のテーマは、永遠の憎悪だよ。だったら、その憎悪を生ませるために、か弱き光瀬ユキを、その犠牲にしたんだ……。この胸像のモデルは、そのまま光瀬ユキなんだ」

「黄木君、蔵人琢磨は爬虫類だ」

「しかも、恐竜《ダイノザ》だ」

「それなのに、僕に解け難い謎は、その蔵人が、あまりに人間的な寄附行為をしている点だ」

その言葉で、黄木も現実の一線へ飛び帰ってきたらしい。ホッとしたように、煙草を摘み出すと、

「石狩君、五万円で買えるものを想像してみなかった？」

「？」

「なにか、ある事を秘密に里見博士に頼んだんじゃないかな」

「里見先生は、そんな人物じゃない」

「いや、そういう意味じゃない。たとえば、三森竹蔵の弁護を頼み、それを秘密にしてくれ、というように――」

「ああ、そうか」

俄然、石狩検事は思い当った。「そういえば、里見博士は、のっけに僕に、三森の犯罪ではないと云い、そして、僕をその一線に結びつけようとしていた。つまり、後になって、その秘密の依頼が曝れたとき、竹蔵を擁護したという点で、蔵人は自分自身の立場を有利にしようと、あらかじめ棄て石を打ったんだ」

「石狩君、いまのは、たとえばだよ。もっと他の事を頼んだかも判らんね？」

「どういう？」

「そいつは判らん。琢磨のやることは、普通の神経じ

ゃ判断できないよ。あんたが里見博士と昵懇なら、直接に訊いてみたら？」

「しかし、里見博士は頑固で有名な人物だ。もし、そうだとしたら、表から訊いても裏から訊いても、その秘密は打ち開けまい」

「いや、打ち開けるね。というのは、それが危険な秘密だったら、後で尻尾を摑まれるような事は、琢磨はしないと思う。秘密には秘密でも、里見博士の眼から見たら、なんでもない事だと思う……。しかし、それは単なる僕の想像で、つまり、第二の事件を考えていたんだ」

「第二の事件？」

「うん、まだ雲とも山ともつかんが、潜介君が光瀬ユキの周囲に現われたとすれば、毒蜘蛛は、その怪しい巣を張りだすに違いない」

「黄木君は、君は戸来刑事以上だね。なんだか僕の身体にも、白い糸が絡まりついてるような気がするよ。とにかく、後で里見博士に訊いてみよう」

黄木は、階段の横壁や、敷きつめた絨毯の上を、指先でほじるように、丹念に調べだした。と首をひねり、

「石狩君、婦人記者の陳述じゃ、たしかに、ダァーン、ダダダン、という音だったんだね？　そうすると、最初に抛物線を描いて落ちたことになる。すると、階段の中途じゃなくて、どうしてもこの胸像の前になる。被害者の前に、突然、加害者が現われた。被害者は思い当ることがあり、ゾッと身体をすくました……」

黄木は呟きながら、後向きに階段の端にずり退った。

「後がなくなる。と身を翻えして逃げようとするのを、ドーンと撥ね突き落した。身体の軽い被害者は、宙に飛ぶように撥ね飛んだ。ああ、石狩君、こいつは尋常の力じゃないね」

「その点、三森竹蔵は巨人型なんだ。丈は高くはないが、ちょっとゴリラに似た、凄い身体だよ」

「だが、老人だね？」

「老人には老人だが、その体力は、壮者を凌いでいる。しかし黄木君、この点は、非常に有利なんだ。直接に十村を殺した人間は、一眼で判るからね。蔵人が、三森の体力を計算に入れて、刺客を選んだのだろうね」

二人の話し声が聞えたのか、誰か人の気配が、二階の廊下にした。チラリと見えた綺麗な姿はたしかにユキ夫人だが、そのまま見えなくなった。見上げる黄木の顔が、ちょっと暗い色になった。

「石狩君、女中に聞いたとき、すぐに僕のとこへ飛ん

できたかったんだよ。だが、僕が怖いんだ。婦人記者から潜介君の消息を一言聞いても顔色が変わるくらいなら、僕の家は判ってるし、僕なら潜介君の消息を知っていると思うはずだから、一度は僕んとこへ来るはずだ。それなのに、やっては来ない。それほど、潜介君に対する罪の大きさに戦いてるんだ。

あえて女とは云わないが、女の心理は単純で複雑なんだ。殊に、光瀬ユキには、本質的に頽廃的《デケイデンス》なものがあった。それが、琢磨の甘美な刺戟に酔わされて、現在《いま》じゃ、その運命を甘受してるんだろうと思うね。潜介君の話じゃ、琢磨は毒薬や麻薬に特別な知識があって、それを一通り持っているというから、その手に落ちた女は、もう、どうする事もできないね。……」

「その言葉は判るよ。あの女の部屋を見てみたまえ。それこそ、性的官能が腐爛しているよ」

石狩検事が先へ立って、二階へ昇ると、その上がり際の壁に、ユキ夫人がピッタリ向う向きになっている。黄木が近づくと、美しい姿が電気人形のように慄えだした。黄木は、その嫋やかな肩に手を置いた。

「ユキさん。そう昔の呼び方をしても構わんかね？　その方が、僕にはいいんだ。潜介君とは逢いたくはないかね？」

ユキ夫人は、額を壁に押しつけた。

「ユキさん、潜介君から、一度便りがあったよ。あの男、ボヘミヤンだからね。海に対する憧憬が棄てきれないんだ。船員をやっているそうだ。海は大きいからね。過去のすべてを呑みこんでくれるよ。しかし、いまは神戸にいるそうだ。もしかすると、この附近にいるかも判らんよ」

「エッ」

叫ぶように、ユキ夫人は振りかえった。驚愕の色が、黄木への懐しさと一緒に、蒼ざめた顔にアリアリと浮んでいる。黄木は、感慨無量の表情をした。抱くように近かよって、

「ユキさん、そんなに驚くのかね？　運命だな。しかし、蔵人さんは神戸へいったんじゃないかね？」

ユキ夫人は、貪るように黄木の顔をみつめた。その眼が、妖しい色に燃えている。

「先生、お逢いしとうございました。でも、わたくしは、もう駄目です。ただ生きているだけです」

「あんたは弱い性格じゃない。心の底に、バネのような強さを持っている。それなのに、どうしてこの屋敷に

とどまっている?」

　ユキ夫人は、突然、顔を両手に包んでクラクラとした。

黄木は軽るく支えながら、

「その話はやめよう。しかし、蔵人さんはどこへ行ったんだね?」

「知りません。あの人とは、なんの交渉もありません」

「だが、あんたは見送っている」

「あの人の命令です」

「じゃ、旅行鞄《スーツケース》の内容は?」

「あの人が入れました」

「じゃ、日常生活も、お互いに無関心なのかね?」

「あの人は、自尊心が強過ぎるのです。わたくしの方から折れてくる日を信じてるのです。ああ、その日があるのでしょうか。わたしは……」

「ユキさん、僕は蔵人琢磨は知らないが、彼のいるところには、人間悲劇は尽きないんだ。君もその一断片に過ぎないんだ。しかし、蔵人家の悲劇は、これから始まるよ」

　その言葉が、それほどのショックを与えようとは思わなかった。ユキ夫人の顔から、見る見る中に血の気が消えたと思うと、バッタリ、黄木の腕の中へ倒れた。

「黄木君、場合が場合だよ。あんまり脅かすのは可哀相だよ」

「こいつは失敗った。薬が効き過ぎたぞ」

　黄木は、無造作にユキ夫人を抱き上げた。皮肉な微笑が、頬をついた。「まず、四十五キロかな。こんな軽い肉体が、あの男を絶望の底へ叩きこんだ。だが、青春の苦杯も、必っと、あの男は克服するよ。ところで、部屋は?」

　石狩検事は、部屋の扉を開けた。

「とにかく、女中を呼んでくる」

　黄木は部屋へ入ると、漆黒の帳の蔭の寝台に、ユキを静かにおろした。それが単寝台《シングルベッド》なのに、すぐに気がついた。痛ましそうに眉をひそめながら、黄木は妖しげな部屋の中をグルリと見廻した。部屋の中はムンムン暑かった。黄木は窓を開け、煽風器を廻してから、気軽にユキの胸をひろげようとした。と、意外なものを見た。

　真夏だというのに、色の濃い着物の下に、キッチリと厚手のシャツを着ている。下半身の、それも想像できるが、ハハア、一種の貞操帯だな。その直感に打たれながら、黄木は、シャツの釦をほどきはじめた。一つ、二つ、黄木は愕然として、ひろげたシャツを引きよせた。見てはならないものを、見てしまったのだ、白蠟のような美しい肌に、慄然とするような奇怪な刺青が浮んでいる。もう一度覗きこみ、釦をはめなおし、寝台のそばを離れた黄木の暗い顔には、蔵人琢磨に対する怒りと憎悪が、焔のように渦まき上がった。

「卑怯者ッ」

声に出して、黄木は叫んだ。サディストの刻印を、薄倖の美少女に刻みつけ、ユキを潜介の手から強奪してしまったのだ。そこには、生きた廃人がいる。どうして、奇怪な刺青を全身にされたユキが、人生の隠れ場所たる銀杏屋敷から逃げられようか。

黄木は、拳を握りしめた。たとえ暴力の犠牲になったにしても、そのまま、潜介を裏切りとおすかに見えたユキへの憤懣が、一瞬、かき消すように消え去った。ユキは死を賭して身を守りながら、潜介との再会に、はかない夢をつづけているのだ。だが、麻酔させられて刺青をされたユキが、意識の中で身を守っていたとて、それが、なんになるだろうか。あの生一本の潜介が、もし、この惨憺たる事実を知ったとき、どういう結果が生まれるだろうか。よし、潜介が人間的に運命を甘受したとしても、毒蜘蛛のような性格の琢磨が、ユキの心を摑めぬ病的嫉妬から、逆に予想もできない行動に出るに違いない。ああ、そのために、神戸へ飛んでいったのではあるまいか。蔵人兄弟の再会が描く惨劇の予感に、そのとき、黄木陽平は慄然とした。

後の扉が開いた。若い女中の姿を見ると、黄木は、急に明るい微笑を浮べた。

「ああ君、なんでもないんだよ。ほっときゃ、直ぐになおるよ」

「そうでしょうか」

「そうだよ。ときに初枝さん」

慣れ慣れしく呼ばれて、初枝は吃驚した。

「やっぱり、鈴木初枝さんだったね。あんた、十村周吉と懇意だったのかね?」

「いいえ、父がです」

「それで、銀杏屋敷へ世話されたんだね? しかし、十村さんとは、まあ、親しかったろうね?」

「はい」

黄木は、それとなく初枝の様子を注意しながら、

「最近、蔵人さんの部屋へ、十村さんが入ったのは、いつだったたね?」

「四五日前でした」

「その時の様子は、どんな風だったね？」

「わたくし、お部屋の中での様子は判りませんけれど——でも、このごろ、なんだか仲が悪いようでした」

「話は別になるが、君は十村さんと親しいんだから、ときどき、なにかを頼まれるだろうね？」

「いいえ、別に……」

慌てて初枝は首をふり、寝台の方へ行こうとした。

「初枝さん、君は階下へいってもいいよ。僕は昔からの知り合いだから、安心したまえ。検事は？」

「いま、電話をかけておられました。では、退らしていただきます」

黄木は腕をこまねきながら、初枝の後姿を凝っと見送っていた。間もなく、石狩検事が戻ってきた。

「黄木君、大丈夫かね？」

「もう、大丈夫。だいたいが、気性のしっかりした女だから——じゃ、一つ、毒蜘蛛の巣を拝見しようかな」

「必っと、鍵がかかってるね」

果して、蔵人の部屋の扉には、厳重に鍵がかってある。

「黄木君、困ったな。鍵は彼が持ってるんだ」

「なあに、簡単さ。壊せばいい」

「そんな調子は、昔の黄木君そっくりだね。いま、捜査本部へ電話をかけたら、建築技師が来たところだ。間もなく来るよ。それまで夫人の部屋で、昔話でもしながら待とう」

「電報は？」

「戸来刑事からは、まだなかった。ないのは異常のない証拠だね。特別に頼んであるから、すぐに届くようになっている」

「しかし、その刑事は、電報を打つ余裕があるかな」

「その点、ぬかりのない男だよ」

「いっそ、奴を喚問したら、どうだろう？　この眼で奴を見、この眼で奴の真骨頂を測定してみたいもんだね」

「それじゃ、なんにもなるまい。なんらの証拠もなしに、あの男を訊問したんじゃ、まるで霧の中を歩くようなもんだ。まあ、黄木君にだって、どうにもなるまい」

話しながら部屋へ戻ると、寝台に横たわったまま、ユキは、パッチリ眼を開けていた。

「やあ、気がついたね」

黄木は、優しくそばへゆき、「脅かすつもりじゃなかったんだが、いやに簡単に気絶しちゃったね」

「あの、気絶？」

ハッと、襟もとに両手を重ねた。黄木は無頓着に、

「調べることがあったんで、悪るいけど打棄といた」

「あの、なにか云わなかったでしょうか」

不安に戦くようなユキの顔を見ながら、黄木は首をひねった。

「別に……。ああ、まだ寝ていた方がいい。ときにユキさん、あの奥の部屋の鍵は？」

「あの人が持っています」

「じゃ、止むを得ん。壊わすかも判らんよ」

「どうぞ」

「馬鹿に簡単だね。しかし、ほんとに蔵人さんは病気だった？」

「少し熱が出ていたんです」

ユキは、チラリと黄木を盗み見た。「やっぱり、そういう時には、わたくし、看病するのです。なんといっても、お父さまの長男ですもの……」

「蔵人さんは、その寝台に寝ていたんだね？　刑事の話じゃ、この部屋には朝まで電気が付いていたそうだ」

「はい」

眼を閉じたユキの顔が、咽ぶように痙攣している。と、ドヤドヤと廊下の方に足音がして、扉が開いた。栗本主任が、まっ先に入ってきた。手に電報を握っている。

「検事、市原には、まったく苛々してしまう。息抜きに電報配達ですよ。それから、技師さんたち——」

石狩検事は、急いで電報を開いた。が、すこぶる簡単。

イジヨウナシ　ヘライ 後四・三〇　静岡

石狩検事は電報を黄木に渡し、栗本主任に紹介した。栗本主任も、黄木にニコッと笑った。

「検事、帆足課長から電話で聞きましたよ。課長は、だいぶ傾倒してました」

「まあ、僕の秘書って訳だね」

すぐに石狩検事は、廊下にいる技師たちの方へいった。簡単な挨拶をしてから、

「もう、委細は聞いたでしょう。一つ、厳重に調べてみてくれませんか。主として奥の部屋ですがその部屋の鍵がないんです」

「それは、なんとかなりますが……」

年輩の技師が、不審らしく訊いた。「しかし、そんな秘密の通路があるらしいんですか」

「あることは決ってるんです……」

その話を耳にした栗本主任が、ふと気が付いたように、黄木を見た。

「そうそう、黄木さん、僕も帆足課長の電話で、ちょっと聞いたんですが、たしかに蔵人の弟が、あると云ったんですね？」

「ある、という風には表現しないで、意外なところから出入りする。という風に――。しかし、この表現でも、充分に存在の証明になると思う」

栗本主任は、チラリと、ユキの方を見た。ユキは寝台に起きて、小さく項垂れている。

「黄木さん、夫人は知らんだろうか」

「まず、無関係でしょうな。だいいち、蔵人の部屋に入ったこともないというから――昨夜、蔵人が熱を出して、夫人に看病させた時、ワザワザこの部屋で寝ていたんですよ」

「じゃ、技師たちの調査が、うまく行かなかったら、神戸の警察の手で、その潜介というのを探させよう。船員をしているなら、すぐ判るはずだ」

「そりゃ、いい」

黄木も、大賛成だった。「とにかく、潜介君の居所を突きとめておく必要はある」

「なぜ？」

敏感な栗本主任の疑問に、黄木は微笑した。石狩検事には打ち開けられたが、第二の惨劇の予感は、ちょっと正面からは話せなかった。「なあに、個人的《プライベート》な話ですよ」

そこへ、技師の一人が入ってきた。まず、部屋の雰囲気に眼を瞠り、ユキの悩ましい姿に、眉をひそめた。

「奥さん、奥さんを眼の前にして、この部屋を調べるのは、ちょっと矛盾していますが、とにかく、部屋を出ていただきたい――」

建物の調査は、だいぶ大袈裟らしかった。黄木はユキを廊下へ連れだし、誰もいない方に促した。

「ユキさん、また脅かすんじゃないが、覚悟はいいね？」

その言葉を、どう解釈したのか、ユキは愕然としたらしかった。黄木は、細い肩を抱くようにして、「いいかね、潜介君は必っと銀杏屋敷へくる」

「必っと？」

「あんたの写真を雑誌社へ出したのは、たしかに潜介君だ。すると、新聞記事を見るはずだ。潜介君は、おとなしいが激情の男だ。自分を幼ないときから可愛がってくれた三森竹蔵が容疑者になってるのを知れば、必っと飛ぶようにやってくる。さあ、その時だ。

もし、琢磨の旅行が潜介君に逢うためならば、あんたは、予測のできない場面を見ないですむだろうが、そうでなくて、蔵人兄弟が光瀬ユキの眼の前で逢うとすれば、ユキさん、唯事ではすまないよ」

ユキは、ワナワナ慄えだした。

「どうたら、いいのでしょうか」

「まあ、潜介君がきたら、すぐに僕に知らせたまえ。僕が間に立てば、なんとかする。だが、あんたは潜介君に逢った喜びのあまり、いたずらに琢磨を刺戟してはいけないよ。しかし、琢磨は再び帰ってこないかも判らないね」

ユキは、クラクラと身体を左右に振った。眩暈を感じたらしいが、辛うじて眼を瞠り、

「なぜ、なぜです?」

「旅行中、挙動不審があったら、その場で逮捕してしまう……」

話半かばに、石狩検事がそばへ来た。

「黄木君、司法主任は、蔵人の弟を探しだして、その口から秘密の通路を聞く方が確実だ、と云っているが、それじゃ間に合わん。とにかく、徹底的に探求してみる」

「じゃ、僕も手伝うか。僕は屋敷の外を調べてみる――」

黄木陽平は、蜂のような男だ。云ったと思うと、もう、階段を馳けおりていった。

音波なき哄笑

夕暮の微風が、汗ばむ黄木の顔を、ハタハタと叩いていった。陽は落ち、素晴らしい真紅の真夏の夕焼が、一層、黄木の幻覚を煽りたてているようだった。

あれから二時間、黄木は、石塀に吸いつく壁虎に化していた。銀杏屋敷は、思ったより大きく、グルリと廻した塀際を調べるだけでも、いつ果てるとも判らない。だが、人間の弱点、自己懐疑というものを知らない黄木の行動は、痛快な一直線だ。そのまま打棄いといたら、おそらく、戸来刑事以上の頑張りを見せたろう。

ふと、人の気配で、黄木は振り向いた。上衣を脱いだ石狩検事が、浮かぬ顔つきで立っている。

「黄木君、ご苦労。見張りの刑事たちを呼んで、一緒に調べればいいのに」

「なあに、大勢でやれば、一点を見逃がす。一点を見逃がしたら、なんにもならない。相手は、琢磨だ。相当巧緻な仕かけになってるよ」

「だいたい、済んだ？」

「どっこい、序の口だ。まだ塀際が終らない。塀際なんて、月並みなとこじゃないだろう。が、まず、順序でね」

「黄木君、今日は打ち切ろう」

黄木は塀を離れて、煙草を摘みだした。

「技師達は？」

「いま、帰った。やっぱり、こういう事は、普通の建築技師じゃ駄目なんだね。それに建築の素晴らしさにばかり感心していて、一向に、らちがあかん。しかし、うまい事を云った。まさか自分で作らないだろうから、銀杏屋敷を作った土木業者を調べれば、早いとね。その通りだよ。その土木業者は、建築請願書類を調べれば、すぐに判る。いま栗本主任が、そのために出向いたよ。さあ、打ち切ろう」

「石狩君、その土木業者が、ないと云ったら、どうするね？　秘密を守らんとも限らんからね」

「事件が事件だ。あるものなら、絶対に訊き出すよ。どっちにしても、蔵人の弟も探しだせるだろうから、もう、時間の問題だ」

「石狩君、あんたは信念がないね？」

黄木が、ズバリと云った。「と云っちゃ悪いが、さっきは、一刻も早く探す必要がありそうな口吻だったね」

「黄木君、そいつは、この事件の雰囲気だよ。なにを判断するにしても、てんで僕には確信がないんだ。現実と幻覚とが交錯して、それに……」

「僕の出現かね。こりゃ、退場を命ぜられそうだね」

黄木は、愉快そうにカラカラ笑った。二人が屋敷内に入ると、玄関先にいた女中の初枝が、

「あの。検事さまにお電話でございますが――。それから、お食事の用意ができておりますから、どうぞ、応接間の方で……」

石狩検事は急いで、電話室の方へいった。黄木も玄関へ入りながら、

「ユキさんは？」

「お部屋ですけれど――」

「一緒に食事をするように、云ってくれたまえ」

「でも、今朝から、なんにも召し上がりませんので――」

「そりゃ、いかん」

黄木は急いで、階段を馳け上がった。ノックして扉を開けると、ユキは卓子にうつ伏して、なにに苦しむのか、身をもだえている。黄木は、そばへ寄った。

「すまん。僕は脅かすつもりで云ったんじゃない」

ユキは、激しく頭を振った、下げ型《ダウン》の髪の襟もとが崩れようとした。

「お願いです。打棄といてください」

「だが、ユキさん、僕の云ったことは、みんな出鱈目なんだ。まさか、骨肉の兄弟だ。そこには、別の感情があるよ」

ユキは、また、激しく頭を振った。

「お願いです。打棄といてください」

眼に余る自暴自棄。黄木には、慰める言葉が見付からなかった。

「ユキさん、琢磨と結婚した訳じゃないね?」

「同じです」

「いや、ちがう。あんたには、この屋敷から逃げられない理由がある。それを潜介君が知ったら、ああいう男だ。必っと、過去のことは許すだろう。そして、琢磨は人生劇場の舞台から消えてしまう」

愕然としたように、ユキは顔を上げた。その刹那の、凄惨な形相には、さすがの黄木も、アッと声をのんだ。辛うじて生きている者の死相が、アリアリと浮んでいる。

「ユキさん、君は銀杏屋敷にいてはいかん。雰囲気が、君を殺す。僕んとこは、あの時の家だ。家内は、君が好きなんだ。一時きていたまえ」

「いいえ、八知がいます。あの子が可哀そうです」

「ああ、そうか、潜介君が話していた可哀そうな少年だね。なんたる馬鹿な奴だ。琢磨という奴は――一片の自我を通すために、自分自身の不幸な分身を見殺しにするとは……」

義憤にかられてみたものの、黄木にも、それ以上、ユキを刺戟することはできなかった。ユキは失神するばかりだった。「みんな宿命さ。しかし、食事をしなくちゃ駄目だね。それから、この部屋で一人で寝るのは無理だ。いっそ、女中たちと一緒に寝たら、気が休まるだろう」

ユキは、嘆くように頷いた。

応接間では、石狩検事が待っていた。

「黄木君、戸来刑事から電報があったよ。名古屋からだ。『イジヨウナシ、ヘライ』ときた。こいつは名文句だね」

「果しなく、その文句だったら?」

「まさか、どう考えても、行先は神戸だね。しかし黄木君、君にゃ悪いが、僕は、こんな事を考えるね。ひょっとして、その潜介という男は、この事件に関係していないかな」

「その点だ。僕も、そんな感じがする。光瀬ユキの、あまりに凄惨な心理状態を考えると、そこに潜介君の影がボーッと浮んでくる。しかし、断言するよ。絶対に潜介君は関係していない」

「つまり、善良な男だ、という意味だね?」

「そんな意味じゃない。そんな意味だったら、むしろ逆だ。さすがに蔵人家の血だ。素晴らしい探偵感覚を持っている。悪い方に利用したら、それこそ巧緻を極めた犯罪をやるだろうが、しかし、この事件とは絶対に関係はない。というのは、抜き差しがならないくらい陥し入れられた三森竹蔵を、一番大事に思ってる男が、その潜介君なんだ」

石狩検事も、そこには一言もなかった。食事が終ると、「黄木君、僕は捜査本部で、戸来刑事の電報を待つつもりだが、君は?」

「邪魔でなかったら……」

「いや、そうしてくれたまえ。しかし不思議だね。僕は四五日前に、君に逢ったような気がするよ。それに、君に逢ってから、僕は急に無力になったよ……」

ナゴヤイライドクシヨニフケル」キズカレズ　ヘライ 後九・二〇　京都

捜査本部の机上に乗せた電報を、石狩検事、帆足課長、それに黄木陽平の三人が、思い思いの感じで睨みつけている。

「どこまでも、奴は魔物だね」

帆足課長が、押し包んでくる沈黙をけ破った。「しかし、戸来君の労力は、恐るべきだね。とにかく、昨日の夕方からの見張りから、まだ一睡もしていない」

「そいつは危険だぞ」

黄木の調子は無遠慮だが、妙に人を傷つけない愛嬌がある。「だいいち、肉体には限界点がある。もう一人、誰かを尾けさせればよかった」

「間に合わなかった。それに、当の戸来が承知をしまい。三日三晩寝なかったレコードを持っている。そんな男だ。なにしろ、忍耐で仕事をする――」

「黄木君、実にえらい男だよ」

石狩検事も感嘆を見せたが、と、思いだしたように、

「しかし帆足君、市原は全然駄目かね?」

「僕も調べてみた。栗本君は、根比べをやっている。事実を吐かんきゃ、絶対に出さんと云い渡すと、市原の奴、まさか一生は置いとくまいと空嘯いている。とにかく、顔を見ただけで、こっちがムカムカとしてくる。油ぎった悪党面に、エヘラエヘラ笑いを浮べやがって――。しかし、蔵人の旅行を不思議がってるとこだけは、どうやら、ほんとうらしいがね。一つ、石狩さん、あんたの手で調べてみたら?」

「そう思ってはいるが、いま、電話のかかってくるのを待っているんだ」

「ああ、土木業者?」

銀杏屋敷を建てた土木業者は、調べた結果、すぐに判った。が、その会社は二年前に消滅し責任者だった河野という建築技師の所在が、やっと夜になって判り、一時間ばかり前に刑事が飛んでいった。

「帆足君、実際問題として、秘密の通路がハッキリすれば、それだけで蔵人も押えられるし、市原にしたって、グウの音も出せないからね」

話半ばに、リリーンと卓上電話が鳴った。手近かの帆足課長が受話器を取り上げると、失望の色で、ウン、ウンと聞いている。

――じゃ、行く先がハッキリしないんだね? 函館だね?

判った――

受話器を置くと、

「石狩さん、その土木屋は二日前に北海道へいったそうだが、妻君も、行く先は函館とよりしか知らないそうだ。まったく、うまくゆかん。いよいよ、蔵人の弟を探しだすより方法がなくなった」

「その方は?」

「神戸の警察とは、もう連絡はとれたが、しかし石狩検事、その潜介という男が、必っと見つかるとは限らないからね。黄木さんの話の様子じゃ、ちょっと放浪性のありそうな男だから、もう船員を止めてるかも判らんね」

「とにかく、僕も市原を調べてみる」

残念そうに、石狩検事が立ち上がると、黄木も軽く立ち上がった。

市原源太郎は、見るからに太々しい男だ。栗本主任の態度から、石狩検事の立場を見とったらしく、卑屈な微笑を顔一杯に現わし、主任室へ呼ばれると、自分の方から口を切った。

「あなたは昨夜の事件の主任検察官でしょう？　いったい、どこへ蔵人はいったんでしょう？」

それに答えず、石狩検事は辛辣な眼を、真向から浴せかけた。

「君は今朝、蔵人に面会したね？　なんの用件で逢ったか」

「朝刊を見て吃驚したんですよ。それで、飛んでいったんです」

「そして？」

「ただ、それだけですよ。ちょっと逢って戻ろうとしたところを……」

「嘘は、ならんぞ」

石狩検事は、一喝した。「君を尾けていた刑事の報告では、君は蔵人の妻を突きたおし、不法侵入の形で二階へ昇っていった。それでも、単なる面会だと云い張るのか」

「ああ、戸来刑事ですか」

市原は、ケロリとしている。「どういう訳か、あの人は僕を眼の仇にしていて、なんでも曲解するんですよ。だいいち、こういう不法なやり方で、僕を署へ連れてきたのも、あの人の意地ずくなんですよ。あなたが命令したんじゃないでしょうな」

「市原、君は絡むつもりか。絡めば、自分を窮地へ陥入れるぞ。それより、十村殺人事件に関係がなかったら、今朝の用件を話した方が利益ではないか」

「関係なんて、勿論ありませんよ。だいいち、僕には、そのアリバイってものがありますよ」

「アリバイなら、蔵人も持っている。君と蔵人と十村の関係は、捜査当局では全部判っているぞ」

「だったら、場違いのところで、場違いの人が、骨を折って訊くところはないでしょう。僕は、もうなんにも喋べりませんから」

まったく、栗本主任ではないが、石狩検事も撲りつけたくなった。

「市原、事態が明るくなってから、慌てて告白しても、なんにもならんぞ。それだけでも偽証罪が成立する。いま、蔵人は不審な行動をとっている。間もなく逮捕され、すべては明るみへ出る。その時は、間に合わんぞ。よく考えておけ――」

階上の捜査本部へ戻ると、石狩検事は、思いきって苦が笑いした。

「帆足君、僕も駄目だね。あんな手合に腹を立てるなんて――。しかし、もう汽車は神戸へ着いたはずだがね」

帆足課長は、机上の時間表と時計とを見比らべた。ちょっと不安らしく、

「戸来君に電報を打っといたが、届いたかな。届かなければ、蔵人が神戸へ降りるかも判らんということは、戸来君は知らんはずだ。しかし、あの男の事だから、咄嗟の場合でもぬかりはあるまい」

「警察の方は?」

「それは電話で連絡しといたが、念のために、駅へ二三人出ることになっている。しかし、奴が神戸で降りないとしたら、なんの目的があるんだろう?」

その言葉で、石狩検事は、ハッと思い出して、黄木の顔を見た。

「そうだった、黄木君。君の忠告を忘れていた。里見博士を訪ねるんだった」

「僕は、問題にしてないのかと思ったよ。電話でいいじゃないか」

「どういう事?」

帆足課長が訊くと、石狩検事は手にした受話器を、一たん置いた。

「帆足君も、現実の蔵人を知ってるね? あの男が、単なる寄附行為なんてするだろうか」

「僕には、てんで信じられん」

「それだ。だから黄木は、なにか交換条件になる事を、里見博士に頼んだんじゃないかと云うんだ。しかし、里見博士が蔵人と逢ったときは、僕が担任検事だとは知らなかった。だから、普通でいうと、僕を司法官になれと云った里見先生のことだから、なにか秘密に頼まれたとすれば向うから積極的に話してくれるはずだし、また、それが話せないことなら、頑固で通ってる先生のことだから、絶対に話してはくれんと思う。しかし、とにかく、かけてみる」

廻転板《ダイヤル》を廻わしてから、石狩検事は、しばらく待っていた。

――ああ、奥さん。僕、石狩です。

先生は？

夜行で？　大阪へ？

いや、ちょっとお訊きしたい事があって。明後日、帰るんですか。

向うの宿舎は？

判りました。お休みください――

受話器を置くと、黄木が、すぐに訊いた。

「大阪への用件は？」

「それは、蔵人とは関係がないらしい。なにか訴訟事件の跡始末で、今晩の夜行でたつ予定になっていたそうだ。宿舎が判ってるから、明日、大阪へ電話をかけてみる。しかし、戸来君から電報が来んな」

「神戸で降りて、追跡でもしてるのかな」

帆足課長も、ちょっと案じ顔を見せたが、と、調子を変えて、

「しかし、二重人格て奴があるね。もしかすると、蔵人はそれじゃないだろうか。前に、ある事件で、そういう男を見たことがある。別の人格のときは、自分の行為を全然知らなかった。蔵人の場合だって、芸術を制作したり寄附行為をしたりする蔵人と、あのテラスにいた残忍な蔵人がいる」

「しかし帆足さん」

黄木が、アッサリ反対した。「あの胸像は、残忍の芸術ですよ。そして、目当の彼にも、わが子だけには、普通の愛情を持っている。僕に云わせれば、二重に区別する何物もない。だいたい、二重人格は、変態心理学からいえば、記憶の崩壊なんだ。僕は直接に彼を知らんが、彼の行動には、むしろ意志の崩壊が見える。行動そのものは巧緻であっても、行動の起点は、みんな芸術的だ。自我に加わる小さな刺戟を、全面的に反撥する。そして、自信を持って行動し、その結果に対しては顧みない――表面、精神が統一してるようだが、一つの衝動で完全に分裂する。たとえば、敵手《ライヴァル》としての潜介君の出現に、一つのショックを感じる。彼の一切の行動が、それを中心に配列する……」

実際家帆足課長は、そんな屁理窟は面倒くさいらしかった。と、立ち上がって、

「石狩検事、僕は神戸へ長距離電話をかけてみる」

二人になると、石狩も黄木も、急にテレ臭さそうに微笑し合った。シーンと静まりかえった夜更けのせいか、それまで雑音にかき消されていた懐旧の情が、二人の胸に往来しだした。が、それも言葉にならず、すぐに現実

の一線へ馳け戻った。黄木は、煙草のけむりの中から、石狩検事を大きく見戍った。

「石狩君、もし、警察制度の最後の目的が、犯罪の予防にあるなら、あんたの責任は重大ですよ」

「?」

「と、脅かすんじゃないが、必っと、第二の事件がある」

「なぜ?」

「琢磨、ユキ、潜介」

「じゃ、蔵人が弟に危害を加えると云うんだね? だったら、心配はない。おそらく、戸来刑事がなにかを摑むだろう。それをキッカケに、蔵人を検挙してしまう」

「しかし、十村の場合でも、立派にアリバイを持ちながら、殺害した。それは、原始的兇器だった。もし、毒殺などを用いたら、どんな奸計でもできると思う……」

「黄木君、いよいよ探偵小説だね。いや、笑いごとじゃない。僕も、その点も考えてるが、まあその方面は君に一任するとしよう」

そこへ、帆足課長が急いで戻ってきた。手にした電報を、机上に押しひろげた。

「戸来刑事は疲れきって、一二度省略したんだね。蔵人の奴、太平楽だ。岡山駅からですよ」

シズカニネムレリ　ヘライ

「羨ましいね」

昨夜も睡れず、重い瞼を釣り上げた石狩検事が、冗談を飛ばした。「じゃ、僕らも、戸来君にはすまんが、交代で寝ることにしようか」

「僕は起きてるよ」

黄木がいった。「昨夜、よく寝たの僕一人らしいからね」

石狩検事は、長椅子に横になった。とみると、もう健康な高鼾をかいている。帆足課長は、刑事部屋へ降りていった。黄木は机に頬杖をついて、思い出すともなく、潜介のことを考えはじめた。

ジーンと、耳鳴りがした。それほど周囲が静まりかえると、突然、蒼ざめたユキの顔が眼の前に浮んだ。それは、絶望の顔つきだった。たとえば、琢磨の犯罪だと知っても、それほどの深刻な打撃を受けるものだろうか。

「お願いです、打棄といてください」

ヒステリックな声が、耳に甦える。トタンに、黄木はハッと身体を起した。

ユキは、なにかを知っているのではないか？

「なにかを？」

そう自問すると、突然、キリリとした潜介の顔が大写しに浮んだ。一瞬、ギョッとして黄木は周囲を見廻したが、急にクスクス笑いだした。

「やい陽平、貴様は馬鹿だぞ。あの潜介が、人もあろうに、あの三森に罪を着せるなんて、考えるだけ、貴様は馬鹿だぞ」

とうとう声を出して笑ってから、そのまま陽性を発揮して、コクリコクリとやりだした。と、足音で眼を開けると、電報を手にした帆足課長が入ってきた。昏々と睡る石狩検事の方を見ながら、

「黄木さん、起さん方がいいよ。蔵人だけを寝かしとく法はないよ」

ヨクネムレリ　ヘライ 前四・五〇　広島

「ああ、夜が明けた」

黄木は立ち上り、窓のそばへいった。真夏の暁は、暗青の大空を次第に白く染め抜いている。

「ああ、戸来刑事は睡いだろうな」

「黄木さん、同情するかね？　しかし、蔵人は、まさか内地を離れるんじゃあるまい」

「こうなると、どうとも云えん。下ノ関は、何時ごろだろう？」

「時間表は、石狩検事が持っている」

なるほど、胸にのせた手の先に、小さな時間表が落ちかかっている。近よった黄木が、静かに取ろうとすると、ムックリ石狩検事が飛び起きた。

「ああ、よく寝たよ。なんだ、朝じゃないか。電報は？」

「敵も、よく睡る」

帆足課長から電報を受けとると、寝起きの元気か、石狩検事は高笑いした。

「笑っちゃ、すまん。奴は睡るが、戸来君は堪るまい。人間には、限度がある」

「じゃ、打電して、下ノ関で押えてしまったら？」

「そうするか」

石狩検事は、瞬間、まどった形を見せた。だが、その迷いは、青天の霹靂を生んだ。下ノ関発、戸来刑事の最

後の電報を受けとったとき、三人は三様の地団太をふみ鳴らした。

エキトウ　コツゼンキエタリ」アトデンワ」ス マヌ　ヘライ

完全犯罪

昭和十五年七月二十一日——二十二日夜

手紙の謎

不運な黒星を喫した戸来刑事の、下ノ関からの長距離電話も、結局は、低頭陳謝の域を出なかった。

その言葉のままに受けとれば、炎熱、油の滾る下ノ関駅頭、幻のごとく消え去ったというのであるが、それでは、お伽噺である。おそらくは、二昼夜にわたる監視尾行に疲れきった眼を掠め渦巻く雑沓にまぎれ去ったのであろうが、どちらにしても、蔵人琢磨の失踪は、十村殺人事件をいきなり暗礁の上に乗り上げさした。

「要するに、僕の大責任だ」

次ぎの情報を待ちながら、石狩検事は、捜査本部の部屋を往ったり来たりしている。焦燥の色が、太い眉根を曇らした。「戸来刑事は疲れ過ぎている。それを考え、それを計算に入れなかった。飛んでもないエラーだった」

「ところが、逆効果満点の失錯だね」

相変らず、黄木はのんびりと、一向に気にしていない様子。「途中で摑まえてみたって、どうなるもんじゃない。そんなら、東京駅で摑まえろ、だ。とにかく彼は、なんらかの目的で下ノ関へ往った。そして、尾行の刑事を巧みにまいた。これだけの事実を、ハッキリ摑んだだけでも、大成功だった。後は、彼を逮捕すればいい」

「その通りだ。奴には絶対の特徴がある」

だいぶ感染したらしく、帆足課長も楽天ぶりを匂わした。「たとえ変装変貌の達人でも、一方義眼という事実は、いくら奴でも、どうする事もできないだろう」

その点、石狩検事も同感だった。必っと、虱潰しの探索は効を奏するものと、充分の期待をかけていたが、次ぎから次ぎへの情報は、次第に希望を薄らがせ、夕方近く、下ノ関警察を中心とする最高の努力も、どうやら、水泡に帰したらしい形勢になった。

楽天ぶりの一皮が剝げ去って、帆足課長は、次第に躍起となっていった。半日以上も、石狩検事と捜査本部に頑張り通していた揚句、

「石狩さん、僕らが凝っとしているのは間違っている。責任外の黄木君だって、なにかを摑もうと現場で努力している。僕は、徹底的に市原を絞ってみる――」

石狩検事は、すぐに里見博士の老顔を思い浮かべた。

「こうなると、黄木君の勘が図星に近くなるんだが、どうにも里見博士と連絡がつかないんでね。旧友を訪ねるといって、宿舎を出たまんまで、戻ったら、大阪からこっちへ電話をかけるはずになってるのだが……」

「しかし、里見博士は、ワザと、あなたを避けているんじゃないかな」

「そうなると、いよいよ蔵人が秘密の用件を頼んだことになるが……」

帆足課長と入れかわりに、栗本主任が入ってきた。

「検事、下ノ関からの情報は駄目ですか」

「相当広範囲に非常線を張り、各駅各列車も厳重に調べているというのだが、どこかにピタリと潜伏しているとみえて、なんの手がかりも見付からない――」

「じゃ、潜伏してるとすれば、下ノ関の中でしょうが、とにかく、義眼なんて特徴は滅多にあるもんじゃない。必っと、戸来は気狂いのように馳けずり廻ってますよ」

「実際、気の毒だった。栗本君、僕は現場へいってくるから、後はよろしく」

「必っと、吉報がありますよ。そうでなくても、今度こそ、市原に泥を吐かせますよ」

石狩検事は、すぐに自動車を銀杏屋敷へ飛ばさした。玄関を入ってゆくと、ぼんやり黄木が、胸像の前に立っている。

「やあ、石狩さん、役者は奴の方が上手ですよ。クタクタになるほど探し廻った揚句、秘密の通路は、てんで判らんということに決ってしまった――」

「黄木君、蔵人の行方は、ついに五里霧中だよ」

「ほう」

急に気が付いたのか、黄木は大袈裟に吃驚した。「しかし、各駅各旅館を調べれば――とにかく、義眼じゃないか」

「だから、僕も安心しすぎていたんだ」

「上りの各列車を調べている?」

「もちろん、調べている。しかし、どこかに潜んでい

るんじゃないかな。どっちにしても、帰京しようとして列車に乗れば、すぐに判るようになっている」

「だが、自動車をブッ飛ばしてきたら？　義眼にしたって、外して盲目になると、また人相が変ってくる。だから、盲目の女だって油断はならんよ」

「だが黄木君、君は蔵人の失踪を、ある点まで予想していたらしいね？　どうも、君の態度で判る」

「いや、それがハッキリしたのは、今日なんだ。委細は、奴の部屋へ行けば判る」

黄木は蔵人の部屋へ入ると、高い丸窓の妙なレンズを指さしてから、次ぎに、開き戸から精巧な反射鏡装置を取り出して、巧みに机上に装置《セット》した。

「ほら、見たまえ」

いわれて石狩検事は、アッと思った。装置の中央のレンズに門外一帯の光景が、アリアリと浮んでいる。

「石狩君、奴は何もかも知っている」

「すると、戸来刑事の尾行も予知していたんだね？」

「逆だと思う。その尾行があるからこそ、遠距離へ走ったんだ」

「？」

「と仮定してみると、その目的は二つある。一つは、捜査当局の虚を衝くためだし、一つは、留守にして、銀杏屋敷へ潜介君をおびき寄せるためだ」

「じゃ、下ノ関での失踪は、戸来刑事の尾行を計算に入れての、最初からの計画だと云うんだね？」

「僕には判らんが、事態そのものが、そう断言しているじゃないか」

「だとすると、すぐに上りの列車へ乗るはずじゃないか」

「その点が問題だ。奴は、簡単に摑まることを計算に入れない男でもあるまい。それに、第二の犯罪にしても、すでに用意がしてあるかも判らんね」

黄木は部屋の隅へいって、壁に塗りこめられてある戸棚を、骨を折って開けた。中は小さな段になっていて、色々な形の薬瓶がズラリと並んでいる。

「飛んだ箱根細工式で、開けるのに頭を悩ましたが、石狩君、こいつはみんな毒薬と麻薬だよ。中には、僕も名を聞いたことのないのもあるが、潜介君の話だと、ほとんど症状なしに即死するのや、苦痛なしに二三日生きていてから、ポクリと死ぬ奴もあるそうだ。そんな奴を、たとえば隠しピンに塗っておいて、それで指を刺せば死ぬという仕かけもできるからね。しかも、この戸棚は、ごく最近開けた証拠がある。まだ僕は直接には手を触れていないんだ。まあ、一段二段三段と、順に見比べてみたまえ」

なるほど、黄木が指摘するとおり、下段と中段は、小さな薬瓶がキチリと並んでいるが、上段だけは、妙に凸凹に並んでいる。「ごく最近というのは、あるいは詭弁かも判らんが、とにかく上段にある奴は毒薬ばっかりだ。もし、この戸棚を彼が旅行に出る直前に開けたのなら、おそらく、意外な形で殺人の準備はできていると思う」

「すると、その被害者は、弟の潜介なんだね?」

「あるいは、光瀬ユキもその一人かも判らない。もし、そうだとすると、第二の犯罪が終るまで奴は姿を現わさないね」

「黄木君、君は戸来刑事より、より大きな幻覚を叩きつけるな。しかし、現実の問題としては、市原の口からか、里見博士の話からかで、奴の旅行の目的は見当つくと思っている」

ところが忽然と、意外な方面から、蔵人琢磨の消息が現われた。静かに扉が開いて、一通の手紙を持ったユキが、不安な顔つきで立っている。が、部屋へは入ろうとせずに、黄木の方に手紙をさしだした。

「この手紙、いま参りました。あの人からです」

黄木は奪うように、手紙を取った。たしかに、蔵人の手紙である。宛名は蔵人ユキ、消し印は中央郵便局——すると、東京駅で投函したことになる。ユキの手で、封は切ってあったが、中身を出すと、石狩検事も息を詰めながら覗きこんだ。

日本を去る
市原の脅迫ごときは眼中にないが
眼に見た蔵人家の血流に虚無を感じる
竹蔵は無辜
眼をもって見よと、検事に告げよ
潜介は神戸元町、春泥館にいる
たくま
ユキ

簡潔を極め、いかにも蔵人らしい高踏的な筆端だ。もし筆蹟鑑定家だったら、そこに精神の混乱と分裂の象徴を見出したにちがいない——。

ユキは躊躇しながら、呟くように黄木を見た。

「先生、知らせたものでしょうか」

黄木は唇を噛んだまま、刻明に、一字一字を読みなおしている。石狩検事も、急天直下の展開に、ちょっと呆然としていたが、

「黄木君、なにか云ってるよ」

「囮だ」

突然、黄木が叫んだ。「危険なゲームが始まった。だが、潜介君は呼ばねばなるまい」

その言葉を、どう解釈したのか、ユキは、風の中の葦のように、ワナワナ慄えだした。

「ユキさん、心配しなくていいよ。すぐに電報を打ちたまえ。警察の手を借りるまでもない。潜介君は飛んでくる」

「いいえ、わたくしは呼びません」

黄木は、ジロリと、ユキを見た。

「じゃ君も、なんか予感をしているね?」

「いいえ、逢うのが怖いのです……」

「とにかく、電報を打ちなさい。僕も逢いたい。逢って訊きたいことがある」

「では、どういう風に?」

「そうだな。タクマユクエフメイ、スグコイ。それでいいだろう」

ユキは、人形《マリオネット》のように、ユラユラ消え去った。石狩検事は、鉄色の肘かけ椅子に、ドッカリ腰をおろした。机上にひろげた手紙をみつめながら、

「黄木君、囮とは、なんだね?」

「琢磨をひっ摑える囮なんだ。潜介君のいるとこへ奴は現われる。奴は嫉妬の鬼と化している。この手紙を、よっく読んでみたまえ。おそるべき企らみが滲んでいる」

「黄木君、君は先入主に捕われ過ぎてはいないかな。この手紙は、書き方こそ病的だが、心を翻えした蔵人の気持が、よく出ているじゃないか。しかも、この手紙を書いた直後に、寄附行為をしている。こうなると、里見博士の眼の鋭どさが頷けてくる。黄木君、たしかに、蔵人は虚無を感じて心を翻えしたんだよ。だが、殺人犯人を逃がすことはできない。すぐに関釜連絡船を調べさせる……」

立ち上ろうとする石狩検事を、黄木は両手で制した。

「じゃ、あんたが眼をもって見た琢磨は、そんな人物だったのかね?」

石狩検事の浮いた腰が、ドシンと下へ落ちた。いきなり、奇怪な風貌が瞼の裏にひろがった。

「ああ、そうか」

「石狩君、僕は直接には彼を知らん。だが、彼の書いた手紙がある。一つ、行間に滲む謎を分析してみようかね。

だいいち、この手紙をワザワザ東京駅で投函したのは、なんのためだと思う？　なぜ、すべてを唯々諾々のユキに、そんな面倒なことをするのか。答えは、簡単だ。一定の時間を稼ぐためだ。自分の所在を、はるかの遠くで失踪させ、その後に、この手紙が届くようにしたのだ。

いまのは一つの仮定だとしても、この文面には、動かしがたい自己曝露がある。この『眼に見た蔵人家の血流』とは、なにを意味しているのか。『眼に見た……』ということとは、自分の行動ではない、ということの表現だ。しかも、三森ではないという。蔵人家の血流というかぎり、自分の子供の白痴の少年を指さしている。白痴の少年の犯罪だと、巧みな簡潔さで表現しているのだ。

だが、事実はどうか。絶対に、白痴の少年の犯罪ではない。たとえば、加害者は強力な人物であるという、屍体解剖の結果を知らなくても、現場の雰囲気を知っている琢磨が、子供の犯罪だと思うはずは絶対にない。

すると、こういう事になる。あり得べからざる白痴の少年の犯罪に偽装させ、しかも、自分の子供を告発したという点で、こいつは彼らしい独断だが、自分を容疑の圏外に置かせ、計画的な失踪後の、自分の行動の自由を保留しようと考えている――」

「なるほど、そうか」

石狩検事は、率直に頷いた。「戸来刑事の暗示や、殊に君の出現がなかったら、その企らみは易々と成功したに違いない。しかし、自分の行動の自由を保留するなら、なにも三森は無辜だと書き、検事に告げよと云う必要はないじゃないか」

「その点だ。そいつは、この手紙をユキ以外の者に見させ、ユキの不決断を補わせるつもりじゃないかな。それと、奴の病的性格の表現じゃないかな。妄想的自尊心から、いかなる時でも嘲笑的態度をとろうとする……」

「そういえば、そういう男だ。僕が彼に、誰が一番被害者に動機を持つか、と訊いたとき、奴は平然と、もちろん自分だと断言した。フフン、『眼をもって見よ』か。黄木君、傲慢な投手が、打てるなら打て、と大きく振りかぶってるよ」

「カーンと打て」

黄木は、奇麗な形にバットを振るモーションをした。

「石狩君、二《ツウ》ストライク三《スリイ》ボールだ。奴の球は快速球だ。打って、ホームランにしろ」

肩の凝りがとれたように、石狩検事も明るく微笑した。

「危機《ピンチ》は、ずいぶん経験したからな。しかし、どうして蔵人が、弟の居所を知ってるんだろう？」

「それが、スフィンクスの鍵なんだ。事件前から知っていたのか。事件後に知っていたのか。事件前に知っていたとすれば、なんらかの用件での、潜介君の手紙を、奴が受け取っていたに違いない。事件後に知ったとすれば、あの市原から聞くより他にはないはずだ。石狩君、これが一番可能性があるね。潜介君の居所が判ってから急に一つの計画を立てたんだ。しかし、それも変だな。この最初の文句の『市原ごときは……』という意味は、なんかそこに脅迫された形が匂っている。血相変えた押し面会――そこには、十村事件と関連した、なんかの脅迫があるらしいが、だとすると、それに潜介君が関係していることになる」

「そうだ、この文句じゃ、たしかに市原から、なにか脅迫されたことになる。一つ、帆足君に電話で知らしてやろう」

立ち上がる矢先へ、スッと扉が開き、またユキの姿が現われた。蒼白の頬に、一抹の赤味を浮べ、

「いま、神戸へ電報を打たせました――」

「そりゃ、よかった」

黄木は、ユキのそばへいった。「そりゃそうと、ユキさん、昨日の朝、市原って男がきましたね？」

「とても乱暴な人でした。あの人も、カッとすると、なにをするか判りませんので、とても心配でした……」

いいかけて、ユキは唇を噛みしめた。その様子が、なにかありそうに見える。

「ユキさん、それで、どんな風だった？」

「はい、怖ろしいことを云って、あの人を脅迫していました」

石狩検事は吃驚した。

「どうして、それを知っていなさる？」

「あの人も殺気だっていましたので、わたくし心配でした。それで、ここで立ち聞きしていたのです。市原という人は、あの人が怖いと見えまして、この扉のところで呶鳴り立てていました……」

「じゃ、その脅迫の言葉を聞きましたね？」

「はい」

返事はしたが、ユキは唇を閉じてしまった。明らかに、

蔵人への恐怖を示している。

「ははあ、蔵人が怖いんですね？　しかし、蔵人は再びあなたの前へ現われないかも判らない。そうでなくても、それを秘密にしてることはできませんよ」

「はい、お話しします」

黄木の後について、ユキは怖々に部屋の中へ入ってきた。蔵人の寝台をみつめながら、「あの人は、あの寝台に寝ていました。そこからは起きなかったようでした。そして、市原という人の言葉の様子では、拳銃《ピストル》を突きつけていたようでした。あの人の声は聞えませんでしたが、市原という人は自分で脅かしながら、自分でブルブル慄えていたようでした。ほんとうに、あの人は、いつ射つか判らないような人なのです。

市原という人は、一人で呶鳴りつづけて、呶鳴りおわると、逃げるように部屋を出てゆきましたが、なにか宝石《ダイヤ》のことを云っていました」

「宝石？　つまり蔵人が持っているのかね？」

「そうらしいのです。市原という人は、こう呶鳴っていました。十村が殺された以上は、あなたが宝石を持っているに違いない。十村が落伍した以上は、奇麗に二つ別けにしよう……。そんな風でした。あの人が、どこまでも黙っているので、市原という人は、白ばくれても駄目だと云って、その宝石のことを喋べっていました。

あの市原という人の口真似はできませんけど、なんでも刑務所に入っていたそうです。そこへ入る前に、一万円の金が必要なので、その宝石を担保にして、お父さま――あの人の父から金を借りたのですが、その宝石は、莫大な値打ちのもので、止むを得ずに担保にしたところを、間もなく刑務所に入れられたというのです。三年くらいでそこから出てきますと、すぐに金を作ってお父さまのとこへ宝石を取りに行くと、それが無いというのです。市原という人は、その時は、まだ、あの人を知っていないような口ぶりでした。十村さまは、お父さまの秘書をしていましたから、そのころから識っているようでして、あの人に、こう呶鳴っていました。

『十村の話では、家出した長男が持っていったという話だが、もちろん、僕は諦めない。しかし変名した君と上海で逢っていて、それと気が付かなかったのは、残念だった』

なんでも、市原という人の口ぶりでは、そのダイヤは再たび手に入らないような高価なもので自分も不正に所得したが、君は――あの人の事です。あの人は、さらに不正に手に入れたんだから、おとなしく返せと云うらしいんです。

そういいながら、市原という人は、あの人の拳銃に慄えているようでした。

『僕はここへ来るからには、覚悟をしてきているんだ。しかし、十村を片付けたような訳にはゆかないよ』

そういう風に云っていました。もし自分が帰らなければ、すぐに警察へ訴えるようになっている。市原という男は、お礼を忘れた事のない男だ。君の旧悪も一緒に曝れて、君もこの世とお別れだ。そんな風に云っていました」

「すると、蔵人がそのダイヤを持っているのは、たしからしい口吻なんですね?」

「そうでした。市原という人は、十村が君の持っているのを見たと云っている――そんな風にいっていました。それから、十村の提案は、君の手から奪いとって二人で山別けにしようとした訳じゃない。一たん君の手から奪いとって、それを所分して、三人で別けるつもりだった。君だけが独占する権利はないぞ。そう云っていました。それから、果して君が現在でも持ってるかということは、僕も半信半疑だったが、十村を殺した以上は、持ってる事を自白したも同じだ。だから、二人で奇麗に別けよう。金への処分は、僕の手でやる――そんな風に、いくら呶鳴りたてても、あの人は黙っていました。そして、もう殺すつもりだったのでしょう。市原という人は吃驚して、扉を開きかけました。そして、僕が君のとこで間違いがあれば、なんとかの私刑事件の証拠を、警察に出すことになっている。僕に間違いがなくても、今日中に、君の手で僕にダイヤを渡さなければ、抱き合い心中に密告する。僕の足もとに火が付いているから、もう内地にはいられない。僕も破れかぶれで、命をかけている。今日中だよ――。そんな風に云い棄てて、この部屋を出ると、わたくしの方は見もせずに馳けてゆきました」

ユキは、一生懸命だった。力を入れて話しながら、荒んだ顔に血の気の色が浮んできた。「でも、検事さま、市原という人の言葉は、ほんとうなのでしょうか」

「あなたが聞いたとおりなら、ほんとうでしょう」

「いいえ、そうじゃなくて、十村さまを殺したのは、あの人だというのは――でも、あの人は片瀬にいました……」

「いや、ユキさん」

黄木が、返事を引き取った。「あなたが琢磨を怖わがるのは無理はないが、たとえ、彼が十村殺人事件から脱れても、もう運命は終りですよ。彼は、市原の切迫詰った脅迫を受けて、一石二鳥に姿をくらましたのかは判らんが、捕縛は、絶対的に時間の問題だ――。しかし、十村への動機はダイヤだったのか」

なにかを思い当ったように、黄木は深く腕を組んでしまった。

上り東海道線

光瀬ユキの立ち聞きは、市原源太郎には致命傷だった。往生際が悪くズルズル逃げまわったがついに脅迫の事実を認め、太々しい調子を石狩検事に見せた。

「しかし、あのダイヤは僕のもので、元利を蔵人に返せば、なんにも悪いことじゃない」

「その時、蔵人は拳銃を持っていたね？」

「ご冗談でしょう。扉ごしに立ち聞したくらいで、なにが判るもんですか。いったい、この前もそうだったんですが、そのリンチ事件というのは、どんな事件です？」

「蔵人が拳銃を持っていなければ、なぜ、もっと部屋の中へ入らなかった？　そばへ行けば、立ち聞きされずにすむ声で、話せたではないか」

「それがですよ」

市原は、シドロモドロになりながら、「蔵人という男は、ちょっと常識ではゆかん男です。頭が狂ってるんじゃないかと思ったことは、なん度もありましたよ。それにあの部屋が妙な部屋でしょう。薄気味がわるくなって、正直にいいますと、扉のところにいるのが、せい一杯だったんです。しかし、蔵人が旅行をするとは変ですな」

「脅迫の期限が、昨日中だったからか」

「いや、そうじゃないんです。たしかに熱があるらしく、額に濡れタオルをのせていましたよ」

もはや石狩検事は、市原との狸問答にも業を煮やさなかった。脅迫が裏付けされ、蔵人の十村に対する動機が明白になれば、この際、それで充分である。もう一つ、気がかりだったのは、大阪にいる里見博士との連絡だったが、やっと翌朝、里見博士から長距離電話がかかってきた。

――なあんだ、石狩君か。

警察からだというんで、なにかと思ったよ。

京都へいっていた。飛脚旅行で忙がしいったら、腰骨が痛くてかなわんよ。

これから汽車へ乗るところだ。晩には逢えるが、なにか急用かね？——

——先生、一昨日、蔵人氏が先生を訪ねましたね？その時の用件についてですが、差支えがなかったら……——

——石狩君、君は健忘症かね。はははは、それとも、金の出所が怪しいのかね？——

——その他に、なにか話がありませんでしたか。主任検察官として、どうしても知りたいんです——

——そうか。なあに、ちょっとした事があった——

——どんな事ですか——

——一通の書面を頼まれたんだが、石狩君、晩に逢えるよ。その時、話そう——

——しかし先生、できるなら一刻も早く——

——ところが、わしにも判らない。晩まで待ちたまえ。もう汽車の時間がきた——

——先生、なにか秘密の……——

——晩に逢う。そうだ、蔵人家で逢う——

——蔵人家？——

——正八時——


汽車の時間も迫ってくるらしく、電話は向うから、プツリと切れた。

並んで聞き耳を立てていた帆足課長も、浮かぬ顔つきだった。

「変だなあ、蔵人家で逢うと云ってるなんてんでしょう？」

「実際、変だ。しかも、正八時に時間を切っている。蔵人の失踪と、なにか関係があるのかな」

階上の捜査本部室へ戻ると、石狩検事は、黄木の意見が聞きたくなった。黄木は、相変らず銀杏屋敷に頑張っている。受話器を取り上げると、

「ホラきた、黄木君でしょう？」

帆足課長が、揶揄うように笑った。「このところ、黄木君が主任検察官ですな。僕も、黄木君の値打は大いに認めるが、殊更に訊く必要はないと思う——僕の考えじゃ、蔵人が里見博士に頼んだことは、蔵人家の整理じゃないかと思う」

石狩検事は、受話器をおいた。

「すると、あんたは、蔵人の東京駅からの手紙を、ほんとうの意志だと思うんですね？」

「思わざるを得ん」

帆足課長は、捜査課長としての一種の立場を強調した。

「こう云っては、いい肉を食べてから骨を笑うようになるが、だいたい、黄木君は奇矯に過ぎる。つまり、牽強附会だ。あるいは、蔵人が突然現われて、その弟を害そうとしているのかも判らんが、しかし事実は、その反対を指している。

もし、蔵人がその気なら、すでに上り列車に乗ってるはずだ。ところが、いままでの厳重極まる探索では、そんな義眼の男や、義眼を外した形跡のある者は、一人も列車にはいなかった。どうです？　石狩検事、これじゃ、彼の手紙を信ぜずにはいられんでしょう」

石狩検事は、煙草の煙を大きく吐き散らした。黄木の推理は、黄木の口から訊けば極く自然だが、それを自分の口にするのは、あまりにも不自然な気がする……。

「もちろん、僕だって」

帆足課長が、言葉を改めた。「十村殺人事件の主犯者は、蔵人だとは思っています。それに、彼の毒々しい印象は、不愉快なほど瞼に焼きついている。しかし石狩さん、僕は長い経験で、人間というものを信じている。いや、あなたに対してでは、失敬な云い草ですが、どんな極悪な人間でも最後の一線では翻然と悔悟するもんです。おそらく蔵人は、市原の脅迫にショックを受け、それをキッカケに、翻然と悟りを開いたんじゃないでしょうか」

石狩検事は新しい煙草を摘みだし、ゆっくりと火を移した。

「帆足課長、要するに、僕は歪んだレンズの前に立ってるんだね。影像の正体を見極めようとすると、焦点《ピント》が狂ってしまう。実際、確信のなさ過ぎる話だが、あんたの意見にも賛成だし、黄木君の考えにも反対できない」

「しかし、問題は簡単でしょう」

帆足課長は、率直にいった。「これから、どんな事態が起きようとも、それは十村殺人事件には関係がない。僕らの仕事は、直接に十村を殺した兇漢は、どこへ逃げたか。主犯の蔵人は、どこに潜伏しているか。この二つに尽きている……」

「帆足君、一言もないよ。で、関釜連絡船から、なんか報告があった？」

「昨日の夜、そんな人物は乗船しなかった、という報告があったでしょう？　あれが最後です。それから念のために、西日本の各港から出航した船も、連絡して調べてもらいましたが、義眼の中年男なんて、いままでの報告にはなかった。だいいち、そんな事よりも、上り東海道線に、そんな男が乗らず、各街道を東へ走る自動車を調べても、そんな男がいないという事だけでも、黄木君の妄想は、人騒がせの妄想ですよ」

やむなき微笑が、石狩検事の頰をついた。

「帆足課長、あの男は、限界を知らない馬車馬なんだ。あの男を引きずりこんだのは、僕の責任だ。まあ勘弁してくれたまえ」

「いや、僕だって、黄木君は大好きなんですよ」

それをキッカケに、妙な蟠りがケシ飛んで二人は急に笑い合ったが、

「そうそう、石狩さん、問題の潜介という男は、いつ東京へ着きます?」

「返電だと、午後六時の汽車らしい。その列車には、里見博士も乗ってるはずだ。これで蔵人が乗ってれば、飛んだ解決列車になりそうだね」

軽い諧謔に、二人はまた明るく笑い合った。

午後六時。

出迎えの人の雑踏する東京駅の改札出口に、黄木陽平は、例の無造作な顔つきで、のんびり煙草をくゆらしていた。黄木は蔵人潜介を出迎えるのだが、黄木と並んで時計を見ている石狩検事は一刻も早く里見博士に逢おうとしているらしかった。

間もなく、下ノ関発急行列車の降客の一群が、長蛇のように現われだした。と、素早く先頭に見付け、

「やあ、蔵人君」

黄木が、我武者羅な声を上げた。三十前後の、どこか放浪児《ボヘミアン》らしい簡単な服装の青年が、不審らしく立ちどまった。クルクルと見廻してから、黄木に気がつくと、「ああ」と叫びながら、人波を分けてきた。

「ああ、黄木先生じゃないですか。どうしたんです?」

「君の出迎えさ。新聞、見たろう?」

肘を摑んで黄木は、潜介を石狩検事の前へ連れていった。「石狩検事、これが蔵人潜介君――潜介君、この人は十村事件の主任検察官――」

潜介は軽く頭を下げてから、黄木の顔を懐しそうに覗きこんだ。

「先生、先生も事件に関係してると聞いて、僕は吃驚しましたよ」

「どうして、判った?」

「電報で判ったんです……」

二三歩してから、黄木が振りかえった。

「石狩君、僕たち、食堂へ入ってますから」

「じゃ、後から僕も行く」

石狩検事は不思議な気持で、蔵人潜介を見送った。汚れたレイン帽に、形の崩れた上衣。一眼で下級船員を思わせるその男が、あの蔵人琢磨の実弟なのだ。挨拶して、ちょっと微笑したときなにかの錯覚で、琢磨によく似た感じを受けたが、明るい眼に奇麗な唇、第一印象《ファーストインプレッシェン》は、描いた想像を完全に裏切った。降客の人波は、ダラダラつづいているが、当の里見博士は、なかなか現われない。やがて、人波が切れて、石狩検事も慌て気味になると、最後のポイントのように里見博士がゆっくり現われた。

「ほほう、石狩君、出迎えかい？　商売は辛いね」

諧謔も、現在の石狩検事は無関心だった。出てくる老博士を抱くようにして、

「先生、お待ちしてました。いったい、蔵人からなにを頼まれたのです？」

「こいつは手厳しい。じゃ、蔵人が帰宅したか、どうかを知ってるね？」

「あのまま、消息不明なんです」

「フーン」

頷きながら、老博士は歩いてゆく。「立ち話もできまい。コーヒーでも飲むか。八時までにはゆっくり時間がある」

「先生。その八時というのは、なんです？」

「石狩君、どうも冷静を欠いてるようだね。しかし、蔵人さんが消息不明だとすると、なにかの意味がありそうだな」

食堂は食事時間らしく、一杯に立てこんでいた。隅の方の卓子に陣どると、石狩検事は、すぐに食事を注文した。

「石狩君、そうしちゃおれん。一度、家へ帰る必要がある。文書は家にある」

「文書？」

「うん、蔵人さんから頼まれた文書だがね。それが、こういう訳だ。一昨日、蔵人さんが見えた時、例の五万円の小切手を置いてから、その文書を儂に預けた。つまり今晩の午後八時が、息子の生れた誕生時間だから、その時を紀念して、ある計画を発表したい。しかし、自分は急用で旅行するから、もし、その時間の前に取りに来なかったら、つまり、儂の手から夫人に渡してくれ。そ

して、その開封に立ち合ってくれ——だいたい、そんな風だったね」

「しかし、なぜ、先生の手を煩わすんです?」

「君も馬鹿だな」

老博士は、遠慮がない。「先に夫人に渡したら八時という時間の前に開封するかも判らんよ。だから、儂でなくて誰だっていいんだが、ただ、父の旧友を思い出したんだろう。しかし石狩君、消息不明とは、どういう意味だね?」

「実は、失踪なんです。それも、奇怪極まる失踪なんです」

石狩検事から、蔵人の失踪顛末を聞きおわると、さすがに里見博士も、老顔を不審に曇らした。

「フーン、そんな訳だとすると、あの文書はただの文書でなくなるな」

そこへ、食事が運ばれた。老博士は、すぐ健啖ぶりを見せながら、「ちょうどいい。家へかえっても、ゆっくりする時間はない。しかし、その東京駅からきた手紙というのは、いま持ってるかね?」

石狩検事は例の手紙を取りだして、里見博士の前にひろげた。

「なるほど、石狩君、この手紙の書き方は、不健全だ。病的だ。だが、内容そのものには、真実味が溢れているね。すると、僕に委託した文書は、財産整理にでもなるのかな」

偶然にも、帆足課長の考えと一致している。

「先生も、そう思うんですか」

「つまり、儂という人間に特に委託した理由が、それで判ったんだ。だが、財産整理といえば、蔵人さんに弟がいたはずだ——」

「あ、そうだ。先生、その弟というのは、この食堂の中にいますよ」

ちょっと背伸びをして、グルリと見廻すと、向うの卓子で、黄木と盛んに話し合っている。と黄木がこちらへ向き、手を振りながら立ってきた。

「石狩さん、予算が狂った」

「なんの?」

「通路」

「ない?」

「ない」

一瞬、石狩検事はアッと思ったが、さあらぬていで、黄木を里見博士に紹介した。

「先生、僕の友人の黄木陽平君です。この事件の特別鑑定人です」

「なんの特別鑑定?」

「つまり、相談役なんですよ……」

「この男が、君の糸を引いているのか」

里見博士は、無遠慮に黄木を一瞥してから、近よってくる潜介の方へ眼を移した。潜介は、ちょっと直立の姿勢になり、ピョコンと頭を下げた。

「里見さんじゃありませんか。僕、蔵人潜介です」

「お、そうだ。潜介君だ。君は、親父に生き写しだね」

里見博士は、いかにも懐かしそうに、「君は、人懐こい子供だったよ。儂はね、君を養子に貰おうと思って、君の親父にかけ合ったことがある……」

「僕も憶えています。あなたに馬になってもらったり……」

ワッハッハと、老博士は枯れた笑い声をたてたが、と、真顔になり、

「潜介君、今度は大変な事になったね。まだ事件が五里霧中だというのに、君の兄貴が失踪したりして――」

「それは、いま黄木先生から聞きました。しかし、兄貴は、なんの意味もなく失踪するような人じゃありません」

「それについて、儂は依頼された事がある」

「兄貴からですか」

「そうなんだ。実をいうと、儂は君の兄貴というのは、あまり好かんかったが、しばらくぶりで――そうだ、十何年ぶりかな。だが、やっぱり三省の息子だよ。思いちがいをしていたほど、立派な男だね。文書を頼まれた。それを持って、後で銀杏屋敷へ行くからね」

「では、僕は先に失敬します。僕の眼で調べてみれば、兄貴の行動も判るかと思いますから――」

潜介は、一人一人に頭を下げてから、急いで食道を出ていった。

「石狩君、儂も失敬するよ」

つづいて、里見博士が立ち上がった。「家へ戻って、文書を持って来なけりゃならんから――」

「先生、八時カッキリですね?」

「うん、蔵人さんが、そう云っていたから、まあ、正八時に開封するとするかね」

黄木は憑かれたような顔をして、老博士を見送っていた。と、はげしく振りかえり、

「石狩君、正八時ってのは、いったい、なんの事か

ね?」

「それが、変なんだ……」

石狩検事も浮かぬ顔で、里見博士の話を伝えると、見る見る中に黄木の顔が緊張していった。手首をグイと曲げ、

「石狩君、六時三十分だ。時間がないぞ。すぐに出かけよう」

「どこへ?」

「現場」

石狩検事が後れて駅を出ると、電光石火のように、もう黄木はタクシイに納っている。

「石狩君、早く」

あっけに取られて、石狩検事も自動車へ乗りこんだ。

「黄木君、いったい、どうしたんだ?」

自動車は、チップの加減らしく、猛烈なスピードを出しはじめた。それでも黄木は、腰を浮かせて焦り気味だった。

「いいかね、八時には必っと、なにかが起きるぞ、予測を許さん突発事件だ」

「誰に対して?」

「もちろん、潜介だ。そして、ユキかも判らん。奴が書いた筋書どおり、二人が奇しき再会をしたならば、秘めた情炎が一時に爆発するだろう。その哀歓の絶頂に、劫火の烙印を焼きつけるのが、琢磨の病的復讐だ。掠奪に平気な琢磨も、奪われる苦痛に堪えられないんだ。ユキの肉体は自由にできたが、その心は永久に潜介のものだと知ったとき、嫉妬と憎悪に琢磨の心は焼き爛れたんだ……」

「黄木君、君は最後の瞬間まで、妄想的幻覚を主張するのか」

黄木は、そんな表情があるかと思うほど、冷かな微笑を浮べた。

「石狩君、どっちみち、誰かが道化役者《スカラムーシュ》になるんだ。すでに戸来刑事が、その先頭を切った。次ぎが僕なら、僕は喜んで瞑ずるね。だが、問題は現実の一線に触れている。予測のできない事件を防ぐには、どうしたって、その八時までに、十村殺人事件を解決しなければならないんだ……」

「だが、それは不可能だ。それよりか、もしかすると、蔵人の文書というのは、一種の告白書かも判らんよ」

「いや、僕は八時までに、必っと解決してみせる」

「しかし、秘密の通路はないというじゃないか」

「問題は、そこに始まり、そこに終っている。僕は潜介君に、のっけに秘密の通路のことを訊いた。ところが、潜介君は知らんという。新館の建築最中に、銀杏屋敷を飛びだしたんだから、兄貴の秘密が判る道理がないという。ところで石狩君、潜介君が秘密の通路なんか知らんと云ったとき、僕の頭へピーンときた。いままで、秘密の通路に囚われ過ぎてたんだ。そんなものはないと仮定すれば、そこに蔵人琢磨らしい殺害手段が生れてくる。すべての条件を分析してみて、どういう方法が、あの場合に可能か、という風に解いてゆけば、ちょうど暗号を解くようなもんだ」

「暗号?」

言葉の連想が、石狩検事の頭に閃光のように閃いた。

「黄木君、暗号という言葉で思いだしたんだが、被害者が持っていた備忘帳に、妙な歌が書いてあったよ。妙というのは、短歌そのものじゃなくて、商品名と数字ばかりの手帳に、短歌が一つ、ポッカリ書いてあるからだ……」

黄木は、クルリと向きなおった。

「石狩君、なぜ、それを話してくれなかったんだ?」

「いや、ウッカリ忘れていたんだ。はじめ見たとき、こいつは変だなあと思ったが、次ぎから次ぎへの雰囲気の変転に、そのまま忘れてしまったんだ」

「どんな歌?」

「短歌だよ。たしかに、誰かアナーキストの作った歌だと思うが、とにかく無骨な備忘に、ヒョイと短歌が書いてあったから、変だった。

雨降れる牢屋の窓に立ちよりて、見棄てし女の名を呼びてみる

黄木君、こんな感傷的な歌に、なんか暗号的な意味があるだろうか」

黄木は素早く、万年筆と手帳を取りだした。

「石狩君、その文字や書いた形や、そんなものを、その通りに書いてみてくれたまえ」

「じゃ、捜査本部へ寄っていこう。たしか、机の引出しに、その備忘は入っている」

「いや、寄り道している時間がない。一刻千金だ」

「しかし、新しい事態の現場へ行くのに、まさか、捜査課長や司法主任を置いてけぼりにはできないね」

「残念だ。貴重な時間だ」

そうは云ったが、そうと決まれば、もう黄木は恬然としている。「じゃ、二十分間の休戦だ。しかし石狩君、

その歌は最大の疑問を解決してくれそうだよ。僕は最初から琢磨の犯罪と睨んでいたので、その殺害手段として、いろいろな方法を考えてみた。だが、どうしても一つの疑問に突き当る。誘蛾燈に飛びこむ蛾のように、なぜ十村は、意識的に兇器と身体を結びつけたのか。この点が、最大の疑問だったし、それが解けないばっかりに、事件と秘密の通路を結びつけてしまったんだ。もちろん、まだ漠然としてはいるが、その備忘を見れば、必っと、なんかの暗示があるよ」

自動車はS署の前にとまると、間もなく、帆足課長と栗本主任を加えて、猛烈な勢いで走りだした。黄木は、備忘の歌を睨んだまま、化石のように動かなかった。

時間は刻む

スプリンターの、もの凄い突進《ダッシュ》が始まった。奇怪なゴールは、間近かに見える。だが、その一線に、予測のできない危険が横たわっている。その奇怪な幻覚に追われながら、黄木は、昂奮した蜂のようにブーンと飛んでいった。

真先に自動車を飛びおりると、黄木は、女中部屋の方へ馳けていった。犬舎につながれたセパードが、もの凄く吠えたてている。途中、鉄柵のそばで、黄木は異様な人物と出逢った。青白い月光に浮ぶ醜怪な顔に、ちょっと脅やかされたが、すぐに三森竹蔵だと気が付いた。

「三森君だね?」

「そうだ。おめえさんは?」

「潜介君の友達なんだが、君は釈放されたんだね?」

竹蔵は、潜介の友達と聞いて、その顔が変るような懐っこい微笑を浮べた。

「俺にゃ判んねえ。帰っていいというし、坊ちゃまのことも心配でな――おめえさん、潜介さまの友達っていうが、じゃ、えれえ探偵さんじゃねえか」

「偉いだけは、余計だよ」

「なら訊くが、誰が殺したんだ?」

「まだ判らん」

「だけど、こりゃ内緒に訊くんだが、ほんとに坊ちゃまじゃねえのか」

「そうか、君はそう思っていたんだな」

「俺ばかりじゃねえ。ユキさまだって、そう思っとるぞ」

「ユキさんが……？」

ハッとして、黄木は露台《テラス》の方を見上げた。その刹那、なにか火華のようなものが、パチパチと頭の中でひらめいた。が、それも、焦りの中で形にならずに消え去った。時間は、加速度に過ぎてゆく。気のせくままに、

「三森君、君は、なんか屋敷の中に、秘密の通路があるのを知らんか」

「そいつは、あるかも知れんぞ」

訊いておきながら、黄木は愕然とした。

「どこに？」

「そんなこと、俺が知るもんか……」

竹蔵は急に首を縮め、キョロキョロ周囲を見まわした。グッと声を落として、「だけど、おめえさん、二度と旦那さまが帰らねえって、ほんとかね？」

「誰から聞いた」

「ユキさまから……」

黄木は、また、ハッとした。直感の尖端が、撥条《ばね》のように飛び上がるのだが、八時に限られた気持のあせりが、トタンに、それを打ち消した――

「おめえさん、それがほんとなら云うがね。この冬だった。夜おそく、旦那さまがお客さまと一緒に帰ってらっしゃって、なぜなんだか、玄関から入らずに、その露台から上がっていった。それが変だった。俺は、その時、なに気なく見たんだが、たしかに、お客さまは二人だった。それなのに、一時間ばかりたって、帰ったお客さまは、たった一人だった」

「その帰った客は、でっぷり肥っていなかったかね」

「うん、肥っていた」

「その晩は、二月の十六日じゃなかったか」

「そうかも判んねえ。だけどな、その翌朝、旦那さまが一時間も俺の前に立ったまま、俺を睨みつづけていたときは、俺は生きてる気はしなかった。俺は飛んでもねえものを見てしまったんだ。もう一人の客は、殺されたか、秘密の路から出ていったか、どっちかなんだ。この間だったが、俺が旦那さまと、潜介さまのことで云い争って、俺がウッカリ、潜介さまは冬のお客さまと同じになったんじゃねえか、と云ったら、旦那さまはジロリと俺を見た。ああ、あの眼の怖さったら……」

たしかに、黄木の緻密な思考力は分裂しはじめた。

潜介は、秘密の通路を知らん、という。

秘密の通路がないと仮定した瞬間、アリバイを持つ毒蜘蛛の、十村殺害の手段が一つの輪廓を描いてきた。推

理の突進で、その輪廓が押し縮っていったトタン、意外にも三森の口から、秘密の通路の存在が確認できた。トタンに、押し縮まった輪廓が崩れだした。ばかりでなく、秘密の通路の存在は、雰囲気が指さす第二の事件の幻覚に、猛烈な拍車を与えている。下ノ関駅頭、杳として姿を消した怪人は、上り列車には姿を現わさなかった。が、八時とは、なにを意味するのか。忽然と秘密の通路を通じて、琢磨が現われないと、果して断言できるだろうか……

黄木は、時計を見た。

七時三十分――

もはや、事実を分析している時間がない。黄木は撥ね飛ぶように、女中部屋の方へいった。

「初枝さあん。鈴木君」

返事がない。

「初枝、初枝、鈴木初枝ッ」

素頓狂な呼び方に、勝手の方にいた初枝がびっくりして出てきた。黄木の姿に、ちょっと赤く微笑しながら、

「なにか、ご用ですの?」

時間がない。単刀直入だ。正面に初枝を見戍りながら、直接の反応を求めた。

「雨降れる牢屋の窓に立ちよりて、見棄てし女の名を呼びてみる――」

そこが天性の明朗家、朗々と詠嘆調に語尾をふるわせる。初枝は啞然としていたが、と、顔を真赤にした。なにか感違いしたらしく、妙に身体をモジモジさせた。それには、黄木もガッカリした。

「初枝君、この歌を知らんのか」

「あなたが作ったのでしょう?」

「知らん、だが君は、なんか知ってるぞ」

初枝はびっくりして、黄木の顔を見た。

「初枝君、そいつは君の態度で判る。君は、それが罪になるとでも思ってるんじゃないか。そんな事は絶対にない。黙ってりゃこそ、罪になるんだ」

「でしょうか」

初枝はビクビクしながら、「わたし、関り合うと大変だと思って、黙ってたんですけど、でもこんな事が役に立つでしょうか」

「君は、なんか十村から頼まれていたね?」

「わたし、十村さまのお世話になっていましたので――。いつでも、旦那さまのお部屋を掃除したり、お服の跡始末をしたりしますので、十村さまから頼まれたん

です。それは、旦那さまの胸ポケットに、黒い手帳が入ってるんです。それを十村さまが、とても見たがりまして……」

「じゃ、その手帳を盗めと頼んだのかね？」

「いいえ、こうなんです。五日ぐらい前でした。十村さまは訪ねていらっしゃって、奥さまの部屋にいました。旦那さまは坊ちゃまの方へいらっしゃって、暑いからと上衣を脱いで、わたしに部屋へ持ってゆけと云ったんです。上衣の胸ポケットを見ると、黒い手帳があるんです。十村さまから、そんな機会があったらと、内緒に頼まれてましたので、奥さまの部屋から呼びだして、その手帳を見せたんです。すると、十村さまはとても喜んで、それでもビクビクしながら、急いで手帳を調べ、なにかを自分の手帳に書き写していました。わたし、旦那さまが怖いんで、それを今まで黙っていたんです」

「その時、なんで書いていた」

「手帳を廊下の壁に押しつけて、鉛筆で急いで書いていました」

「やあ、ありがとう」

黄木は脱兎のように脇廊下を廻って、階段へ出た。階段をのぼってゆくと、胸像の前に、異様に緊張した石狩検事が、帆足課長と立ち話をしている。

「黄木君、いったい、八時にどんな事が起るんだね？」

「判らん。最大の努力を払って、注意をしているより仕方がない。だが、秘密の通路は、三森の話を綜合すると、なんだかありそうだ――。しかし、あっても、十村殺人事件とは関係がなさそうだ」

「そうすると」

「待ってくれたまえ。時間がない……」

黄木は、胸像と手帳の短歌を、苛々しながら見比べた。

「石狩君、ポウの短篇『盗まれた手紙』を読んだ？」

「読んだ。一番秘密なものは、一番正面へ出しておく――そういう巧妙な隠匿方法が書いてあった短篇だね？じゃ黄木君、この胸像が、なんかの隠匿場所だというのかね？」

「つまり、ダイヤのね。この女王にふさわしいダイヤのね。この胸像のバックの巨大な青銅板は嵌入細工《モザイック》にできている。たしかに、こいつは一つの隠匿場所だし、この短歌は、それを開ける方法の暗号なんだろうが、変に頭が混乱する……」

「どうして？」

「八時」

自分の言葉に愕然として、黄木は階上を見上げた。と、階段を馳け上り、ユキの部屋をノックした。

「潜介君、いる?」

「どうぞ」

黄木は備忘を摑んだまま、部屋へ入った。潜介は部屋の中ほどに棒立ちになり、ユキは卓子に項垂れていた。

「潜介君、人生は一幕で見棄てるには、あまりに惜しいドラマだよ、過去から超越しろ、だ。激流の中から、可憐な花を摑みとれ」

潜介は、昂然と黄木を見た。その眼には、不思議な闘争心が燃えている。

「先生、船が時化に逢うときは、時化そのものが問題です。いま、蔵人家は沈没しようとしている。そこから逃れようと焦ったたって、それがなんになるでしょう。兄貴が、なにかを企らんでいるというなら、僕の方から兄貴と勝負を決める。

先生、あの時、僕は黙って先生の家を出たが、僕は目茶苦茶に知らない土地へ行きたかった。兄貴がユキを誘拐したのは判っているが、ユキが、そのまま留る気持が判らなかった。人生は暗くならなかったが、懐疑の苦痛に堪えられなくなった。だが先生、ユキは生きながらの廃人なんですよ。麻酔させてはつづけ、麻酔させてはつづけ、頽廃の芸術をユキの肉体に、奴は刻みつけたんですよ。ユキはなんにも知らないだろうが、奴は欲するとき、ユキを麻酔させ、その刺青の悪魔美に耽溺していたと思うと、僕こそ、奴を生かしてはおけない――」

「潜介君、君は心中、一人の兄貴を愛しているんだ。だから、ユキさんが君に反いただけなら、すべてを許そうとしたんだ。いかに怒ってみたところで、君は現在でも、一人の兄貴を許している。君は、そういう人間なんだ。だが、彼は違うよ。彼は断然、復讐する」

「だが先生、いったい、兄貴はどこにいるんです?」

「こいつは幻想だ。幻想かも判らんが、幻想を許せば、君の周囲にいるぞ」

「あッ」

叫んで、潜介は飛びのいた。幻影に悩まされるマクベスのように、虚ろな眼つきで周囲を見廻しながら、「先生、あなたは怖ろしい人だ」

ユキは、黄木のいるのも忘れて、潜介にかじりついた。そんな劇的場面より、黄木には時計の表面が深刻だった。

八時五分前――

黄木は部屋を飛びだすと、胸像の前に馳け戻った。一切のものが頭から消えてなくなり、黄木は化石のように佇んでしまった。

燦々と降りそそぐ月光を浴びて、夜の帷はかたく降ろされた。鉛のように重く垂れたその中を自動車の警笛が聞えてくる。

「里見博士だな」

黄木の様子を凝ッと見ていた石狩検事が、階段を降りていった。潜介も、上から降りてきた。

「あ、潜介君」

黄木は、突嗟に思いだした。「いつか君が話したね。君の兄貴が沢山の毒薬を持ってると——君の兄貴の部屋に、その毒薬の戸棚があるんだ。しかも、ごく最近そこをいじくった形跡がある。潜介君、毒薬がどんな形で、どこにあるか判らんぞ。絶対に気をつけろッ」

驚ろく潜介の顔を見ずに、また黄木は、備忘の歌と胸像に心を奪われた。

間もなく、出迎えの人と一団になり、里見博士がニコニコしながら現われた。

「うん、立派な建物だな。こういう建物を建てたんじゃ、その財産状態に疑惑の眼を向けられるのも無理はないね——。石狩君、寝不足かい？　妙な顔をしているぞ」

石狩検事は微笑もせずに、警察官を紹介した。

「フーン、警察官も立ち合うのか。なるほどね」

里見博士は、屈託がない。と、潜介に、

「蔵人さんは、八時という時間を指定している。ところで、もう時間になるが、どこで開封するね？」

潜介は、言下に答えた。

「やっぱり、兄貴の意志を尊重して、兄貴の部屋がいいでしょう」

「それがいい。それから、文書のほんとの受け取人は息子さんだが、儂は先代の葬式のときに見たが、哀れな少年だね。先代も、それを苦にして死んでいった。出席できるかね？」

「八知は、蔵人家の最後の悩みです。あの兄貴も、自分の息子には苦しんでいました……」

潜介は、そこへ出てきた女中を振りかえった。「あ、竹蔵に僕がいったと云ってください。すぐに八知を連れて、兄の部屋へ来るように——」

そのまま、ゾロゾロと階段を昇ってゆくと、黄木が吃驚したように、石狩検事を見た。

「なんだ。すぐに開封するのか」

「時間だ」

「どこで？」

「蔵人氏の部屋」

「そりゃ、いかん」

黄木は激しく首を振り、里見博士の前へ廻った。「先生、もうちょっとです。とにかく、開封を待っていただきたい」

その無遠慮な調子に、老博士は気を悪くしたらしい。

「君は、さっき駅の食堂で逢った男だね。大きな顔をしてものを云うが、君は事件捜査の責任者か。約束は八時だ」

ピタリと押えられたが、それ以上、黄木は真剣だ。

「しかし、是非待ってもらいたい」

「君は、おかしな男だぞ。儂の約束と君の仕事は関係はない。君なんぞ、来んでも宜しいッ」

老いの一徹ぶりを見せて、里見博士は、ズンズン階段を昇っていった。石狩検事は、黄木の肩を叩き、

「気にしないでくれ。いい人なんだ」

「判っている」

「さ、君も来たまえ」

「もちろん、行く。だが、もう少しなんだ」

黄木は、胸像の妖艶の顔に、魅入られたように視線を注いだ。

幻のごとく

黄木が、蔵人の部屋へ入っていったときは、すでに開封の寸前だった。

簡潔な形の壁時計が、ボン、ボン、ボン……と、八時を打ち鳴らした。

一瞬、シーンと静まりかえった。

大机を囲むいくつかの顔は緊張し過ぎて、変に歪んで見えた。黄木は一人離れて立っている栗本主任のそばへいった。こちら側には、里見博士を中に挿んで、石狩検事と帆足課長。向う側には、潜介、八知、ユキ――。まん中の白痴の少年は、なにを考えているのか、後から伸ばす竹蔵の腕を叩いて、ニタニタ笑っている。潜介は肩を怒らし、ユキの方ばかりを注意しているが、かつての美貌はどこへ消えたか、ユキの顔は、むごたらしい土色だった。ワナワナと慄え、いまにもその場に崩れそうに

見える。

ボーン、
最後の一つが鳴りおわると、やおら里見博士が立ち上がった。シーンとした空気の中へ、重い低音《バス》がひろがってゆく。

「蔵人夫人、八知君の代理として、あなたに云うが、はからずも蔵人氏の重大な書き残しとなったこの書面を、約束どおり、八知君にお渡しいたします」

いいながら里見博士は、上衣の内ポケットから、かなりに大きな白封筒を取りだした。ちょっと、少年とユキとを見比べていたが、

「やっぱり、奥さんが開封した方がいい」

封筒を受けとるユキの手が、大きくガタガタ慄えている。その眼は恐怖の色で、黄木の方に向っている。里見博士も、苦が苦がしそうに、黄木を睨んだ。

「奥さん、あんな男の妄想を気になさるな。誰がなんといっても、蔵人氏の中には、若き日の三省君が持っていた、あの高邁な精神が流れているのですぞ」

ユキは小さく頷き、封筒を開きはじめた。封は厳重を極めていると見え、糊付けの上に封蠟がついている。ユキは、封蠟を剥がして、潜介が出したペンナイフで、封を切り開けた。中からは同じような厚い封蠟どめの封筒と、一枚の紙片が出てきた。

「アッ、遺書ですッ」

辛うじて、ユキが叫ぶと、視線が一斉に紙片の上に集った。

余の遺書は、八知の手によって開かるべし
たくま

里見博士が愕然として、新しい封筒を摑み上げると、

「里見さん」

後から、黄木が注意するように呼んだ。「余計なことですが、その遺書は、あなたが開封した方がいい……。なんなら、僕が開けましょうか」

緊張しきった空気の中で、黄木の言葉はナンセンスに響いた。里見博士の老顔には、軽蔑と憤懣が一緒に爆発した。

「ひっこんでおれッ。出る幕でないぞ。よしんば、彼に罪があるとしても、最後の希望を蹂躙できるか」

怒りの反動で、ボーンと遺書を、少年の前へ投げた。竹蔵がそれを摘み上げ、珍らしそうに封蠟を見入る少年

の手に摑まさせた。

「さあ、坊ちゃま、お父さまが坊ちゃまに下さったんだ。判るかね？　さ、開けなさるだ」

白痴の少年は、眼をおどらせながら、チョコレート色の封蠟をみつめている。と、舌が触り、ケラケラと笑ったかと見ると、いきなり、封蠟を嚙みこんだ。瞬間の出来事だ。

「三森、とめろッ」

黄木が踊りこむように、卓子を廻ろうとしたトタン、凄惨な叫び声がおきた。

「たくま」

釣り上げられるように蒼白く伸びたユキが、キリキリと歯を鳴らすと、バッタリ気を失った。乾ききった視線が、カチカチと空間で触れ合い、いいようない恐怖が通り魔のように横切った。まだ見ぬ琢磨の幻覚に、一瞬、黄木は呆然としていたが、と、少年に気がついた。竹蔵の虚ろな声が響き渡った。

「ああ、坊ちゃまが……」

黄木は踊るように、少年に近よった。少年は痙攣しながら、竹蔵の腕の中へ崩れ落ちている。黄木は、床から遺書を拾い上げ、サッと、鼻先を横切らした。プーンと、妙な匂いがある。素早く少年の顔を覗きこみ、瞼を裏返しにしてみた。

「石狩君、被害者が意外なところに現われた。僕は見当ちがいをやっていた。ついに惨事は防げなかった」

「黄木君、いったい？」

「この封蠟、チョコレートだ。そのチョコレートに毒薬が練りこんである」

その言葉で、新らしい殺人事件が浮き上ってきた。帆足課長が席を外して、グルッと廻ってきた。少年の絶望の姿を見ると、「栗本君」と司法主任に、

「とにかく、すぐに警察医を呼んでくれたまえ。しかし黄木君、どうして我が子を殺したんだろう？」

黄木はショックに打たれたように、眼をつぶって頭を振った。「ああ、間一髪だった。もう、どうする事もできない」

と、眼を開けると、気絶したユキを抱き上げている潜介の顔を見た。

「潜介君、ついに蔵人家は沈没したよ。だが、少年の死は、むしろ幸福かも判らんよ。さあ、君が代って、遺書を読みたまえ」

潜介は、ユキを床の上へ静かにおいた。慄えながら、

遺書を開いた。それより激しく、その声は慄えている。

「余は自決する
遺産は里見博士に託して、一部を竹蔵の年金に、他は社会事業に投ずべし
銀杏屋敷の処置は、弟潜介に任す
不幸なる八知よ、最愛なる汝には、平和なる天国を与う」

読みおわると、潜介は顔を伏せたまま、哀れな甥を抱き上げた。乾いた眼には涙はないが、火のように燃えている。漆黒のカーテンを開けて、寝台の上に少年を置くと、

「竹蔵、八知についていてやってくれ。僕は、ユキを連れてゆくから……」

気絶したユキを、また抱き上げて、潜介は蹌踉と部屋を出ていった。残った視線は、机上の遺書に釘付けになっていた。石狩検事は暗澹として、黄木の肩を叩いた。

「黄木君、ついに君は道化役者だったね。幻想にかられて、惨虐の妖魔よと罵った君の気持は判るが、今となれば、君も潔く蔵人氏の亡霊に謝罪すべきだね」

黄木も傷心したように、元気がなかった。と、里見博士にも頭を下げ、

「勘弁してください。僕は、こんな男ですから」

「いや、違う」

事態の成行に、ただ啞然としていた里見博士が、「儂は名代の頑固屋でね。儂こそ謝る。君の忠告を容れていたら、あの少年は救えたんだ――」

「そして、もっと大きなものを救えたんです。しかし先生、蔵人氏は遺書を委託したとき、先生に絶対の秘密を頼みましたね？」

「うん」

「そして、先生が大阪へ行く事を知っていたんですか」

「その時、儂が話した。すると蔵人氏は、ちょうどいいと喜んでいた。しかし君は、いまでも、十村を殺したのは蔵人さんだと主張するのか」

「勿論です」

「どうして？」

「アリバイは完全だが、彼自身が殺したんですよ。石狩君、その巧緻な犯罪を、いま証明してみせようか」

「じゃ、ついに解決したのかね」

黄木は、寝台のそばに蹲る竹蔵を呼んだ。

「三森君、なんか鉄板みたいな物はないか」

「なんになさるだ?」

「十村の二代目になっちゃ、敵わんからね」

「鉄板なら、工作場にある」

「じゃ、それを胸像の前へ持ってきてくれたまえ」

そう頼むと、黄木は元気のない足取りで、胸像を埋めた青銅板の前へきた。みんなは、黄木を中心に取りまいた。黄木は、ちょっと息を凝らして胸像をみつめていたが、と、感情のない口調で説明を始めた。

「さて一つの想像を許すとすれば、加害者は、十村を殺害すると同時に、その罪を三森に転嫁して、一石二鳥の抹殺を試みようとした。すれば当然、殺人現場としては、三森の周辺の場処が選ばれることになるが、ついに計画的殺人現場は、この胸像を中心に構成されたのである。

もちろん、この胸像は、彼の耽美的意欲の芸術作品ではあるが、この嵌込細工式の青銅板は、大胆と巧緻を兼ねた秘密金庫なのである。被害者十村は、琢磨の性格と習性を知っているから、ここをダイヤの隠匿場所と睨んでいたであろうし、また、そうでなくても、計画的な琢磨自身がそれを巧みに口外に洩らせば、十村は簡単にひっかかる。さて、ダイヤがあると思われる場処を秘密に開く方法だが、十村は自分が世話した女中に頼み、その暗号を琢磨の黒手帳から盗もうとて、一枚上手の琢磨は、自然のチャンスを捕え、その暗号を十村に盗ませようとした。そして、十村が暗号を盗み取ったとき、すでに殺人の準備は完成した。

さて、いよいよ準備がなると、十村を罠に陥すために、琢磨は毎日片瀬へいった。おそらく、彼の血もO型だったろうし、もちろん、十村がO型であるのを知っていた。そして、片瀬へ行く前に、自分の血を採り、実際の兇器と同一の短剣に塗りつけ、あの植込みに秘かに埋めておいた。あの白塗りの鉄柵は、適当の時期に兇器を探し出させるまで、その植込みから犬を遠ざけるための役に立っている。

もちろん、十村自身は罠とも知らず、琢磨の絶対留守を狙って訪問し、注意深く、誰も目撃していないチャンスを摑むに違いない。一方、十村と同時に抹殺しようとする三森の方は、それとなく外出を禁止しておけば、後は現場検証が示したとおり、それこそ細工は粒々というところ。——そこで暗号であるが、これは簡単なものだと思う。なぜなら、もし十村に判らなかったならば、な

んにもならなくなる。それを計算に入れて、十村が琢磨の黒手帳から書き写した短歌を解いてみると、

まず、短歌特有の五句に分けて、その頭音だけを集めてみる。

『雨降れる』の…………ア
『牢屋《ひとや》の窓に』の…………ヒ
『立ちよりて』…………タ
『見棄てし女の』…………ミ
『名を呼びてみる』…………ナ

このアヒタミナを、まん中のタを中心に、上下から読むと、間《あひだ》と涙《なみだ》となる。つまり、涙の間、眼の間ということになる……」

話を句切り、黄木はテラスの方を見た。動作ののろい竹蔵が、やっと鉄板を持ってきた。黄木は受け取り、

「三森君、君も見ていたまえ。あの哀れな少年の罪じゃないからね」

黄木は、自信深げに鉄板を胸に当て、絢爛の女王の、眉近くにおいた王冠の縁を指で撫でわたした。中ほどに、釦のような宝石が光っている。その宝石型の釦を、しばらく捻っていると、突然、胸像の右手に、嵌込細工式の青銅板が五寸四方ばかりの窓を開けた。中に、小さな箱型のものが見える。

「三森君、すまんけど、僕を肩へのせてくれたまえ。うん、ここがいい」

黄木は、自分の位置を指さした。入れ代った竹蔵は、ちょうど胸像を捧げるような形に、両手を突っ張った。その逞しい肩に乗ると、黄木は鍵型になりながら、手を伸ばして窓の中の箱を引張った。ちょっと動かない。思い切って引っ張ると、そのトタンだった。立ち姿なら、ちょうど胸に当るぐらいのところが、サッと開いて、両刃の短剣を植えつけた厚いゴム張り丸木が、ダンと猛烈な勢いで飛び出したと思うと、一瞬、音もなく、巨大な青銅板は、元の姿にかえっていった。

「黄木君」

感激の声で、飛びおりた黄木の両腕を、石狩検事がムズと掴んだ。「君は、検事としての僕を救ってくれた、僕は確証を持たずに、事件の終止符《ピリオド》を打たねばならん運命にあったんだ。同時に僕は悲壮な自白をした彼にも感謝する。彼は短剣をそのままにして、生きたる証拠を残してくれた。だが、そのダイヤは、いったい、どこにあるのだろう?」

「彼の義眼の中にある」

黄木は、疲れきった声を出した。「このロマンチックな見方は、一つの自然だと思う。その義眼とともに、彼は永遠の大自然へかえって行ったんだ――」

黄木の見上げる眼と、呆然と階上に立ち竦む潜介の眼とが、火華を放って交錯した。

痛恨の終曲《フィナーレ》

さて、読者諸君！

この最後の章は、一種の蛇足であるかも判らない。なぜならば、すでに黄木が気が付いている犯罪の正体、その幻覚に黄木が戦慄した蔵人兄弟の惨劇を、すでに読者諸君は見破っていると思うからである。それほど、この事件の経過《プロセス》には、疑問と謎が多過ぎた。

しかしながら、まだ犯罪の正体に気が付かぬ方があるならば、もう一度読みなおしていただくか、でなければ、もう一度、黄木陽平と惨劇の舞台へ戻っていただきたい。

黄木は殿《しんが》りになって、石狩検事と銀杏屋敷を出ると、急に思いだしたように、

「石狩君、僕は潜介君に、ちょっと用があったんだ」

「じゃ、待っている」

「いや、先にいってくれたまえ。あの二人の和らぎには、僕が必要なんだ」

「黄木君、ほんとに僕は、君に好感を持つよ。明日は待っている。ゆっくり昔の話でもしようじゃないか……」

元気よく手を振る石狩検事と別れると、黄木は飛ぶように、玄関へ引きかえした。が、そこで暫く躊躇をし、やがて鉛のような足取りで階段を昇りきると、コッコッと、ユキの部屋の扉を叩いた。

「誰？」

鋭く尖った潜介の声が聞える。

「僕だよ。途中の煙草が無くなったんでね」

扉が開くと、黄木はホッとした。もしやと思ったユキが、打ち萎れた姿で椅子にかけている。黄木は、帽子を卓上へ置いた。

「潜介君、煙草はいいんだよ」

「では、なにか用ですか」

黄木は潜介の眼を凝っとみつめた。心の決めた者の静けさが澄んだ眼眸に輝いている。黄木はユキのそばへゆき、優しく肩に手をおいた。

「潜介君、僕は二度と銀杏屋敷へ来る気はなかったが、たった一言、君たちに云いたくてね。僕はなんにも云わん。ただ君たちは、すぐに死んではいけないよ」

潜介は、疲れた人のように、黄木を凝っと見た。

「先生、あなたは知っていたんですか」

「うん、いまとなれば、なにもかも判ってきた。愕かないとこを見ると、君の心は決ってるね。まあ、ゆっくり話そう」

黄木は椅子をひいて、ユキのそばへ腰をかけた。「潜介君、この勝負は君の勝だったね。結局僕には不幸な少年を救えなかったんだ。救えないばかりか、その時までは、てんで判らなかった。しかし負け惜しみじゃあないが、東京駅の食堂で、君が秘密の通路を知らんと云ったとき、変だなあとは思ったよ。おまけに君は、誰の犯罪だと訊こうとはせずに、のっけから三森擁護論をやっている。これは君と別れてからの感じだが、その感じが、東京駅からきた手紙の感じと、よく似ているんだ。変だなあと思っている矢先、三森の口から、ユキさんも少年の犯罪だと思っていると聞いたとき、なにかがピーンと頭へきたんだ。しかし、まだ僕は琢磨の幻覚に踊らされていたんだね。一刻も早く十村殺人事件を解決して、八時を期して突発する事件を未然に防ごうと焦っていた。ところが、被害者は意外にも少年だったじゃないか。

しかし、あの文書の封が厳重であるのは判るが、あの少年に開けさせろと指定した中の封書にまで、べったり封蝋がついてるのを見たとき、僕はハッとした。そして、少年が毒殺された時は、断崖から落ちる思いだった。少年を救えなかっただけでなく、君たちの運命も、ついに救えなかったんだ。

考えてみると、僕は、自分で己惚れるほど頭のいい代物じゃなかった。この事件に関係してからの、次ぎから次ぎへの疑問を、みんな琢磨の幻覚にばかり結びつけていたんだ。ユキさんの必要以上の恐怖。新聞を見たはずの君が上京しない理由——少くとも、僕のとこへはやってくるはずなのに。それから、事件当夜に、夜っぴて付いていた電灯。市原に脅迫された直後の旅行。しかも尾行をチャンと知っていての大胆な行動。奇怪な二重人格としか考えられない寄附行為。下ノ関駅頭の失踪——義眼という絶対の条件があるのに、ついに煙のごとく消えた怪人——。

潜介君、数えてみれば切りがない疑問を、みんな琢磨の幻覚に結びつけていたんだよ。しかし一たん、君が兄貴を殺したと仮定すると、すべての疑問は、スルスルと融けていった。毒殺された少年を抱き上げたときの、君の断腸の顔つきは、僕は一生忘れないだろう。不幸な少年も、君の手で毒殺されたんだ。しかし同時に、僕には君たちの気持は、よっく判るよ。

おそらく、なんかの機《はずみ》だろう⁉ 十村殺人事件のあった日の夜、君は兄貴を殺したんだ。その時、君たちは既に心を決めたんだが、なさなきゃならない仕事があり過ぎた。まず第一に、無辜に苦しむ三森を救いたかった。そして、滅亡してゆく蔵人家の名誉を保ち、その財産を正しい仕事に使いたかった。そして、もう一つ、蔵人家の最後の人である八知君の処置だった。なんにも知らない君たちが、ただ外形から見て、少年の罪を三森が庇っているのだと思うのは無理はなかったよ。そして、白痴の少年の前途を思い患い、愛すればこそ、その死の形で清算しようと思ったんだろう⁉」

「先生」

潜介は、自分の顔を鷲摑みにした。「先生の先刻の実験を見た瞬間、僕の全身の血は煮えくりかえったんです。平然と人を殺す惨虐の血は、哀れな八知の中にはなくて、この潜介自身の中に溢れていたんです。

しかし、東京駅の食堂で、先生の話を聞いてる中に、八知の罪ではないような気がしてきたのですが、この世に、蔵人家の最後の悲劇を残しておきたくなかったのです。ついに僕の心は、鬼の心だったのでした。

先生、僕は二度とユキと逢おうとは思いませんでした。外国航路の下級船員、それが蔵人潜介にはピッタリ似合った運命なんです。ところが、トランクの底からユキの写真が、ひょっこり出てきたのです。やっぱり、心の底では、ユキの消息が知りたかったのです。それを雑誌社へ送ってから、また急に銀杏屋敷のことが気になってきたのです。それが昂じて堪らなくなり、一目ユキに逢いたくて、フラフラと東京へ出てきてしまったのです。それが、あの晩だったのです。懐かしい銀杏屋敷に、それとなく近づいてくると、もうスッカリ夜でしたが、一眼で私服と判る人たちが、遠巻きに警戒しているので、僕は不吉な予感に戦慄したのです。ユキに間違いがあったのか。それとも、兄貴に間違いがあったのか、どっちにしても、その様子が知りたくなってきたのです。

しかし、あの時、なぜ、表から堂々と入って行かなかったのだろう⁉ その時の気持は、僕自身にも判らないのです。おそらく、兄貴の犯罪を予感し、それを庇う気持が――いや、それよりも、ユキに逢うのが怖かったんです。誰にも逢わずに様子が探れたら、そう思って、秘密の通路から入っていったのです。

先生、その隠し路は、あなたにも判らないほど巧みにできているのです。屋敷の後が一部、堤《どて》みたいになってるでしょう？　ちょうど別棟の後ぐらいのとこですが、そこから兄貴の寝台にまで地下道がついているんです。僕は一度、屋敷を飛びだしてからですが、新館の様子を見ようと思って、夜おそく来たことがあるのです。屋敷の中へは入る気がせず、屋敷の裏手にある大きな樹に昇って、塀ごしに見ていると、兄貴が意外なとこから――その地下道から、ひょっこり出てきたのです。その時は、兄貴らしいなあと思っただけですが、単なる好奇心で、兄貴の旅行の留守を狙っては、その地下道を研究してみたんです。

ですから、あの晩も、その地下道へは簡単に入れました。その地下道へ入ったのは、ただ様子が知りたいだけでしたが、寝台の下までくると、不思議な気持で、急に兄貴に逢いたくなってきたのです。小いさい時から、ただ怖いだけの兄貴でしたが、どうかすると、堪らなく逢いたくなる時があるんです。その時も、もしかして兄貴に間違いがあったんじゃないかと思うと、急に堪らなくなり、兄貴の部屋へ飛びだしたのです。しかし、兄貴はいませんでした。

これは後から判ったのですが、竹蔵が警察へ連れて行かれ、急に一人になった八知を可哀相に思ったのか、兄貴はズーッと別棟の方にいたのです。どれくらい、僕は一人で兄貴の部屋にいたでしょうか。はじめは怖々にいたのですが、時間がたつに連れ、気持が落ちついてきて、不思議に兄貴が怖くなくなってきたのです。僕は、ソオーッと扉を開けてみました。ところが、その時、ユキもこの部屋の扉を開けて、不安らしく顔を出したのです。その時、僕も吃驚しましたが、ユキの驚きは普通ではありませんでした。真蒼になって、廊下へ膝をつきました。僕を幽霊だと思ったのです。僕はカーッと全身が燃えるような気がして、前後の見さかいもなくユキの部屋へ入っていったのです。そこで始めて、ユキの刺青を見たのです。あまりの惨めな姿にまた、全身がカーッと燃え上がって、なにがなんだか判らなくなったのです。そのまま、怒りにまかせて廊下へ飛び出すと、その時、兄貴がテラスの方から入ってきたのです。僕を見ても、さほど驚かず、まるでそうやって僕がユキと何度も逢ってるような見方をしてるんです。

『潜介、ちょうどいい。一人は死ななければならない』

兄貴の顔を見て、僕はゾオーッとしました。僕の怒りが百とすれば、兄貴の憎悪は一億だったでしょう。兄貴には、なんの仮藉もなかったのです。僕がつづいて兄貴の部屋へ入ると、兄貴の手がピカリと光りました。拳銃です。咄嗟でした。間髪を入れずに、兄貴は射つに決っています。僕は夢中になって、兄貴に飛びついたのです……」

「じゃ、潜介君、正当防衛なんじゃないか。なぜ、その時、君は自首しなかったんだ?」

「ああいう殺人も、正当防衛というのかも判りませんが、しかし、ユキの刺青を見て、カーッとして廊下へ飛びだした時は、僕は兄貴を殺したかったのです。そして、兄貴の死体を見たときに僕には後悔する気持が起きませんでした。先生、これは立派な殺人です。それよりも、ユキが死を欲しているのです。それが、すべてでした……」

はげしい苦悩が消え去ったのか、黄木の顔色は、次第に明るくなってきた。黄木は帽子を手にとった。

「潜介君、僕には神の掟は判らない。だが、これだけは云う。君たちは、すぐに死んではいけないよ」

「先生」

血のように濃い涙が、潜介の頬に伝わった。「僕には、その資格さえないんです。僕は卑怯にも、少しでもユキと一緒にいようと、頭を絞りぬいたのです。しかし、その狡猾な考えが、ハッキリ頭に浮んだのは、あの市原という男が来てからなのです。市原という男の強硬面会には、あまりにも早く最後がきたと思いましたが、その時、頭に浮かんだものは、無気味な兄貴の性格でした。もしかすると、兄貴の性格を利用して危機を切り抜けれるかも判らんと思いましたので、黒眼鏡をかけて、仰向けになったまま、毛布の間から拳銃を光らせていたのです。果して、それは成功しました。兄貴をよく知っているはずの市原は、恐怖心に踊らされて、僕の正体を見破れず、おそるべき犯罪を口外して去ったのです。その私刑事件というのは、どういう事だか判りませんが、ああいう市原というような男を、法の網から脱がせることは、絶対に出きません。しかし、投書という方法ぐらいでは、あの男に泥を吐かせるのは不可能だし、そこで、僕は兄貴の身代りを思いついたんです。僕は、兄貴に紛装してみました。ユキは似ていないといいますが、大胆な行動をとれば、特徴のある兄貴の姿には、先入主のある者は逆に誤間化されるはずです。その考えがまとまったとき、僕には一番の問題だった、滅亡してゆく蔵人家の名誉ある最後の処置が見付かったのです。そして、三森を救う方法も、不幸な八知の一生を清算する方法も——。

一人の執拗な刑事が、屋敷の中へ入ったり出たりして、見張っていたのです。兄貴の部屋には巧妙な反射装置があって、その刑事の行動が手にとるように判るのです。おそらく、その刑事は兄貴としての僕を、どこまでも尾行するに違いない。そう考えて、僕はその刑事を利用して、神戸より向うで、兄貴を失踪させることに決めたんです。

もちろん僕は、それが必っと成功するとは思っていませんでした。しかし、それを成功させるのは、蔵人家のためには絶対に必要だったのです。運拙くして、その刑事に声をかけられたら、それを最後とすることにして、思いきった冒険をやってみたのです。しかし、里見博士と逢っているときは、薄氷をふむ思いでした。下ノ関駅頭で一瞬のチャンスを摑み、黒眼鏡を外し、上衣と帽子を手に持って、逆にあの刑事に道を訊いたときが、一番の危険なときでした。もちろん、あの刑事は、僕の顔も見もせずに飛んで行きました。義眼という観念上のトリックに、完全に囚われて、ついに僕を見逃したのです。

先生、そういう大胆極まることをやったのも、みんな僕の卑怯からでした。蔵人家の最後に儚なき名誉を保たせ、そして、二日でも三日でも、ユキと二人っきりで生き残ろうとしたのです。だが、兄貴の死体が横たわる地下道の真上の寝台に、哀れな八知が僕を蔑んでいるのです。『叔父さん、生きていたいのは、あんたばっかりじゃないよ』。ああ僕には、一秒一刻、もう生きてはいられない」

黄木は帽子をかぶって、立ち上った。

「潜介君、僕には、どうしろとも云えないよ。だが、もう一度くりかえさしてくれ。君たちは、すぐに死んではいけないよ。じゃ、さようなら」

「さようなら」

潜介が起立の姿勢で、いった。閉じようとした扉の後に、かすかなユキの声がする。

「先生、さようなら」

灰色の犯罪

A

黄木陽平《おぎ》が、喫茶店〝水精《ニンフ》〟へ入ったのは一つの偶然であった。その日は水銀柱は三十二度を上まわり、真昼のペーヴメントは、白くポーッと燃えていた。

銀座四丁目でバスを降り、黄木は、ちょっとした買物をした。さて、自分の秘密調査事務所がある新橋駅に近いHビルの方へ、いくらか急ぎ足で舗道を行くと、ヒョッコリ人波の中から片桐が現われたのである。黄木とは仲良しの、雑誌『科学の世紀』の主幹である。

「や、よかった。直ぐだよ。そこで一服してくれたまえ」

例によって忙がし屋の片桐は、なにか用件でもあると見え、すぐ前の喫茶店を指さした。

「ホンの三四分で戻るよ……」

「僕の事務所へきたまえ……」

聞こえたのか、聞こえないのか、ズングリ肥った片桐は、もう雑踏の中へ消え去った。そこでやむなく、黄木は洒落た喫茶店へ入っていったのである。

水精！

ア・ラ・モードの感覚で、この喫茶店は若いアベックに好かれているらしい。黄木は入口に近い卓子《テーブル》に陣どったトタン、フと、妙なシインを向う側の卓子に見出した。妙な場面《シイン》――というと、いささか大袈裟になるが、もちろん、それは黄木の探偵感覚が偶然にとらえた一つの感じである。

見た目は、リュウとした白の夏服の、生き生きとした美貌の青年である。特に、その眼が美しい。美しいといっても、それは智的なものではなくて、感情が燃えるような肉体的《ライブリッヒ》な美しさだ。日焼けしたリズミカルな横顔の線に浮かぶ、女のような赤い唇――。その衝動的な感じが――性格観察の鋭どい黄木の眼には、その印象的な青年が、一目で、いわゆる類躁《チクロイド》うつ性気質者の典型に映ったのである。

さて、妙な場面というのは、その刹那主義者らしい大胆な感じの青年が、それとはまるで逆の感じで、銀色のスーツ・ケースを膝の上に押えながら、睨むように鋪道を見戍っている――その感じ、その苛だつような感じには、たとえば強敵を意識した野獣が見せる、あの緊張した危険感さえ漲っている。

それは、瞬間の感じだった。

と、緑色のツーピースの、スラリとした若い女が、入口からツカツカと入ってきて、その青年の横に立ちどまった。後向きで、顔は判らない。が、洒落た鍔びろの帽子に、小麦色のアップの襟足――それが黄木の眼にもひどく魅力的だった。と見る間もなく、そのシークな緑色の女は、スーツ・ケースを青年から受けとると、折りかえすように鋪道へ出ていった。青年も、キビキビした動作で立ち上がる。もう、いまのいま見せていた緊迫感はみじんもなく、ひとり笑いに微笑しながら、悠々とニンフを出ていった。

ホンの、ちょっとした光景である。しかし後から考えれば、ある多彩なメロドラマの、それは断面図であったのだ。もし偶然、それを目撃していなかったら、黄木にも、この灰色の殺人の謎は解けなかったかも判らない。

間もなく、片桐が忙しそうに入ってきた。

B

「黄木君、頼みがある」

卓子に向い合うと、すぐに片桐は切りだした。「今度、『科学の世紀』に犯罪科学を特集しようと思っている。ぜひ、なんか書いてくれ」

「まっぴら」

黄木は手を振った。「ただでも暑いんだよ。下手な思いつきなんか勘弁してくれ」

「じゃ、一頁欄《ページ》でいい。雑談式に喋ってさえくれれば、僕がアレンヂして適当に書く」

「稿料は、どっちだ？」

「もちろん、一夕の乾盃さ」

「OK」

この肥った大衆科学《ポピュラー・サイエンス》の提唱者は、黄木には嬉しい悪友仲間である。

「とにかく片桐君、僕の事務所へきたまえ」

「早速かい？」

「乾盃は、今晩だ……」

刑事事件反証調査!

黄木が、このユニークな職業に転じたのは、N社の記者時代から昵懇だった武田弁護士の慫慂で、武田法律事務所の調査顧問になったのが、そもそものキッカケで、終戦後も、午前は武田事務所の調査室で過ごし、午後は、このHビルの個人事務所《プライベート・オフィス》で過ごしている。

「都合によると、一頁欄をみんな持ってもらうよ」

明るい色の壁の、瀟洒な事務所へ入ると、片桐は鉛筆と手帳を事務机の上へおいた。「なんしろ、黄木陽平という犯罪に関するポリヒストルがいるから、一安心さ。だいたい、僕のプランも、そこから出てるんだよ。そこで第一回は、法弾道学がいいかな。終戦後、ばかに銃器による犯罪が増したからな。いったい、日本の警察は、その方は完備してるのかい?」

「そう、急ぐなよ」

黄木は煙草をつまみ、ゆっくりライターを擦った。

「日本の銃器鑑識制度はね。昭和二十二年の八月、上海工部局からH氏を迎えて、はじめて確立したんだよ。そのH氏の換価は……」

「待ってくれ」

片桐は、鉛筆を取り上げた。「換価てのは、つまり分類だね?」

「そうだ。まず打殻薬莢の方は、撃針痕を基準にして——字なんて、仮名で書けよ。蹴子痕の有無とその位置で十五種類、それから遊底痕の形状で十種類、計百五十種類——」

「おい黄木君、書いたものを見なくって、大丈夫かい?」

「違ったら、片桐片棒の責任だよ。それから打殻弾丸の方は、陽綫痕の方向、数、幅で換価するんだ」

「それで、あれかね。指紋みたいに、絶対に同じものがないのかね?」

「絶対にない。それについて、アメリカのスプリングフィールド兵器廠で、精密な実験をやったことがある。実験に使われた銃器は、同一の機械で作った、まったく同一の新品の旋条銃だったが、その沢山の旋条銃から次次に発射してね。それから、その一つ一つの弾丸を比較顕微鏡で調べてみると、どの銃からどの弾丸が出たかが、簡単に百%判った。この点、指紋には指紋変異というやつがあるから指紋よりは確かかも判らんよ。

それでね、本場のギャングなんかは、特に鋼鉄球入軸承を使ったり、犯罪に使った拳銃は焼き棄てたりするそうだが、いまの日本の犯罪者たちは、虎の子のピストルを棄てたりはせんよ」

「じゃ、弾丸が一つあれば、結局は犯人は判るんだね？」

「そうなる。その銃器の所有者さえ判ればね。だが、秘密の所有者を探すことが、そもそも困難な仕事だよ。そうだ。片桐君、前島事件を知っている？」

話が、急に現実の世界へ入ってきた。

C

もちろん、大衆雑誌の編集長は、一週間ばかり前に新聞記事を賑わした、前島事件は知っていた。

その新聞記事によれば、簡単である。

いわゆる新円階級の雄として、N区に邸宅を構える前島家へ、しかも宵の口にギャングが入り、折から、帰宅した主人公を射殺して、宝石類だけを盗み去った事件で、当局は、前島家の内情を知っている者の犯罪と睨んでいる云々……。

「片桐君、あの事件の捜査は野上警部がやってるんで、僕は相談を受けてね」

「ああ、あの好人物の……」

片桐も、捜査課の野上警部とは、黄木の事務所で逢ったことがある。「しかし黄木君、通り一ぺんのギャングじゃないとは、どういう点から判断するんだね？」

「その理由は、三つある。まず、前島謙助が買い集めた宝石だけを——しかも、その秘密の隠匿場所から盗んだ点だ。次に、よく訓練された猛犬が、少しも吠えなかった点だ。それから、丁度その晩、前島家がスッカリ無人になるという事を知っていて、犯人が宵の口に侵入したらしいという点だね。

これは野上君から聞いたんだが、その晩、前島謙助は三井という女と大阪へ発つはずで、自分は出先から東京駅へまわり、三井は八時半ごろ前島家を出ている。この三井とり子という女は、つまり前島の二号だね。なんでも前島の本妻が転地療養してるので、主婦気取りで前島家にいてその日も女中たちに、みんな暇をやったそうだ。

だから前島家には、庭番の老人しかいなかった。この老人の供述では、九時ごろにスッカリ戸閉まりを調べて、番犬の鎖を外したと云っているから、そこで勘の鋭どいするんだ。野上君はその前に犯人は侵入していたと睨んでいるんだ。すると、十一時二十分ごろ、前島が二号と一緒に自動車で戻ってきて、急な用談ができたから大阪行は一日のばした、そう云ったそうだ。それから二十分ばかりたって、寝る前に庭番の老人が、女中たちが留守なので、なにか用はないかと奥へ訊きにいって見ると、三井とり子は暴行された形跡に縛されていて、前島謙助は射殺されていたんだ。

ところで、電話の線は切られている。そこで、三井の縛をほどいた庭番の老人が、ちょっと離れている交番へ飛んでいったんだが、現場検証の結果では、つまり、庭番が交番へ行って戻るまでの間に、その犯人は逃げたらしいと見ているんだ……」

「じゃ、その三井という女が怪しいじゃないか」

片桐編集長も、黄木の影響で、いっぱしの推理をやる。

「だいいち、いくら気をそそる女だからって、そんな宵の口に殺人をやった奴が、暴行するなんて変じゃないか」

「その通り。しかし、警察側は、後では怪しいと思ったが、その時は、その女自身が自分の口で暴行されたと云うんで、簡単に信じたんだね。

だが野上君は、ちょっと鋭どいよ。はじめから三井を怪しいと睨んで、つまり、その女が情夫かなにかを手引して、それが運わるく前島が帰宅する事になったんで、殺人事件が起きたんじゃないかと睨み、その三井とり子という女の線にそって、捜査を進めているんだが、要するに、そんなに範囲が狭くても、秘密の銃器所有者は、なかなか探し出せんという話なのさ。しかも、その犯人は射撃の名手なんだ。鑑定の結果は、それまで判っている。かなり離れたところから、一発で心臓を射抜いている」

「じゃ、遺恨でもあるんじゃないかな?」

「なかなか鋭どいね。遺恨がなければ、殺人狂だね。銃器も、命中弾から鑑定して、精巧な自動拳銃だと判っている……」

「しかし黄木君」

なにを思いだしたのか、突然片桐はニヤリと笑った。

「いったい、殺人狂なんているもんかい?」

「それは、そういう表現をしただけだよ。たとえば前島謙助は痩せた初老の人物で、こんな無抵抗な人物を、離れた位置から美事に心臓を射つなんて、そういう刹那の衝動を感じる人間でなければ、ちょっとやれん芸当だからね」

「つまり、百％の衝動型なんだね？　そんな人間がいるもんかな?」

「いる。と云っても、刺戟を与えなければ普通の人間だよ。さっき片桐君が喫茶店へ入ってきたね。あの少し前に出ていった青年がいるが、あの青年なんか、完全な昂奮衝動型だったな」

「そいつは見損って、惜しいことをした」

格別、惜しそうもない顔つきで、片桐は急に一膝のり出した。

「黄木君、素的なプランを思いついたよ。こいつで、犯罪科学特集号が断然光り輝くんだ」

「道理で、急にニヤニヤし出したと思った」

「対談だよ」

「なんだ。マンネリズムか」

「どっこい、人によりけりだよ。性格分析学《キャラクタ・アナリシス》の有光博士を引っぱり出すんだ」

「そいつは面白い」

黄木も、思わず手を打った。

D

黄木は有光博士には直接の面識はなかったが、その名著『哲学的性格学』には大きな尊敬を払っていたし、片桐の話に出てくる有光博士そのものにも、一種の人間的興味を持っていた。

「しかし片桐君、あの真摯な学究が、ヂャーナリズムに踊らされるかね?」

「そいつは僕が頼むんだ。まず話題の中心は『人間性と犯罪』かな」

「で、対談の相手は?」

「もちろん、黄木君だよ」

これには、黄木も愕ろいた。唖然とした。

「片桐君、プランをたてるのは君の自由だが、僕を道化役者にするのは、ちょっと酷いぞ。有光博士は独自のシステムを持った尊敬すべき学者だよ。僕の知識なんか、必要に追われて掻き集めた、スクラップ・ブックに過ぎんよ」

片桐は椅子ごと黄木に詰め寄った。

「いったい君は、僕を何者だと思ってるんだね？　少なくとも、権威ある『科学の世紀』の編集長だよ。その僕が、これなら面白い太刀打ちだと思ってるのに、その僕の見識を嘲笑するのかね？」

云ってから、急にカラカラ片桐は笑いだした。「黄木君、実はね、この前に有光博士に逢った時、雑談で君の話をしたら、君という者の存在に、とても博士は興味を感じたらしいんだ。そこでだ。黄木君だったら、あの有光博士も承諾して、雑談的対談をやってくれるかと思うんだよ。だいいち、有光博士の深遠な学識を叩き鳴らすには、黄木君のエンサイクロペヂア的な頭脳が絶対に必要だよ」

「つまり質問役なんだね？　そんなら判る。聞き役ぐらいなら、できるよ。僕も、有光博士とは一度話してみたいと思っていた。しかし、向うが承知するかな」

「じゃ、すぐに電話で訊いてみる――」

片桐は卓上電話に手をのばし、ダイヤルを廻しはじめた。

もちろん黄木は、大学教授をやめて以来、書斎に閉じこもったと云われる有光博士が、そんな際物的な思いつきを、簡単に承諾するとは思わなかった。ところが、受話器を握ってペラペラ一方喋べりにしていた片桐が、言葉を切ったかと思うと、ニコッと笑いながら受話器を置いた。

「黄木君、ＯＫだよ。今晩の七時半に黄木君と一緒に来てくれって――」

そういってから、片桐は煙草をつまみ出すと、ちょっと浮かぬ顔をした。

「しかし変だな……」

「なにが？」

「なにがって、なんだか、黄木君そのものに用件でもありそうな、そんな口吻だったよ」

「対談は承知したんだね？」

「もちろん承知したんだろうが、僕の話を聞くと、ただ『七時半に一緒に来てくれ』といって、電話を切ってしまった。だが、変な感じの口吻だったな」

黄木も妙な気がしながら、煙草にライターを擦った。

「有光博士は、僕の職業を知ってるね？」

「知っている。こいつはヒョットすると、ジャジャ馬夫人の行状調査でも、黄木君に頼むつもりじゃないかな」

「片桐君、君はよく有光博士の奥さんを、ジャジャ馬夫人と云うが、いったい、どんな夫人？」

「どんなって――」

片桐は、急に難かしい顔つきした。「一口に云えばだね、そうだ黄木君、レベッカって小説、読んだ？」

「なんだ、ああいった女か」

黄木は、意外な気がした。真面目な学者の夫人が、レベッカのような女だとは、ちょっと意外である。それはアメリカのベストセラーの小説で、レベッカという表題の名の女は、強気で奔放で自堕落で、それに悩まされつづける夫のために、秘かに殺された女である。

「黄木君、レベッカとも違うがね、とにかく美しき豹だよ。しかも、檻の味を知らないところのね。といっても、僕は二度ほどしか逢っていない。有光家ではね、有光博士はまったくの書斎人だし、あの若い夫人は自分だけの自由の生活をやっているんだ」

「つまり、有光博士は自由主義者なんだね？」

「いや、違う。非常に意志的な人だ。たとえば優生学を精神的に主張して、人間社会の進歩は劣性種の絶滅にある、そんな主張もしているくらいだ。要するに、あの若い夫人に対する有光博士の態度は、無関心の一語で尽きるね。『一人の女がいる。法律は、その女を自分の妻だという』――おそらく、そんな風に有光博士は考えてるんだろうと、僕は思うね。とにかく、世俗的な事は有光博士の念頭にはないよ」

「じゃ、なぜ結婚したんだね？」

「それが、どうしても僕には判らん」

片桐は、顔をクシャクシャとさせた。「なぜ、氷のような理性だけの有光博士が、あんな女と結婚したのか。しかも、親子ほども齢が違うんだ。ただ単に、肉体的な誘惑に負けたとは考えられん――」

黄木にも、有光夫妻の生活ぶりは、ちょっと想像できなかった。しかし好奇心をそそるものがある。

「片桐君、君は有光家の事をよく知っている？」

「よくは知らん。とにかく去年、有光家の近所へ越した時には、あの邸宅が人間研究の有光博士の邸宅だとは知らなかったよ。なんでも先代は有名な銀行家だったそうで、有光博士は二男でね、それで畠違いの哲学をやっていたんだが、兄いさんが急に亡くなったので有光家を相続したんだそうだ。

僕は去年の暮、有光博士に無理に頼んで、『科学の世紀』に断片的なものを書いてもらった事がある。それが知り合いになった始めで、それから書籍の購入などをよく頼まれるので、有光博士とはよく逢っているが、しかし、有光家へ行っても、有光夫人とは無関係だよ。有光博士は起きていれば書斎にばかりいるし、夫人は夫人で、客間《サロン》なんかをケバケバしく装飾して、自分の友だちを集めてダンス・パーティなんかをやっている。でなければ、夏は海、冬は温泉。とにかく極端な浪費家らしいよ。いくら有光家が資産家だって、あれじゃ、いまにペンペン草が生えるね。なんでも有光家の親族の間では、あの夫人とは絶交状態だそうだが、肝心の有光博士に離婚《ダイボース》の考えがないんだからね」

「じゃ、スキャンダルもあるね?」

「あるとは愚かだ。こういう話さえある。あの夫人が若い男とある温泉ホテルに同泊してるのを見た、ある悪徳新聞の記者がね、鬼の首でも取ったように、それを記事にすると云って有光家へユスリに来た事がある。ところが夫人は夫人で、なるべくセンセーショナルに書きなさいと云うし、博士は博士で、自由にしてくれと云うので、その記者君、ダアと云って引き退ったそうだ」

「片桐君、そういう話は、誰から聞くんだね?」

「有光家に二十年もいる、清水という家政婦からだが、この婦人は、有光博士の先夫人が亡くなってから、ズーッといるそうだ。

しかし僕も、はじめて有光夫人を見た時はビックリしたね。ユーラシアンでなければ、たしかに四分の一《コーター》ぐらいは、ラテン系の血が入ってるね。身体も顔も、ちょっと日本人ばなれがしている。それが客間で、若い男とダンスをやってるんだ。それから二人で出かけたよ。だから、黒柳君が怒るのは無理はない」

「誰?」

「その黒柳達男君かね? 実に愉快な青年だよ。才人でね、絵も描けば音楽もやる。戦争中は、大学から志願して飛行勇士《エース》だったそうだ。スリルを追って生きてるような男でね、墜落の刹那の昂奮が味わえなかったのが残念だった、そう真面目な顔をして云うんだから変っている。

この黒柳君、自分じゃ有光博士の身内のような事を云うが、さっきいった家政婦の清水さんの話では、なんでも有光博士の旧友の息子だそうだ。孤児だったので有光家で引き取り、ズーッと有光家にいたんだね。ところが復員してみると、天から降ったようにジャジャ馬夫人がいて、一人天下に有光家を掻きまわしているんだから、黒柳君の怒るのも無理はない」

「そんな男じゃ、黙って見ていまい?」

「なんでも清水さんの話じゃ、撲りつけた事もあるそうだ。しかし、肝心の有光博士が妻の行動を許しているんだから、黒柳君だって結局は負けで、いま有光家を出てアパート生活をやっている。

しかし黄木君、なんだって有光家の内情を気にするんだ?」

「勘だよ」

黄木は腕を組んで、かるく首をひねった。

「片桐君も、電話の口吻が変だと云ったが、どうも僕には、有光博士が僕という調査探偵に、なんか用件がありそうな気がしてならないんだ。とにかく、七時半までに片桐君の家へ行くよ……」

E

中野の有光家は、想像したよりも立派な邸宅だった。

二人が通された客間も、豪華な感じの洋間だが、華やか過ぎる装飾は逆に安手な感じを投げつけていた。

「片桐君、有光夫人は、ちょっとインテリぶる薄っぺらの女らしいね。この客間の感じがその性格だとすると――」

黄木はグルリとひろい客間を見まわした。

「しかし、角度の強い性格で、直接の感じは相当に魅力があるだろう?」

「見た眼の魅力だけは、満点だよ。だが、僕らを夫人専用みたいな客間へ通したとこをみると、夫人はどこかへ旅行でもしてるのかな」

二人を客間へ案内した、ちょっと品のいい初老の婦人が、あらためて茶菓を持って入ってきた。片桐が、かるく紹介した。

「黄木君、ながく有光家にいらっしゃる清水さん。清水さん、僕の親友の黄木君」

家政婦の清水は、片桐には微笑み、黄木には丁寧に頭を下げた。時計を見ると、七時半は過ぎている。

「清水さん、先生は?」

清水は、片桐には親しいらしかった。

「書斎ですのよ。いま、鍵がおりていますので……」

「執筆ですか」

「だと思いますけど。お身体の工合がお悪いのに、今日は書斎にばかりおいでです。でもあなた様がたがお見えになるのは、ごぞんじですわ。客間でお待たせするようにと、申しておりましたから……」

「奥さんは?」

「逗子ですの」

片桐は、意外だという顔をした。

「じゃ、有光先生が静養をかねて執筆するために、借りたという別荘へですか」

「そうなんです。でも、乱暴過ぎますわね——」

清水は品よく眉をひそめて、痛嘆するような表情を見せた。「あの別荘は、沼田さまが先生だから貸してくださったのです。それなのに、どうでしょう? あの方ったら先まわりして占領してしまったんです。沼田さんの留守番をしている方から先生宛に苦情みたいな手紙がまいりましたわ。なんですか、いろんな人が集まってきて、毎日、お酒を飲んだりして、大騒ぎをしているんですって——。

では、少しお待ちくださるように……」

清水が客間を去ると、黄木が訊いた。

「片桐君、いまの人、普通の家政婦じゃないね?」

「うん、先夫人の従姉妹だそうだ。後の事は判らんが、僕の家の近所の人たちは、あの清水さんを有光博士の奥さんだと思っていたそうだ」

「じゃ、夫人とは犬猿だな?」

「その通り」

健啖家の片桐は、上等の菓子をムシャムシャ食いはじめた。

と、ドアが開いて、一人の青年が入ってきた。煙草に火をつけていた黄木が、顔を上げたトタン、「オヤッ」と眼を瞠った。たしかに喫茶店ニンフで見た、あの青年である。同時に、その青年が、片桐が話した黒柳達男という奇矯な青年であることが判った。

青年の方は、黄木には記憶がないらしかった。

「片桐さん、風呂へ入ってたんで、失敬。なにね、叔父が、僕に少し相手をしてろと云ったんですよ。しかし、叔父にとっては畢生の著述かも判らんが、ありゃいかん。叔父は、とっても工合が悪いんだ。万事を棄てて静養しなくちゃ、長いことはない。メッキリ影が薄くなった。片桐さん、一つ忠告してくれませんか」

リズミカルな高い声で喋りながら、青年は近よってくると、黄木の顔を見てニッコリ笑った。「片桐さん、紹介してくれませんか」

片桐は、この青年が好きらしかった。

「黄木君、昼間話した黒柳達男君だ。行動主義のサンプルで、快楽主義《ヘドニズム》のシムボルだ。目下、恋愛考現学《エロス・モグノロジィ》の体験的研究をやっている」

「撲るよ」

黒柳青年は、愉快そうに笑った。「じゃ、同じように紹介してくれなくちゃ、僕は許さん……」

「よかろう」

片桐も、ニヤリと笑った。得意の諧謔が浮かんだらしい。

「黄木陽平、仇名はポンピュラス。この仇名には、歴とした出典があるよ。黒柳君、昆虫記《アンリ・ファブル》を読んだ？　訊くだけ野暮か。黒柳達男ともあるものが、本なぞを読む時間を持ってるかだね。

　ところで、その昆虫記の中に、べっこう蜂《ポンピュラス》の本能的闘争力が書いてある。タランチュラというのは、穴巣に巣食ってる毒蜘蛛だよ。どんな大きな種類の蜂でも、この毒蜘蛛と闘わせると、一撃のもとに殺されてしまう。ところが、このスマートな『べっこう蜂』だけは、いかなる本能を持つのか、毒蜘蛛の穴巣を見つけると、颯爽と入って行く。ブンブン羽ばたきがする。あわれ、ポンピュラスの末期の叫びと思いきや、まっ先に毒蜘蛛が飛び出してくる。そして、入口で毒牙を開らき、四本の前脚を振り上げて苦しい防禦の姿勢《ポーズ》をとる。ポンピュラス君、悠々と飛翔しながら、この悪魔を征服する――

　どうだね、黒柳君、社会に巣食う悪質犯罪者を毒蜘蛛タランチュラだとすれば、黄木陽平君こそ、まさにポンピュラスだよ」

黒柳達男は、キラキラするような美しい眼で、黄木の顔をジッと見戍《みまも》った。

「片桐さん、じゃ、警察関係の人ですか」

「ノオ」

「私立探偵？」

「同時に、端倪すべからざる犯罪研究家だね。だから今晩は、有光博士と対談をやる」

「対談？」

「『科学の世紀』の読物にするのさ」

黒柳は卓子をグルリと廻ると、少し離れたところから、また黄木を見戍った。その見戍りかたが、いかにも大胆な感じがする。

「じゃ、つまり叔父と議論するために見えたんですか。なるほどね。柳生石舟斎に挑む宮本武蔵かね。しかし、そんなポンピュラスだとすれば、黄木さんの生活はスリルそのものなんですな?」

黄木は、明るく微笑した。

「黒柳さん、片桐君は兎に勝った亀の子を、スプリンターだと思ってるんですよ。僕にして、あなたを賞めた言葉は、たしかにその百倍はありましたね。とにかく嘘っぱちでも、賞めるということは、いい道楽ですよ」

「しかし、どう思います。生活とは冒険じゃないですか」

黒柳青年の凝視は、不思議なほど執拗だ。黄木も、タヂタヂとなった。

「黒柳さん、有光博士はどう云ってます?」

「叔父なんか、死物ですよ。単なるブックウォームですよ。しかし、もしポンピュラスがいなかったら、毒蜘蛛はスリルを味わえない訳ですな。ポンピュラスに光栄あれよ、ですな。しかし、医学が進歩しても病人が減らんように、犯罪も、石川五右衛門の予言にブラボオを叫ばずにはいられんですな。犯罪も進化しますよ。同じ人間の頭から出てきた二人の選手、犯罪と科学的防衛とは、どっちもどっちをノックアウトする事のできない、永久の漸近曲線じゃないですか……」

突然、黒柳青年は肩を揺ぶって、カラカラ笑った。

「片桐さん、こいつは僕の友だちの哲学の受け売りですよ。ところで、お茶と菓子なんか、女の子にやっちまえだ。黄木さんは飲むでしょ?」

「黄木君の交友名簿の筆頭は、バッカスだ」

「よし来た。あの女の部屋には、逸品があるはずだ。掻払ってきますよ」

あの女という言葉の感じには、ワザとらしい軽蔑が漲っていた。もちろん、有光夫人の事だろうが、間もなく黒柳は、ウィスキイの瓶を摑んで、客間へ戻ってきた。

F

執拗に、喫茶店ニンフで目撃した奇妙なシインが、黄木の瞼に甦ってくる。

どう考えても、なにか曰くありげな情景だった。

だいいち、黒柳達男のようなチクロイド的性格の者は、反省力のない大胆と自信に満ちてはいるが、刺戟を与えると、昂奮した感情を隠すことはできないのだ。

その黒柳青年は、叔父が接待しろと云った男が探偵だと判ると、まるで挑むように犯罪讃美論を一席やった。

しかも、撲りつけるほど仲の悪い有光夫人の部屋に、どうして、ウィスキイがある事を知っているのか？

怪しい幻覚のように、シークな緑色の女の後姿が、眼の前にひろがってくる。日本人ばなれのした美しい肢体――。黄木はつと、片桐の話の一句を思いだした。「有光夫人にゃ、四分の一くらいラテン系の血が入ってるよ」

「ハハア」と黄木は思った。

ヒョッとすると、有光博士の用件は、この黒柳達男に関係してるのじゃないのかな？

銀色のスーツ・ケースを無言で持ち去った緑色の女！ヒョッとすると、あれが有光夫人じゃないのかな？

その観点から見ると、七時半と約束したのに、有光博士は出て来ずに、ワザワザ黒柳達男に接待させている理由が、ボンヤリ判りかけてくる……。

しかし、すでに八時は過ぎている。

ウィスキイを傾けながら、黒柳青年と放談的雑談をやっていた片桐が、気がついたように時計を見た。

「黒柳君、有光博士は忘れたんじゃないかな？」

「忘れんとも限らん。叔父のこったから」

「しかし、奥さんがいないと、黒柳君もこの屋敷の方がいいだろう？」

「あんな女、眼中にはないね。僕が今日来たのは、叔父に呼ばれてね。明日から叔父が逗子へ行くんで、一緒に来いと云うんで――。つまり僕は清掃がかりさ。あの女の取巻きがあの別荘を根城にしてるからね」

「じゃ、先生は逗子で執筆する？　しかし、夫人がいちゃ……」

「あの気まぐれ女は、箱根へ行くと云ってるそうだ。とにかく、叔父の様子を見てこよう」

「書斎には鍵がおりてるそうだ」

「なあに、ドアを叩き鳴らせば、叔父だって気がつくよ……」

黒柳が部屋を出て行こうとすると、ドアが向うから開いて、開襟シャツの痩せた初老の人物が入ってきた。黒柳青年は、甘えるようなアクセントを出した。

「叔父さん、お待ちかねですよ。明日は何時ごろに行きますか」

「僕は正午までに行く」

「じゃ僕は早目に出かけて、不良連を追払いましょう」

「暴力はいかん」

有光博士の声は、水のように淡々としていた。黒柳青年がドアの向うへ消えると、無表情のまま、有光博士は二人の方へ近よってきた。

黄木は、不思議な昂奮を感じていた。それは、いちはやく犯罪的な匂いを感じたからだか、それとも、有光博士に対する尊敬と異様な興味との交錯なのだか、それは黄木自身にもハッキリしなかった。しかし、有光博士そのものは、異常な印象を投げつけた。

ひろい額に、瘦せた頬――ろう瘦型の有光博士の弱々しい感じの中に、切れ長の細い眼だけが、不思議なほど茫漠としている。その底に、強烈な意志が閃めくように見えて、この眼は超人《ツァラトストラ》の眼だ。しかし黄木が咄嗟に、その眼を見て感じたものは、内的生活の分裂性《シッオフレニー》の傾向だ。すべての哲学者がそうであるように、この哲学的性格学者にも顕著な類乖離気質者《シッオイド》の傾向が見える。それは、いま客間を去った黒柳達男とは、黒と白とより以上に、鋭どいコントラストを見せている。有光博士のような人物の内的生活は、外的印象からでは臆測は不可能なのである。

しかし、そうした第一印象の次に、黄木の感じたものは、不思議なペシミズムの蔭影だった。だが、その理由はすぐに判った。その歪んだ蔭影は、有光博士の衰弱しきった肉体的な病的特徴から流れてくるのだ。

片桐の話では、有光博士は五十五歳だという。だが、妙な発疹と色素沈着が目立つ皮膚は、はるかに瘦せた顔を老けさせて見せ、白髪型の頭の毛も、急激に脱毛しつつある感じに見える。片桐に紹介された時に、間近で注意してみると、キチリと結んだ口角のあたりに、特徴のある潰瘍さえ見えた。

黄木は、ハッと思った。

しかし、そういう黄木の注視にも、有光博士は無関心だった。初対面という感じは少しもなく、ズーッと前からの知人に対するように、黄木の顔も見ずに、有光博士は呟いた。

「この部屋は、落ちつきがない。僕の書斎へきませんか」

有光博士は、先に客間を出た。廊下へ出ると、黄木は片桐の肘をひきとめた。小声で、

「片桐君、この屋敷に重大事件が起きつつあるよ」

片桐はビックリして、立ちどまった。

「黄木君、黙ってると思ったら、そんな事を考えていたのか。どんな事件?」

「複雑怪奇だ。有光博士が不可解な人物のように、そ

の事件も不可解だが、だが、これだけは断言できる。有光博士は誰かに毒殺されつつあるよ――」

あまりの黄木の奇怪な言葉に、片桐は唖然として、書斎のドアを開けている有光博士を見やった。

G

居室がその人の性格を現わすとすれば、そのコントラストは、あまりに激し過ぎた。

有光夫人専用だという、ケバケバしい装飾の客間からきたせいか、浩かんな書籍に埋められた有光博士の書斎には、一種の強靱な神秘感が漂っていた。

それにも増して黄木が一驚したのは、有光博士の頭脳の万華鏡だった。

有光博士は、D大学では哲学史を講じていた。大学教授は適さないと見えて、わずかでやめ、それ以来書斎の人となった経歴と、その主著の『知性と衝動』の内容から考えて、黄木は、単なる哲学的な性格分析学者だと思っていた。

しかし、書斎の三方の壁に美しいアラベスク模様を描くがごとく見える、広汎な書籍の領域には、さすがの黄木も一驚した。医学、心理学、生物学、土俗学――あらゆる角度から、人間の本質を探求している有光博士の学究態度が、眼に映るように見えるのだ。

片桐は片桐で、あきらかに昂奮していた。

「有光博士は毒殺されつつある……」

この信じられない事を、黄木が断言したのだ。書斎の大きな机に向い合うと、片桐は直ぐに、その点に触れようとした。しかし、有光博士が静かに口を切った。無表情のまま、黄木を見戍って、

「片桐君の話では、犯罪の多角的研究をやっておられるそうですが、犯罪とはなんですか」

唐突過ぎる質問だが、一切の雑音を打ち消した純粋な学者的態度が、黄木には感じがよかった。しかし、すでに黄木の探偵感覚は閃光を閃めかしていた。黄木は、有光博士の言葉の裏を判断しながら、かるく微笑した。

「有光博士、僕なんかに本質的な事なんか判りっこありませんよ。しかし、要するに、犯罪も人間の行為ですね。ただ、それが環境と不調和の場合、欲せざる行為として、多数者によって犯罪と呼ばれる――そうじゃないですか」

有光博士は、ますます無表情だった。

「では、人間の行為とは、なんです？」

「生物としての自衛本能――根本においては衝動的で、それと、多少は意識化された、つまり経験によって獲得した、環境への調和です」

有光博士は、かすかに頭を振った。

「あなたは、知性を認めないのですか」

「もちろん認めます。環境への調和と云ったのが、それです。しかし、肉体的なものに対する精神的《ガイスティーグ》なものとしてではなく、生命力の発展としての衝動に対する制約力《ブレーキ》――そういう形で認めます……」

黄木は、この優れた学者と議論する気は、毛頭なかった。ただ、有光博士が自分を呼んだ目的は、ジャーナリズムに踊らされる対談ではないことは、もはやハッキリ判っている。それなのに、なぜ有光博士はその用件をカムフラージュするのだろうか。黄木は、妙にあせりだした。そこで殊更に、有光博士の学説と反対に出て、その刺戟で現実の犯罪のアウトラインを掴みだそうとした。

「有光博士、しかし、知性は衝動に対してははるかに劣性です。なぜなら、現実に生きている人間は、有機体としては脆弱過ぎるからです。たとえば、ホルモン腺の疾患は、その人間に一つの傾向を与えます。甲状腺疾患は犯罪を呼び易い病的感情昂奮を呼び、生殖腺の異常は性生活のバランスを砕きます。つまり、知性の制約力には限界点があるのです」

「その限界点は？」

「僕は、人間の性格は、神経組織の昂奮性とその反応様式の諸相に基礎づけられると思っているが……」

「ニーワルドの生物学的性格学ですね？」

「いや、彼と同じに考えるだけです。人間も有機体としては、外界の刺戟に体する反応体に過ぎないのです。そこで、その神経組織の昂奮が極点に達すれば、経験によって獲得した制約力は無力になるのです。そこに、現象としての犯罪が生まれるのです」

敵は本能寺にあり。それにしても、黄木のドグマに対しては、有光博士は氷のような冷静さを見せた。

「黄木さん、あなたの根本的誤謬は、人間を単なる有機体的存在と見るところにありますね。知性は、単なる経験的認識ではないのです。知性とは、要するに『自我の自覚』の事で、人間が自我の認識として存在する――その事自体が知性なのです。だから、肉体的なものから超越していて、真の知性の世界には結局は一つの無秩序に過ぎない犯罪なる現象はないのです……」

有光博士はものうげな表情で、片桐の方を見やった。

「片桐君、黄木さんの考えはメカニズムで面白い。しかし、今日は身体の工合が悪くて、気がすすまない。明日は日曜だから、黄木さんを誘って逗子へ、午後からにでも来てくれませんか。家は、この間話した別荘です。ユックリ黄木さんと論じてみたい……」

片桐は、一膝のりだした。

「では、その対談をアレンヂして、『科学の世紀』へ載せてもいいですね？　しかし逗子で執筆なさる？」

「片桐君、僕の健康では、この著述が最後のものです。しかし、新しい懐疑ができて、著述は停頓している。環境をかえて、完成したいと思ってね」

「しかし、逗子には奥さんが……」

「いや、レンは箱根へ行くと云っている。昨夜おそく来て、そう云っていた」

レンと呼ぶ有光博士の呼び方には、みじんも感情の匂いはなかった。しかし黄木は、一つの緒をハッキリ摑んだ。

「有光博士、失礼ですが、昨夜、奥さんと食事をしましたか」

この場合、実に奇妙な質問である。だが有光博士は、不審な色は見せなかった。まるで黄木の心の動きを見抜いているように、

「妻は、僕が寝てから戻りました」

「では、なにか飲物を一緒に飲みましたね？」

黄木は、ズバリと云った。

H

急に書斎の雰囲気が、現実的な色彩を帯びてきた。黄木の言葉も、無意識に鋭どくなった。

「有光博士、なぜ、僕への用件を話さないんですか。しかし、その一つは僕にも判っています。もし、それが現象に対する懐疑だとしたらば、即刻、医者に診てもらうべきです」

「僕は、身体の事には興味がない……」

「失礼ですが、それはペシミズムです。では僕が診断してみましょうか。身体の工合が悪くなったのは、ごく最近ですね？　消化器系統が特に悪いですね？　口の中に潰瘍がひろがっていますね？　急激に脱毛する傾向が

ありますね？　いま、お顔にあるような発疹や色素沈着が、全身にわたってありますね？」

有光博士は、静かに頷いた。

「なるほど、あなたは多角的に研究しています。しかし、その徴候をなんと見ます？」

「砒素中毒です」

輪廓を聞かされていたはずの片桐が、愕然とした。しかし、当の有光博士は、依然として無表情だった。

「黄木さん、砒素の緩慢な中毒は、どうなりますか」

「もちろん、継続すれば中毒死です。その前に色々な神経性中毒症状が現われて……」

「では、僕のペシミズムがその影響だとすれば、あなたのメカニズムの勝利ですね」

片桐が、たまらなくなったように、机の端をトントン叩いた。

「有光先生、あなた自身の問題ですよ。すぐに医師の診断証明を受けて、しかるべく処置すべきです」

「片桐君、あなたは口が軽いから、注意をしてくださ い。想像する事は自由だが、もし達男の耳にでも入れば、結果は面白くない……」

黄木は、ジッと有光博士を見戍った。これは驚嘆すべき事だ。有光博士は、自分の砒素中毒をすでに知っていて、しかも客観的に観察しているのだ。そして、その言葉の裏には、有光夫人の犯罪さえ浮かんでいる。

「有光博士、その達男という人は、さっき客間にいた人ですね？　なぜ、特に結果が面白くないんです」

「彼は完全な衝動型の人間です。原始的人間です。知性がゼロです。つまり、あなたが云った刺戟に反応する有機体的存在の、いい一例です。そして、その行為は、無反省に犯罪と結びつき易いのです。

しかし黄木さん、あなたは性格的赤視症をごぞんじですか」

また有光博士は、カムフラージュの中へ逃避した。

「黄木さん、イェンシュの性格分類では、統合型と呼ばれるものの一つです。波長の長い赤は南方に多く、生物学的作用が強烈で、純粋に赤にだけ共感する赤視症者は、極端なヘドニズム、スリルを追求する刹那主義者です。ここでは赤が単なる赤という色彩として感覚されるのではなく、闘牛が赤色を見て昂奮するように、赤視症者においては、強烈な赤色は、直接に反応的行為を誘起するのです。

僕は、あの達男に典型的な赤視症を見出したのです。

明日、逗子で、達男が応じたらば面白い実験をやってみましょう」

最後の言葉で、黒柳達男が有光家にいた理由が、黄木には判った。それは、性格研究の実験体としてであった。これは一面、非難すべき事である。黄木は、それを指摘した。

「有光博士、では貴方は、かつての黒柳少年が、どういう人間になって行くかには無関心で、ただ観察をしていただけですね？」

「デヴィルの子は、デヴィルの子です」

なんという冷ややかさであろうか。有光博士の感情は、すでに凍結しているに違いない。

「黄木さん、戦争が彼に拍車をかけたのです。復員後の達男は、人間社会の秩序を破壊するだけのバチルスになったのです」

それで始めて、有光博士との用件がハッキリしてきた。客間にいた自分に、ワザワザ黒柳達男に接待させたのは、黒柳達男を観察させるためだったのだ。そして、自分という調査探偵に、黒柳達男の行動調査を暗黙の形で依頼しているのだ。黄木は、ニッコリ笑った。

「有光博士、黒柳君の現在の職業はなんですか」

「判らない」

「では、あなたが彼に生活費を与えているのですか」

「与えない」

「では、あなたは、黒柳君が現在、どういう事をしているのか、ホボ洞察しているんですね？」

「それは、あなたの方が専門ですね」

「判りました。では、一週間以内に、僕の調査を報告しましょう」

「その報告は、僕には必要はありません」

それで、さらに明確になった。有光博士は鋭どい観察力で、黒柳達男の反社会的行動を見破っているのだ。そして、自分に証拠を摑ませ、直接に警察の手にゆだねようとしているのだ。すると急に、喫茶店〝水精〟で見た光景が、重大な意味を持ってきた。だが、あのシークな緑色の女は、果して何者だろうか？

「しかし有光博士、僕の調査は、もう一人の人に関係してるんではないのですか」

「誰です？」

黄木は黙って、有光博士の顔を見戍った。なぜ、どこまでもカムフラージュするのだろうか。

黄木には、有光博士の結婚の謎の一つが、判りかけてきた。有光夫人は、結局は、黒柳達男と同じように、衝動的性格の実験体ではなかったろうか。

「有光博士、あなたにとっての第二の赤視症者ですよ」

「誰です?」

「有光夫人です」

「レンの事ですか。レンも特殊な性格を持っている。しかし達男とは反対に、コンスタントな色に執着する、要するに才智の人間です……」

突然、有光博士は苦しそうにハンケチを口にあてた。ズーッと話していながらも、やっと椅子の中に姿勢を保っていたのだが、急にゼイゼイ云いながら、肩に波を打たせた。とよろめくように立ち上がった。

「片桐君、どうも嘔気がしてならない。少し失敬します……」

I

二人になると、片桐が昂奮したように、黄木の肘を摑んだ。

「黄木君、砒素中毒って、ほんとうか」

「有光博士自身が知ってるよ」

「じゃ、あの女の犯罪だ」

片桐は、ドンと机を叩いた。「清水さんの話では、有光博士が承諾しないので、のびのびになってるが、親類中の有力な弁護士が、有光家の親族会議を開くと云っているそうだ。もちろん問題は、あの女の処置だ。有光博士は無関心だが、このまま、あの女に頑張られていては、有光家は崩壊する。そこで強制離婚を策しているらしいが、あの女、先手を打ってるんだ。少しずつ砒素を服まして、有光博士を毒殺すれば、有光家の財産はそのまま自分のものになる。

だが黄木君、僕には判らん。なぜ有光博士は、自分への危害までを黙認しているのか」

「片桐君、僕は有光博士において、シツオイドの典型を見たよ。有光博士のような人物の内的生活は、第三者には理解することは不可能だよ。想像はできる。推理はできる。しかし、それが有光博士の心的状態と一致しているかは、それを証明する事はできない。なぜなら、有光博士の心的状態を知る者は、有光博士だけだからね。

しかし、有光博士の方は、周囲の人間の心の動きを完全に見破っている。たとえば、僕の気持をハッキリ見破った。僕が積極的に黒柳達男に興味を持ち、有光夫人にも関心を持っているのが判ると、すぐに書斎を出ていったじゃないか。自分の口からは、それとは云わずに、自分の用件を完全に僕に頼んだんだ。もう、書斎へは戻って来ないよ」

「しかし黄木君、黒柳君がどうしたと云うんだ?」

「それは判らん。だが有光博士は巧妙な表現で、あの青年を悪魔《デヴィル》の子だと云ったじゃないか。あの強烈な意志を持つ有光博士が、もし優生学の主張者だったら、自分の肉親でも抹殺するに違いない。だから僕に、あの青年の犯罪的証拠を摑ませて、司直の手に渡させようとしてるんだ。しかも僕は、すでに一つの状況証拠を持っている。ホラ、あの喫茶店ニンフでね……」

ドアの音が、黄木の言葉を断ち切った。清水リツ子が静かに入ってきた。

「片桐さん、ほんとうに失礼なんですけれど先生は気分が悪くて横になりましたので、どうぞと申しておりますが」

「そりゃいかん。じゃ、明日の逗子行は?」

「いいえ、その方は用意してくれと、わたくしに申しました」

清水は淑やかに、黄木に微笑した。「それで、あなた様は、何時ごろにお見えくださいますかって……」

「二時までには行きます。しかし、有光夫人は、昨夜の前には、いつ戻りました?」

「はあ、あの方、とてもお洒落です。で、四日目毎に銀座の美容院へ行くものですから……」

「銀座?」

緑色の女の後姿が、黄木の眼にハッキリ浮かんだ。銀座の喫茶店〝水精〟で、黒柳達男から銀色のスーツ・ケースを受け取っていった女だ。

「清水さん、有光夫人はどんな服装で出かけました?」

「はあ、洋装でした。あの方、洋装ばかりですから……」

「それで、どんな洋装でした?」

清水は品よく、不審な表情をした。

「あの方、沢山お持ちですし、それに、いつものように、黙ってお出かけになったので、わたくしには判りませんけど、それが、なにか?」

「いや、別に——」

黄木は、軽く頭を振った。「しかし、白地に緑色の線を美しく生かした洒落たツーピースを持ってませんか」

「はあ、あの方、緑色が好きなものですから。でも、なぜなのですか」

「なんでもないんです。しかし、僕の職業が判れば、その意味は判りますよ」

「あなた様の事は、先生からちょっと伺いました」

「じゃ、僕の職業は知ってるんですね？」

黄木は、遠慮のない調子に出た。「しかし、失礼ですけど、なぜ、あなたは有光博士と結婚しなかったんですか」

清水はオールド・ミスらしい清潔な顔に、ほんのり羞恥の色を浮かべた。そのまま、黙っている。

「清水さん、つまり有光博士は完全な書斎の人で、結婚なんかは念頭になかったんですね？　そして、あなたの優しい心の光で、有光家には静かな平和がつづいていた。そこへ突然、いまの有光夫人が現われたんですね？」

清水リツ子は、わびしげに頷いた。

「あの方、一面識もなかったのです。ちょうど空襲があった時でした。ああいう自分勝手な人ですから、外から屋敷へ入って、先生専用の地下書斎になっていた防空壕へ入ってきたのです。

その空襲は、非常に長かったのでした。わたくしも心配なので、その地下書斎へいってみますと、あの方が一人喋っていて、先生は黙って聞いていまして、そして、先生がわたくしに、『今日から、この人は屋敷にいるからね』と、お仰有ったのです。

なんでも、あの方、戦災にやられまして、行くとこがないとか申していましたが、その日から先生のそばを離れないで、歌を唱ったり話しこんだり、まるっきり先生を占領してしまったのです。

ですけど、先生が結婚なさったのには、わたくしビックリいたしました。信じられませんでした。それも結婚式なぞはせずに、ご自分でお届けなさってから、わたくしに話したのです。それは、終戦の直前でした。わたくし、一たん兄の家へ帰りましたが、あの方、結婚してしまうと、先生の事は打っ棄りぱなしにして、一ケ月も他所へ行ってるような事もありましたので、わたくし、また有光家へ戻ってきたのでした。

わたくし、先生の気持が判らないのです。先生のようなお方が、若い女の人に迷うというような事は、どうしても考えられませんし、ですけれど、あの方の気持はよく判っています。有光家の財産です。それに、夫婦とは名ばかりで、どんな事をしても先生は無関心なのですから、それをいい事にして、勝手な事をしているんです。

有光家の財産は先代からの財産でして、先生には従兄の弁護士の方が管理しているのですが、先生は物質的な事には無関心な上に、ご自分は質素なお方ですから、先代の時よりは、かえって殖えていたそうですけど、あの方が見えてからは目茶苦茶になりました。とっても浪費家なのです。それに、先生が云いなり次第に承知なさるので、不動産や名器や書画がドンドン売られて行くのです。いまに有光家には、なんにも無くなりますわ。そしたら、あの方、ご自分の方から離婚なさるでしょう――」

清水は、フと気がついたように微笑した。

「わたくし、内輪ばなしなぞして、失礼いたしました……」

二人は有光家を出ると、すぐに片桐が訊いた。

「黄木君、緑色の洋装って、なにを意味してるんだ?」

「コンスタント。有光博士が云ったじゃないか。僕は、有光博士の結婚を、その女を摑まえておくための、手段を択ばない方法だと思ったんだ。つまり、黒柳達男が応召していったので、その女を第二の性格実験体にしたんじゃないかと思ったんだ。そこで、僕が第二の赤視症者かと訊いたら、有光博士は、彼女はコンスタントの色に執着すると云ったね。安定な色《コンスタント》――つまり、緑色じゃないか」

黄木はそれっきり、深い考えに閉ざされてしまった。

J

翌日の日曜日の午前――

黄木は野上警部と連絡しようと思って、いく度も電話をかけてみたが、運わるく連絡はできなかった。

といって黄木も、野上警部が担任している前島事件と、黒柳達男の雰囲気とが直接に関係しているとは、ハッキリ考えたのではないが、捜査に躍起となっている野上警部に、一つの勘で、一つの参考を与えようと思ったのだ。

連絡を断念して東京駅へ行くと、横須賀線の乗り場に、肥った片桐が変に緊張しながら待っていた。しかし、一人でいるところを見ると、『科学の世紀』の編集長の念頭には、せっかくの思いつきの対談もないらしかった。

黄木を見ると、まっ先に訊いた。

「砒素って、微量な存在でも証明できる?」

「できる。可検物があれば、砒素鏡を作って簡単だ」

「黄木君、僕は昨夜、寝床の中で考えぬいたんだ。有光博士が、黄木君を逗子へ呼んだのは、君という探偵がそばにいるぞと見せて、あの女に、毒殺行為を断念させようとしてるんだ。だから、黄木君には直接に頼まなかったんだ。つまり、なんだか判らんが、有光博士はあの女に特殊の目的を持ってるんだ。そこで、あの女の危険からは脱れたいが、同時に、あの女を失いたくないんだ」

「片桐君、鋭どいね」

「しかし、だね。僕は黙認しないよ。あの女の存在は、有光博士を滅ぼすよ。あの女は必っと、箱根へ行くと云ってるから、今日は逗子でなんかの食物か飲み物かに砒素を入れるに違いない。継続的に少しずつ飲まして、狡猾な毒殺を企らんでる事は、火を見るより明らかだ。もちろん、警戒している現在の有光博士は、注意に注意をするに違いないが……

そこでだ。有光博士が欲すると欲しないとに拘らず、僕は怪しいものがあったら、みんな没収する。そして、黄木君が砒素の存在さえ証明してくれれば、僕は警察問題にする」

その点、黄木も大賛成だった。

「しかし片桐君、僕を逗子へ呼んだ目的は、まだ他にあるよ。有光博士は、僕という人間を持ち駒にして、ちょっと想像のできない事を考えているらしい――」

真夏の湘南行の電車は、満員だった。逗子の駅も、海を恋う人々で雑踏していた。

これは後で判ったのであるが、海の見晴らしのいい沼田家の別荘は、昔から有光博士は好きだった。沼田家とは親類関係なので、この瀟洒な洋館の二階に滞在したことも、前に二三度あった。沼田氏も、有光家の内情には心配している一人だった。それは主として、有光博士個人に対するものだった。そこで、有光博士を慰めるつもりで、夏季の静養に提供したのだか、まっ先に乗りこんできたのはレン子夫人だった。沼田家の留守番として階下の部屋に残った老人夫婦は、毎日つづく二階の馬鹿騒ぎにビックリして、それを沼田氏に報じると、沼田氏は逗子へやって来て、レン子夫人に退去することを申しわたした。レン子夫人は、応じなかった。沼田氏も有光家との関係で、やむなく諦めたのだが、するとと突然、レン子が箱根へ行くと云い出したのだった。

その沼田家の玄関へ、黄木と片桐が入って行くと、有光博士と二人だけで暮らせる喜こびのためか、昨夜と変る生き生きとした顔の清水リツ子が、少し若やいだ単衣の姿で出迎えた。

「片桐さん、わたくしたち、一つ前の電車で来ましたのよ」

「先生は？」

片桐が訊いた。すると、急に清水は憂わしげに、

「二階でおやすみですの。やっぱり、ゆっくり自動車で来た方がよかったんですわ。ここへ来るだけで、スッカリお疲れなさって……」

「しかし清水さん、あんなに先生の工合が悪いのが見えてるのに、なぜ、医者に診せることをすすめないんです？」

「いいえ、それは先生の性質なんですの。いくら、おすすめしても、ご自分の考えがそこへ行かなければ駄目ですの。でも、わたくしここにいる間に、必っと先生のお身体をよくしてみせますわ」

清水は二人を、庭に面した日本間へ案内した。

「いま、先生を起してまいりますわ」

「結構ですよ」

黄木が手で制した。「僕らはユックリしますから、起こさないでください。しかし、奥さんは？」

「いま、海の方へ行きましたけど——。明日箱根へ行くんですって……」

「黒柳君は？」

「先生よりズッと早く来まして、こちらの家の人の話では、二三人泊っていた、あの方の友だちを命令ずくで追い払ったそうです。それから、お昼ごろ海へ行ったそうです。必っと海で、あの方と睨めっこをしていますわ……」

すでに用意がしてあったと見えて、果物や冷めたい飲みものを、清水は次ぎ次ぎとはこんできた。

間もなく、黒柳達男だけが戻ってきた。

「やあ」

と二人に軽く頭を下げ、清水に笑顔を向けた。

「小母さん、二階のまん中の部屋の戸棚に洋酒がありますよ。叔父さんは酒も煙草もやらんが、男ってものは飲むんですよ」

「でも、あの方が……」

「怒る？　怒ったら、怒らせとけばいいじゃないですか。しかし、愕ろいた。あの女、自分を取りまいてる若

い連中と、キャッキャッと騒いでる。撲りつけたくなった」

「たった一日ですよ」

清水は、やさしく微笑した。「明日になれば、いなくなるんですのよ」

「そういえば、僕も急に大阪へ行かなきゃならなくなった。明日にでも行きます。秋にならなきゃ、帰らんかも判りませんよ」

「あなたも風来坊ですわね……」

清水が部屋を去ろうとすると、片桐が慌てて云った。

「清水さん、暑いから、僕らは酒は要らんですよ」

「では、そういたしますわ」

清水が見えなくなると、黒柳が一人言に呟いた。

「なんだって、あんな女を怖がるんだろう。要するに、叔父さんが馬鹿なんだ……」

「黒柳さん」

黄木が、ハッキリした声で呼んだ。「あなたは、有光夫人の事を調べてみた事がありますか」

黒柳は、黄木の顔をギロッと見た。ちょっと唇を嚙むようにしていたが、

「復員した当時、腹が立って仕様がなくて、調べたことがありますよ。あの女の前の同棲者は、戦時中にスパイとして挙げられた男ですよ。自分も純粋な日本人じゃないから、戦時中には困り果てて、そこをうまく、有光家という巣を見つけたんですよ」

「じゃ現在、有光夫人の周囲にいる人たちはそういった人たちなんですか」

「いや違う。僕は、あんな女は嫌いだが、あの女、とっても魅力があるらしいんですよ。それに、有光家の金をヂャンヂャン使う。だから自然と、蟻たちが寄ってくるんでしょう。しかし、あなたは、なにか叔父から頼まれたんじゃないですか」

黄木は黙って黒柳の顔を眺め、肯定も否定もしなかった。

しかし、なにより先に、レン子夫人を見ておく必要がある。十中八九、喫茶店〝水精〟で見た緑色の女の後姿は、レン子夫人の後姿だと思うが、それが確定するとしないでは、すべての情勢がまるで違ってくる。

黄木は手洗所へ行くために、ちょっと中座した。戻ってくると、

「片桐君、せっかく海へ来たんだから、一泳ぎして来ようじゃないか」

片桐も、すぐにその意味を推察した。

K

日曜の海水浴場は、人波で埋まっていた。

「黄木君、とにかく綺麗な女だよ。眼は凄いとこがある。映画女優にしたら、そのままヴァンプだね」

「話したことがある？」

「ある。コケティシュな感じを見せながら、とっても気のきいた話をする。とにかく直接に見た眼は、誰だって魅力を感じますよ」

「残念ながら、片桐君もか」

「要するに、あの有光博士すら、その魅力を感じたんだからな」

話しながら片桐は、海ぞいに歩いて四方を見まわしていた。

「いた、いた」

「どこに？」

「いや、乾分みたいな女中だよ。あの女も、あの辺にいるぞ」

片桐は足を早めて、緑色のビーチパラソルのそばへ行った。なるほど、乾分とは片桐らしい表現だ。女中とは見えない、小賢しい顔をした海水着姿の若い女が立っている。

「奥さんは？」

片桐を見ると、その女中は、ちょっと嫌な顔をした。が、黄木に気がつくと、とってつけたように微笑した。

「あの、このお方が、今日一緒にお見えになったお方ですの？」

「うん、僕の友だちだ。奥さんは？」

「あそこです。お呼びしますわ」

女中は手を上げて、サインするように大きく振った。と、ズーッと離れたところから、スラッとした女が、片手を伸ばしながら近寄ってきた。均整のとれた美い肢体は、まさしく喫茶店〝水精〟で見た女だ。どぎつい真赤な唇、キラキラ光るような眼――その眼で、黄木の方を見戍りながら、まっ直ぐに近寄ってくる。

黄木は、その知らぬ顔で立っていた。

間近にくると、レン子夫人は女中に声をかけた。

「なんか用？」

線の強い声に似合う激しい一瞥で、気がついたように片桐を見た。

「ああ、あなたなの？　有光のとこへ来るっていうお客さまは、この方？」

黄木は微笑で、レン子の挑むような笑顔を受けとめた。

「片桐君、紹介してくれたまえ」

片桐は妙に苛々しながら簡単に紹介した。しかし、黄木の職業は云わなかった。レン子夫人に圧迫されるのか、いつもの饒舌家は変に尖った口調で、

「奥さん、黄木君は生きた人間の心理を研究してるんですよ。もちろん、奥さんには興味を持ちますよ」

「じゃあ有光と同じだわ。あなた、煙草を持ってらっして？」

レン子夫人は、また黄木に媚笑した。黄木は、シガレット・ケースを渡した。レン子は一本くわえて、片桐を揶揄するように見た。

「ライター、持ってらっして？　あなたの眼から見れば、わたしって女、変ってるんでしょう？　ところが、わたしって女、ごくごく平凡な、そうね、合理的に生きてる女よ」

片桐は、ライターを突き出していた。レン子は眼もくれずに、

「片桐さん、わたしが受けてるものは、有光には必要のない金なのよ。有光が死ねば、有光に幸福を与えたことのない誰かが、ニヤリと笑って受けとる財産だけよ。有光がうけてるものは、あの偶然がなかったら、それを知らずに死んだかも判らない人生の幸福よ。この取引は、有光の方が欲してるわ。結婚は、その無言の契約よ……」

レン子夫人は、黄木を流し眼に見やった。

「あなた、火をくださらない？」

黄木は片桐の手からライターをとると、黙って擦って、ルージュの光る唇にさしだした。丈の高いレン子は顔を曲げて、くわえたまま火をつけた。

「生きた人間の心理の研究って、あなた、ご職業は？」

「あなたの想像どおりです」

「面白いわ。あなたって人、話せそうね。でも、お願いよ。自分の眼で見て頂戴。人の話なんか、みんな虚々実々よ」

黄木に、皮肉を見せて微笑した。

「奥さん、片桐君の奥さん観は別として、僕の第一印象を云いましょうか。緑色のビーチパラソルをバックにした水精ですよ」

レン子夫人の眼が、妖しい色に光った。と女中の方を見て、「帰るわ」と云った。黄木のシガレット・ケースを手に弄びながら、

「これ、変ってるケースね。戴いていい」

「どうぞ」

「その代り、わたし、素的な晩餐をしてよ。あなたのためよ」

「僕は、有光博士の客です」

「わたし、スポイルするわ。じゃ、後で――」

黄木は、脱衣所の方へ行くレン子夫人を、ジッと見送った。明らかに、喫茶店〝水精〟で見た緑色の女だ。片桐は片桐で、憎々しそうに見送っている。

「黄木君、あの女の常套手段だよ。黄木君を甘く見て、手なずけれると思ってるんだ。だが、有光博士が黄木君の職業を話すはずがないがな」

「しかし、あの女はチャンと知っている。知っているだけじゃなくて、警戒している。だから、さっきの女中のサインで直ぐに来ながら、白ばくれて、片桐君に気がついた振りをしたじゃないか。だが僕は、あの女の強烈なエロチシズムを見て、はじめて有光博士の複雑な心理が判ったような気がする」

「しかし、どうしてあの女が、黄木君の事を知っている」

「黒柳達男が話したんだよ」

黄木は海辺の雑踏から離れながら、瞠目する片桐に水精での目撃を話した。

「片桐君、だが僕には、あの女と黒柳達男との関係が、ハッキリ判らない。単なる情痴的なものなのか、それとも、そこに犯罪的なものがあるのか――。そして、あの銀色のスーツ・ケースが何を意味しているのか」

片桐は、くわえていた煙草を、砂地へ叩きつけた。

「黄木君、僕には信じられん。じゃ、あの黒柳君は、有光博士の手前、ワザと、あの女と仲違いをしてるように見せかけてる、そう云うんだね？」

「そりゃ、もちろん復員した当時には、あの青年は撲りつけるほど憤慨したに違いない。二人に関係ができたのは、それから後だよ、黒柳は、それを有光博士に隠そうとしてるんだが、あの有光博士は、もちろん洞察していて知らん顔をしているんだ」

「だが黄木君、黒柳君は有光博士の事は思っているよ。僕がさっき、黄木君が手洗い所へ行った時、口を滑べらして砒素中毒の事を話すと、あの黒柳君、顔色を変えて

立ち上がったよ。僕は、やっとなだめたんだ。『黄木君が証拠を掴むまで、知らん顔をしてくれ』とね。だが、あれも芝居なのか」

「それは芝居じゃあるまい」

黄木は断言した。「二人に情痴関係があっても、あの黒柳が有光博士を毒殺しようとするはずはないよ。それは、親族会議に先手を打とうとする、あの女の単独犯罪だと思う。だから、それが耳に入れば、あの黒柳が顔色を変えるのは、当りまえだ。だが片桐君、まずい事を云ってしまったな。ヒョッとすると、飛んでもない事が起きるよ――」

果して、黄木の予感は的中した。

レン子夫人と女中が海水浴場を出て行くと、二人も遠目に尾けるように、その後へつづいた。沼田家の玄関を入ったのも、五分とは経っていなかった。

ところが、二人が玄関へ入ると、階段の方で、キーッと叫ぶ女中の声がする。女中は、転がり落ちるように、階段を降りてきた。黄木が駈けつけると、真青な顔で二階を指さした。

「奥さんが、奥さんが……」

黄木と片桐は、二階へ駈け上がっていった。階段の上り口に、有光博士が茫漠とした表情のまま、化石したように立っている。

「先生、どうしたんです？」

片桐の叫び声で、有光博士は、愕然としたように黄木の顔を見た。

「ああ黄木さん、レン子が殺された」

その時、左側の部屋の方から、ブスッという銃声が響いてきた。

L

有光レン子の殺人現場は、二階の三つの部屋の中、階段を昇って左端の部屋だった。

その部屋は、レン子が化粧室兼寝室に使いまん中の広い客間とは、ドアで通じていた。右端の部屋は、用意された書棚には、すでに送られた有光博士の書籍が並べられ、さすがにレン子夫人も、その部屋だけの静粛は保っていたらしかった。兇行時間は二時四十分。兇器は精巧な自動式拳銃で、それを握っていた者は黒柳達男であった。

黄木が聞いた最初の銃声は、有光博士が「レン子が殺された」と呟いた瞬間だった。黄木は、その部屋のドアへ飛んでいった。つづいて、第二の銃声。

「黄木君、危険だぞ」

片桐が、把手を握った黄木の肘を摑んだ。つづいて第三の銃声、少し間をおいて第四の銃声。つづいて、アッハハという高笑い。犯人は、そのドアのそばに立っているらしい。

黄木も、本能的な恐怖を感じた。拳銃による惨殺だ。犯人が黒柳達男だとは、直観的に想像できる。だとすると、あの昂奮性の男、発作的に頭が狂ったに違いない。だが、躊躇はできない。黄木は思い切ってドアを開けた。

黒柳達男は後向きに立っていた。ユラリユラリと揺れるような姿勢で立ちながら、拳銃を摑んだ右手を、反動をつけて大きく振りまわしている。黄木はその右手を身体と一緒に後から羽がいじめにした。

「片桐君、早く拳銃を……」

片桐は、もぎ取った。黒柳達男は無抵抗だった。ズルズルと、床へ膝をついた。顔を見ると、眼は血走って虚空を瞶めている。片桐が、姿見の前のレン子のそばへ駈けよった。レン子は床に蹲くまるようにして、白い服の胸に赤褐色の花が開いている。

「黄木君、死んでるぞ」

黄木は、黒柳を注視しながらそばを離れた。黒柳は床へ膝をついたまま、天井の一隅を瞶めている。黄木は、ジッとその顔を見た。

「片桐君、この男は無意識状態だよ。刺戟を与えないように、静かにしたまえ」

しかし、レン子の方は、すでに絶命していた。白蠟のような顔に、鋭どく刺すような魅力が、凄愴な形に残っている。

「片桐君、黒柳に注意してくれたまえ。もう暴れんと思うが……」

黄木はドアを開けて、廊下へ出た。階段の上り口に、同じ姿勢で佇立していた有光博士が、よろめくように近づいてきた。

「有光博士、あなたの部屋にベッドがありますか」

「あります」

「じゃ、そこへ黒柳君を寝かせましょう。片桐君、手伝ってくれたまえ」

二人は両脇から腕を扼して、黒柳達男を静かに立たせた。黒柳は、なにかブツブツ呟きながら、ほとんど無抵抗だった。有光博士の部屋のベッドには、いまのいままで有光博士が横になっていたように、枕もとに横文字の本が一冊おいてある。黒柳は、すなおに、ベッドに寝かされた。仰向けになったまま、血走った眼をギラギラ光らせている。

「片桐君、すぐに警察へ知らせてくれたまえ、とにかく殺人事件だ……」

片桐の足音が廊下へ消えると、入れ代りに、真青な顔の清水リツ子が入ってきた。口も訊けずに、オロオロとしている。

「黒柳君」

黄木が大きな声で呼んだ。「君は、いまなにをしていたか判るかね?」

里柳は、黄木の方へ顔を向けた。上ずった声が、虚ろにひびいた。

「真赤な雲だ。南の海だ。あの時の夕焼けだ。僕は夢中になって、飛行機を突っこもうとした……」

「君は、いま、ピストルを射ったね?」

「射った。射ちまくった。五彩の雲が切れ切れになった。そして、また集ってきた……」

「黒柳君、眼を閉じたまえ」

黒柳は抵抗するように、眼を瞠った。

「黒柳君、眼を閉じたまえ」

二度目の命令で、黒柳達男はメスメリズムにかかったように、眼を閉じた。黄木は部屋の一隅に有光博士を促がすと、声をひくめて冷静な態度で訊いた。

「有光博士、あの青年は半無意識状態ですね?」

有光博士は、ベッドの方を見やった。

「僕も、そう思う」

「あの青年には、なんか遺伝的な精神病があるんですか。あなたなら、よく判るはずですね?」

有光博士は、頭を振った。

「達男には、それはないと思うが、酒乱の傾向があります。酒乱の時は純粋に衝動的で、暴行をした過去があるし、真赤な夕焼けを幻覚したとすれば、赤視症者の昂奮が発作凶行を呼んだのでしょう」

淡々とした有光博士の声が、不思議な感じに聞こえた。

「では有光博士、僕らが出ていってから、あの青年は酒を飲んだんですね?」

「客間で飲んでいました」

有光博士は、ベッドのそばへいった。

「達男、君は幻覚しているのだ。ジッと眼を閉じて、

「達男は僕の部屋へくる前から酔っていた。僕は気分が悪くて、あのベッドで横になっていた。そこへ、いきなり入ってきて、『叔父さん、すぐに離婚しなさい。あの女には僕が云いわたす』そう云って、つまり、片桐君に聞いた僕の砒素中毒の事を、痛烈に憤慨していたので、僕は話には応ぜずに、『それは誤解だから、騒ぎを起さないようにしたまえ』と注意した。

それから少し経って気になるので、この部屋へ来て見ると、達男は酒を飲みながら一人で昂奮していた。そこへ、レンが戻ってきたのです。レンは廊下の方から隣りの部屋へ入り、そのドアを開けて、この部屋を覗いたのです――」

有光博士は、現場につづくドアを開けた。そこから見ると、大きな卓子に半ば隠れて、屍体は向う側に隠れていた。「そこで僕はレン子を押し戻して、一諸にその部屋へ入り、達男と争わないようにと注意したのです。そこへ達男が入ってきて、なにか喚いていたと思うと、いきなり射殺したのです」

黄木は、片桐が置いた卓子の上の精巧な自動拳銃を見やった。

「すると、あの青年は、すでに拳銃を持っていたので

なんにも考えないでいたまえ」

顔を近よせて、暗示するように云うと、有光博士は清水の顔を見やった。おだやかな声で、「リツ子さん、達男の発作性が、ここまで酷くなっているとは思わなかった。静かにしておけば、一人でおいても大丈夫です。あなたは、ドアを開けて廊下から注意していてください」

有光博士は廊下を通って、黄木を客間へ捉した。卓子の上には、ウィスキイの瓶と大きなグラスが置いてある。そこへ警察へ通知した片桐が入ってきた。有光博士は、咎めるように片桐を見た。

「片桐君、君は不注意ですね。なぜ、刺戟するような事を達男に云ったのです?」

片桐は、顔を痙れんさした。

「黄木君、じゃ僕は、教唆罪になるのかね?」

黄木は顔を振った。

「片桐君には教唆意識がなかったんだから、後で問題になっても大丈夫だね。しかし有光博士、加害者はここで酒を飲んでいたんですね?」

黄木はグラスを手に持って、透かして見るようにした。有光博士は、その手もとを注視しながら、冷ややかに云った。

すか」

有光博士は、首をひねった。

「とも思われるが、しかし、達男はあそこを開けましたよ」

指さしたのは、ベッドの脇の戸棚だった。黄木は、銀色のスーツ・ケースを考えていた。もしかすると、拳銃はあの中にあったのかも判らない。予期したとおり、戸棚を開けて見ると、喫茶店ニンフで見た銀色のスーツ・ケースが、開け放しになったままあった。黄木は指先を使いながら、中の物を調べてみた。立派な箱が眼についた。厳重な錠がついている。黄木は指紋を残さないようにして、蓋を動かしてみた。鍵は外れていて、蓋は簡単に開いた。しかし中味は、アッと驚くような宝石類である。瞬間、黄木は失敗ったと思った。勘が美事に的中して、黒柳達男は間違いなく前島事件の犯人だったのだ。もはや疑いない。あの時の勘どおり、無理にでも野上警部と連絡して、一緒に逗子へ来たならば、この無益の惨事は防げたはずだった。黄木は唇を嚙んで、宝石箱の蓋をした。

「片桐君、この部屋を離れないでいてくれたまえ」

複雑なものが、次ぎから次ぎへと頭へ閃くのだ。黄木は警視庁の野上警部に電話をかけるために、急いで階段を駈けおりていった。

M

検察側から見た有光レン子殺人事件は、誰でもが納得するような冷静なものであった。有光博士の、簡単極まるものであった。有光博士の、誰でもが納得するような冷静な証言。『科学の世紀』の編集長の、生き生きとした目撃談——。しかし黄木は、できるだけ沈黙を守っていた。

警察医の鑑定によれば、美しい被害者には二発命中していた。一発は急処を外れ、一発は心臓を射ぬいていた。しかも、かなりに接近した距離の射撃による即死である。屍体の顔に恐怖の表情がない点から、警察医は、不意に射たれたものと判断した。

加害者と目される黒柳達男は、警察医の手荒い扱いを受けると、急に喚きはじめた。それを力で押えようとすると、腕力をふるって二三の警察官を投げ飛ばした。そこで、はじめて黄木は口を開いた。

「この男の現在の状態は、医学的な鑑定さえ必要です。安静状態にしておいて、意識の正常化を待つ方が賢明ですね」

捜査主任は、黄木から受けとっておいた名刺をポケットから出し、改めるように見た。黄木の職業に興味を持ったらしい。

「あなたは、なにか特別の理由があって、この家へきていたんですか」

黄木は、有光博士の方を見やった。しかしその時は、自分の想像の世界には触れなかった。

「僕は、『科学の世紀』へ載せる有光博士との対談をするために、編集長と一緒に来たんです。しかし、この事件については、いろいろな参考は云えると思います……」

黄木は心待ちに、野上警部が来るのを待っていた。今度は電話の連絡が迅速にいって、前島事件の容疑者と聞いた野上警部のこおどりする様子が、電話を通じてアリアリと感じられた。

その野上警部が、特別に自動車を飛ばして現場へ来たのは、検事の到着と殆んど一緒だった。逗子の警察署員は、警視庁の敏腕家の出現には、ちょっとビックリした形だった。黄木は、すぐに野上を現場の部屋へ促した。黙って戸棚を開けると、銀色のスーツ・ケースを指さした。

「野上警部、その中にある綺麗な箱を開けて見たまえ」

箱の蓋を開けると、野上警部はウーンと唸り声を上げた。

「黄木さん、いったい、どうして?」

感激家の野上警部は、畏敬する黄木を抱かんばかりにした。ただちに検事に逢って、前島事件の経緯を話して、絶対の証拠となる弾丸の鑑定のために、ヴィナスの彫刻のように美しい有光レン子の肉体を貫いた、その弾丸の一つを要求した。検事は、事の意外に驚ろきながら快よく承諾した。

野上警部は、前島謙助を射殺した命中弾と比較鑑定するために、すぐに東京へバックしようとした。

「黄木さん、あなたの事だから、まだ、こっちへ残ってますね。僕も鑑定がすんだら、すぐに逗子へバックしてきますよ。こっちも殺人事件だから、犯人は動かせんからね――。しかし、どうして今日の午前中に判ったんです？　いく度も電話がかかったのが、僕には実に不思議だった……」

黄木は、階下の誰もいない部屋へ、野上警部を促した。

「それは、実に偶然だったんだ……」

と、喫茶店〝水精〟での目撃を話してから、

「もちろん野上君、その時は変な様子だなと思っただけだが、その黒柳達男について、有光博士から無言の依頼を受けた時に、ヒョッと僕には勘がした。

つまり、有光博士の言外の言葉を綜合すると、スリルを追って生きてるような黒柳達男が、その復員後の様子からして、なにか犯罪的な事をしているに違いない。だから、僕の手で確証を摑んで、僕の手で司直へ渡してくれ――そう僕は解釈した。そして表面は、有光博士も僕も、雑誌にのせる対談をするためにして、僕はこの家へやってきた。

しかし、有光博士は、見かけは弱々しそうだが、強烈な意志を持った怖るべき人物だよ。あの細い茫漠とした眼は、周囲の人間の心の動きを完全に見破っている。そして、理性の判断だけで行為する。あの黒柳達男を済度しがたい者と断じた以上は、自分の子であっても断罪するに違いない」

「僕も、有名な学者だということだけは知ってるが、そういえば、なにか氷のような感がする。しかし、犯罪的な事を語り合うほどの仲で、どうして、あの男があの被害者を殺したんだろう?」

「それは、あの男の意識が常態になれば判る。しかし野上君、前島謙助を射殺した犯人は、遠距離から一発で心臓を射抜いているね?」

「鑑定はその通りで、鑑定家は、加害者を射撃の名人だと云っている」

「じゃ野上君、一つ頼みがあるんだが、もちろん、あの拳銃には黒柳の指紋しかないだろうが、念のために、なんか他の理由をつけて、あの拳銃の指紋を精細に調べさせてくれたまえ」

黄木の習癖を知っている野上は、不審な表情をした。

「じゃ、また意外な事を考えてるんじゃないんですか」

「いや、なんでもない」

黄木は、軽く頭を振った。「しかし野上君、それだけは念のために頼む……」

N

有光家の妖女の死は、時間がたつに連れて逆に霹靂のような光芒を放ってきた。

あまりに唐突な事件だったので、その眼で目撃してい

ながら、黄木にも非現実的な感じがしてならなかった。いまにも、どこからか眼をキラキラさして真赤な唇で微笑した、あの煽情的な海水着姿のレン子が、

「素的な晩さんをするわ。あなたのためよ」といいながら現われてくるような気がする。

そうだ。氷のような有光博士も、あの凄じいばかりの肉体的な魅力に、打ち勝つ事ができなかったのではなかろうか。

黄木と片桐は、階下の庭に面した日本間で黙って煙草をのみ合っていた。

事件の形骸――生きてる黒柳達男と死せる有光レン子が消え去った沼田家は、沈寂の沼の中に沈んでいた。

「黄木君、いったい、いつまでいるつもりだね?」

片桐が顔をしかめながら訊いた。「僕らが証人として必要な時は、裁判の時だよ」

「しかし、僕はこの家が気に入ったんだ。有光博士が帰れというまでは、ユックリ落ちついているつもりだ……」

当の有光博士は、書斎にした二階の部屋に閉じこもったきりだった。清水リツ子は新聞記者の応対に忙殺されていた。有光レン子の死は、このおだやかな老嬢に、逆光線のような感動を与えているに違いない。しかし黄木には、その清水リツ子の上にも、間もなく大きな不幸な花が開くような気がした。

野上警部が、ふたたび沼田家へ現われたのは、二人が夕食をすましてからだった。

「黄木さん、弾丸の鑑定で前島事件は、ついに解決しましたよ」

好人物の野上は、喜色満面だった。「その鑑定が決まる前に、僕は前島の妾を調べてね、黒柳がピストルで殺人をやったというと、あの三井とり子も、とうとう自白しましたよ。やっぱり、手引きしたんですよ。あの三井という女も黒柳には首ったけらしくて、つまり黒柳のいうままになって、自分が出かける前に前島家へ黒柳を侵入させといたんです。そして、前島と自分が二週間も留守してる間に、黒柳に宝石を盗ませておいて、後で黒柳と同棲するつもりらしかったんです。ところが、前島の都合で急に大阪行が一日のび、帰宅する事になったんで、事が狂った訳なんです。しかし、前島の姿を見ると、ものも云わずに射殺した黒柳の兇暴性には、あのしたたか女も、いまさらのように慄えておった……」

それだけ話すと、野上警部は改まったように、黄木の

顔を見た。「しかし、なんのために、黒柳が射撃した拳銃の指紋を調べるんです？　あの被害者の女が先に射とうとして、それを奪って射ったとでも云うんですか」

「野上君、そういう場合もあり得るね」

「じゃちょっと電話で訊いてみましょう？」

野上は、電話室へ入っていった。しばらくすると、ちょっと緊張しながら出てきた。

「黄木さん、あの男の昂奮状態は、少し前に納ったらしいけれど、なにを訊いても、黙して語らないそうです。これから僕が行って、前島事件を突きつけて、面被を剝いでやりますよ。酒乱を装って白ばくれても、そうは問屋は卸さんですよ」

「拳銃の指紋の方は？」

「それは、加害者のものだけですよ。こっちの警察は、なぜ僕がそんな事を云うのかと、不審がっていますよ……」

その野上警部が警察から戻ってきたのは、一時間ばかり経ってからだった。捜査主任と警察医が一緒にきた。

捜査主任は、片桐の顔を不審らしく眺めた。

「あなたですね？　片桐さんというのは——つまり、あなたが加害者に兇行の直接動機を与えたんですね？」

おだやかな口調だが、片桐は見る見る中に蒼くなった。

「僕は絶対に、絶対に、教唆なんかはしません」

「しかし、加害者の供述によると、あなたからその事を訊いて昂奮したと云っています。つまり被害者が、加害者の恩人である有光博士を、砒素を少しずつ用いて毒殺を企てているという事を訊いて、カッとしたと云っています。そして、被害者有光レン子の帰りを待ちながら、ウィスキイをあおっている中に、突然頭が錯乱してきて、もし自分が射殺したならば、その記憶はないが、その事を怒っていたので、無意識に殺したんだ——そういう風に自供しているが、しかし、そんな毒殺行為が、どうして判ったんです？」

黄木が片桐を庇って前へ出た。

「それは、僕の職業的推理です。その事を僕から聞いた片桐君が、有光家を思うあまり、つい口を滑らしただけなんです。ですから、もし責任があるとすれば、僕にこそあるはずです」

そう前置きしてから、黄木は、水精の奇妙な目撃以来の、主観客観を簡潔な口調で話した。捜査主任は意外な顔をして聞いていた。

「そんな経緯だったんですか。しかし、黒柳達男は、供述では被害者に対して悪感情を持っているように話していますよ」

「では、あの被害者の付き添いの女中がいますから、それを調べてごらんなさい」

「その前に、有光博士を診察してみましょう。もし、そんな毒殺行為がなかったとすれば、失礼ですが、あなたの立場にも影響するかも判りませんよ」

捜査主任は、警察医と一緒に、二階へ昇って行った。野上警部も不安な表情で、二人を見送った。

「黄木さん、もし、そんな毒殺行為が証明されなかったら、結果は妙なものになってしまう」

黄木は黙したまま、考えこんでいた。片桐は苛々しながら、歯軋りした。

「黄木君、僕は飛んだ事をした。大失態だ。黒柳にさえ喋べらなければ、こんな事件は起きなかった。黒柳の供述がそうであるかぎり有光博士の砒素中毒が証明されても、僕の教唆罪は免れない。もし証明されなかったら、なおさら、仮空な捏造をもって教唆した事になる……」

黄木は、はげしく頭を振った。

「片桐君、絶対に君は教唆罪にはならんよ。まあ、僕という者を信じていてくれたまえ。それよりか野上君、黒柳は、野上君の出現で簡単に自白したんだね？」

「そうですよ。一番驚ろいたのは、喫茶店での事を目撃されてた事ですよ。それが黄木さんだったことは、天罪だと奴は笑っていた。度胸のいい男で、覚悟を決めたら、スラスラと自白してね、つまり、三井とり子から手がまわるかも知れないという情報があったので、拳銃と盗品を入れたスーツ・ケースを、被害者を利用して処置したんだ、と云っている。

しかし、そこんとこが判らない。そういいながら黒柳は、被害者のような女は、殺されるのが当然だといっている……」

「あの女の魅力は、正直に云って、僕にさえ粘りついている。つまり黒柳には、憎しみと情痴とが火のように交錯してるんじゃないかな。しかし、あの男は常習的ギャングだろうね？」

「それも、全部自白したが、彼の手口は新らしい手口ですよ。まず、目星をつけた屋敷の、妻だろうが娘だろうが、それを自分のものとしておいて、その口から家の内情を調べておいて、手引きさせたりして侵入するんですよ。だから、その女たちは彼の犯罪だとは知っているが、みんな沈黙しているんですよ。黒柳は、それを得意になって喋っていた。良心なんて、これっぽっちもない男だ」

「いや野上君、少しはあるよ。だから、かりに名だけといいえ、有光博士の妻との関係を、ヒタ隠しに隠していたんだ」

三十分ばかり経つと、警察医と捜査主任が二階から戻ってきた。警察医は、感嘆したように黄木の顔を見た。

「あなたは、怖るべき観察力を持っていますね。たしかに砒素中毒です。しかし、あのままでは、有光博士は死を待つだけですね。いや、もう手遅れなのかも判らない。しかも、それを有光博士は知っていて、僕らが入っていった時には、なにか熱心に書いていました。有光博士は手当てをする意志がないが、たとえ無駄でも、あれは強制的に手当てをすべきです……」

捜査主任は、別の角度から云った。

「有光博士が、その事を知ったのは、昨日の朝だそうです。昨日の朝、あの被害者と一緒にコーヒーを飲むと、いつもより多かったのか、急に苦しくなったので、あの被害者には黙ったまま書斎へ入り、薬物学や毒物学の書物を調べたのだそうです。しかし、それでも医者に診せなかったところを見ると、あの被害者が生きていたらば、あくまで秘密にしているつもりじゃなかったのか、そう僕は考えますよ」

黄木は、軽く否定するように微笑した。

「いや、有光博士の心理は、もっともっと複雑ですよ……」

○

有光レン子の付き添いの女中の供述で、黒柳とレン子の特殊の関係が、ハッキリしてきた。

捜査主任は、この篠田久江という女中の饒舌を利用して、かなり深い点を追求した。

「わたくし、女中という名目ですけど、レン子さんとは昔からの友だちです。ですから、色んな事を知っていますけど――

戦時中にレン子さんと同棲していた人は、スパイだったのです。ある感情的衝突が原因で、それをレン子さんが密告したので、その仲間からレン子さんは狙われたんです。それで、うまくチャンスを利用して、有光家を隠れ場処にした上に、戦争末期には終戦後の状態が想像できないので、保身のために、有名な学者の有光博士と結婚したんです。

終戦後、密告された男が刑務所から出てきて、昔の仲間と一緒にレン子さんを摑まえて、リンチのような復讐をしようとしたのです。それに、レン子さんにも警察に知られたくない事が前にあるので、結局妥協して、レン子さんが多額の金を払う事になったのです。

レン子さんは、その金を離婚する時、有光先生からとる考えだったんですが、有光先生という人は、わたしたちには、てんで判らない人で、離婚にし向けるように、極端に自堕落をやっているレン子さんを、どうしても離婚しないんです。それで、レン子さんは方針を変えて、目茶苦茶に浪費をするように装って、その金で分割的に払っていたんです。

そこへ、あの黒柳さんが復員してきて、あの方、有光先生の事は大事に思っているので、とってもレン子さんの事を憤慨して、目の仇のようにしていたのです。ですけど、レン子さんは『あんな綺麗な男はない』と云って、つまり、必っと自分のものにして見せると、わたしに云っていたのです。

そういう事にかけては、レン子さんは凄い腕を持っているんです。逢えば面罵されるに決っている、あの黒柳さんのアパートへまで押しかけていって、『今日は撲られたわ』なんて喜こんでる始末でした。

そんな関係ですから、あの二人には恋愛関係なんてありません。でも、肉体的な関係はあったかも知れません。レン子さんの火のような誘惑に、心の暴風雨《あらし》が吹かないとは限りませんからね。そんな風に、いつの間にか黒柳さんは、レン子さんを憎みながら、それとは別に、レン子さんの気持を感じてきたんでしょう。

ですから、一昨日なんかは、『君んとこに、スーツ・ケースを預かってくれ』って、そんな事をレン子さんに頼んだくらいです。そのスーツ・ケースは、昨日、レン子さんが持ってきました。ですけど、そんなスーツ・ケースを一つだけ、特に預かってくれなんて、少し変なので、『必っと、中味は面白いものよ』って、物好きなレン子さんは、ワザワザ沢山の合鍵を買ってきて、中味を調べていました……」

この重要な点へくると、黄木は黙していられなかった。捜査主任のそばへいって、囁いた。

「僕に、一言だけ訊かさせてくれませんか」

「どうぞ」

捜査主任は、黄木の質問に興味を感じたらしかった。

黄木は、女中の方へ向いた。

「あなたも、スーツ・ケースの中味を見ましたね？同時に、あの中の綺麗な箱の中味も？」

篠田久江は、頭を振った。

「スーツ・ケースの中味は見ました。ピストルのあったのも知っています。でも、あの綺麗な箱の中味は、わたしは見ませんでした。

レン子さんは拳銃を見ると、『やっと判ったわ。あの人が、なにをやってるかって事が――。もう完全にわたしのものよ』そう云って、あの箱の中味が見たくなって、昨日、箱の中味を見るために、ワザワザ横浜へ、箱を持って合鍵を探しに行ったくらいですが……」

「なるほど、それで判った」

捜査主任が、黄木にニッコリ笑った。「黒柳は、なぜ箱の鍵が外れていたかと、不思議な顔をしていたが、つまり、有光レン子が鍵をかけるのを忘れたんですね？」

しかし捜査主任には、そんな事よりも、この篠田久江が、毒殺行為に関係しているか否かが重大だった。だが、篠田久江は、有光レン子の毒殺行為は知らないようだった。しかし、その尋問中に、ボンヤリ中心を感じたのか、こういう風に陳述した。

「死んでしまったからといって、レン子さんの事を云うのは悪いんですけど、ずいぶん思い切った事をする人でした。それは、たしかに有光先生の死を望んでいました。死ねば、財産が自分の手に入るというだけではなしに、黒柳さんを手に入れる事ができるからです。あの黒柳さん、レン子さんに特殊の感情を持つのを、有光先生にすまないと思っていたらしいんですもの……」

この供述で、一つの事がハッキリした。

片桐から毒殺行為を聞いた時、黒柳は明らかに昂奮したに違いない。有光レン子の犯罪の動機が、間接に自分にあるという事が、黒柳のような感情昂奮性の人間には、たまらない事だったに違いない。黒柳は、強烈な酒をグイグイ飲んだ。その結果が、酒乱と銃殺になったのである。

この観点から見れば、それが善意であったにしても、片桐の立場は教唆犯の形になってくる。

「しかし、そんな場合になったならば、法廷で争えばいいでしょう」

捜査主任と警察医が引き揚げた後で、野上警部が慰めた。「ただ、問題になる点は、黒柳達男が無意識の状態で、兇行を演じた点でしょうな。それが、教唆の影響が濃厚だったという、誤った判断の基礎にならなければいいですがね」

「しかし野上君」

黄木が、深い考えに閉ざされながら、訊いた。「野上君も黒柳君の自供を聞いたろうが、あの青年、まるっきり無意識だったと云っている?」

「そういう風には云わない。拳銃を乱射した事は、半無意識状態で知っていたらしい。五彩の夕焼けがグングン迫ってきて、いまにも窒息するような気がしたから、それを打ち払うために、ピストルを乱射したんだと云っている」

「で、拳銃をスーツ・ケースから出した事は記憶している?」

「それがないらしい。しかし、ないはずですよ、現在、自分が殺した女さえ気がつかなかったんですからね。しかし、どっちにしても、ああいう男は重罪に処して、社会の秩序を保つ必要はありますよ。黄木さん、これで僕も重荷を降しましたよ。じゃ、一緒に東京へ帰りましょう」

黄木は、時計を見た。九時三十分――。

「野上君、僕と片桐君は終電車にする。とにかく、有光博士に呼ばれてきて、まだ一言も話をしていないからね。悪いけど、先に引きあげてくれたまえ」

野上警部が玄関を辞し去ると、黄木は、背後に控えている清水リツ子を振りかえった。

「有光先生は、食事をなさらんのですか」

「いいえ、お粥を二階のお部屋へお持ちしたんですけれど、お書きものに夢中でして……」

「こういう事件にも、心が乱されんと見えますね。しかし、片桐君と僕とは、せっかく来たんですから、『よかったら、少しでも話をしてみたい』と、そういう風にお仰有って、有光博士のご都合を訊いてくれませんか。それから、この辺に薬局がありますか」

「は、ございます。なにか?」

「いや、場処さえ判れば結構です」

清水は、薬局の方角を云ってから、二階へ昇っていった。片桐は憂うつな顔をしている。黄木は、その顔に微笑した。

「片桐君、君の憂うつは判るよ。まさか殺人するとは思わなかったが、黒柳に話した時には、いくらか教唆の意志があったんだね。しかし、どっちにしても、片桐君の教唆罪は成立しないよ。いま、その実験をやってみる。その薬局が寝ていたら、起こしてね。二三の品を買ってくれたまえ。まず、アルコールランプ。それへ燃料アルコールを満してもらってね。それから、パラフィンを一塊り。もしなかったら、質のいい蠟燭でもいいね」

「それで、なにをする？」

「まあ、黙って僕の云うとおりにしたまえ」

間もなく清水リツ子が二階から降りてきた。

「あの、先生はまん中のお部屋で待っておりますから……」

P

有光博士は、客間のソファに埋ずまって、黙想するように眼を閉じていた。

黄木は、有光博士に間近い椅子に腰をおろした。有光博士は、瞑想したままだった。黄木は、氷柱に閉ざされたものを砕き出すように、明るい声で話しかけた。

「有光博士、僕は、あなたの『知性と衝動』を読んで、人間の見方が百八十度的に転廻したんです。あの著述は、僕にとっては感動の書物でした。それで僕は、今日は、人間の知性と衝動について、おこがましくも先生と一議論をやるつもりだったんですが、しかし、浮き世のメロドラマがあった直後の、現在の先生の心境は、どういうものでしょうか」

有光博士は眼を閉じたまま、ほとんど顔を動かさなかった。それは、心的葛藤と激しく闘っている証拠のように見えた。

「有光先生、ローマの兵が侵入してきて、数学の問題を考えているアルキメデスを突き殺した時、アルキメデスが最後に云った言葉は『わしの円を目茶苦茶にするな』でしたね？　おそらく、あなたの眼には、この僕がローマの兵に見えて、『わしの思索を目茶苦茶にするな』と、お仰有りたいのでしょう？

その点、先生が退去を命じれば、いつでも僕は退りますが、さっきの警察医の診断では先生の肉体的一生は、まさに消えんとするくらい弱り果てているそうです。もちろん、それを一番知っているのは先生です。そこに先生が畢生の著述を完成するための、最後の静かな心境を得ようとした理由があるのですね？

先生の人間研究は、思索から思索へ連なる哲学的な深遠なものです。これを受け継ぐ者がないことを、僕は残念に思っているくらいです。しかし先生は、青年期に達したばかりの黒柳達男を見て、はじめて人間性を実験的に観察しようとしたのですね？　たしかに黒柳達男は、知性の片鱗さえもない百％の衝動型の人間です。しかも、先生は先生自身を完成した知性人と考えておられる。いな、事実において、人間の知性の典型を、僕は先生の中に見出しさえしているのです。

そこで先生は、自分自身と比較観察して、黒柳達男を通じて、原始的人間性を研究していたのです。その結果、人間は教養されるべきものだという、一つの経験的事実は無視されて、黒柳達男はモラルのない人間となったのです。しかし、黒柳自身は、それを先生の寛大と考えて、愛する者にだけは感じる本能的な感情を、先生に持っているのです。

有光先生、これは怖るべき皮肉ですね。先生は彼に対しては、理性だけで動いている。だが彼は、先生に対しては本能的な愛情で動いている。この皮肉をバックにして、黒柳達男の不合理な沈黙が生まれたのではないでしょうか」

有光博士は椅子の中の姿勢を、わずかに変えた。そうしている事が最大の努力だというように、憔悴した顔は依然として眼を閉じている。

「有光先生、あなたは第二の実験体を、レン子という女性を鏡にして、自分の中に発見したのではないでしょうか。いや、僕はそう断言しますね。失礼ですが、僕は先生の中に顕著なシツオフレニーを見出しているのです。外的生活と内的生活の完全な分離――自分という存在を完全に客観的に眺める素質性。もちろん、そこに知性が完成される道があるのですが、しかし先生は、レン子という鏡に映る自分の姿に、大きな動揺を見出して、知性の本質に一つの懐疑を持ったのです。

彼女の肉体的魅力は、人類の生殖本能を保つために造化が作った最大の傑作の一つなのです。あの肉体を見て本能を感じない異性があったとすれば、人類全体から見て、それは不必要な存在だと云えるくらいです。その彼女が、彼女自身の保身のために、恐らくは凡る技巧をしぼって先生を誘惑したのでしょう。そして先生の心の灰じんの中に埋もれている性の火が、メラメラと燃え上がったのです。

これは、先生にとっては、驚ろくべき現象であったでしょう。そして先生は、知性は肉体的なものより劣性であるか。この問題を自然的な観察で解決するために、彼女を間近におくことに決めたのです。彼女にとっては別の目的である結婚を、先生が承諾したのも、それは一つの手段に過ぎなかったのです。

有光先生、その問題の結論は、どういう風に現われたでしょうか」

有光博士は眼を開けて、黄木の顔を見た。そして、また静かに閉じた。

「有光先生、僕が結論を云ってみましょうか。先生は、愛慾の荒海に溺れながら、なおかつその荒海の上に描かれる大きな水平線――その知性の勝利を信じたのです。そして、彼女が死ぬまで、その暴風雨はつづいたのです。その嵐のクライマックスは、昨日の朝、自分が毒殺されつつある事を知った、その瞬間だったはずですね――」

ドアが開いて、片桐が入ってきた。上衣のふくらんだポケットを押えて、黄木を見た。

「どうする?」

「僕にくれたまえ」

黄木はアルコールランプを受けとると、すぐに前の卓上へのせて、火を点じた。その焔で、パラフィンを柔かくしはじめた。

「片桐君、小さな鍋でとかした方が早いんだが、これで結構だ」

「黄木君、なにをやるんだ?」

「有光博士の問題の結論を、メカニズムに測定してみるんだ」

有光博士も眼を開けて、かすかに不審な色で、黄木の動作を見戍った。やがて、パラフィンが柔軟になってくると、黄木は、ちょっと命令口調で、「有光先生、テーブルの上に右手をのせてくれませんか」

有光博士が卓上へ右手を置くと、黄木は、その拇指と人差指を包むようにして、溶かしたパラフィンを塗りはじめた。それが相当の厚さになると、冷めるのを待って剝し、丁寧にハンケチに包んでポケットに入れた。

「有光先生、このメカニズムの測定は、二三日たてばハッキリ判りますよ」

「黄木君、いったい、そのパラフィンは、なにを意味している?」

「これかね? この内面の方を、濃硫酸の中へダイヤフェルアミンを溶かしたもので処理するとね。もし窒素化合物があると、拡大鏡で見れば、青色の結晶が見えるんだ。つまり熔けたパラフィンが手の皮膚孔にある窒素化合物を吸いつけるから、それで窒素化合物の存在の有無が判るんだ。厚い手袋でもしていなかったら、ハンケチ位じゃ連発拳銃の薬莢が爆発する時には、そこに発生したガスが射撃者の手の皮膚孔にもぐりこむからね……」

「黄木君……」

片桐は瞠目しながら、有光博士を見た。「いったい君は、なにを云いだすんだ?」

「余人ならいざ知らず、有光博士の名誉のためにちょっとした鑑識をやってみるだけだ。とにかく二階には三人の人物がいた。一人は被害者で一人は半無意識状態の加害者。もう一人は冷静な有光博士だからね。時に片桐君、君はメスカリンという薬を知ってるかね?」

片桐は異様に緊張しながら、椅子に腰をおろした。

「黄木君、君は冷静なんだろうね? あの黒柳がメスカリンを飲まされた――まさか、そんな風に……」

「僕は薬物的智識は少ないんだが、これは客観的観察だよ。どうも、あの時の黒柳の様子は、視覚にパノラマ的幻覚を呼びおこすメスカリンを、つまりウィスキイに混入して飲んでいたんじゃないかと思われる。もしそうだとすれば、普通の人間なら単なる幻覚幻視におわるが、黒柳のような性格的赤視症者はその強烈な赤色の幻覚から、一種の無意識状態に陥るかも判らんね。しかも、このメスカリンという奇薬は、普通の人間は知らんはずだよ。心理学的実験にだけ使われる薬でね」

有光博士は、また眼を閉じて、ソファの中に埋ずもれた。黄木は、眼を瞠ったままの片桐に、雑談するように話しつづけた。

「僕は、疑問を疑問のままにしておく事はできない人間でね。たとえば、半無意識的状態であった黒柳が、どうしてスーツ・ケースの鍵をあけて拳銃を取りだしたのか。また、あれだけの宝石類の箱に、なぜ鍵がかかっていなかったのか。

片桐君、これは面白い問題じゃないか。論理的に考えてみる価値はありそうだね。まず考えられるのは、ワザワザ合鍵を探して買った被害者なら、どちらも開けられるはずだ。そこで、彼女が開けて宝石類を見ていたと仮定する。すると、そこへ誰かが入ってきた。彼女は慌ててスーツ・ケースの蓋をして戸棚を閉め、その人物としばらく話をした後で、そのスーツ・ケースの存在は、別に誰かが入ってきて調べる訳ではないから、あるいは、鍵のしてない事を胴忘れして、海へ行ったと仮定する。

すると、その人物がスーツ・ケースを調べて、拳銃と宝石類があるのを知ったと仮定する。さて片桐君、その人物はどういう行動に出るだろうか」

黄木は、消し忘れたアルコールランプの焔を見て、煙草のケースを思いだした。

「片桐君、煙草をくれたまえ。僕の煙草は、いまごろ彼女が天国か地獄かでくゆらしているよ。だが、海辺で見た彼女の肉体の美しさは、僕も長いこと忘れられないだろう。肉体的なものが精神的なものより優性か否かは、僕には判らんがね。しかし、その知性に輝く人物も、彼女の肉体の甘美さには、一種の麻薬中毒に陥っていたに違いない。そこに、知性人である彼のペシミズムが、逆に生まれてきたんだね。そして彼は、昨日の朝、その彼女に毒殺されつつある自分を発見した。

彼は、大きなヂレンマに陥入った。彼は畢生の著述の最後の章を、生命の灯がある間に書こうとした。それが、第一の考えだった。そのために、一切の現象を黙殺しようとした。しかし、彼女の存在そのものが、彼の心的状態を掻き乱した。そこへ、ある雑誌の編集者から電話がかかってきた。私立探偵という言葉を聞いた瞬間、彼は、その男に彼女の犯罪の証拠を掴ませて、自分の世界から抹殺しようと考えた。だが、それは彼の心的状態では不可能だった。彼の知性をもってしても彼女に対しては理性の歪曲があったんだ。かくのごとく肉体的なものは、強靭に本能の世界に住んでいるんだね。

そこで彼は考えを変えて、やって来た探偵に、第二の用件だけを——つまり、黒柳達男の犯罪摘発を無言の形で依頼した。しかし、なんのために、この家で黒柳と僕とを特に逢わせようとしたのか。彼は昨夜、こう云ったね。『明日は逗子で、赤視症者に面白い実験をやってみる』とね。

その実験の内容は、想像のかぎりではないが、しかし、強烈な視覚幻覚を起こすメスカリンを、赤視症者に与えるという事は、少なくとも面白い実験だし、たとえば、さっきのような半無意識状態が起きれば、その頼まれた探偵は、その赤視症者から簡単に犯罪事実を嗅ぎ出すことができるじゃないか。するとメスカリンの存在も、あながち空想ではなくなってくるね。

しかし、拳銃と宝石類を見た上には、もはや彼には探偵の必要はなくなってきた。

と同時に、拳銃を見た瞬間、彼の頭に閃いたものは、彼女に対する処置だったに違いない。明日は、彼女は箱根へ去って行く。周囲の平静さを求めるだけならば、それで充分だ。だが彼は既にアヘン中毒患者のように、周期的に肉体的な愛慾感に悩まされている。彼女に対するその押えきれない愛慾感を思うと、彼女の存在そのものが、毒に蝕ばめられた自分の肉体では、著述の完成を不可能に思わせた。もはや彼女の抹殺以外に方法はない。

しかし片桐君、彼の行為には冷静な判断があった。つまり彼女のような悪の華の存在よりも、自分の畢生の著述の存在の方が、人類社会には、より有益だと判断した。そして、そこに多少、巧緻な手段を弄したとすれば、それは行為の責任から逃避するためではなく、数日間の彼らしい心の虚無状態を欲したからだった。そしてまた、黒柳をして形の上の殺人を行わせれば、すべての余罪が明るみへ出ると判断した。だから、もちろん彼は、その著述が完成すれば、彼らしい強靭な理性で、法の裁きの前にその残骸を横たえるに違いないよ。僕には、彼の云った『知性の世界には犯罪がない』という言葉の、その高い意味が判るような気がするね」

「黄木君」

片桐が呆然として云った。「君の云ってる事は、現在、単なる仮説じゃないか」

「仮説じゃないという事を、知ってる者は二人いる。一人は彼だ。一人は黒柳達男だよ。

また客観的に見ても、一つの矛盾がある。黒柳は、前島謙助を射殺した時、離れた距離から一発で心臓を射抜いている。それほどの名手だ。所が被害者にはその黒柳が間近から二発射ち、一発は無意味なところを射っている」

「それは、黒柳が半無意識状態だったからだよ」

「その通りだ。真赤な夕焼けのような幻覚に襲われて、それを打ち払うために、黒柳は手にあったピストルを射っていたんだ。君も、目撃して知っているはずだ。黒柳は右手を大きく振りまわしながら、少し間をおいては天井へ発射していたじゃないか。ところが被害者は、正面から二発の弾丸を受けている。片桐君、黒柳だって、正気になった現在では、なぜ自分がピストルを持っていたか、それについては疑問を感じているよ。だが黒柳は、今後もそれには触れないだろう。それが、あの男の彼に対する愛情なんだ……」

突然、有光博士は椅子から立ち上った。無言のまま、廊下へ出ていった。黄木も出て見ると、有光博士の部屋のドアが静かに閉まってゆく。片桐も凝然とした顔つきで廊下へ出てきた。

「黄木君、有光博士が黒柳が飲んでいたウィスキイに、メスカリンのような薬を入れたと云うんだね？　その無意識性の昂奮状態に確信を得て、丁度戻って来た彼女を射殺して、その拳銃を黒柳に握らしたと云うんだね？」

「その通り。だが、それは最後まで推理と想像の世界だね。このパラフィンからだって、もし、指紋を残さないために使った布類が、完全に手を覆っていたとすれば、窒素化合物は証明できないからね。ただ僕は、彼の心を刺戟するために、試みたに過ぎないんだ。

片桐君、彼の偉大さは、現象を完全に客観的に認識する力だ。彼自身もその中では、ただの一人の人間に過ぎない。彼は衰弱した肉体に最後の鞭を打って、血に塗れた知性で畢生の著述を完成するだろう。僕は、ローマの兵じゃない。その時まで、彼の最後の円に無限の尊敬を払っているよ……」

黄木は感慨深そうに、有光博士の見えないドアを見戍りつづけるのだった。

誰も知らない

1

保利勘蔵《ほりかんぞう》は、よく地方の田舎で見るタイプの、いたって好人物の万年巡査である。模範果樹村として知られた、このK村の駐在所へきてからは二年足らずだが保利巡査の自転車が通ると、小っちゃな子供たちまでが「小父さん、小父さん」と呼ぶのが、その証拠である。

趣味は、一杯気嫌の浪花節と、二十年前からチッとも腕が上がらないヘボ碁。それでも、ヘボにはヘボの相手あり、山南《やまなみ》家の執事格の曾根さんが、目下のところ好敵手。

さて、焼酎の晩酌でホロ酔いになり、田舎親爺然とした和服姿の保利巡査が、今晩こそは白番だとばかり、本通りからズッと入った山南家の裏庭の方へ、月に浮かれた狸のように、浪花節をモゴモゴやりながら、ノンビリ自転車を走らせていたのである。

春の月夜は、浮き立つばかりに美しい。まだ宵の口だというのに、もう、その辺には人通りはない。淡い墨絵のように村の風景は平面にひろがり、澄みきりわたった青白い月夜である。

山南家は界隈きっての財産家だが、それも当主の源吉の代になってから、グンと大きくなったという噂である。山南源吉はいつでも腹を揺ぶって笑うヌーボー式な人物だが、世評にたがわぬ〝やり手〟らしくいつの間にか、先代からの大果樹園の方は第二となり、いろんな事業や投資に手を出した揚句、いまは県下の銀行資本家として納まっている。

それだけに山南家の広い裏庭は、凝った手入れで果樹園とは切りはなされてはいるが、樹木の色どりや、垣根の外から見た感じには、果樹園そのままの面影があった。見上げるような桜桃の大木や、林檎や梨の木。それに庭園の松や杉の木。この樹木の雑多な交錯が、グルリと青白い月光を浴びながらスクエヤー・ダンスを踊っている。その向うに、チラホラと水面が輝いて見えるのは、自然岩や自然石で囲まれた山南源吉が自慢の池である。

建物は、よく地方の豪家で見るドッシリとした日本家屋だが、それに接して、小さな二階建ての洋館が建っている。長男の荘吉が十年ばかり前に、都会育ちの妻のために建てたのだが、ちょうど、そのころ二号から父の後妻になおった義母の新子と折合いがつかず、現在は長男の荘吉はA市に在住している。という訳で、いつもは暗い洋館の二階だが、ヒョイと保利巡査が見上げると、碧《あお》色のカーテンを垂らした窓が煌々と輝いている。ハハア、東京の学校へ行っているお嬢さんの帰省だな？　その証拠に、チンプンカンプン判らないが、臍が痒くなるようなダンス・レコードが、静かな空気の中を漂ってくる。保利巡査は、これが大嫌いだ。まるで対抗するように、いままでモゴモゴしていた浪花節が急に大きくなり、いきなり、

「おい、食いねえ。飲みねえ……」

ちょうど木戸の前だったので、保利巡査が自転車から降りたつと、その突拍子な、おいという大声に驚いたのか一眼で都会風と見える洒落た背広の青年が、樹木の間から慌てながら出てきた。顔を伏せるようにして、木戸を出て行こうとする。挙動不審？　そこは職業意識……

「どなたです？　僕は警官だけど……」

青年は顔を上げた。月夜に浮ぶ惚れ惚れとする美青年……

「僕は、S町の立岡《たちおか》の……」

咄嗟に判った。近くのS町の有力者、県会議員の立岡均《ひとし》の息子に違いない。眼の前の青年は、あの温厚な紳士、立岡均に瓜二つである。

「やあ、失敬しました……」

その時だった。異様な叫び声が聞こえる。……助けてえ……というような声。

ヒョイと向うを見ると、少し離れた大きな木の向う脇で、山南家の女中の中でメンコイ娘と評判な正代が、誰かに咽喉《のど》を締められようとして、必死に抵抗している。暴漢の姿は大木の向うに見えないが、ヌッと突き出た腕が正代の襟首を摑んでいる。アッという間に、女中の姿は木の向うへ引きずりこまれた。テッキリ痴漢——

「このエロ気狂いめッ」

腕力には自信がないが、浪花節で鍛えた声だけは大きい。木の根っこにつまずきながら飛んで行くと、正代は裾を乱して倒れている。逃げたと思われる方へ追って行くと、やがて垣根に突きあたり、もう姿は見えなかった。

乗り越えようとしてみたが、老巡査には垣根は高過ぎた。

とって返すと、立岡青年が正代を抱きおこしている。暴漢を錯覚でもしたのか、小綺麗な女中はウットリと、美青年の顔を見上げている。

「正代さ、別嬪の税金だよ。どんな男だった？」

ドキンと正代は身体を起こした。甦える恐怖のためか、スッと顔が蒼ざめた。

「判らないんです。古井戸へゴミを棄てに行こうとすると、いきなり咽喉を……」

立ち上った正代が、なにを見たのか、ヒーッと悲鳴を上げた。樹木の間に見える池を、慄えるように指さした。

「奥さまが……。奥さまが……」

見ると、月光に輝く池のこっち側の水際に、たしかに山南夫人が俯伏せになっている。アッ、顔を水の中へ突っこんでいる……。

殺人事件！

保利巡査は飛び上って、転がるように駈けていった。つづいて来た立岡青年と屍体を抱き上げると、かつてはA市の花柳界で鳴らした新子夫人が、生前そのままの神経質な顔に歯を食いしばらせて、アリアリと泛べた苦悶の色は、凄惨そのものだった。


「あの男だ……」

呆然としていた立岡青年が、突然、叫ぶように云った。

「黄いろい服の男です。僕は垣根の外から、チラッと見たんです。まっ黄いろな洋服を着た男です」

「その男、どこにいたんです？」

「あの木戸の外に立っていて見たんですが、たしか縁側の方です。樹が重なり合っている間に、チラッと見えて、それっきり見えなくなったんです」

保利巡査も、さすが警官である。もう確実に死んでいると見ると、もとのような位置に屍体をおいて、脅えている正代を見やった。口調も、シャキンとしてきた。

「そうすると、君を殺そうとした男も、黄いろい服だったね？」

「そういえば……」

「とにかく、曾根さんたちを呼んできてくれたまえ……」

正代が不安な様子で駈けてゆくと、立岡青年は名刺を出して、保利巡査にわたした。

「僕の父の家はごぞんじですか」

「ええ、よく知っています。立岡均さんですね」

「僕は、いつでも証人になります。家にいます。どっちみちS署ですね?　いつでも出頭します」

そう云ったと思うと、立岡秀夫は逃げるように木戸の方へ行った。

2

K村とS町は、松並木のある一本道でつながっている。人家の切れ目はないが、国鉄のS駅の方へ曲がる横町の線が、境界だった。K村の自治警察は、S署の管区だった。被害者が、名実ともにボス的存在の山南源吉の夫人だけに、たちまち警察署は総動員の形になった。

まっ先に馳けつけた若い竹内主任は、腕っ利きという評判どおり、保利巡査の話を聞くと、水も洩らさぬ迅速の処置をとった。

黄いろい洋服!　絶対にものを云う、これが手がかりだ。

脱ぎ棄てれば、上衣を着ていない。それだけでも、充分だ。立岡秀夫には人相の記憶はないというが成算は歴々。ただちに電話は四方八方へ飛び、時間から計算しての広範囲に非常線が張られた。もちろん、脱出路である停車場には第一の処置として、S駅と隣接の二駅へ刑事が飛んだ。保利巡査が屍体を発見した時の時間は、八時二十分。幸運にも、それから刑事が駅へ張り込むまでには、上りも下りも列車は通らなかった。

山南源吉はA市に行っていて、不在だった。家族としては、義理の娘の京子が一人。それから執事格の曾根と、その妻の、女中頭をしている五十女。後は、正代を入れて三人の女中と、庭掃きや使い走りをする小柄の下男。この下男は、兇行時間の前後には、通りの理髪店で頭を刈っていた。

しかし、チラッと廊下で見たのだが、まだ他に誰か居たような気がする……

「他には?」

まだ若い竹内主任が訝しげに、若鮎のようにフレッシュな美しい京子を見やると、最初のショックから冷静をとり戻していた京子は、洋館の二階から同じ年輩の娘を連れてきた。

「学校の友だちの、野々宮一枝さんです」

お洒落らしい京子は、サンセットピンクのスカートに、純白のセーター。田舎の人には眼に沁みるようなスタイルだが、野々宮一枝の方はある大学のバッチを襟につけた地味な制服だった。肢体も大柄で顔の感じも中性的だった。「野々宮さんは、あたしと一緒に十和田湖を見物するために来たんです。今日の昼過ぎに東京から来て、母とは逢っていません。あたしはちょっと母と逢いましたが、A市から帰ってきたんです。あたしはちょっと母と逢いましたが、それからズーッと、野々宮さんと一緒にいたんです……」

溌剌としていて、探偵小説が好きそうな娘である。先きまわりして自分と友達のアリバイを立てるのも、京子の魅惑的な感じの影響か、竹内主任には好感が持てた。

山南夫人のA市行きについては、執事格の曾根が、こう説明した。曾根は山南家の格式を考えてか、若い警部補には軽い調子で話した。

「奥さんは元から勝気で疳性で、それに神経質だったが、それが、この頃ひどくなってね。それも、まるっきり口をきかないで、部屋に閉じこもって考えてばかりいる事が多いし、旦那の話じゃ、夜中なぞに悪い夢でも見るのか、汗をビッショリかいて唸されるような事もあったというし、それで旦那は心配して、神経科の医者に診《み》せようとしてね。それで今朝、僕が巧く誘い役になってA市へお連れしたんだが、その医者が『静かなとこへ転地して、しばらく刺戟のない生活をしなさい』と云うと、奥さんは眼の色変えて反対して、明日、旦那と一緒に帰るつもりだったのが、サッサッと先に帰ってきてしまってね……しかし、このことは僕にも責任がある。旦那に逢わす顔がない。さっきも長距離電話をかけたら、旦那は『うんッ』と唸ったきりだった……」

三十年近くも山南家にいて、〝山南家の古狸〟と云われる曾根は、竹内主任には苦が手だが、かまわず突っ込んだ。

「奥さんが誰かに怨まれていた……。そんな事はなかったですか」

「そんな事は絶対にない」

曾根は大袈裟に手をふった。「奥さんは神経性で、人に対する好き嫌いは強かったが、人に怨まれるような方じゃなかった。あ、そうか。竹内さん、ほら、スキャンダル……。あんたは、そんな事を考えてるんじゃないかな。だったら、それこそ見当ちがいだ」

「しかし……」

「しかしもヘチマもないね。そりゃ奥さんは、もとは花柳界にいた。だが、そのころでも男嫌いで通っていた。そこを旦那が気に入ったんだ。A市へ囲っておいた時代を入れると、足かけ十三年になるが、奥さんの浮いたことは僕は見たことはない。早く云えば、奥さんの方が旦那の太っ腹に惚れていて、この屋敷の奥さんでいる事を誇りにしていた。だから、旦那のためには、ずいぶん尽したね。とにかく貞女だし、賢夫人だった……」

「しかし曾根さん、現に今晩、ある男のために殺されてるんですよ」

「だから僕は、よく東京の新聞で見る宵の口強盗、あいった奴らの仕業じゃないかと思っている……」

ふと、竹内主任もそんな気がしたが、検屍の結果は、その考えを裏切った。

一応の現場写真を撮り、再度の検証のために立ち入り禁止の白線を引くと、A市から帰ったままの地味で粋な和服姿の屍体は、裏庭に面した部屋の中へ移された。

屍体の外傷は、ただ一カ所。右側の顳顬部《こめかみ》から額部《ひたい》へかけての、強度の打撲傷。骨亀裂を伴って、青白い皮膚を透して葡萄状の内出血さえ見える。

「署長、剖検でなけりゃ判らんけど……」

中年の警察医は、裸体を衣服で覆いながら、また、キュッと眉をひそめた。眼の前の悲惨な屍体よりは、生前の凄艶な山南夫人の姿の方が強く瞼に泛ぶ。「僕は、この打撲傷が死因じゃなくて、こりゃ一種の溺死だと思う。しかし、この打撲傷は、あの池の辺の自然石の角に打っつけたのだけど、状況的に云えば、池のそばに立っていた後向きの被害者を、ドンと突き飛ばした事になる。しかし、倒れたトタンに、これだけの打撲傷を受けるほど、勢いよく突き飛ばしたとするとよほど犯人はガッシリした男だし、同時に残忍きわまる奴ですよ。証拠は、これです……」

警察医は、屍体の手を指さした。激しい苦悶の跡を現わすように、神経質的な細い指は、鷲の爪型に反り返っている。「この形は、ヒステリイ性硬直にも似ているが、窒息死のような苦痛な場合にも現われる。僕が溺死だというのは、この苦痛の跡があるからで、つまり、か弱い女の襟首を摑んで顔を水の中へ突っ込んだとすれば……」

山南家とは親しくしていた署長は、竹内主任を見やった。

「君は、どう思う？　金子君の話は論理的だが、そうだとすると、思いきった復讐か怨恨になるけど、奥さんて方は、そんな怨みを受けるような人じゃなかった……」

山南夫人を知っている署長は、期せずして曾根と同意見だが、竹内主任は黙っていた。だが打撲傷が後から突き飛ばした事を証明している以上、もはや、犯人は絶対の面識である。

しかし、被害者の部屋にあるものを慎重に調べてみたが、脅迫文に類したものや、黄いろい服の男の出現を想像させるようなものは、一つもなかった。部屋の中は潔癖な感じに整頓していて、隣室の寝間には、寝床が敷いてある。その寝床を敷いた女中が、被害者を最後に見た者になるのだが……

「いつも八時なのです。八時になりそうなので、お床を敷きに行きますと、奥さまは食台に寄りかかって、蒼い顔をして、ジッと下を見つめていました……」

その女中の話は、ある点をハッキリさした。被害者は八時ごろには自分の部屋でジッと考えごとをしていた。それから裏庭へ出て殺された……。そこまではハッキリしてきたが、しかし、なぜ被害者は裏庭へ出たのだろうか？

その疑問が、クルリとひっくり返る、竹内主任は、思わずハッとした。もし山南夫人が、月でも眺めたくて偶然に裏庭へ出て行ったとすればどうなるのだろうか？犯人がその偶然を狙って、どこかに潜んでいたとすれば、なぜワザワザ、人の眼につき易い変った色の服を着ていたのだろうか。むしろ、最初から殺意を抱いていた犯人が、なぜ、特徴のあり過ぎる黄いろい背広なぞを着てきたのだろうか？　にじみやすい白紙にポツンと墨汁《すみ》が落ちたように、一つの疑問が、急に念頭にひろがってくると、竹内主任は、すぐに女中の正代を慎重に訊問してみた。しかし、京子とは違った田舎っぽく可愛い顔の娘は、まだ脅えたように蒼ざめていて、これが二度目だがやっぱりなにを訊いてもハッキリしなかった。

「君を殺そうとした人間は、どんな服装だったね？」

「おぼえてないんです。いきなり頭を叩かれて、咽喉を締められて……」

「しかし、抵抗したんだから、顔ぐらいは見なかった？」

「苦しかったので……」

「しかし、黄色というんだから、和服じゃないね？それから黄色にも色々あるね？　濃い黄色だとか、黄色っぽい色だとか、この点は重大だから、ハッキリ云ってみたまえ」

「すぐ眼をまわしちゃったんです……」

「しかし、色だから、一眼見れば記憶しているはずだがね？」

正代はチラッと、竹内主任を盗み見た。そのまま項垂《うなだ》れてしまったが、その感じが竹内主任には、直感的に変だった。

3

立岡家は、いわば成り上りの山南家とはちがって、地方にはよくある、古くからの名家である。立岡均は、若い時代には東京で、親友の武田弁護士と一緒に法律事務所をやっていたが、その関係で、弁護士の卵の二男の秀夫は、武田法律事務所の別格見習いをやっている。立岡均も二男だった。兄が急死して家を継ぐと、スッカリ地方人になりいろいろな進歩的な仕事もしてきたし、現在県下の政界では重きをなしているが、ワイルドな山南源吉に比べると、磨きのかかった温厚な紳士である。

ロード・レースの競輪選手みたいに、竹内主任は月光の一本道路を立岡家へ向けて自転車をスッ飛ばした。正代を調べている中に、モヤモヤとした疑惑を感じだしたからだが、しかし、好感が持てる秀夫青年の第一印象が、まだ形をなさない疑惑を、煙りのように消えさせた。

「いえ、絶対に黄色の服でしたよ。それも鮮かな真黄色で、東京なぞでは見られない真昼のような月夜ですから、絶対に見まちがいありません……」

まだ学生の感じも残っているし、いかにも坊っちゃん育ちの明るさが目立って、疑惑には鋭どい竹内主任の眼にも、この青年が偽証するとは、どうしても思えなかった。

立岡家の応接間で、向い合っていた。主人の均は不在らしく、茶をはこんできた立岡夫人は、微笑に不安の色を隠しながら、息子のそばを離れなかった。

「すると、絵の具のような真黄色ですね？　それで、人相の方は全然……？」

「樹木の間に、チラッと見えただけで僕が立っていたところからは、相当に距離があったんです。僕も、ちょっと気になったので、位置をかえて、いろいろと樹木の間を透かして見たんですが……」

「どうして、気になったんですか」

秀夫は当惑の色を浮べてから、ちょっと微笑した。

「その理由は事件には関係ありません。しかし、僕は黙秘しますよ……」

感じが和やかである。釣りこまれて、竹内主任も微笑した。

「しかし立岡さん、なるべく黙秘せんように願います。それで見当から云えば、その男が見えたのは縁側の方ですね？　その時、縁側の戸は開いていましたか」

「さあ、気がつかなかったです。ほんとを云えば、あの時僕は帰らずに、現場保存の手伝いでもすべきだったんですが……」

「その理由も、黙秘ですか。しかし、その黄色の服の男を見た時間、つまり何時何分という細かい点で、推理的に判りませんか」

秀夫は自分の腕時計を見た。

「僕が奥さんの屍体を見た時は、八時二十分ぐらいでした。これは、意識的に時計を見たんです。僕はあの裏庭の木戸のとこに、三四十分も立っていたんですが、そうですね、正確には云えないけれど、八時過ぎじゃなかったかな……」

その時間は、状況的には一致している。しかし、そんな道化役者が着るような、特徴のある色の服を、なぜ、ワザワザ犯人が着て来たのだろうか。それによって手配しながら、秀夫の証言を信じようとしていながら、それとは逆に、その疑惑がグングン根を張ってくる。

「しかし立岡さん、保利巡査の話では、その時、あなたは庭の中から出てきたそうですね？　それと、普通に云えば、発見者でもある人が直ぐに現場から立ち去ったのも少し変ですね？　あなたには黙っている権利はありますが、まあ、僕は訊きたいんです。関係がないならば、もちろん僕は口外しませんから、どうです？　三四十分も垣根の外に立っていたということについて、ちょっと説明してくれませんか」

「秀夫は、京子さんに逢おうとしていたんです……」

困惑したように唇を嚙みしめる息子に代って、立岡夫人が、スラスラと話しだした。

「あの、これは誤解しないように、お聞きくださるように……。つまり、あの亡くなった奥さんが、秀夫と京子さんの結婚に反対していたんです。わたくしには、その理由は判りませんけど……。これも訳が判らないのですが、あの奥さんは、宅の主人や妾《あたし》までも嫌っていたようでして、いいえ、どこをどうと云うのではないのですけど、そんな感じもしていたのです。元は、山南さんとは親類のように往き来していたんですが、あの奥さんがいらっしてからは、それは男同士ですから、主人と山南さんの間は変りませんが、家と家との交際はなくなってしまったのです。それでも、若い人の世界は別ですから、京子さんと秀夫とは東京では……」

「ちょっとした誤解があったんです」

突然、秀夫は母の方に向きなおった。半ば、竹内主任に聞かせるように、

「つまらん話です。その京子さんの誤解は、昨日になって僕は気がついたんですが、それに僕は、一昨日、プロポーズしたんです。なんだか縺《もつ》れるような気がして、ハッキリしておきたかったんです。すると『ママが反対だから』と云って、まだ二三日は東京にいると思ったのが、急に一昨日、僕に黙って帰ってしまったんです。僕は昨日、京子さんのアパートへ行ってビックリしたんですが、それで僕も急に……こっちへきてから電話をかけてみると、『今日は逢いたくない』と云うので、それが気になって、山南さんの家へ行ってみたんです。

しかし僕は、あの奥さんに逢うのが不愉快だったんです。あの奥さんは露骨に、『家へは来るな』という態度を、僕には見せたんです。だから僕は家へは入らずに、裏庭の方へまわったんです。前にも、そうやって合図をした事があるので、あの二階の窓が開かないかと思って、それで長いこと垣根の外に立っていたんです。ダンス・レコードなんかが聞こえてきて、京子さんがいる事が判ったからです。だから僕は、窓の方ばかり見ていたんですが、その間に、ヒョイと庭の方を見て、黄色の服の男をチラッと見たんです。その中に、その男の事も気になってきて、急に窓の下へ行って京子さんを呼んでみたくなり、まるで悪童です。そおっと木戸から入って行こうとすると、あの私服の巡査の人が、『おいッ、待ちねえ』と僕に声をかけたんです……」

聞いている中に、また新らしい一つの疑惑が、竹内主任の頭に渦まいた。この青年は、嘘をならべたてる人柄とは思えないが、しかし、もし、窓の下へ忍んで行こうとした時、互いに嫌忌している山南夫人と、バッタリ出逢ったとしたらば、どうなるだろうか、いや待て。この美貌で感じのいい青年を、なぜ山南夫人は嫌ったのか？ヒョッとすると、〝逆も真なり〟だぞ。この青年と山南夫人の間に……。

翌日、屍体は解剖された。最初の検屍医の推理どおり、強度の打撲傷で気絶状態に陥入ったかも判らないが、直接の死因は水中の窒息だった。

しかし、大がかりな聴きこみも、迅速な非常線も効

果なく、幻しのような黄色の服の男は逮捕されなかった。逮捕されないというよりもその存在さえ怪しくなった。まだ宵の口だったから、店を開けていたところもあるし、通行人もあった。だいいち、せまい村である。そういう眼につく色の服装なら、兇行前にも、誰かが見たはずなのに、これ以上はできないという聴き込みをやっても、全村誰一人目撃者は現われなかった。

竹内主任は、スフィンクスの謎に衝突した。だが、猿飛佐助でないかぎり、煙となって消えるはずはない。そうだ、脆弱点を衝いてみるべし、だ。脆弱点は、最初に不審な感じをなげつけた女中の正代である。

調べてみると、正代は、立岡家のすぐ近所の娘だと判った。そうすると、S町の娘たちには希望の的になりそうな美貌の青年に、〝かなわぬ恋心〟を持っているかも判らんぞ……

そこは、まだ若いだけに、竹内主任にはピーンとくる。そして万が一、立岡秀夫の犯罪を庇ったとすれば……。

この考えには、保利巡査は真向から反対した。「竹内さん、僕の眼は節穴じゃないですよ。ヌッと腕が出て、正代の襟首を摑んでるのを、この眼でチャンと見たんですよ」

なにかが閃いた。

「保利さん、身体は見えんで、見えたのは、ヌッと突き出た腕だけだね？　その腕の袖は黄いろかった？」

「あ、そうだ。犯人は洋服なんか着ちゃおらん。腕まくりしたように素腕だった……」

一分後、竹内主任は山南家へ自転車を飛ばしていた。正代は怖わ怖《こ》わに、竹内主任の顔を盗みみしながら、問題の大きな木のそばまでついてきた。

「いつから憧がれていたんだね、立岡さんに……」

いきなり訊かれて、正代はギクンとした。

「判ってる。判ってる。だけど、あの人は、ここのお嬢さんと結婚するんだよ。いくら好きだからって、なにも自分を危険にしてまで、そんな人を庇いとおす必要はあるまい……」

〝危険〟という言葉の矢が、小鳩の胸を貫いたらしかった。正代は顔を両手で覆った。

「心配するな。君が進んで供述した事にしておく。こうなんだったね？」

竹内主任は上衣を脱いで、右腕を肩まで腕まくりした。その腕をウンと横へ突っぱって自分の咽喉を摑むと、他人の腕で引きずられるような形になりながら、その腕の肘を大きな木の向う側に隠した。正代は脅えたように見ていたが、崩れるように蹲《しゃが》むと、顔を覆って咽びだした。

「田川君、こんな芝居、どこで憶えたんだね？　君は顔もキレイだから、役者になると成功するよ。これで『助けてえ』と叫ばれちゃ、遠目じゃ誰だって騙される。おかげで、大の男が何十人も転手古舞《てんてこま》いをやったからな。いいよ。君が僕に白状した事にしとけば、大した罪にはならんよ。

しかし、そうすると、君は目撃したんだね？　あの青年が殺すところを……？」

正代は器械人形のように、はげしく頭を振った。

「じゃ、その現場は目撃しなかったが、君は屍体を見て、それから、あの青年の姿を見て、テッキリ、あの青年の犯罪だと思ったのか。なんとか喋べりたまえ。そしたら、あの青年が保利巡査に摑えられたから、咄嗟に庇うために、他に犯人がいるように見せる芝居をやったと云うのかね？」

まるで釘を打つように、いくども正代はハッキリ頷いた。

4

ジ、ジ、ジ……

電話のブザーは、読書の邪魔をする。その時だけならいいが、下手をすると、三日も四日も邪魔される。読んでいたヤスパースの〝精神分裂病誌〟を机へおくと、黄木《おぎ》は受話器を摑んだ。

——黄木君？　武田。僕の事務所にいる立岡秀夫君を知ってるね？——

——ありゃ、弁護士より映画の二枚目がいいな——

——その立岡秀夫君が殺人嫌疑を受けている。故郷でね……——

黄木は、くわえている煙草の向きをかえた。あの青年が……。信じろって方が無理だ。

——武田さん、警察だって、いろんな方法で勉強しなくっちゃ——

——お父さんの立岡均君も知ってるね？——

——うん、立派な人物だ。去年だった。お宅で一緒に晩めしを喰べてずいぶん話しこんだっけ……——

——その立岡君が、君の助力を借りたくて、今日上京して、いま、ここにいる——

——とにかく行きましょうか——

——そうしてくれると、好都合だ……——

黄木陽平の調査仕事は、刑事事件反証調査にかぎられ、それも幾つかの法律事務所と特約の形だが、武田弁護士とは十年来、個人的にも親しかった。

土曜日の午後の銀座は、五色のテープを千切ってバラ撒いたようだった。タクシイに乗るまでもない。少し早足で、東京の中央、丸ノ内の武田法律事務所へ行くと、所長室で、二人の老紳士は待ちかまえていた。

ノンビリしている癖に、黄木は単刀直入が好きである。

「立岡さん、事件の様相を知っていますか。でしたら、そいつを先に……。客観も主観もゴッチャでいいですよ……」

まず冷静さが眼についた。立岡均は、ときどき半白の口髭を撫でながら、温和な口調で事件の経過を話しおわると、

「黄木さん、そういう訳で、秀夫の立場は困難なのですが、署の署長も、いまお話しした竹内という主任も、腹の中では、秀夫の犯罪ではないと思ってはいるらしいのです。しかし、その女中の正代という人がなまじ秀夫を庇ったために、このまま迷宮事件にはできなくなったのです」

「逮捕状は出たんですか」

「それは、S署が一時延ばしにしている形ですが、地方は政情が面倒でしてね。反対派から〝情実〟だという批難の声も出ているので、あるいは、今日あたり逮捕されているかも判りません」

「その方がいいでしょう。あの立岡君なら検察庁でも白と見ますよ」

「しかし……」

その人柄らしく、立岡均は、利害関係については云いにくいらしかった。

「しかし、困った事情があるのです。被害者側の山南君と僕とは、選挙はズーッと地盤協定でやってきたのです。まあ、正面衝突してもいいのですが、それでは反対党の利益になって、山南君も僕も共倒れになるのです。山南君という人は、太っ腹で物判りのいい人ですが、この事件について、事にしたがる連中が忌わしいことを云いだしたので……」

「ああ、痴情関係ですか……」

黄木は、アッサリ云った。「なるほど、被害者と秀夫君との間に特殊のものがあって、つまり三角関係ですな。それを事件の原因だと見るのは、反対党にとっては〝鬼の首〟でしょうな。それじゃ、秀夫君の無罪を信じていても、見送ってはいられない……」

煙草に火をつけると、そのまま黄木は黙りこんでしまった。ノンビリとした形で灰色のけむりを漂わしながら、立岡均の話の要点をメモにした紙を、字でも数えるように眺めていたが、と、煙草を灰皿に突っこんだ。

「立岡さん、僕に逢うだけで上京したんですか。そんなら、次ぎの汽車で一緒に行きましょう。しかし、そのS駅で、上りと下りの間は、どれくらいです?」

「なにか、それが事件と関係するのですか。急行の下りが着いてから東京行が出るまでには、五時間ぐらいあります」

「だったら充分だ。僕は明後日の午後、横浜へ行く約束があるんでね……」

これには、黄木の流儀と手腕を知っている武田弁護士も、妙な顔をした。

「黄木君、先約は仕方がないとして、そんな短時間で、そんな迷宮事件が解けるのかね?」

「要するに、立岡秀夫君が無関係な点を、証明すりゃいいんでしょう?……」

上野駅から東北へ向う汽車の中では、黄木は好きな本を読み耽り、よく睡り、夜が明けると、窓から移り行く風景を眺めながら、事件とは関係のない雑談をした。やがてS駅が近づいてくると、とりとめのない雑談のつづきのように、

「いつごろから知っていたんです? 山南夫人とは……」

「はじめて知ったのは、もう二十年くらい前です。そのころ、僕はM市で新聞をやっていて、腕利きの記者が欲しいので、東京の友人に頼むと、片桐という記者がきたのです。腕もよし頭もよし、見たところも立派な男でしたが、酒癖が悪くて、変態心理なところもあって、つまり自分の不行跡は棚に上げ、病的な嫉妬から妻君を虐待していたのです。二つか三つの女の子がいて、はじめは、その子も自分の子じゃないと云い張り、その中に、だんだん片桐君に似てくると、『これだけは本物だ』と、そんな事を誰にでも喋るような男でした」

「その妻君が、後年の山南夫人なんですね?」

「そうです。片桐君と一緒になる前も、東京の花柳界にいたそうですが、とにかく片桐君という男は、新子さんを虐待していました」

「夫婦別れでもしたんですか」

立岡は、ちょっと逡巡の色を見せた。

「黄木さん、この話は山南源吉氏の耳には入れたくなかったのです。それで僕は、誰にも話さなかったのですが……」

「そういう秘密の話なら、僕も聞かん方が……」

「いや、考えようでは〝ちょっとした事〟なのです。その片桐君が、厳寒の雪の中で凍死したのです。夜おそく泥酔して帰ってきたのでしょうが、奥まったところでしたがその場所は自分の家の玄関先でした。それも、子供を入れての三人暮しの狭い家ですから、片桐君の呻き声ぐらいは聞こえたはずだ。そんな風にヒョイと考えたものですから、僕もウッカリ口を滑らして、『早く戸を開けてやれば……』黄木さん、女の顔というものは怖いものですね。いまでも憶えているが、蒼く引っ釣ったようになって、新子さんの眼の色はスーッと変って……」

「じゃ、そのころから傾向があったんですよ。それで、どうしたんです?」

「その後、僕は、東京へ帰ったものだとばかり思っていましたが、それがA市の花柳界に、見違えるような美しい人になって現われたのです。しかし、なにかの席で僕と逢うと、いつでも横を向いていました……」

「その二つか三つの女の子は、どうしたんです?」

「僕は知りません。そういえば、こんな事もあった。山南君の後添いになった当時でしたが、僕が山南君に用があって行くと、新子さんがまだ小さかった京子さんと一緒にいたので、なにげなく僕が、『同じくらいのお子さんがいましたね?』と云うと、スーッと顔色が変って倒れそうになったのです……」

「立岡さん、それで判りましたよ。山南夫人が、あなたや秀夫君までを嫌っていた理由が……。つまり山南夫人は、〝立岡さん〟という雰囲気から、絶えず精神的脅迫を受けていたんですよ。これは被害妄想患者の一つの徴候でね。とにかく、そういう傾向の人が、たとえ自分を虐待したとはいえ、その夫を〝見殺し〟の状態にしたとすれば、要するに怪談ですよ。固執観念化した妄想、絶えず夫の幽れいに悩まされていたのだから、その二つか三つの女の子が夫に似ていたとすればいくら可愛い我が子でも、どこかへ遺棄したかも判らんですな。だから、あなたに訊かれると、連想的な被害妄想の発作をおこしたんですよ……」

5

S町へ着くと、立岡は直ぐに、黄木を署のS署長に紹介した。好人物の署長も、いくら息子のためとはいえ、立岡均ともある人がワザワザ迎えに行くような、そんなエライ犯罪研究家を、好奇心の眼で迎えずにいられなかった。

しかし、立岡に対しては、当惑の色を泛べた。

「立岡先生、四囲の情勢でやむなく逮捕状を要求しましたが、しかし秀夫さんが、ああどこまでも〝黄色の男〟の存在を主張していたんでは、送検してから変な事になりますね。まあ、黄木先生の助力で、なんとか新事実でも発見しなくちゃ、僕の頭のゼンマイは切れちゃいますよ。山南さんにも、合わす顔がなくてね……」

黄木は、竹内主任の論理的な話ぶりには、熱心に耳を傾けてたが、その中で一番注意を牽《ひ》いたのは、A市の神経科医の話だった。

なぜ山南夫人が最近、神経科医の警告を受けるほど――器質的異常をきたすほど、特に強度の被害妄想に陥っていたのか？　当然、そこには原因があるはずだし、その原因は山南家の中にあるはずである……

間もなく、賓客待遇という訳で、自働車はK村へ向けて疾走した。

「竹内さん、その野々宮という娘、まだ居ますか」

竹内主任は、ちょっと眼を光らした。

「今日、東京へ帰るんです。事件で延びていたのが、昨日、山南さんのお嬢さんと十和田湖へ行ってきたので。僕も、動機は別問題にして一応、それを考えたんですよ。しかし、昨日、スッカリ調べてみたんですが、そんな真黄色な洋服なんか、山南家の中にも絶対にありません……」

黄木はニヤリと笑った。

山南家でも、誰かから聞いていたと見えて、遠来の珍客を歓迎した。奥の間へ通されると、見るからに闊達らしい山南源吉も、事件のプロセスには、太い眉をしかめていた。しかし、立岡均との間には、疑惑を超えた友情が漂っていた。

「立岡さん、みんな、なんかの因縁だ。ほんとを云えば、新子はあんたを嫌っとったが、わしには、ええ女房だった……」

黄木はすぐに竹内主任を裏庭へ促した。縁側の踏石には、いくつかの庭下駄が並んでいる。その一つを穿いて山南夫人は死んでいたのだが、さすがは自慢の庭だけに、広さも広いが、樹木の配置が妙を得てその間に雅趣のあるL字型の池が隠顕していた。池をめぐって曲折した歩道があり、その歩道が池にタッチしたところに、屍体があったのだ。そこからは、少し離れた縁側の一部分は見えるが、屍体のあった場処に竹内主任を立たせて、いろいろな地点から偶然のように視線を廻して見ると、樹木の交錯の関係で、古井戸へ行く線からはよく見えるが、他の地点からは見脱《みの》がす可能性があった。それだけ判ると、黄木は洋館の窓の下へ行った。ちょっと窓を見上げてから、ニッコリ笑った。思ったとおりである。片手を喇叭《ラッパ》にして、まるでアミイを呼ぶように、

「京子さん、京子さん」

二三度呼ぶと、碧色のカーテンをどけて、京子が不審な表情で現われた。その顔で、竹内主任と並んでいる見知らぬ男を見おろしていたが、と、気がついたらしく、薔薇のように笑った。

「あら、東京からの探偵さん？　野々宮さん、ホルムスかと思ったらニック・チャールスよ……」

野々宮一枝が窓から顔を出したトタン、黄木は、キャザリン・ヘップバーンを聯想した。いやもっと特徴のある中性的な顔である。ハハア、この二人は同性愛かも判らんぞ……。

「京子さん、ちょっと話があるんですが……」

窓から顔を突きだして、京子は頰をピンク色にした。クスクス笑った。

「いやに慣れ慣れしく呼ぶんですのね。いま行くわ」

「いや、僕が行く……」

黄木は縁側から上ると、ポカンとしている竹内主任の腕を叩いた。

「こいつは〝心臓〟じゃないですよ。なにもかもスムーズにやりたいんでね」

「それも、やっぱり探偵学ですか」

黄木はプッと吹きだしてから、ちょっと真顔になった。

「竹内さん、洋館の二階に空いた部屋があるでしょう？　そこへ、立岡さんと署長を呼んでくれませんか。山南氏は呼ばんといてください……」

京子の部屋へ入って行くと、野々宮は椅子にかけて雑

誌を読み、京子はクスクス笑って迎えた。

「あなたのエチケット、原始的ね。ノックしないで入ってきたり、知らない異性を名前で呼んだり……」

「二十一世紀のエチケットですよ。ノックは、あらかじめ窓にしておくし、名前を呼んだのは、秀夫君の代理でね」

「ごぞんじ?」

「いつ結婚するんです? それはそれとして、もちろん信じている?」

「秀夫さんの欠点は、勇気のないとこよ。虫一匹だって潰せないわ」

「という訳で、安心して笑っている。ところで秀夫君が黄色の幻を見た時間を知っている?」

「知ってるわ。竹内さんに聞いたのよ。八時ごろでしょ?」

「ところが、それと同じころに、あなたたちの中の誰かが、庭にいましたね? ほら、顔を見合わせた。ところが、その誰かは、黄色の男なんか見なかった。そうすると、どうなるかと云うと、あの竹内主任から詰問されるはずの『垣根の外から見えたのに、なぜ、君には見えなかった』という言葉を逆にすると、つまり秀夫君の不利になるから、とうとう、それを黙っている事に決めたんですね?


ところで、僕は透視術もやるが、その誰かというのは、野々宮一枝さんですね?」

「ええ、そうよ」

野々宮一枝はちょっと微笑した。「あなたは立岡さんの味方ですわね。京子さんのお父さんだって、立岡さんじゃないと思ってますわ。ほんとは、あたし、ちょっと縁側のとこに――それもホンのちょっとです、トイレットから戻る時、あんまり月が美しいので、ちょっと庭下駄を突っかけて眺めただけです。ですから、黄色の服の人がどこかにいたって、あたしが気が付かないのは当り前ですけど、あなたの云うとおりですね。京子さんたら逆に、『見た』と云えって云うけど、それ、手遅れでしたわ……」

心なしか暗い翳が匂って、京子の魅力の新鮮さはないが、慣れてくると、野々宮一枝も感じのいい娘である。早く親しむには、名前を呼ぶにかぎる。

「一枝さん、そりゃいかん。後で竹内主任に訊かれたら、どんな事だって隠しちゃ駄目ですよ。ついでにその時の服装をしたら……。ほらまた眼を見合わせた……」

「それ、推理?」

「京子さん、あんたたちには、同性愛の傾向が……」

「アラッ、失礼」

「じゃ、取り消しだ。とにかく、ダンスをやるのに、女同士じゃ感じが出んし……」

「見てたようね。だけど、そんなピエロみたいの黄色い服なんて、うちにはなくってよ。南で死んだ兄さんの服よ。洒落たのだけど、残念ながら灰色よ……」

黄木は話しながら、それとなく京子の部屋を見まわした。山南夫人の被害妄想を昂進させた原因は、この部屋になければならんはずだがな……。単刀直入に訊けば簡単ではあるが、デリケートな気持で、黄木は二人に感づかせたくなかった。と、机の前に立っていた京子が横に動くと、小さな写真立てが見える。さりげなく近づいて見ると、仲良く並んだ京子と一枝の写真だった。黄木はニコッと笑った。

「京子さん、よく撮れてるね。どっちも、ソックリ感じが出ている。これ、いつの写真? いつからここに?」

「去年なの。正月に帰ってきた時、そこへ置いたのよ。でも、あなたって人、変ってるわ。錯覚しちゃいそうよ。あたしのとこへ遊びにきたみたい……。目的の方は、どうなんですの?」

「目的って? ああ、秀夫君の無罪の証明? その謎なら、こっちへ来る前に解けていたが、ノコノコやってきたのは、推理の証明を見つけようと思ってね」

「それ、見つかりそう?」

「だいたい、なにもかも想ったとおりだけど、ところで一枝さん、その晩のとおりの服装になってくれない? 黙って無条件に……」

「そして、どうするんです?」

「ただ、その窓のとこに、こっち向きに立っていてもらいたい。種を明かせば、あなたの写真を撮りたいだけ。僕の好きなアメリカ女優に似てるからね……」

「ヘップバーン?」

一枝の頬に、赤味がさした。

「自認してるね。じゃ、すぐ来ますよ」

廊下へ出ると、黄木は、次ぎの部屋に居る立岡を呼びだした。

「記憶してますか。汽車の中で話した片桐という人の顔を……」

老紳士は、ハッキリ頷いた。

「僕には、ちょっと忘れられない男でね」

「こりゃ推理だけど、山南夫人が最近、極度の妄想幻覚に脅やかされていた理由が、やっと判ったんですよ。京子さんの机の上に、ソックリな人の写真がのっていて、京子さんが東京へ行っている間に、見るのは怖いが、見ずにはいられず、ときどき見ていたのが、その原因ですよ。おそらく山南夫人は、その人が誰だかを知りたかったに違いないが、強迫観念が伴って、それを京子さんに訊く事ができなかったんですよ……」

廊下で時間を見はからってから黄木は老紳士をドアの前に促した。

「立岡さん、野々宮一枝という人を見ても、驚かんようにしてください。それから、その事は秘密にした方がいいでしょうな……」

ドアを開けると、正面の窓のところに、灰色の洒落た背広に黒いベレー帽――その違った感じの一枝に、京子がポーズをつけている。ドアの音で、一枝がこっちへ向いたトタン、老紳士は、アッ！と、叫んだ。素早く黄木は、冗舌を飛ばした。「御両所、慌て者奴は写真器を忘れてきたのでござる……」

ドアを閉めて、立岡の顔を見やった。

「瓜二つ？」

「ソックリですよ。片桐君の事が変に頭に泛んでいたから、トタンに幽れいを見たかと……」

「それですよ。あなたさえ、そう思う。幻覚妄想に迫害されて、夢遊病者のように裏庭へ出た山南夫人の眼に、いまの人の姿が映ったとしたらば……」

次ぎの部屋では、好人物の署長が見た眼はユッタリ煙草をくゆらし生真面目な竹内主任は、ジッとしていれないように往ったり来たりしていた。

「竹内さん、京子さんの部屋に〝黄色の服の男〟がいますよ」

竹内はビックリして、黄木の顔を見戍った。

「竹内主任、まあ叱らずに、いま、野々宮君がその時の服装をしているから、八時ごろにはどこに居たか、それを訊いてごらんなさい……」

竹内主任は飛んでいった。間もなく、顔をしかめて戻ってくると、

「黄木先生、野々宮さんが男装をして、同じころの時間に、ちょっと縁端にいたという事は判りましたが、しかし、あの服は灰色じゃないですか」

「竹内さん。今晩の月だって実験できますよ。不審だ

と思ったら、験してごらんなさい。これは色の補色だけど一種の月光の魔術ですよ。灰色は、青と黄に分離するんですよ。青い月光の中で、しばらく碧いものを凝視してから、急に灰色のものを見ると、その瞬間、まっ黄色に見えるんですよ。ほら、京子さんの部屋の窓のカーテンは、鮮やかな碧色でしょう？ その窓を長い間見戍っていて、ヒョイと視線を落した時、樹の間にチラリと、あの服装の野々宮君を見たら、どう見えるでしょう？

署長、僕はね、立岡秀夫君が嘘証をするはずはないと思ったから、結論において、こういう場合を想像したんだけど、まあ、それが証明された訳ですよ」

署長はウーンと唸るように、腕を組み上げた。

「ありがとう。これで僕は助かった。しかし、そうすると、犯人はどこへ消えたんだろう?!」

「どこへも消えませんよ。はじめっから居ないんです……」

黄木はユックリ、煙草に火をつけた。軽い冗舌を混ぜながら、

「一番確実な証明は、あの世へ行って山南夫人に訊くんですな。その次ぎは、A市の神経科医の診断ですよ。これは僕の想像だけど、山南夫人は極度の被害妄想患者だったんですよ。その原因は、もちろん僕には判らんが、精神科医が『すぐ転地して、刺戟を避けろ』と云ったのは、それが神経性の異常状態にまでなり、不測の危険を感じたからですよ。神経性硬直《カタレプシー》という現象があるんです。まあ、ヒステリイのような状態なんですね。こりゃ危険だ。と、そういう発作を予知したから、神経科医は警告したんですが、それが運わるく、あの池のそばで発作をおこし、ダンと倒れたトタン、気絶するばかりに顔面を打撲して、そのままズルズルと水の中へ顔を突っこんだんですよ。そして、発作状態のままで溺死性の窒息をやったんですよ。

じゃ、なぜその時、そんな発作を起したのか。こいつは神様にでも訊かなきゃ判らんですな……」

帰りの汽車は、野々宮一枝と一緒だった。

「黄木先生、ここまで来たらば、十和田湖を見て行けば……」

「僕は汽車だけの旅行が大好きでね。ところで法科を出たら、なんになるつもり？」

「あたし？ 検事……」

検事とは、いかにも野々宮一枝らしい。そうすると、家は司法官かな？ その司法官夫妻には子供がなかった

ので、どこかの育児院からか、それとも、遺棄されていた幼な児を引きとってかして、我が子として育て上げたのかな……？　突然、好奇心に煽られた。「野々宮君、君の両親は……」

危うく出ようとした言葉を、黄木は抹殺して窓の方へ向いた。世の中には、〝誰も知らない〟事は、案外に多いのであろう！　それで、いいんだ。それで、いいんだ。

黄木の眼に映る東北の風景は、春の夕暮に霞んで絵のように美しかった。

随筆篇

たわごと（1）

「M君、いったい、完全犯罪なんて、あるもんかな？」

「ないよ、と簡単にいえるね。もっとも、実際上じゃ、不完全捜査というやつがあるから、そこに迷宮事件は生まれるが、こいつは止むを得ん。なぜなら、人間なるが故に起す不可避的な錯誤は、捜査官にだって避けられない。こいつは審判上の述語なんだが、たとえば、審判官がボールとストライクを間違えたって、その一点を通過すれば、とにかく、それで済んでしまうが、犯罪捜査だと、そうはいかない。重要な一点の見落としが、全体を迷宮の中へ押しこんでしまうことがある。だから、迷宮化したからって、なにも完全犯罪じゃない訳だ」

「しかしM君、妙な云い方だが、ここに天才的犯罪者がいるとすれば……？」

「そんな者は、実際上にはいないよ。犯罪も、人間の行為の一つに過ぎないんだ。群居本能に根を持つ一般の行為が生理的だとすれば、犯罪は心理の疾患に根ざす病理的な行為に過ぎないんだ。ちと類型的になるが、意志の崩壊としての衝動的行為、性格の破産としての唯我的固執、記憶の疾患としての二重人格的行動――これらの病理的行為が、周囲と調和しない形で現われると、それを犯罪と呼ぶんだ。そして、その発火点となる動機の量で、人は犯罪の軽重を判断しようとするんだ。もちろん、僕はロムブロゾーの亜流じゃないよ。しかし、犯罪的行為を犯すような者には、唯我的固執はあるかも判らんが、優れた知性はないと、太鼓判で断言するよ」

「だがM君、探偵小説の上では、もちろん、考えられるね？」

「じゃ君、絶対に詰みのない詰将棋を考えられるというのかね？　しかし、探偵小説の上で、完全犯罪というものを想像すると、二つの型がある。一つは、解決出きない犯罪で、一つは、犯罪の正体が読者に判らない場合だ。

だいたい、探偵小説の犯罪は、作者が最初に解答を持ってるんだから、難解極まるものはあっても、解決のできないものはないはずだし、また、作者が故意に未解決の形に書いたとしても、そのプロセスが正々堂々だったら、優れた読者が作者以上の推理分析で解決してしまう。いくら作者が心理的術策を弄しても、作者以上の頭脳の読者には無効力だからね。君だって、読者として、そういう経験を持ったことがあるだろう？」

「じゃM君、犯罪の正体が判らない場合というのは？しかし、犯罪そのものが判らないんじゃ、探偵小説になるまい」

「そうとは限らんね。犯罪があって、それを解決してゆくのが探偵小説なら、犯罪がありそうで、それがどんな形で現われるかを追求してゆくのも、一つの探偵小説だね。しかも、最後にいたっても、不用意な読者には、その犯罪の正体が判らず、それを証明されて、はじめて納得するというのも、一つの探偵小説だよ。そして、これは完全犯罪を書く一つの形式なんだが、物象的トリック以上に心理的トリックが必要になる。つまり、作者と読者との心理の闘いになるんだ……」

「それで判った。M君、君の幻想殺人事件は、その一つの試みなんだね？」

「イエス」

たわごと（2）

形なく語る。これ、たわごとなり。以下。たわごとを二つ三つ――。

僕は歯科医だが、ここに妙な相似形を見出す。誰でも知っているように、歯科医学は医学の一分科でありながら、現実では特別な形に存在している。医科大学にはその講座があり、歯科医も学位をとると医学博士になるのに、職業的にははっきり別れている。その理由は、いったい、どこにあるのか。

多くの人は――殊に門外漢は、そこに特殊の技術的方面があるからだと考えるが、しかし、ほんとうの理由は、それが一つの私学として発展してきた歴史の中にある。簡単に云うと、徳川時代の入歯は一家相伝の秘術で、歯痛止めの方は、永井兵助や松井源水の、いわゆる、香具師見せものの手にあった。明治中期までは、手先の器用なかざり屋などが転じた単なる技工師で、免許の名前も口中入歯師だった。それらの中の先覚者が自費で留学したり、個人的に研究したりして、やがて相寄って最初の歯科医専が生れたのである。だが歴史は歴史で、いかに複雑な技術の面があるとしても、歯科医学は純然たる医学で、その対象は人間である。

これは比喩だが、歯科医学を推理小説に、医学を小説にかえれば僕はそのままだと思う。面白いことには、今日の歯科医師諸君の実質は、依然として口中入歯師なのである。中には患者の心理に迎合して単なる飾り屋に堕している者もある。なぜならば、理想では食えないからである。しかしこれは許せる。患者の被害は、医者が注射乱用で食っているのよりは、はるかに小さいからである。

古い文学論には、小説は資本主義に応じて生れた庶民の文学だ、としてあるが、僕はそうは思わない。あたかもそういう形で発生はしているが、本質は人間そのものに根ざしている。人間は、自己を反省し、自己を探求したがる。それが一つの形をなしたのが、小説だ。その意味で、小説は人間のなし得る最高のものだと僕は思う。だが、それも理想論で、常習的に書く小説は、パンパンのそれと同じく一つの商品だ。商品は売らなければならない。そのためには戦争さえする。大衆は、なにを欲するか、それが大きく支配する。もちろん、やむを得ない。パンパンだって、生きるために、そうしている。小説家だって同じ人間だ。

いつだったか、クラブの会合の時、E氏とK氏とが対論した。僕は歯科医だから、こういう風に聞えた。E氏は云う、「外国では、すでに立派な義歯を作っている。僕らにはそれさえできていない。まず、完全な義歯をつくるべきだ……」K氏は語る、「僕らは、すでに進歩している。単なる義歯ではいけない。それをどうすべきかは未だ分らないが、予防歯科学に進むべきだ……」

どちらも真実だ。ただ、そこには伝統をまもる者と、そこから飛躍する者との一つの段階がある。前者には悲劇があり、後者には実現しなければ喜劇が残る。もちろん僕は、両氏がその立場のものを実現すると信じている。

僕は、ポーの伝統は無視しないが、こう思う。推理小説は、高揚した形で人間を追求する。そして、推理というスタイルは、知性をもって探求する正しい方法だ。人生は不可知だ。公式はない。わずかに論理性をもって、その実存を裏づけるだけだ。しかし、僕が推理小説を書く気持は、そんなに高いものではなくて、推理小説――もろろん既存の推理小説――の魅力に惚れているからである。惚れた女の顔を自分で描いてみたいからだ。

僕は、酔いざめの水のような、胸のすくトリックに魅力を感じる。しかし僕は、特にトリックを考えたことはない。それは自然に浮ぶものと信じている。もちろん長篇の場合でだが、ある人間的なテーマをまず小説的に発展させる。それらの人物が、夢の中に現われてくる。事件も夢に現われる。夢の中で、僕自身が感動する。さて、それから執筆するのだが、描かれた女の顔は、いつでも僕の好きな女の顔ではない。といって、大衆に好かれる顔でもない。もちろん、一人の人間がほんとうに好く顔なら、大衆も少くとも嫌ではないはずだ。そう思って、僕はこれからも、好きな女の顔だけを描いてゆく。

クラブの前田さんから、感想か論説をと頼まれたのだが、正直にいって僕は、自分の考えははっきりしているが、それを語るのを好まない。なぜなら、好きな女の顔さえ描けないのだから――。まあ、このたわごとで勘弁してもらって、願わくんば没書にしていただきたい。

暦、新らたなれど

この一二年は厄年みたいに、病気や身辺の問題が相次ぎ、長篇だけはコツコツ書いていたが、活字になるものは、まるで書かなかった。作家としては落第である。やっと身辺の問題を整理され、これから心落ちつき書けるとは思うが、しかし〝暦新らたなれど人変らず〟で、僕に画期的なものが書けるとは思われない。

しかし病気中なぞ、久しぶりに、ずいぶん小説を読んだ。いままで読んだ事のない人のまで注意して読み、それぞれの優れた点に心打たれる思いがした。

絵は、「見る」ことだが小説は読むことではなく、「考える」ことだと思う。それが僕の心構えだ。一つには、現実の世界を理解するために、読みたい書物が多過ぎるので、小説だけは厳選主義にしていたが、しかし、いろいろな人の作品を読んでみると、眼の開く思いがした。

探偵小説も読んだ。殊に、読もうと思いながら読まずにいた有名な作品を読んだ。僕は探偵小説を書きながら、正直な話、あまり読まなかった。殊に終戦後、推理小説の四部作のプランが決ってからは、ほとんど読まなかった。

しかし優れた探偵小説を読んでみると、いまさらのように面白い。そして面白く書く事は、いかに難かしい事かを痛感した。「面白い」という言葉は通俗的だが、結局は感動である。それは優れた作品の結果で、計画的に作られるものではない。天分と努力の結果である。

だが、「読む」ことに啓発されて、面白いものを書きたくなった。僕には天分はない。しかし努力はある。今年は一つ面白い探偵小説を書くぞ——これが野心といえば、今年の野心である。

乙女は羞らう山吹の花

約束だから書かねばならない形だが、本質的な側面から、思いつくままに……。
△この三つは三位一体であるという話——。キャラクター、セット、ケース、——これはトリニティである。なぜなら、〝人間〟は集団に自己意識の一単位をおき、その客観性が社会環境であり、その交錯が、痴話喧嘩から四次戦に至るまでの事件だからである。つまりは三面鏡に映るものは、ただ一つの〝人間像〟である。いかにケースに主体性をおくからと云って、〝人間〟から遊離した事件はあり得ない。トリックもまた〝人間〟の所作なのである。評伝によると、トルストイはある情景——しかも、その冒頭の一章句を頭に泛べ、その魅力的な書きだしで長篇を書こうと思い、やがて〝アンナ・カ

レニナ〟を書いたというが、それに比べると、D・S作家がトリックを先に考え、そして書きだすという事は不自然ではないが、しかしトリックに手足が生えて横行すれば、いかに多くの見本があるとしても、それは畸型児である。

△カメレオンにも見えるし、ダイノザーにも見えるという話――。対立は存在の形式ではあるが、「君、これは愛玩用の七彩変化《カメレオン》だよ」……名づけて郷愁的先約論。幻影城の城壁に佇めば、素晴らしい雑色で彩られた夕焼けは、それもまた美しい。まことに水際立った本格なるものは、単なる論理の遊戯にとどまるものでも、それに対する情熱がなければ書けるものではない。だが、すでに〝文学少女〟の作者は、東の地平線に恐竜《ダイノザー》のヴィジオンを認めている。私にも足音が聞える。ヘーゲルの〝精神〟も転回して変貌の〝実存〟となり、芋虫脱皮して蝶となるも、それは同一の生物である。ポーをして云わしむれば、いずれがアベル、いずれがカインであろうか。

むしろ文学への成長ではなく、第一歩の彼が文学だったのである。その意味で〝断崖〟の作者が「アン・リアリティな文学的作品を書きたい」とほのめかした時、私は彼に敬意を感じた。まことにオアシスを求める者は沙漠を彷徨する如く見え、竜舌蘭は五十年目に花を開くと云う……。

△論理というのは、いろいろあるという話――。一群の人たちは、論理の謎解きが主体だと云う。そうだとしよう。しかし論理は一つではない。夜店の叩き屋ではないが、並べてみると、原始的な形式論理、カントの〝理性〟における先験論理、ヘーゲルの〝精神〟における、さらには転じてマルクスの〝物質〟における弁証論理。そしてそこより〝生命〟を通して〝実存〟へ転向する哲学的論理――。過去においては、あまりに作られた事件であり、あまりに虚構的人間関係であったがために、常識化された形式論理だけの余地しかなかったが、しかし、人間と人間との関係から必然的に展開する事件は、少くとも知識人は、弁証論理でなければ納得できないのである。すでに〝文学少女〟の作者は、いくつかの作品において、弁証論理をもって〝人間像〟を追求している。まことに彼こそ〝最初の人〟である。

△字をならべて作った名称は、名称自体には深い意味はないが……という話――。往年、フィロソフィーという言葉を日本語化するとき、ハタと行きづまり、下の方マンネリズムの〝学〟でごまかすとして、上の方は、そ

れらしく勿体味のある、そして難解なものを探したのが〝哲〟の字。だが今日、哲学といえば、字句から超越した、ある一定の内容を瞑想する。小説という作られた名称も、現実の段階においては、これくらい内容を現わさない名称もないが、しかし、〝探偵〟という字句は、偶然にも、深奥にして予言的であった。いまや、現代の〝実存〟の哲学が、その尽きざる思索としている〝死〟、〝無常〟、〝罪業〟、〝運命〟――それらの極限の世界を、鮮やかにテーマとして取り上げんとしている。大工の息子は、廏で生れたときも、十字架につくときも同じ名前であった。ある段階で便宜的に与えられた名称で、展開しつつある内容全体を定義せんとするのは、一つの好みに過ぎない。まことに明日の日の探偵小説は、多くの文学と同じく人間の〝病める貝の真珠〟であり、やがては、これも世紀の文学となるであろう！　もの云えば唇寒し、たわごと云えば睡くなる……。

アンケート

Ⅰ　ラジオ放送探偵劇について
Ⅱ　愛読する海外探偵小説

問合せ事項
1　放送探偵劇「灰色の部屋」「犯人は誰だ？」をお聞きですか。その御感想と。
2　欧米探偵作家の誰れのものを御愛読なさいますか？　その御感想と。

一、「灰色の部屋」「犯人は誰だ？」とも、ききたいとは思うが、きくのが仲々臆劫で……
一、特に愛読しているというのはない。

（『宝石』一九五一年一〇月臨時増刊号）

アンケート

1　今年お仕事上の御計画は？
2　生活上実行なさりたい事？

問合せ事項

1　今年のお仕事の上では、どんなことをお遣りになりたいとお考えですか。また何か御計画がおありでしょうか？

2　御生活または御趣味の上で、今年にはお遣りになってみたいとお思いの事乃至は御実行なさろうとすることがございますか？

なんの本で読んだか忘れたが、感動だけが浮彫になっている。晩年のゴルキイの現状報告だが「彼は朝早くから夜おそくまで〝四十年〟の執筆に精進している」という一句だった。他人の努力に打たれるのは、僕が生来のナマケモノの証拠だが、近来ますます、無為にして時を過ごす事が多くなった。しかし妙なもので、内面の意慾は、それとは逆に盛り上っている。このところを少し修正して、これからは真面目なものを大いに書いて行きたいと思う。読んだり、考えたり——これだけでは食えないから、そして書いたり——これが僕の生活であり趣味である。過去には半ば、未来には全部……。

（『宝石』一九五二年一月）

解題

横井司

1

日本の探偵小説が、一九三〇年代後半に、小栗虫太郎（三三年デビュー）・木々高太郎（三四年デビュー）の登場によって、第二の隆盛期と呼ばれるブームを巻き起こしたことは、しばしば語られる通りである。しかしそのブームも束の間、三七（昭和一二）年の日中戦争勃発を契機として、次第に戦時体制へと移り変わり、三九年には、江戸川乱歩の作品集『鏡地獄』（春陽堂・日本小説文庫、三六）に収録されていた「芋虫」が、警視庁検閲課から全文削除を命じられる。また、新潮社から刊行中の『江戸川乱歩選集』（三八〜三九）の検閲も厳しくなってきたことから、乱歩が隠栖を決意せざるを得なかった。一九四一年一月の時点で乱歩は、それまでに書いた回想録を自ら綴じ合わせて編んだ私家本『探偵小説回顧』において、次のように状況を分析している。

> 昭和十五年に至り、物資の欠乏いちじるしく（略）第二次近衛内閣により提唱せられた「新体制」の標語は街頭に溢れ（略）文学はひたすら忠君愛国、正義人道の宣伝機関たるべく、遊戯の分子は全く排除せらるるに至り、世の読み物すべて新体制一色、ほとんど面白味を失うに至る。探偵小説は犯罪を取扱う遊戯小説なるため、最も旧体制なれば、防諜のためのスパイ小説のほかは諸雑誌よりその影をひそめ、探偵作家はそれ

ぞれ得意とするところに従い、別の小説分野、例えば科学小説、戦争小説、スパイ小説、冒険小説などに転ずるものが大部分であった。（引用は『江戸川乱歩全集第29巻／探偵小説四十年（下）』光文社文庫、二〇〇六から）

こうした乱歩を取り巻く状況やそれに基づく回想を受けて、例えば中島河太郎は、アンソロジー『現代の推理小説』第一巻（立風書房、七〇・一二）の解説「本格派の系譜㈠」の冒頭で、戦時下の探偵文壇について次のようにまとめている。

情報局や陸海軍報道部の出版統制は、戦局が重大な局面へ移るにつれて、ますます厳重さを加えるようになった。かれらは決して娯楽読物を無視しなかったばかりか、むしろ戦時国民の精神の昂揚、前線銃後の慰安に利用することに熱意を示した。ただし、国民が国民を傷つけるような探偵小説の存在については難色を示したので、探偵作家は休筆ないしは転向を余儀なくされたのである。

こうした記述からは、戦時体制下では、いわゆる本格探偵小説が書けなかったような錯覚を受けてしまうが、谷口基の『戦前戦後異端文学論』（新典社、二〇〇九・五）に「尤も、太平洋戦争勃発後の大衆誌上に〈探偵小説〉が皆無であったかと言えば、それは嘘になる。（略）ごく少数ながら、〈探偵小説〉は戦時下にその命脈を保っていた」と書かれている通り、探偵小説が「影をひそめ」（乱歩、前掲書）たとは必ずしもいえない。とはいえ、乱歩の隠栖という「個人的行為が探偵文壇崩壊への第一歩となった。創作探偵小説の開拓者が〈探偵小説〉から身を引いたという事件は、無論のこと関係者に深甚な衝撃を与え」、それと同時に「出版各社による過剰なまでの〈自粛〉の姿勢と、陸軍情報局による伏字の全面禁止ならびに『事前検閲』（一九四一＝昭和十六年六月より実施）の強制」が、「太平洋戦争開戦に歩調を揃えて戦前派探偵小説の幕引き」を招来したのであり、戦時下における探偵小説の弾圧という物語は「各種メディアと作家たちが期せずして息を合わせた自粛表明」の結果である、という谷口の分析は説得力がある。

守友恒《ひさし》が探偵文壇にデビューしたのは、まさに右に紹介したような時代のさ中であった。

2

守友恒は一九〇三（明治三六）年一一月一四日、東京に生まれた。本名を順造という。詳しい学歴などは不明だが、若狭邦男『探偵作家追跡』（日本古書通信社、二〇〇七・八）には子息から聞いた話がまとめられており、それによれば、十七歳の頃、歯科医だった父親が倒れ、「あとを継ぐために独学で歯科医師免許を取得した」のだという。『日本ミステリー事典』（新潮社、二〇〇〇）や『幻の探偵雑誌10／「新青年」傑作選』（光文社文庫、二〇〇二）によれば、東京の日本橋で歯科医院を開業していたことになっているが、若狭の前掲書によれば、神田で一九七二（昭和四七）年まで開業していたそうである。『新青年傑作選』第一巻（立風書房、七〇）には「現在埼玉県で歯科医を業としている」とあるが、これも若狭の前掲書には、一九六三〜四ごろまでは埼玉県に住んでいたという子息の言葉と齟齬をきたしている。詳細は不詳だが、戦後の動向に限っていえば、六三〜四年ごろまでは埼玉県に在住、七二年まで東京・神田で開業したと考えるのが妥当であろうか。若狭の前掲書によれば、その後、七五年まで石川県で勤務医を務めてから埼玉県に帰郷したという。このことは、『日本推理作家協会会報』二九五号（七二・八）の「会員消息欄」に石川県への住所変更の通知が載っていることとも矛盾しない。

若狭の前掲書では「昭和五十二年（一九七七年・横井註）まで執筆していたようである」とあるが、創作はもとより、協会の会報における随筆なども確認することはできなかった。あるいはリヴァイヴァル・ブームの流れに乗って復活を期していたのかもしれないが、詳細は分からない。子息によれば八一年に倒れ、八四年五月に八十歳で歿したという。

守友の作家デビューは一九三九年で、「青い服の男」が博文館の雑誌『名作』一〇月号に掲載されてのことだった。デビューの経緯については、これが持ち込みだったのか既成作家の紹介なのか、はっきりしない。おそらく同じ博文館から出ていた『新青年』の原稿募集に投じたのではないかと思われるが、それが『名作』の方に掲載の運びとなった理由は、よく分からない。ただ、同じく博文館が発行していた雑誌『譚海』の編集長だった高森栄次が「昭和十三年に陸軍省新聞班が陸軍省情報部と改称して以後の『新青年』は、水谷準さんや乾信一郎さんの編集ではありませんよ。明らかに陸軍情報部の編集ですよ」（湯浅篤志・大山敏編『叢書『新青年』／聞書抄』博文館新社、九三・六）と発言していることから推測するに、軍に編集の主導権を握られて「自粛」した編集部が、比較的自由度が高かった『名作』に回したのかもしれない。初出誌の編集後記「『名作』通信」には次のように記されているのみである。

> ○本号巻頭の「青い服の男」は近頃としては珍しい本格的な純粋の探偵小説であり、作者守友恒氏はこれまで如何なる雑誌にも名を出した事のない全くの新人である。プロット創作の素晴しい腕前は一流の作家をして瞠目せしむるに足り、特異な描写力も日本人離れがして線が太い。わが探偵小説界がこの有為の作家を得たことは大きな刺戟となるであらう。本誌は続々と氏の傑作を紹介して行きたいと思つてゐる。

最後に「本誌は続々と氏の傑作を紹介して行きたい」とあるが、しかし続く第二作「死線の花」が掲載されたのは『新青年』の同年一一月号だった。続けて「第三の眼」が同年一二月号、「最後の烙印」が翌年一月号に掲載された。四か月連続で発表していったわけで、これはほとんど、有望な新人に課せられる『新青年』名物の連続短編企画といっていいだろう。当時の編集部の期待の大きさをうかがわせる。しかし四〇年五月号に掲載された「燻製シラノ」を最後に、「本格的な純粋の探偵小説」（前掲「『名作』通信」）の発表は止まり、一年後の四一年五月号に載ったのは「読切長篇／国際冒険」という角書きを冠した「燃える氷河」だった。その後、四四年九月号に掲載された「無限爆弾」まで、冒険小説や時代小説、現代小説（南方小説「楯と投槍」、暴露小説「二つの陰謀密議」）など十三編の創作を発表して後、休筆する。

これら十三編の内、「燃える氷河」（四一）、「黄虎《ホワンチョー》」（四三）、「夢幻城」（四四）の三作は、国際的な旅行家・押川隆介が登場するシリーズものである。チベット旅行中に日中戦争の勃発を知り、モンゴルからチベットを経て、インドからビルマに渡り、ビルマに侵攻した日本軍に合流して帰国しようとする旅程を描く連作という枠組みは興味深いのだが、小栗虫太郎や中村美代子の作品に比べると奇想やトリック趣味という点で一歩譲り、八紘一宇のスローガンやユダヤ資本の陰謀史観を振りかざすイデオロギー的側面ばかりが目立ってしまっていて、現在では役目を終えた時局小説としかいいようがないのが残念だ。ノンシリーズの国際冒険小説では、アルゼンチンを舞台に、ユダヤ人秘密結社の陰謀を壊滅させようとする「地球の毒」（四三）や、原子爆弾を開発しようとするインドの藩王国をめぐってアメリカとイギリスが競い合う「無限爆弾」（四四）が、推理的な興味もわずかながらあり、スパイものとしてやや読ませるものに仕上がっている。

戦後の第一作は、『宝石』四六年一〇月号に載った短編「孤島綺談」で、翌四七年六月、自由出版株式会社から書き下ろし長編『幻想殺人事件』を上梓する。その翌月には守友の単行本初出版を祝い、「在京作家の提唱で」（「探偵小説界展望」『1948年版探偵小説年鑑』岩谷書店、四八）京橋相互ビル東洋軒で出版記念会が開かれている。守友は探偵作家クラブ（現・日本推理作家協会）の母体となった乱歩主催の土曜会にも参加しており、東洋軒は土曜会が開かれていた場所でもあった。

同じ年の十月には、探偵作家クラブの主催で物故探偵作家慰霊祭として「講演と探偵劇の会」が開かれ、文士劇「月光殺人事件」（城昌幸原作・小田切泰通演出）に大学助教授役で出演している。小田切泰通はかつて新国劇文芸部にいた自由出版株式会社社員だそうである（山村正夫『推理文壇戦後史』双葉社、七三による）。

その後も、唐津千吉刑事と彼の友人で知恵袋である高沼哲医師が登場する「誰が殺したか」（四八）、「神響」（四九）や、ノン・シリーズものの「焔のごとく」（四八）などを発表。『探偵作家クラブ会報』第三八号の「消息欄」には、四百枚の長編『完全殺人事件』を書き上げたが発表誌未定という記事も確認できるが、これは残念ながら未定のまま、散逸してしまったようだ。

五一年には、警察の手が及ばない悪人を成敗する謎の青年が活躍するスリラーのシリーズ「影ある男」「灰土夫人」を発表。シリーズ名は、ダシール・ハメットDashiell Hammett（一八九四～一九六一、米）の『影なき男』*The Thin Man*（三四）をもじったものだろう。作品自体は江戸川乱歩の『影男』（五五）にインスパイアされたのではないかと想像させるが、守友の方が早い。

『探偵作家クラブ会報』第五五号（五一・一二）のアンケートでは「廿六年度の後半から積極的に書きだしたが、その中、活字になったものは、はじめペンならしにした程度のもので、真面目に書いたものは廿七年度になりました」と応えており、この言葉通り、一九五二年発表の

「風」と、五三年発表の「霧の中」は力のこもったものだった。しかし、その「霧の中」を最後に創作の発表は途絶えてしまう。

3

デビュー作の「青い服の男」で、探偵役として登場する犯罪研究家（二作目の「死線の花」からは「犯罪鑑定家」）の黄木《おぎ》陽平は、これ以降、長編『幻想殺人事件』を含む多くの作品で探偵役を務める、守友作品の代表的キャラクターである。語り手は作家のMが務め、当初は地方警察に協力する話などもあったが、司法側は浅沼検事、帆足捜査課長、加納検屍医らがレギュラーとして脇を固める（ただし『幻想殺人事件』では石狩検事の友人ということになっている）といった具合に、ほとんどS・S・ヴァン・ダイン S. S. Van Dine（一八八八〜一九三九、米）の作品スタイルそのままであった。

「青い服の男」では、第二の被害者発見で事件の紛糾を予想した浅沼検事によって「補助者《セカンド》」として呼び出されて事件に関わることとなったと紹介されているが、このデビュー作中では黄木と浅沼検事との関係などはいっさい語られず、詳しい経歴が紹介されるのは、戦後の『幻想殺人事件』と「灰色の犯罪」（四九）においてであった。黄木はもともとN社の新聞記者だったが、特派員として中国に渡った際、科学的捜査法の研究にのめり込み、犯罪事件に興味を持ち、帰国後、秘密調査所を始める。「灰色の犯罪」では、記者時代に知り合った武田弁護士の慫慂で法律事務所の調査顧問となり、刑事事件反証調査を生業としたのが現在の職業に転じたきっかけだとされており、戦前はもとより終戦後も「午前は武田事務所の調査室で過ごし、午後は（略）Hビルの個人事務所《プライベート・オフィス》で過ごしている」と紹介されている。

こうした設定から、黄木の愛読書は当然、犯罪学関係や探偵小説ということになろう。「死線の花」には、ヴァン・ダインの『カナリヤ殺人事件』*The "Canary" Murder Case*（二七）への言及も見られる。その一方で、性格分析学の権威・有光博士の『哲学的性格学』やヤスパースの『精神分裂病誌』を読む場面なども出てくるから、哲学書や精神医学書なども目を通しているようだ。前者の有光博士は架空のキャラクターだが、後者は実在するドイツの精神科医で実存主義哲学者のカール・ヤスパース Karl Jaspers（一八八三〜一九六九）のことであろう。こうした読書傾向は、もちろん小説の登場人物のものでしかないのだが、守友自身、愛読書や影響を受けた作品について具体的に書き残していないこともあって、黄木の嗜好を作者である守友の関心のありどころに重ねて見たくなる誘惑に駆られる。

シリーズ・キャラクターとしては先にも述べた通り、「誰が殺したか」と「神響」の二作品に登場する高沼医学士と唐津刑事のコンビがいる。高沼と唐津は、軍隊時代の中尉と上等兵の関係で、年齢は三十一と二十九歳。高沼は「寡黙で孤独型」、「読書を楽しむハムレット型」であるのに対し、唐津は「明るくて呑気」、「愉快な軽揚型《ヒポマニンエデプス》」だったが、唐津は高沼の論理的な思索力に驚嘆し、事件があると話してみる癖がついたと紹介されている。唐津刑事のようなキャラクターは、黄木シリーズには登場しない。あえていえば『幻想殺人事件』の戸来《へらい》刑事に似ていなくもないが、黄木自身が学生時代、野球をやっていたスポーツマンで、旅行好きの風来坊、犯罪捜査では「最短コースを撰びたがる」（「青い服の男」）というせっかちな部分を持つ行動的なキャラクターとして設定されているから、行動派のワトスン役を必要としなかったとも考えられる。ちょうどレックス・スタウト Rex Stout（一八八六～一九七五、米）のネロ・ウルフとアーチー・グッドウィンのように、探偵としての役割を分担させた設定は、使いようによっては、スピーディーな展開が求められる戦後の風潮に合わせて、新生面を開いた可能性もあったはずだが、充分に活かされなかった。

4

本章以降、本書収録作品のトリックや内容に踏み込む場合があるので、未読の方は注意されたい。

自らの創作観を語ったエッセイ「たわごと」（『探偵作家クラブ会報』四九・一）において守友は、「推理小説は、高揚した形で人間を追求する。そして、推理というスタイルは、知性をもつて探求する正しい方法だ。人生は不可知だ。公式はない。わづかに論理性をもつて、その実存を裏づけるだけだ」という定義を示し、「僕は、酔ひざめの水のような、胸のすくトリックに魅力を感じる」が「特にトリックを考えたことはない。それは自然に浮ぶものと信じている」と述べ、「ある人間的なテーマをまづ小説的に発展させる。それらの人物が、夢の中に現はれてくる。事件も夢に現はれる。（略）それから執筆する」と書いている。ここから読み取れるのは、トリック中心主義ではなく、人間性を中心としてトリックやプロットを立てるという意識だろう。

この二年後に書かれたエッセイ「乙女は羞らう山吹の花」（『探偵作家クラブ会報』五一・八）では明確に「いかにケース［事件・横井註］に主体性をおくからと云つて、〝人間〟から遊離した事件はあり得ない。トリツクもまた〝人間〟の所作なのである。（略）Ｄ・Ｓ［探偵小説＝Detective Story の略・横井註］作家がトリックを先に考え、そして書きだすと云う事は不自然ではないが、しかしトリツクに手足が生えて横行すれば、いかに多くの見本があるとしても、それは畸型児である」と、よりはっきりとその考え方が述べられている。

この守友の創作観は、木々高太郎のトリック観と通底するものがある。木々高太郎の、例えば「新泉録」（『ロック』四七・二）における次のようなトリック論と比較すれば、それは明らかだろう。

私は、トリックについての新らしい創造が、探偵小説には是非に必要であると信ずる。然し、それはトリックだけについて、新らしい創造があったにしても、それで、満足ではない――（略）探偵小説の中心である或る犯罪、或るかくされたる行動、或る解決を要する主題があるとする。そのような中心的主題が、その主題を背負う人物――それが探偵小説の犯人である――にとって、必然的なものでなければならぬと言う点である。

もっと別に言えば、犯人がそのようなトリックを用いたと言うことが、唯そのトリックが新らしいとか、ユニークであるとか言うのであっては、少しも意味がない。そのトリックがその人物――（犯人）の生活、思想、心理、意図より完全に割り出されて来たものでなくてはならぬ――と言うことである。（引用は『甦る推理雑誌1／「ロック」傑作選』光文社文庫、二〇〇二から）

先に引いた守友の創作観は、書かれた作品に照らしてみれば、なるほどと納得されるものである。特に戦後の作品、『幻想殺人事件』に出てくる蔵人琢磨は、ニーチェ的な思想を抱懐した超人的キャラクターとして、「灰色の犯罪」に出てくる有光博士は知性と欲望との相克に悩む知識人として、「風」や「靄の中」に登場する青年たちは、実存の不安をかかえた知的青年として、それぞれキャラクターを際立たせることに筆が費やされている。これら登場人物のキャラクター性が悲劇を生み出す、ないしは悲劇につながるという点でプロットの構造は共通しており、その心理を解析しようとする筆致はしばしば木々的な分析スタイルを連想させるのも興味深い。

キャラクターを重視する作風であるだけに、心理的な分析に基づく一種の操りトリックが多く、『幻想殺人事件』に見られる機械的トリックはむしろ珍しい。作中の心理分析を前提とするなら無理の少ないトリックといえようが、いわゆる本格派の魅力をトリックやプロットの技巧に求める読み手からすれば、魅力に乏しいと思われるかもしれない。

同じ黄木シリーズでも、戦前の四作品や、戦後でも『幻想殺人事件』以前の作品は、比較的トリッキーなものが多く、本格派としての面目を示すにたるものを感じさせる。最初のうちはヴァン・ダインのプロットやトリックを流用気味の嫌いもあったし、「最後の烙印」のようにプロットの混乱が目立つ作品もあるのだが、ロールシャッハ・テストを行なうこと自体を伏線として、単純なトリックを絡めた「燻製シラノ」や、クローズド・サークルにおけるフーダニット興味を描いた「孤島綺談」、死に際の言葉と錯覚トリックを絡めた「蜘蛛」など、印象的な短編が多い。

こうしたキャラクター設定とトリック趣味とが、比較的バランス良く両立しているのが『幻想殺人事件』という長編だといえる。ここでは思いきってトリッキーな企みがある一方、「人間的なテーマ」を「小説的に発展させる」(前掲「たわごと」)というテーマが盛り込まれ、守友の代表作というに相応しい出来映えである。

ただし、こうした守友の方法論は、創作を阻む要因となる危険性もまた、有していたといえなくもない。というのも、木々高太郎のトリック論は最終的に「トリックを考えるのは人間であるし、生きた人間が考え出すようなトリックであらねばならない。山を知らない人が山を主題にしたトリックを書く事は不可能であるように、まずはその人間が書かれていなければならない」(「探偵小説についての新論」『探偵実話』五六・五。引用は『木々高太郎探偵小説選』論創社、二〇一〇から)という地点に逢着したが、これは普通の知恵の持ち主が自分の知力の範囲内で知恵を傾注して行動する(ことによってトリックが導かれる〉というありようにつながるだろう。だが守友の作品に登場してトリックを弄するキャラクターは、一般よりも知的能力の高いインテリゲンチャであることが多い。すなわち、ヴァン・ダインなどが描くところの超人的犯罪者との径庭がないのである。こうした犯人のヒロイズム故に現実から遊離してしまい、アクチュアリティはもとより、リアリティを失ってしまうという危険性を有しているのである。

高等性が文学性につながる一方で、現実性を失い読者の支持を失うという矛盾に、守友もまた悩まされずにはいられなかった。そして、社会派推理小説の台頭によって、そうした高等性への志向が創作を行き詰まらせずにはいられなかったのではないか。そう考えると、『日本推理作家協会会報』の七二年八月号に「時間と空間の大きな枠の中に無限の共感体を確信」して「思うがままに書いて消えた」先行作家を「尊敬すべき人たち」と呼んだ心境が垣間見えるような気がされるのである。

5

これまで守友は、デビューから「戦争下へかけて本格物の孤塁を守る作家の一人」（中島河太郎「解題」『新青年傑作選1』立風書房、七〇・二）という評価を受けたり、「戦前に現われた本格物の作家としては最後の人」（九鬼紫郎『探偵小説百科』金園社、七五・八）と位置づけられたりしてきた。こうした評価は、守友にとって〈本格〉はどのように捉えられていたのか、という問いを抜きに、トリックとロジックの作家という表層的な理解に留まってしまう。「本格物」という言葉自体が、自動的に甲賀三郎と木々高太郎との対立構図を想起させ、守友を自動的にアンチ文学派の位置においてきてしまった。また、これまでアンソロジーに採録された「死線の花」一本をもって守友の作品世界が代表されてきたことが、守友の再評価を送らせてきた一因だといえる。

本書『守友恒探偵小説選』は、『幻想殺人事件』が刊行されて以来、六十五年ぶりとなる単独著書となる。創作篇には、守友作品を代表する名探偵・黄木陽平が登場する作品を、中絶作「第三の林檎」（『トップ』四九・三、六）を除き、すべて収録した。巻末に収めたエッセイなどと併せ読むことで、守友における〈本格〉とは何か、さらには日本の探偵小説における〈本格〉とは何かについて、改めて考えるよすがとなれば幸いである。

以下、本書に収録した各編の解題を簡単に記しておく。

〈創作篇〉

「青い服の男」は、『名作』一九三九年一〇月号（一巻二号）に掲載された。単行本に収録されるのは今回が初めてである。

本作品の基本プロットは戦後になって「誰が殺したか」（四八）に流用されている。守友作品にはこのような例が多い。

本作品の場合、ひとつには、初出誌の『名作』が『新青年』のようなメジャー誌ではなく、復刻の機会に恵まれないと思ったからではないか。もうひとつには、先に引いた木々の「トリックがその人物――（犯人）の生活、思想、心理、意図より完全に割り出されて来たものでなければならぬ」（前掲「新泉録」）というトリック論に則って改作を試みてみたからではないか。

真意は藪の中だが、後者の解釈を採用した方が、発展的であるように思われるが、如何。

「死線の花」は、『新青年』一九三九年一一月号（二〇巻一四号）に掲載された。後に『新青年傑作選1　推理小説編』（立風書房、七〇）、および『大衆文学大系30』（講談社）に採録されている。

「青い服の男」と共に、ヴァン・ダインの影響を偲ばせる。後に残される家族のために禍根を断つ、という発想は、守友の作品にしばしば見られるものである。「焔のごとく」などは、事件の細部こそ異なるが、召集に応じて殺人の罰を我が身に受けるという本作品の発想がそのまま使われている。犯罪の証拠となる朝顔が花開くくだりは本作品のみに見られるオリジナルなアイデアで、それが作品に叙情性を付与している。

「第三の眼」は、『新青年』一九三九年一二月号（二〇巻一六号）に掲載された。単行本に収録されるのは今回が初めてである。

デビュー作のタイトルをもじって「黄色い服の男」とでも名づけたくなる一編だが、真相を鑑みれば、そのタイトルではアンフェアになっていただろう。本作品のアイデアとプロットは、結果的に黄木陽平最後の事件となった「誰も知らない」に、そのまま流用されている。同じ黄木探偵の事件簿であるだけに、「青い服の男」以上に、改稿の理由が分からない一編といえる。

「最後の烙印」は、『新青年』一九四〇年一月号（二一巻一号）に掲載された。単行本に収録されるのは今回が初めてである。

「青い服の男」同様、ヴァン・ダインのスタイルからの影響が著しいが、論理的な面白さという点では後退した印象を残す作品。

「燻製シラノ」は、『新青年』一九四〇年五月号（二一巻七号）に掲載された。後に『幻の探偵雑誌10／「新青年」傑作選』（光文社文庫、二〇〇二）に採録されている。いつもは語り手として前面に出ないMが、黄木の名代として調査に趣くというストーリーが珍しい。黄木が授けるロールシャッハ・テストを利用した簡易調査法がユーモラスな印象を醸し出していると同時に、犯人を絞り込む伏線にも利用されている点が読みどころ。

「孤島綺談」は、『宝石』一九四六年一〇月号（一巻六・七号）に掲載された。単行本に収録されるのは今回が初めてである。

御蔵島へ海鳥見物に行くという状況設定は、南方小説と冠された「楯と投槍」（四二）からの流用だが、そこで殺人未遂事件が起きるという展開は本作品のオリジナルである。わずかな枚数の中に伏線を張り巡らし、意外な犯人を指摘するまでの展開には、間然とするところがない。

「蜘蛛」は、『新青年』一九四六年一一月号（二七巻一〇号）に掲載された。単行本に収録されるのは今回が初めてである。

「幻想殺人事件」は、一九四七年六月、自由出版株式会社から書き下ろし刊行された。

守友の唯一刊行された長編。第一回探偵作家クラブ賞（現・日本推理作家協会賞）の長編候補作として、横溝正史「本陣殺人事件」（四六・四〜一二初出）、「蝶々殺人事件」（四六・五〜四七・四初出）、角田喜久雄「高木家の惨劇」（四七・五初出。元題「銃口に笑ふ男」）とともに選ばれた。

「灰色の犯罪」は、『宝石』一九四九年七月臨時増刊号（巻号数表示なし）に掲載された。単行本に収録されるのは今回が初めてである。

本書のトリックに使われる薬品は、角田喜久雄の某長編（四七・八〜四八・一初出）にも使われていたものであり、あるいはそこから無意識のうちにアイデアを得たものかもしれない。ただし、「ある人間的なテーマをまず小説的に発展させる」（「たわごと」『探偵作家クラブ会報』四九・一）ことを創作観とする守友にしてみれば、トリックよりも妖婦型の女性に翻弄される男性たちの「実存」を「論理性」をもって「裏づける」ことに主眼があったと考えるべきかもしれない。

「誰も知らない」は、『探偵実話』一九五二年五月号（三巻六号）に掲載された。単行本に収録されるのは今回が初めてである。

先にも述べた通り、「第三の眼」のリライトだが、元の作品より軽妙な筆致でまとめている点が、読みどころといえばいえようか。


〈随筆篇〉

「たわごと（1）」は、『探偵小説ニュース』一九四七年一〇月一〇日発行号（通巻四号）に掲載された。本編も含め、以下の作品はすべて、単行本に収録されるのは今回が初めてである。

『幻想殺人事件』の狙いを、黄木シリーズの語り手Mと名前不詳の某氏との対話で示した、「作者の言葉」ともいうべきエッセイ。

「たわごと（2）」は、『探偵作家クラブ会報』一九四九年一月号（通巻二〇号）に掲載された。

クラブの会合で対論したE氏とK氏とは、江戸川乱歩と木々高太郎であろう。


「暦、新らたなれど」は、『宝石』一九五〇年一月号（五巻一号）に掲載された。

「乙女は羞らう山吹の花」は『探偵作家クラブ会報』一九五一年八月号（通巻五一号）に掲載された。

「〝文学少女〟の作者」とは木々高太郎、「〝断崖〟」の作者とは江戸川乱歩を指している。

「アンケート」の内、ラジオ放送探偵劇についてのものは、『宝石』一九五一年一〇月増刊号（六巻一一号）に、今年の抱負についてのものは、『宝石』五二年一月号（七巻一号）に、それぞれ掲載された。

守友は、NHKラジオ番組『犯人は誰だ？』に参加しており、一九五一年七月八日放送の「自殺殺人事件」の脚本が、『宝石』五一年一〇月号に掲載されている。


沢田安史氏から資料の提供を受けました。記して感謝いたします。

［解題］**横井 司**（よこい つかさ）
1962年、石川県金沢市に生まれる。大東文化大学文学部日本文学科卒業。専修大学大学院文学研究科博士後期課程修了。95年、戦前の探偵小説に関する論考で、博士（文学）学位取得。共著に『本格ミステリ・ベスト100』（東京創元社、1997年）、『日本ミステリー事典』（新潮社、2000年）など。現在、専修大学人文科学研究所特別研究員。日本推理作家協会会員。

守友恒氏の著作権継承者と連絡がとれませんでした。ご存じの方はお知らせ下さい。

守友《もりとも》恒《ひさし》探偵《たんてい》小説《しょうせつ》選《せん》　〔論創ミステリ叢書51〕

2012年5月5日　初版第1刷印刷
2012年5月10日　初版第1刷発行

著者　守友　恒
叢書監修　横井　司
装訂　栗原裕孝
発行人　森下紀夫
発行所　論創社
〒101-0051 東京都千代田区神田神保町2-23 北井ビル
電話 03-3264-5254　振替口座 00160-1-155266
http://www.ronso.co.jp/

印刷・製本　中央精版印刷

Printed in Japan　ISBN978-4-8460-1130-7

論創ミステリ叢書

①平林初之輔Ⅰ
②平林初之輔Ⅱ
③甲賀三郎
④松本泰Ⅰ
⑤松本泰Ⅱ
⑥浜尾四郎
⑦松本恵子
⑧小酒井不木
⑨久山秀子Ⅰ
⑩久山秀子Ⅱ
⑪橋本五郎Ⅰ
⑫橋本五郎Ⅱ
⑬徳冨蘆花
⑭山本禾太郎Ⅰ
⑮山本禾太郎Ⅱ
⑯久山秀子Ⅲ
⑰久山秀子Ⅳ
⑱黒岩涙香Ⅰ
⑲黒岩涙香Ⅱ
⑳中村美与子
㉑大庭武年Ⅰ
㉒大庭武年Ⅱ
㉓西尾正Ⅰ
㉔西尾正Ⅱ
㉕戸田巽Ⅰ
㉖戸田巽Ⅱ
㉗山下利三郎Ⅰ
㉘山下利三郎Ⅱ
㉙林不忘
㉚牧逸馬
㉛風間光枝探偵日記
㉜延原謙
㉝森下雨村
㉞酒井嘉七
㉟横溝正史Ⅰ
㊱横溝正史Ⅱ
㊲横溝正史Ⅲ
㊳宮野村子Ⅰ
㊴宮野村子Ⅱ
㊵三遊亭円朝
㊶角田喜久雄
㊷瀬下耽
㊸高木彬光
㊹狩久
㊺大阪圭吉
㊻木々高太郎
㊼水谷準
㊽宮原龍雄
㊾大倉燁子
㊿戦前探偵小説四人集
(51)守友恒
(別)怪盗対名探偵初期翻案集

論創社